清詩話全編

乾隆期九

張寅彭 編纂

劉奕 點校

上海古籍出版社

第九册目次

古詩十九首説

古詩十九首説提要

《古詩十九首説》一卷，據乾隆間刊本點校。口授者朱筠（一七二九—一七八一），字竹君，號笥河，直隸大興人。乾隆十九年進士，授編修，擢侍讀學士。官福建、安徽學正。有《笥河集》。《清史稿》卷四八五有傳。徐昆字后山，山西臨汾人。按有乾隆三十八年錢大昕序及三十七年徐昆自序。自序交代緣起及成書，始於三十三年戊子臘月口授，至三十六年辛卯九月方審定文字。朱筠人品學問俱佳，故其於《十九首》，亦説得人世性情五倫通透，凜然有正氣高境。於詩學亦視爲權衡，上承《三百》，下啓千百代。（徐序）如謂「青青陵上柏」一首勝《帝京篇》「數千言」，「涉江採芙蓉」一首「比《唐棣》逸詩十倍真摯」，「韋柳之所自出」，「迢迢牽牛星」一首「即杜韓手筆且恐摹寫不到」，「東城高且長」一首「《楞嚴》、《法華》其妙不過爾爾」，「驅車上東門」一首「韓潮蘇海皆本於此」，諸如此類，皆有確指，良非虚譽。徐氏之記頗存口語，誠有「聽笥河師揮麈而談」之現場感也。

《古詩十九首》，作者非一人，亦非一時。自昭明敘其次第，登之《文選》，論五言者咸以是爲圭臬，不可增減，不能移易。後人欲分「燕趙多佳人」以下別爲一首，所謂離之則兩傷也。或又疑「生年不滿百」一篇隱括古樂府而成之，非漢人所作，是猶讀魏武《短歌行》而疑《鹿鳴》之出於是也，豈其然哉？臨汾徐君后山，倜儻之士，予嘗見其傳奇數種，已心異之。兹所刊《古詩十九首説》，則本吾友笥河學士讌談之餘論，推衍而成者也。昔考亭論《詩》，於先儒訓詁，多有改易，蓋取孟子「以意逆志」之指。《十九首》者，三代以下之《風》《雅》也。讀后山之説，使人油然有得於興觀群怨，事父、事君之義，其亦《古詩》之功臣，而足裨李善諸家訓詁之未備者乎。癸巳正月三日，嘉定錢大昕序。

序

《十九首》，詩學之權衡也，上承《三百》，下啓千百代，得其意一以貫之矣。歲戊子，三冬圍爐，余從笥河先生縱談今古，每説詩，輒以《十九首》爲歸。紬繹妙緒，陶淑性靈。或一夕兩三首，或間夕一首，數夕一二首。至嘉平月八日之夕，説始竟。余次晨即別先生歸，途次長吟默思，反覆問辨，時翛然灑然，風發泉湧，貫經史，括情事。神來如風曳祥雲，縹褭晴空，迷離若萬斛舟撞巨浪而去。鐘鏗磬戛，五音極闋，而鼎盤蒼穆，色韵並古。蓋先生移我性情矣。己丑山居，庚寅來都，辛卯亦在都，鏤刻舊説，不敢忘，然未落筆墨也。届九月，先生奉命爲督學安徽使。時又將別先生，因於別前數日細意詮述，成若干言，用質同學諸君子，庶善悟者月印千潭，以之紹《三百》，檃括六朝唐宋等作者。文海無邊，如遍聽笥河師揮麈而談也。乾隆壬辰黄鐘上浣平陽徐昆后山書於京都邸舍。

古詩十九首説

朱筠河先生口授
受業徐昆后山筆述

總説

詩有性情，興、觀、群、怨是也。詩有倚托，事父、事君是也。詩有比興，鳥獸草木是也。言志之格律，盡於三者矣。後人咏懷寄托，不免偏有所着。《十九首》包涵萬有，磕着即是，凡五倫道理，莫不畢該，却又不入理障，不落言詮，此所以獨高千古也。

「行行重行行，與君生别離。相去萬餘里，各在天一涯。道路阻且長，會面安可知。胡馬依北風，越鳥巢南枝。相去日已遠，衣帶日已緩。浮雲蔽白日，游子不顧返。思君令人老，歲月忽已晚。棄捐勿復道，努力加餐飯。」《十九首》無題詩也，從何説起？蓋人情之不能已者，莫如别離，而人情之尤不能已者，莫如適當别離。只「行行重行行」五字，便覺纏綿真摯，情流言外矣。次句點醒，「與君」、「相去」二句，從别後説起。「各」字妙，與次句「與」字相應，是從兩邊説。「道路阻且長」是從中間説，「會面安可知」足一句，正見别離之苦。此下本可接「相去日已遠」二句，然無所託興，未免直頭布袋矣。就胡馬思北、越鳥思南襯一筆，所謂物猶如此，人何以堪也。然兩地之情，已可想見。「相去日已遠」二句，與「思君令人老」一般用意。「浮雲」二句，忠厚之極。「不顧返」者，本是遊子薄倖，不肯直言，却託諸浮雲蔽日，言我思子，而子不思歸，定有讒人間之，不然胡不返耶。「思君令人老」，又不止于衣帶緩矣。「歲月忽已晚」，老期將至，可堪多少別離耶。日月易邁，而甘心別離，是君之棄捐我也。「勿復道」是決詞，是狠語，猶言提不起也。下却轉一語曰「努力加餐飯」，思愛之至，有加無已，真得《三百篇》遺意。

「青青河畔草，鬱鬱園中柳。盈盈樓上女，皎皎當窗牖。娥娥紅粉妝，纖纖出素手。昔爲倡家女，今爲蕩子婦。蕩子行不歸，空房難獨守。」通首寫一絕大本領、世上必不可少之人，若落凡手，必成笨伯，此却以野艷之詞出之，何等縹緲。意中欲寫一「守」字，俱爲末句出力。前六句連用疊字，取態也。「青青河畔草」，初春景象，「鬱鬱園中柳」，孟春景象。欲寫治世之人，先應從世界寫起，故欲寫美人，先從春寫起。且由冬而春，即亂極將治之象。「盈盈樓上女」二句，言以群倫所共仰之人，處塵世共見之地。「娥娥紅粉粧」，毫無彈駁。「纖纖出素手」，自有本領、手段。以如此美人而必託言倡家者，喻君子處亂世也。倡女所遭，必是蕩子，君子輕出，必得亂君，故以蕩子婦喻之。下二句又推進一層，爲通篇結穴，却從詩人意中想像而出。言勿論不當爲蕩子婦也，即爲矣，而蕩子情誼不能固結，仍空牀也，想來其能獨守乎。此二句包羅史事，縱横想去，無不貫穿。三代而下，能守如武侯，不能守如荀文若、王景略，皆在其中，闊極、大極。

「青青陵上柏，磊磊澗中石。人生天地間，忽如遠行客。斗酒相娱樂，聊厚不爲薄。驅車策駑馬，游戲宛與洛。洛中何鬱鬱，冠帶自相索。長衢羅夾巷，王侯多第宅。兩宮遥相望，雙闕百餘尺。極宴娱心意，戚戚何所迫。」　通首從「人生天地間」五字生情。「忽如遠行客」，寫得透。以「客」字狀人生已警，又加「遠行」二字，言如遠行之客，暫住就去，凄絶透絶，《薤露》、《蒿里》寫不盡者，五字寫盡矣。然却難得他起二句作襯筆，令人萬萬想不到。言木之壽者，莫如柏，物之堅者，莫如石。陵上柏、澗中石，得地者也。然今見其青青者，安保其長青青；今見其磊磊者，安保其長磊磊乎？即令可保，而人之生也，壽不如柏，堅不如石，譬如遠客，忽忽欲去，然則將如之何？算計惟有飲酒一着爲妙。試酌斗酒，聊爲厚而不薄，且因酒想起游戲，因游戲而想起宛、洛。此下寫宛、洛之景，却是寫生人之趣。過渡變滅，烟痕俱消矣。「鬱鬱」寫洛中氣象。「自相索」三字妙，終日奔逐，不知其爲着何來也。先説長衢，由長衢而説到夾巷，從衢、巷中想出王侯第宅，從王侯第宅想出兩宮相望。兩宮謂天子宫與太后宫也。再足一句，曰「雙闕百餘尺」，言勿論一切繁麗，只這雙闕便百餘尺，則宛、洛之盛，可不遊乎。《帝京篇》數千言説不盡者，數語盡之，何等神力。末二句又倒轉，應「人生天地間」二句作收。言京都繁華，正可極宴以娱心意。人生如寄，彼戚戚然何所迫乎？真是不解。

「今日良宴會，歡樂難具陳。彈筝奮逸響，新聲妙入神。令德唱高言，識曲聽其真。齊心同所願，含意俱未申。人生寄一世，奄忽若飆塵。何不策高足，先據要路津。無爲守窮賤，轗軻長苦辛。」　此與下一首合看，此章所謂姑妄言之也。「今日良宴會」，突如拈來。「歡樂難具陳」，言其樂説不盡也。就樂事中擇出彈筝新聲來，緣聲音爲人所尤愛也。「令德」，猶言能者。「唱高言」，高談闊論。在那裏説其妙處，欲令識曲者聽其真。因而一班昏憒，也就齊聲謬贊起來，却含意而説不出其所以妙來。寫沈溺之人如畫。「人生」二句作一紐，言行樂能有幾日。下便索性説到没理性處去。何不策高足而據要路，窮賤辛苦，斷斷無個樂處也。俱是反言。

「西北有高樓，上與浮雲齊。交疏結綺窗，阿閣三重階。上有絃歌聲，音響一何悲。誰能爲此曲，無乃杞梁妻。清商隨風發，中曲正徘徊。一彈再三歎，慷慨有餘哀。不惜歌者苦，但傷知音稀。願爲雙鴻鵠，奮翅起高飛。」　此首乃正言之。上章言但當取樂，此轉言我自有我之志節，我自有我之氣概，豈肯逐逐流俗爲。「西北有高樓，上與浮雲齊。交疏結綺窗，阿閣三重階」，是何等境界，非宴會場中也。其上亦有絃歌之聲，却與彈箏不同，聆其音響，殆衆人樂而己獨悲矣。誰能爲此曲，想來惟杞梁妻能之，其人乃絶世獨立，更無配偶者也。下四句寫音響之悲，淋漓盡致。「隨風發」，曲之始；「正徘徊」，曲之中；「一彈三歎」，曲之終。「不惜」二句又一折，越見得蕭然孤寄，絶無人知也。此處收什最難，却忽然托興鴻鵠，思奮翅高飛。寫至此，即「西北高樓」亦欲辭之而去，又何問要津，又何論歌舞場哉？

「涉江采芙蓉，蘭澤多芳草。采之欲遺誰，所思在遠道。還顧望舊鄉，長路漫浩浩。同心而離居，憂傷以終老。」　此等詩凝鍊秀削，與「庭中有奇樹」，韋、柳之所自出也。一起托興便超。「采之」二句，幽折得妙。「在遠道」，非謂其人走向遠方去，不在目前便是，此是行者欲寄居者，觀下文可見。言所思在遠道，爲之奈何。轉而思之，乃我離人，非人離我也。於是還望故鄉，但見長路漫浩浩而已。

如此同心，却致離居，憂傷其胡能已。然豈爲憂傷而有兩意，亦惟憂傷以終老焉已耳。何等凛然，比《唐棣》逸詩，十倍真摯。如此言情，聖人不能删也。

「明月皎夜光，促織鳴東壁。玉衡指孟冬，衆星何歷歷。白露霑野草，時節忽復易。秋蟬鳴樹間，玄鳥逝安適。昔我同門友，高舉振六翮。不念携手好，棄我如遺跡。南箕北有斗，牽牛不負軛。良無盤石固，虛名復何益。」此首詩若不得其線索，便覺重三複四，亂雜無章，須看其針線細密，一絲不亂處。前半從節序之變説到人情之變，由人情之變説到萬事俱空。莊子《南華》一部，都被他數語裹却。大凡時序之凄清莫過於秋，秋景之凄清莫過於夜，故先從秋夜説起。「明月皎夜光」，目所見，「促織鳴東壁」，耳所聞；「玉衡指孟冬」，點時令。漢武前以十一月爲歲首，孟冬，夏正八月也。「衆星何歷歷」，仰觀於天；「白露霑野草」，俯窺於地。時節之變可知矣，故點醒一句曰「時節忽復易」。上文既説了促織，再説秋蟬，再説玄鳥，豈非蛇足？不知此二句不是寫景，乃是其意中所感。秋蟬鳴樹，無者忽有；玄鳥已逝，有者忽無。舉二物足上句，以見無所不變也。下便感慨到人情之變上去。欲説今先説昔，同門友誼相親，分明埒也，「高舉奮六翮」變矣，而情亦變矣。竟「不念携手好，棄我如遺跡」，豈不可怪，然無足怪也。世上事從此推去，無不是空。因起手從星説起，此便就星上指點。由南而看有箕，由北而看有斗，由中而看有牽牛。然箕不可簸，斗不可斟，牽牛不可負軛，則萬事皆空矣。人生在世，無磐石之固，而乃縈縈於虛名，豈不大愚！掃得空，説得盡，妙妙。

「冉冉孤生竹，結根泰山阿。與君爲新婚，兔絲附女蘿。兔絲生有時，夫婦會有宜。千里遠結婚，悠悠隔山陂。思君令人老，軒車來何遲。傷彼蕙蘭花，含英揚光輝。過時而不采，將隨秋草萎。君亮執高節，賤妾亦何爲。」此首詩是説極欲爲世用而不欲輕爲世用者，惟伊、吕可以當之。「冉冉孤生竹」，與衆不同，「結根泰山阿」，擇地而蹈。「與君」四句以婚姻喻遇合。結爲新婚，如兔絲附女蘿，此喻君臣遇合，原有纏綿固結的道理。但兔絲之生則有時，夫婦之會則有宜，豈可苟合。所苦者千里結姻，遠隔山陂，遇合無由耳。且豈獨我願往，亦甚願子之來，「思君」二句説得透。下又作一折，言我望愈切，彼來愈遲。「傷彼」四句，托興於蘭，説得悽婉。「含英揚光輝」，采之正其時，過而不采，將隨秋草同腐，無所用矣。下却用忠厚之筆代原一句，曰君非棄我也，乃執高節也，然君既不來，我豈可屈節以往？雖欲共成經濟，亦何爲哉？惟有安隱泰山之阿而已。

「庭中有奇樹，緑葉發華滋。攀條折其榮，將以遺所思。馨香盈懷袖，路遠莫致之。此物何足貴，但感別經時。」此與「涉江採芙蓉」一種筆墨。看他因人而感到物，由物而説到人，忽説物可貴，忽又説物不足貴，何等變化。「庭中有奇樹」，因意中有人，然後感到樹，蓋人之相別，却在樹未發華之前。覩此華滋，豈能漠然？「攀條折其榮，將以遺所思」，因物而思緒百端矣。設其人若在，則豈獨「馨香盈懷袖」哉，「路遠莫致」，爲之奈何。下又用一折筆，曰「此物何足貴」，非因物而始思其人也。別離經時，便覺觸目增愴耳。數語中多少婉折，風人之筆。

「迢迢牽牛星，皎皎河漢女。纖纖擢素手，札札弄機杼。終日不成章，泣涕零如雨。河漢清且淺，相去復幾許。盈盈一水間，脉脉不得語。」此孤臣孽子憂讒畏譏之詩也。世上原有一椿境界，處至親至密之地，而語不能入，情不能通者，歷代史事，不可枚舉。看他忽然以無情寫有情，拈二星來説，説得如真有其事的一般。起二句，「迢迢」言遠也，「皎皎」言明也。「纖纖」句如見其形，「札札」句如聞其聲。「終日不成章」，把一切孝子、忠臣終日無聊景況，一語説盡。「涕泣零如雨」，再足一句。然其中之間隔，夫豈遠哉？以言河漢則清而且淺，相去無幾，何難披肝露膽，直陳衷曲。乃至「盈盈一水間」，脉脉千種，欲語不得，奈何奈何！此等詩字字痛快，令天下後世處其境者可以痛哭，不處其境者可以歌舞，即杜、韓手筆，且恐摹寫不到，何況餘子。

「迴車駕言邁，悠悠涉長道。四顧何茫茫，東風摇百草。所遇無故物，焉得不速老。盛衰各有時，立身苦不早。人生非金石，豈能長壽考。奄忽隨物化，榮名以爲寶。」這首詩是從悟後着筆，故起一句曰「迴車駕言邁」，言看破世事，不如歸去也。「悠悠涉長道」，足一句。下便從長道生情，見道旁百草已爲東風摇蕩而出，是春景也。然草方萌芽，即有荒萎，人當初生，即有衰謝，但見春復一春，故物已盡，焉得不速老乎。説到盛衰有時，其人已是胸中雪亮，毫無滯礙，豈有尚不能立身者。立身，如功名、道德皆是。「立身苦不早」，從無可奈何處泛泛説來，「人生」二句又進一層，言即能立身，身非金石，何由長壽，亦不過奄忽隨物化已耳。説至此，直是烟消燈滅，無可收什，乃從世情中轉一語，曰求點子榮名也罷了。趣極。

「東城高且長，逶迤自相屬。迴風動地起，秋草凄已緑。四時更變化，歲暮一何速。晨風懷苦心，蟋蟀傷局促。蕩滌放情志，何爲自結束。燕趙多佳人，美者顔如玉。被服羅裳衣，當户理清曲。音響一何悲，絃急知柱促。馳情整巾帶，沉吟聊躑躅。思爲雙飛燕，銜泥巢君屋。」此是一片禪機，《楞嚴》、《法華》，其妙不過爾爾。東城，生春之地也，高長如此，逶迤如此。乃迴風動地而起，一番一番春生之草，已入秋而凄以緑矣，是何故乎？良以「四時更變化」，所以歲暮如此其速。「一何」二字妙。下二句從物上説，又妙。晨風、蟋蟀，無情物也。晨風感時而鳴也，懷苦心；蟋蟀感時而吟也，傷局促。然則如何而可？只有蕩滌放情志爲妙，不必太拘束也。下面俱是從蕩情志放筆寫去。蓋蕩情之事，莫過佳人，佳人之多，莫如燕趙。顔如玉色之美，被羅裳服之麗，使之當户理清曲，可謂蕩情矣。至于繁音促節，蕩情極矣。然至絃急柱促，其樂將終，但覺其音響之悲而已。此二句倒裝得有力。「馳情」二句，描寫入神。明知樂不可保，又恐歲暮之速，整巾帶而沉吟，至于躑躅徘徊，想不出個法子來，仍然循了舊轍，沉情聲色，思如雙燕巢屋，聊復爾爾。結得又超脱，又縹緲，把一萬世才子佳人勾當，俱被他説盡。一説「晨風」「蟋蟀」，指《詩》篇名，亦通。

「驅車上東門，遥望郭北墓。白楊何蕭蕭，松柏夾廣路。下有陳死人，杳杳即長暮。潛寐黄泉下，千載永不寤。浩浩陰陽移，年命如朝露。人生忽如寄，壽無金石固。萬歲更相送，賢聖莫能度。服食求神仙，多爲藥所誤。不如飲美酒，被服紈與素。」此詩另是一宗筆墨，一路噴潑，不可遏抑，韓潮蘇海，皆本於此。「上東門」在東北，故次句即接曰「遥望郭北墓」。因白楊松柏，想到黄泉死人。「陳」字妙，「永」字妙。此處越説得狠，下文越感嘆得透。「浩浩」二句從上文咏嘆而出，言所以有生、有死者，因陰陽換移所致，故危若朝露，不能固同金石。雖萬歲千秋，只是生者送死，生者復爲後生所送，即至聖賢，莫能逃度。言至此，將遥遥千古、茫茫四海，一掃浄光矣。意者其神仙乎？然服食求仙，多爲藥誤，夫復何益？飲美酒而被紈素，且樂現在罷了。

「去者日以疎，來者日以親。出郭門直視，但見丘與墳。古墓犂爲田，松柏摧爲薪。白楊多悲風，蕭蕭愁殺人。思還故閭里，欲歸道無因。」此與前一首用意相同。前八句筆情亦似，至後二句筆情宕漾，另是一種。起二句是子在川上道理。茫茫宇宙，「去」、「來」二字概之，穰穰人群，「親」、「疎」二字括之。去者自去，來者自來。今之來者，得與未去者相親；後之來者，又與今之來者相親。昔之去者，已與未去者相疎；今之去者，又與將去者相疎。日復一日，真如逝波。「出郭門直視，但見丘與墳」，「但見」妙。無人不到這般田地，豈獨成墳？日復一日，即墳亦難保。試看「古墓犂爲田，松柏摧爲薪」，白楊蕭蕭，安得不愁？説至此，已可閣筆。末二句一掉，生出無限曲折來。日月易逝，歲不我與，不如早還鄉閭，幸向所親者，未盡死去，安可蹉跎歲月，徒羈他鄉？無如欲歸雖切，仍多羈絆，不能自主，奈何奈何。此二句不説出所以不得歸之故，但曰無因。凡羈旅苦況，欲歸不得者，盡括其中，所以爲妙。

「生年不滿百，常懷千歲憂。晝短苦夜長，何不秉燭遊。爲樂當及時，何能待來兹。愚者愛惜費，但爲後世嗤。仙人王子喬，難可與等期。」此與前二首用意頗同。只起二句，便令人擊碎唾壺。「生年不滿百」，把夭者且不必説，即以壽論，且不滿百，而所懷者乃有千歲之憂，營營逐逐，何時是了計？惟有抛開一切，游行自得方好。又苦晝短夜長，故唤醒一句，曰「何不秉燭遊」。嘗見世人白日忙碌，夜裏方得消閒，讀此不覺失笑。「爲樂」二句承上文足二句。然人可樂而不樂者，大半是愚而惜費，窖金徒積，百年已滿，憂且不得，况于樂乎？亦徒爲後人嗤而已。末二句又用輕鬆之筆將人唤醒。仙不可學，愈知費不可惜矣。當與《蟋蟀》、《山樞》同讀。

「凛凛歲云暮，螻蛄夕鳴悲。凉風率已厲，遊子寒無衣。錦衾遺洛浦，同袍與我違。獨宿累長夜，夢想見容輝。良人惟古歡，枉駕惠前綏，願得常巧笑，攜手同車歸。既來不須臾，又不處重闈。亮無晨風翼，焉能凌風飛。眄睞以適意，引領遥相晞。徙倚懷感傷，垂涕霑雙扉。」前首是就一生通盤打算，此又就一年打算。不獨爲自己打算，又爲所歡打算。清風戒寒，時所必至也。至于歲已云暮，螻蛄鳴悲，乃知遊子之苦。因轉思曰，倘使擁錦衾而對同袍，樂當何如？至于同袍違我，累夜獨宿，誰之過與？當此時，耳聽螻蛄，遥懷洛浦，因想成夢，同袍之容輝如見矣。下數句皆夢境也。「良人」即同袍。以己心度彼心，知其所眷者，惟古昔之歡愛，因枉駕而來，且言「願得常巧笑，攜手同車歸」，何等纏綿，何等恩愛。「古歡」二字妙。凡世之喜新交、棄故知者，不置半文矣。至此已寫樂極，不知歲暮之可悲惜也。其夢也，既是夢，所謂「枉駕惠前綏」者，不能須臾，又不能處于重闈之中而不去。然則將如之何？除非凌風飛去而後可。亮無晨風之翼，何能奮飛？惟有「眄睞以適意」，引領遥望而已。此時似夢非夢，半醒不醒，螻蛄滿耳，凉風滿窗，徙倚感傷，垂涕霑扉，不知良人亦同此苦否。

「孟冬寒氣至，北風何慘慄。愁多知夜長，仰觀衆星列。三五明月滿，四五蟾兔缺。客從遠方來，遺我一書札。上言長相思，下言久離别。置書懷袖中，三歲字不滅。一心抱區區，懼君不識察。」此首前半與上首同意，至「客從遠方來」，別開境界，別訴懷抱，所謂無聊中無端懷舊，亦欲借以排遣也。「孟冬」二句較前首深一層。「愁多知夜長」，非身試者道不出。夜不能寐，於是仰觀衆星。「三五明月滿，四五蟾兔缺」，可見夜夜如此，月月如此，非止一時不寐而已。寫至此，無可聊賴，夢境無憑，求之于實，人不可見，寄之于書，夫書札又何刻去懷哉。其書中「上言長相思，下言久離別」，彼既關懷，我自珍重，因置書懷袖之中，雖三年之久，亦不使字少漫滅。是子之心，我固能識察矣，但我之心，抱此區區，與君遠隔，反懼不識察耳。懷袖置書是虛境，並「遺我一書札」亦是設想，總是無可奈何之詞。

「客從遠方來，遺我一端綺。相去萬餘里，故人心尚爾。文彩雙鴛鴦，裁爲合歡被。著以長相思，緣以結不解。以膠投漆中，誰能別離此。」此首仍接上首而深言之。蓋單言書札，不足盡彼之心，即我之心有未盡也。總是設言，總是虛境。念及「相去萬餘里」，其間豈無浮雲障蔽，讒言間阻？故人竟從遠方而遺之，説到「心尚爾」，感慨淚下矣，因即「一端綺」暢言之。「文彩雙鴛鴦，裁爲合歡被」，於不能合歡時作合歡想，口裏是喜，心裏是悲。更「著以長相思，緣以結不解」，無中生有，奇絶幻絶。説至此，一似方成鸞交，未曾離別者。結曰誰能形神俱忘矣，又誰知不能別離者，現已別離。「一端綺」是懸想，「合歡被」乃烏有也。

「明月何皎皎，照我羅牀幃。憂愁不能寐，攬衣起徘徊。客行雖云樂，不如早旋歸。出户獨彷徨，愁思當告誰。引領還入房，淚下沾裳衣。」此首起四句，與「孟冬寒氣至」數句用意頗同。神情在「徘徊」二字，把客中苦樂思想殆遍，把苦且不提，雖云樂，亦是客，不如早旋歸之爲樂也。審之又審，自當决絶，莫可猶疑。一鞭明月，歸來非遲，則向之徘徊者不必徘徊矣。然而或爲名利或爲君友，欲歸不得，有無限愁思，難以告人。所以念及歸而引領，念及不能歸而還入房。至于淚下霑衣，何其憊也。與第一首不必一人作，而神迴氣合。即中間十七首不必盡出一手，盡出一時，而迴環讀之，無不筋摇脉動，觀止矣。雖有他詩，不必説也已。

此等詩不必拘定一説，正不可不爲之説。鍾伯敬謂古詩以雍穆平遠爲貴。樂府之妙，能使人驚；《十九首》之妙，能使人思。其性情光燄，常有一段千古長新，不可磨滅處。思之思之，吾願學詩者從此入手。忠臣、孝子、義友、節婦，其性情皆可從此陶鑄也。

辛卯重九前一日

娉雅堂詩話

嫏雅堂詩話提要

《嫏雅堂詩話》一卷，據光緒間烏程汪氏刊《荔牆叢刻》本點校。撰者趙文哲（一七二五—一七七三），字升之、損之，一字樸庵、璞函，江蘇上海人。乾隆二十七年南巡召試賜舉人，授内閣中書，三十八年殉木果木之難。有《嫏雅堂娵隅》。按趙氏有詩名，爲乾隆間吴門七子之一。此卷僅三十四則，分體説詩，語頗精煉。大抵從漁洋之説，於杜有保留，於七古不及元、白，於七律則一筆抹殺宋、元，是皆不合詩體發展趨勢。其中説明詩及清初詩者，則稍有可觀。又廖景文《罨畫樓詩話》曾録其「村」字韵七絶三百餘首，謂出自《嫏雅堂詩話》，則爲今本所無，豈此書原不止於論體歟。

㛢雅堂詩話

上海趙文哲璞函

五言古如《古詩十九首》及蘇武、李陵河梁諸作，猶是《三百篇》之遺，皆當熟讀深思，然却規模不得。陳思王植首開風氣，下如阮籍之《詠懷》、左思之《詠史》、郭璞之《游仙》，以及二陸、三張之屬，皆卓然大家，並宜諷誦，然其境詣猶非初學所易津逮也。

陶公潛之詩，元氣淋漓，天機瀟灑，純任自然。然細玩其體物抒情、傅色結響，並非率易出之者。世人以白話爲陶詩，真堪一哂。學者須從此著神，然亦不宜多學。

謝康樂靈運善談名理，其寫山水之趣，鑿險縋幽，迥非後人思議所及，妙在仍出以自然，故有「初日芙蓉」之目。學五古者，不可不以此爲根柢。

謝玄暉朓視康樂稍薄，然清麗芊眠，允稱妙品。故明之四皇甫、本朝之王漁洋，多摹其格。

顔太常延之鏤金錯采，眩人耳目。若應制、臺閣之詩，不可不以此爲粉本。

鮑明遠昭踔厲風發，獨出無前。或嫌豪氣未除，施於樂府爲宜。

江淹、何遜並稱，所嫌氣體未雄。然清裁雅調，亦能品也。

庾子山信於綺麗中露警策，少陵時學之，嫌密而不疏耳。

唐初五古猶沿六代綺麗之習，陳伯玉子昂首矯其弊，厥功亦偉。然其《感遇詩》以理勝、格勝，而乏風采可玩。學之者最易成贗體，故雖人人推重，而鄙意不取。

張曲江九齡視陳略有聲色可循，然質慤處多。

李供奉白五古深得樂府神理，然純以逸氣行，正非易學。

王右丞維無體不工，五言尤屬絶品。其佳處去六朝人已遠，而雋永超詣，全是一片妙悟。故王漁洋不入《古詩選》而以冠《三昧集》。學五古者，斷斷以此爲正宗。

孟浩然與王固一家眷屬，特其筆稍直，其句稍拙，遂下一格。

韋蘇州應物與右丞同以微妙勝，而韋之設色微近六朝。字法、句法，二家又有不同。要之並屬正宗，不可軒輊。漁洋之所以冠冕當代者，只於二家中獨有神契耳。

柳柳州宗元與蘇州並稱，然已著色相，學之却無弊。

杜工部甫五古於太白、摩詰、蘇州諸家另闢門徑。其《詠懷》、《北征》諸篇，涵匯萬有，一代鉅製。其中寫景言情，有樸處，有韵處，全從樂府得來。若《羌村》、《彭衙》、《玉華宫》、《前》《後出塞》及《石壕》、《新婚》諸題，約有數十首，皆如元氣之入人肝脾，洵詩家之極軌。然惟工部有此境遇，有此襟抱，有此筆力，足以相副。後人無病呻吟，亦是無取。故流連光景、涵泳性情之作，只宜以王、韋爲準的。

岑嘉州參筆力奇峭，思致刻削，視工部幾無多讓。而寫山水景物，微妙處又有王、孟所不到者。

儲太祝光羲田家詩與摩詰並稱，嫌質實少味。其他如祖詠、綦毋潛、王昌齡、常建等十餘家，皆盛唐之傑出者，而篇什無多，其氣格約與王、孟相近。

韓昌黎愈五古已開宋人門徑，《南山》詩昔人至以配老杜《北征》。至《鬥雞》、《會合聯句》等作，是茲體中諧極之詩，學者須相題而施。若以韓、孟之體冒王、韋之題，則成笑柄矣。可以類推。

宋、元人五古佳篇甚少，可以不論。

有明詩道還淳，一洗宋、元之陋。五古之大概，可得而言。高季迪啓學王、孟者多，而所造或未入微。李空同夢陽全學《選》體，氣格雄厚。何大復景明又以明秀勝。他如高蘇門叔嗣之婉篤，楊夢山巍、華子潛察之清麗，四皇甫沖、涍、汸、濂之清音亮節，淨掃氛埃，真足與玄暉方駕。以上並爲五古正宗。其他學杜、學韓及學宋者不乏鉅製，要皆五古之變。但能讀綫裝書，此種詩可以不學而能，故不具論。

本朝五古斷以王漁洋士禛爲正宗。初年純是王、韋，入蜀詩具體少陵，佳在格正詞純，韵遠趣足，洵無遺議。他如施愚山閏章學杜而失之質，朱竹垞彝尊初年學《選》而或未入微，陳其年維崧則全學宋人，皆非正軌也。

七言古自唐以前，規模粗具而已，至王勃、楊炯、盧照鄰、駱賓王四子始稱具體。其詩鋪陳鉅麗，聲調諧美，何大復《明月篇序》所云「其音節往往可歌」者也。此體集中亦不可不存一二，然必擇題而施之，亦不必多。

七古莫盛於盛唐，然亦體製各殊。如王右丞維、李東川頎，音節間亦和諧，而氣格高邁，非初唐四子之比。岑嘉州筆力峭拔，有太華去天不盈尺之勢，視右丞、東川已覺變化；而四句轉韻、三句轉韻、二句轉韻，尚有定格。惟太白仙才，不可捉搦。「咳吐落九天，隨風生珠玉」二語，殆其自讚。後人雖不易學，然用意琢句之間略得一二，真足脱棄凡猥，誠療俗之金丹也。工部詩函天蓋地，昔人比於周公制作，於七古尤信。如《别裁集》所收，皆其精詣，所當熟讀深思，以爲終身之根柢。所謂「雖不能至，心嚮往之」者也。

韓昌黎善學工部，而妥帖排奡，遂間有宋蘇、陸之先聲。其音節不但與初唐四子及盛唐之王、李大異，即嘉州、太白亦有不同。其中不乏轉韻之作，而當以平韻到底者爲大凡。總以異於律句爲主，而著意尤在上句之第五字用仄，下句之第五字用平。間有用仄者，因上四字多平多仄，已非律句也。以此求之，十得七八矣。李義山商隱《韓碑》一篇，格律俱妙，可爲程式。

七古以盛唐人爲極則，然盡其變，必極之宋人而後已，所謂變而不失其正者也。歐陽文忠修、王荆公安石皆稱大家，而蘇東坡軾尤變化不可方物。東坡本深於禪，即不作禪語，而拈來是道，皆從妙悟流出。陸放翁游筆力雄獨，詞氣悲壯，讀之令人感慨。後人反學其七律，傎矣。後如元遺山好問、虞伯玉集皆堪繼美，然才力已弱。

有明七古，如劉伯温基之《二鬼》，學唐之盧仝、馬異、劉叉，而才氣十倍前人，然已稍詭於正矣。高季迪頗近太白，間學韓、蘇。其清俊處如王、謝子弟，健利處如幽、并少年，洵屬神品。同時吴中四傑，惟張來儀羽七古足與季迪並驅。後如李賓之東陽全學昌黎，稍傷平衍；李空同、何大復竟體杜陵，其頓挫、斷續、擒縱處已得神髓，爲有明一代之冠；徐昌穀禎卿規模摩詰、東川，而逸氣實近太白，亦堪鼎足；王元美世貞樂府千秋絶調，而七古頹放，可以無取。

本朝王漁洋七古全學韓、蘇，稍嫌清薄，然無可瑕摘，究爲初學所宜取法。朱竹垞初學盛唐，晚乃入宋，其才氣突過漁洋。陳其年亦學韓、蘇，較之漁洋，才似勝而所造較淺。梁藥亭佩蘭豪氣未除，要非小才可及。吴漢槎兆騫學盛唐之王、李，而上或染指初唐四子，下或濫觴中唐元、白，竟體精研，允堪程式。惜其集流傳絶少，又未見於選本也。其餘自鄶，亦可無譏。

五律當以右丞爲正宗，襄陽、嘉州爲輔。太白逸矣，工部大矣，句語不無利病，擇之須精。明之李空同、何大復、徐昌穀，學李、杜而得其神者。後則謝茂秦榛明秀華整，斯爲正則，雖入微處未到右丞，而有軌迹可循，初學所宜留意，惜詩之完美者亦不多耳。屈翁山大均專學盛唐，多師轉益，足爲後勁。其八句不對者，學孟浩然「挂席幾千里」一篇，亦偶然興到之作，究非所宜。若三四不對則不妨。本朝王漁洋初學王、孟，中學老杜，皆有至處，故當推爲第一。施愚山最多名句，亦有可採。

七律最難，鄙意先不取《黄鶴樓》詩，以其非律也。當以右丞、東川、嘉州數篇爲準的。然如王之「人情翻覆似波瀾」、「看竹何須問主人」等句，已嫌稍率。太白不善兹體，《鳳凰臺》詩亦强顔耳。惟工部千古推重，如《諸將》、《登高》、《登樓》、《野望》十餘首，洵推絶唱；若《秋興八首》，中多句病，其他頽然自放之作，遂爲放翁、誠齋之濫觴。世人震於盛名，每首稱佳，良可一笑。猶憶往歲在吴中，與友人凌祖錫、王蘭泉、吴企晉、曹來殷輩論詩。王、吴、曹皆謂七律須鍊格、鍊氣、鍊句、鍊字，缺一不可；凌獨謂如工部七律，即拙率處、不對處，皆以浩氣流行，提筆直書，彌見其大。余笑曰：「假使工部當提筆直書時而恰遇佳句，恰得工對，豈反足損其大而必改從不對與拙率耶？」諸君一笑而罷。總之，七律以雄渾整麗爲主，惟是高格必須大題，如登臨、懷古、時事等題方足發揮。若偶然即景，而亦務爲高格，便成客氣。此明七子之所以見詆於後人也。故稍降爲中唐之錢、劉，無妨大雅；即再降爲温、李，再降而爲蘇、陸，亦所不廢。然要無不對而可云律者，亦究非初學所宜遽學也。宋之七律失之俚，元之七律失之靡，惟明號稱復古。高季迪《送沈左司》、《岳王墓》二詩，格高氣渾，意正詞純，真可謂揚之高華，按之沈實，爲三百年有數之作，其餘稍涉中唐，亦多雅製。李空同學杜太似，時傷於野。何大復竟體精麗，不恧不弱，是爲正宗。李于鱗攀龍最工七律，間有浮聲，其秀骨天成、神采四溢者有十餘首，洵是絶唱。陳卧子子龍雄厚華贍，上掩前人，惜全集少傳，而選本未足盡其美耳。顧寧人絳運氣清剛，使事精切，採其尤者，不及數篇。吴梅村偉業稍涉華縟，然整鍊工麗者甚多。惟錢牧齋使事太雜，非初學所宜揣摩也。本朝王漁洋全以神韵擅絶，其不對處，斷非所宜。若《登金山》、《晚登夔府城》、《滎澤渡河》、《渡河西望》、《寄李鄴園》諸首，直逼古人，毫髪無憾。朱竹垞之《南鎮鐵柱觀》、《留别董三》、《送曹侍郎雲中》、《至日》，並爲傑作。吴漢槎七律最多，篇篇精美無瑕，所乏者變化耳，當購其全集選取。

五、七絶以盛唐爲主，蹊徑頗狹，無歧出之患。然七絶當兼中、晚之劉禹錫、李益、杜牧、李商隱諸家，并宋之蘇東坡、陸放翁、姜白石夔，及明之高青丘啓、袁海叟凱、李空同、何大復、徐昌穀、李于鱗、徐惟和熥諸家。若王漁洋之婉約輕妍，其風致全學北宋人，故是神品。

（吴忱、楊焄、劉奕點校）

律詩四辨

律詩四辨提要

《律詩四辨》四卷，據嘉慶十九年刊本點校。撰者李宗文（？—一七七七），字延彬，號郁齋，福建安溪人。李光地曾孫。乾隆十三年進士，官至禮部侍郎。有《郁齋詩文集》等。據許邦光序及門生潘亦藻跋，知書梓行於李氏身後。四辨者，「辨粘」爲説句之平仄相協，「辨病」乃析「八病」，「辨調」進而説全篇中句與句之平仄關係，「辨體」則説對仗之法，例以韋應物以下唐人七名家詩。又間引李光地（榕村）、李漁（笠翁）之説，頗存家法。

律詩四辨序

自永明末盛爲文章，吴興沈約等文用宫商，分平上去入爲四聲，以此制韵，不可增減。觀其《答陸厥書》曰：「宫商之聲有五，文字之别累萬。以累萬之繁，配五聲之約，高下低昂，非思力所舉。」又曰：「天機啓則律吕自調，六情滯則音律頓舛。」然則聲音之道，顧可闕焉不講耶？前輩李郁齋先生，安溪相國嫡孫。少承家學，淵源深邃，於經史百家諸子，博通而窮其奥，尤覃思音律之學。作《律詩四辨》，取李、杜、韋、王諸什，悉心研究，標而識之。或粘或病，爲調爲體，區分囿别，文約指明。妙化裁於跡象之間，寓神明於規矩之内。誠參差變動，語不離宗者也。學者得其意而會通之，師古而不泥於古，審音而可與知音，從此振葉尋根，觀瀾索源，理周辭要，具在斯矣。豈得謂曲折聲韵之巧，非聖哲立言之所急哉？嘉慶甲戌冬長至同里後學許邦光謹序。

律詩四辨卷一

清溪李宗文郁齋撰

辨粘小引

聲有平仄，猶氣有冷熱。冷熱交濟而氣和，平仄相叶而聲和，其致一也。顧平仄之用，於律詩尤切。間取而衡之，律詩字句，御以平仄，更起迭代，如以膠粘物，比類相屬不脱。古詩之平仄無先定，而隨其所值。譬之二氣，適冷而冷，適熱而熱，流行自然之勢，無所容力其間。律詩則既冬而冷，必夏而熱，對待之體未至而已先定者也。然則律詩之取於律，殆律以平仄而已矣。唐詩服之習者七家，於韋蘇州而外曰孟襄陽、曰王右丞，於杜工部而下曰李義山，於韓吏部師其警闢，於温飛卿愛其流麗。數家律詩，平仄叶者十八九，間有叠用錯出者。去古已遠，聲音之源不傳，所以干於律而實從，必有其故矣。今綜其不同之致，各爲標出一二條，以示有者可因，無不可創而已。習其器不能得其理，藝成之末工也。吾觀漢、魏以來欲求先王鐘律體積，有不守周鬴漢斛者乎？離成法以用聰明，非學也。作《辨粘》。清溪李宗文書。

辨粘

首聯仄起，唱句末字不押韻

正粘

仄仄平平仄第一字可平。　平平仄仄平第一字忌仄。

變粘第一格

仄仄仄仄仄　平平平仄平

草色日向好，桃源人去稀。王《送錢少府》

士有不得志，栖栖吴楚間。孟《廣陵别薛》

亂後碧井廢，時清瑶殿深。杜《銅瓶》

客裏有所過，歸來知路難。杜《歸來》

弱質豈自負，移根方爾瞻。杜《嚴鄭公階下新松》

小雨夜復密，迴風吹早秋。杜《夜雨》

志士惜妄動，知深難固辭。杜《別崔潩》

仄仄仄仄仄　仄平平仄平
致此自僻遠，又非珠玉裝。杜《蕃劍》
五載客蜀郡，一年居梓州。杜《去蜀》
二月二十二，木蘭開坼初。李《木蘭》

仄仄仄仄仄　平平仄仄平
暗暗淡淡紫，融融冶冶黄。李《菊》

右一格，唱句五字皆仄，而對句凡三變：首變疊用四平者，以救唱句，使不至輢勝也；次變第三字用平，則以救本句首字之仄，非關唱句矣。以三變平仄自叶衡之，唱句似可不救，然仄音既勝，須以對句相濟，然後琴瑟不至專壹，故首變爲變之正。

變粘第二格

平仄仄仄仄　平平平仄平
吾道昧所適，驅車還向東。孟《京還留別》

幽意忽不愜，歸期無奈何。杜《遊何將軍山林》
摧折不自守，秋風吹若何。杜《蒹葭》
空外一鷙鳥，河間雙白鷗。杜《獨立》
孤雁不飲啄，哀鳴聲念群。杜《孤雁》
梔子比衆木，人間誠未多。杜《梔子》
春夢亂不記，春原登已重。李《樂遊原》

平仄仄仄仄　仄平平仄平
人事有代謝，往來成古今。孟《與諸子登峴山》
奔峭背赤甲，斷崖當白鹽。杜《入宅》
微雨不滑道，斷雲疎復行。杜《雨》
高閣客竟去，小園花亂飛。李《落花》

平仄仄仄仄　平平仄仄平
吾友太乙子，飡霞卧赤城。孟《尋天台山作》
秋半百物變，溪魚去不來。韓《獨釣》

右一格，對句三變，如前格。所異者，唱句首字用平耳。論見前。

變粘第三格

仄仄平仄仄　　平平平仄平

促織鳴已急，輕衣行向重。王《黎拾遺昕》

灨石三百里，沿洄千嶂間。孟《下灨石》排律

日落風亦起，城頭烏尾訛。杜《日暮》

二月頻送客，東津江欲平。杜《泛江送客》

肅肅花絮晚，菲菲紅素輕。杜《春遠》

藹藹花蘂亂，飛飛蜂蝶多。杜《絶句六首》

仄仄平仄仄　　仄平平仄平

窈窕清禁闥，罷朝歸不同。杜《奉答岑參》

浩浩終不息，乃知東極臨。杜《長江二首》

仄仄平仄仄　　仄平仄平平

雨後來更好，繞池偏青青。韓《閒遊》

右一格，唱句惟第三字用平，而對句仍三變。前二變與前二格同，第三變却將第三、第四字平仄對拗，又是一法。

變粘第四格

仄仄仄平仄　　平平平仄平

日暮馬行疾，城荒人住稀。孟《蔡陽館》

少小學書劍，秦吴多歲年。孟《傷峴山雲表上人》

一别十年事，相逢淮海濱。韋《贈崔員外》

不獨避霜雪，其如儔侣稀。杜《歸燕》

帶甲滿天地，胡爲君遠行。杜《送遠》

李徑獨來數，愁情相與懸。李《李花》

惜别夏仍半，迴途秋已期。李《酬令狐補闕》排律

仄仄仄平仄　　仄平平仄平

井邑傅巖上，客亭雲霧間。王《登河北城》

木落雁南渡，北風江上寒。孟《早寒江上》
上國旅遊罷，故園生事微。韋《送姚孫》
孟氏好兄弟，養親唯小園。杜《孟氏》
避地歲時晚，竄身筋骨勞。杜《避地》
上國社方見，此鄉秋不歸。李《越燕》
麈尾與卭杖，幾年離石壇。温《贈僧雲棲》

仄仄仄平仄　平平仄仄平
白日既云暮，朱顔亦已酡。孟《崔明府宅》
黯黯閉宫殿，霏霏蔭薜蘿。温《巫山廟》

仄仄仄平仄　仄平仄仄平
出谷未停午，至家已夕曛。孟《遊精思觀》

右一格，唱句惟第四字用平，而對句凡四變。其首變即榕村説「蜂腰」對法也。詳「蜂腰」條下。第四變首字用仄，而第三字竟不救，又是一法。

變粘第五格

平仄仄平仄　　仄平平仄平

軺駕一封急，蜀門千嶺曛。韋《送顔司議》

家本洞庭上，歲時歸思催。孟《泝江》

扶病送君發，自憐猶不歸。杜《贈韋贊善》

南國晝多霧，北風天正寒。杜《山館》

桐槿日零落，雨餘方寂寥。李《秋日晚思》

山近覺寒早，草堂霜氣晴。温《早秋山居》

平仄仄平仄　　平平仄仄平

巖壑轉微徑，雲林隱法堂。王《過福禪師》

川暗夕陽盡，孤舟泊岸初。孟《宿武陵》

才有幕中畫，而無塞上勳。孟《送吴宣從事》

平仄仄平仄　　平平平仄平

人事一朝盡，荒蕪三徑休。孟《尋滕逸人》

花隱掖垣暮，啾啾栖鳥過。杜《春宿左省》

明府豈辭滿，藏身方告勞。杜《北鄰》

何限倚山木，吟詩秋葉黄。杜《和裴迪》

清曉盥秋水，高窗留夕陰。温《正見寺》

右一格，唱句第一、第三字平仄對换，而對句凡三變。首變與唱句皆以一、三平仄互换爲對，得變中之正。次變自粘，蓋唱句平仄雖顛倒而實停匀，可以不救也。三變叠用四平。

變粘第六格

仄仄平平仄　　仄平平仄平

下第常稱屈，少年心獨輕。韋《送槐廣》

晚憩支公室，故人逢右軍。孟《同王九題就師山房》排律

萬里橋南宅，百花潭北莊。杜《懷錦水居止二首》

珠館薰然久，玉房梳掃餘。李《槿花》

灑砌聽來響，卷簾看已迷。李《細雨成詠》排律

仄仄平平仄　　平平平仄平

忽解羊頭削，聊馳熊首轓。王《送封太守》

向夕槐烟起，葱籠池館曛。孟《初出關》

側聽絃歌宰，文書遊夏徒。孟《同盧明府》

再有朝廷亂，難知消息真。杜《傷春》排律

荏弱樓前柳，輕空花外窗。温《春日寄岳州從事》

右一格，唱句正粘，而對句再變。初變三平，以救首字之仄，至唱句無所用其救也。再變疊四平。

變粘第七格

平仄平平仄　　平平平仄平

春岸桃花水，雲帆楓樹林。杜《南征》

右一格，唱句較前格唱句第一字用平爲異，然皆得爲正粘也。蓋唱句仄起者，其第一字平仄固所不論。

變粘第八格

平仄平仄仄　　平平平仄平

朱李沉不冷，凋胡炊屨新。杜《熱三首》

首聯仄起，唱句末字押韵

正粘

仄仄仄平平第一字可平。　　平平仄仄平第一字忌仄。

變粘第一格

仄仄平仄平　　平平平仄平

北闕休上書，南山歸敝廬。孟《歲暮歸南山》

二月湖水清，家家春鳥鳴。孟《晚春》

仄仄平仄平　　平平仄仄平

八月湖水平，涵虚混太清。孟《臨洞庭作》

右一格，唱句第三、第四字平仄對换，而對句凡再變。

變粘第二格

平仄仄仄平　　平平仄仄平

花竹有薄埃，嘉遊集上才。温《題安豐里》

右一格，唱句中三字叠仄。

變粘第三格

仄仄仄平平　　平平平仄平

宛洛有風塵，君行多苦辛。王《送丘爲住唐州》

十五彩衣年，承歡慈母前。孟《送張參明經》

落日在簾鈎，溪邊春事幽。杜《落日》

故道木陰濃，荒祠山影東。温《題蕭山廟》

仄仄仄平平　　仄平平仄平

涕泗不能收，哭君余白頭。杜《重題》

右一格，唱句自粘，而對句凡再變。次變第三字之平，所以救首字之仄也。

變粘第四格

平仄仄平平　　平平平仄平

何幸遇休明，觀光來上京。孟《送袁太祝》

相近竹參差，相過人不知。杜《過南鄰朱山人水亭》

經客有餘音，他年終故林。温《經李羽士東樓》

首聯平起，唱句末字不押韵

正粘

平平平仄仄首字可仄。　　仄仄仄平平首字可平。

變粘第一格

仄平仄平仄　　平仄平平平
拂衣去何處，高枕南山南。孟《京還贈張維》

仄平仄平仄　　仄仄平平平
所思竟何在，悵望深荆門。王《寄荆州張丞相》
水樓一登眺，半出青林高。孟《與杭州薛司户》
義公習禪寂，結宇依空林。孟《大禹寺》

仄平仄平仄　　仄仄平仄平
月中一雙鶴，石上千尺松。温《寄山中人》

仄平仄平仄　　平仄平仄平
楚關望秦國，相去千里餘。孟《送盧少府》

右一格，唱句第三、第四字平仄對換，而對句凡四變。唱句原可不救。其第三變、四變亦各以其第三、第四字平仄互换爲對者也。

變粘第二格

仄平仄仄仄　平仄仄平平

亦知戍不返，秋至拭清砧。杜《擣衣》

洛陽昔陷没，胡馬犯潼關。杜《洛陽》

仄平仄仄仄　仄仄仄平平

蜀琴久不弄，玉匣細塵生。孟《贈道士參寥》

一桃復一李，井上占年芳。李《判春》

右一格，唱句疊四仄，而對句自粘。

變粘第三格

平平仄仄仄　平仄仄平平

男兒一片氣，何必五車書。孟《送告八》

三川不可到，歸路晚山稠。杜《晚行口號》

幽人不倦賞，秋暑貴招邀。李《無題》

平平仄仄仄　　仄仄仄平平

幽尋得此地，詎有一人曾。王《韋給事山居》

卑棲却得性，每與白雲深。王《留别錢起》

官閒得去住，告别戀音徽。韋《送元倉曹》

青冥亦自守，軟弱强扶持。杜《苦竹》

全溪不可到，况復盡餘醅。李《子初全溪》

都無色可並，不奈此香何。李《荷花》

右一格，唱句連三仄，而對句自粘。

變粘第四格

仄平平仄仄　　仄仄平平平

結茅臨古渡，卧見長淮流。韋《淮上遇洛陽李主簿》

右一格，唱句自粘，而對句連三平。

變粘第五格

仄平平平仄　　平仄仄仄平
與君園廬並，微尚頗亦同。孟《題張野人園廬》
　　右一格，句中三字平仄各連爲對，尤變中之變。

首聯平起，唱句末字押韵

正粘

平平仄仄平　　仄仄仄平平

變粘第一格

平平平仄平　　仄仄仄平平
野老門前江岸迴，柴門不正逐江開。杜《野老》
白社幽閒君暫居，青雲器業我全疎。李《和劉評事》
驅車何日閒，擾擾路歧間。温《途中有懷》

平平平仄平　　平仄仄平平

丞相祠堂何處尋，錦官城外柏森森。杜《蜀相》

隋堤楊柳烟，孤櫂正悠然。温《送淮陰孫令之官》

右一格，唱句疊四平，而對句自粘。

變粘第二格

仄平平仄平　　仄仄仄平平

照梁初有情，出水舊知名。李《無題》

右一格，唱句第三字之平乃以救首字之仄，故對句自粘。

次聯仄起

正粘

仄仄平平仄第一字可平。　　平平仄仄平第一字忌仄。

變粘第一格

仄仄仄仄仄　　平平平仄平

竹碧轉悵望，池清尤寂寥。李《無題》

未必斷别泪，何曾妨夢魂。李《魏侯第東北樓堂郢叔言别》

夜夜桂露濕，村村桃水香。李《玄微先生》排律

仄仄仄仄仄　　平平仄仄平

結構意不淺，嵓潭趣轉深。孟《和于判官》排律

二女竹上泪，孤臣水底魂。韓《晚泊江口》

右一格，唱句五字皆仄，對句較首聯無「仄平平仄平」一變。

變粘第二格

平仄仄仄仄　　平平平仄平

非爾更苦節，何人符大名。杜《送竇九歸成都》

平仄仄仄仄　　仄平平仄平

良會不復久，此生何太勞。杜《王閬州筵》排律

右一格，唱句惟首字平聲，對句較首聯無「平平仄仄平」粘法。

變粘第三格

仄仄平仄仄　　平平平仄平

暢以沙際鶴，兼之雲外山。王《泛前陂》

日隱桑柘外，河明閭井間。王《淇上即事》

落日池上酌，清風松下來。孟《裴司士見訪》

左右瀍澗水，門庭緱氏山。孟《題李十四莊》

未息豺虎鬥，空慙鴛鷺行。杜《暮春題瀼西新賃草屋》

閭閻書籍滿，輕輕花絮飛。杜《宴胡侍御》

仄仄平仄仄　　仄平平仄平

萬里音信斷，數年雲雨乖。孟《奉先張明府休沐》排律

主人送客何所作，行酒賦詩殊未央。杜《章梓州橘亭餞成都竇少尹》

右一格，唱句惟第三字平聲，對句較首聯無「仄平仄平平」一變。

變粘第四格

仄仄仄平仄　　平平平仄平

落日鳥邊下，秋原人外閑。王《登裴迪秀才小臺作》
策馬雨中去，逢人關外稀。韋《送榆次林明府》
一逕野花落，孤村春水生。杜《遣意》
映階碧草自春色，隔葉黄鸝空好音。杜《蜀相》
況與故人别，那堪羈宦愁。韓《祖席》
敢伐不加點，猶當無愧辭。李《譔彭陽公志文畢有感》
梅花大庾嶺頭髮，柳絮章臺街裏飛。李《對雪》
候騎不傳箭，回文空上機。温《送并州郭書記》

仄仄仄平仄　　仄平平仄平
遠自鶴林寺，了知人世空。韋《夜遇詩僧》
已近苦寒月，況經長别心。杜《擣衣》
一條雪浪吼巫峽，千里火雲燒益州。李《送崔珏》
古樹老連石，急泉清露沙。温《盧岵山居》

仄仄仄平仄　　平平仄仄平

鳥道一千里，猿啼十二時。王《送楊長史》

草木本無意，枯榮自有時。孟《江上寄崔國輔》

日夕弄清淺，林端逆上流。孟《送張祥之房陵》

右一格，唱句惟第四字平聲，對句較首聯無「仄平仄仄平」一變。

變粘第五格

平仄仄平仄　　仄平平仄平

衫裾翠微潤，馬銜青草嘶。杜《自閬州領妻子却赴蜀山行》

歌發百花外，樂調深竹間。李《南潭上》排律

先知風起月含暈，猶自露寒花未開。李《正月崇讓宅》

沙净有波迹，岸平多草烟。温《送人南遊》

平仄仄平仄　　平平平仄平

相去日千里，孤帆天一涯。孟《宿永嘉江》

移職自樊沔，芳聲聞帝畿。孟《聞裴侍御朏》

簷雨亂淋幔，山雲低度牆。杜《秦州雜詠》

風月自清夜，江山非故園。杜《日暮》
鳬雁野塘水，牛羊春草烟。温《渚宫晚春》
右一格，唱句第一、第三字平仄對换，對句較首聯無「平平仄仄平」粘法。

變粘第六格

仄仄平平仄　仄平平仄平
貰得新豐酒，復聞秦女筝。王《與盧象集朱家》

仄仄平平仄　平平平仄平
古木無人徑，深山何處鐘？王《過香積寺》
北土非吾願，東林懷我師。孟《秦中感秋》
燭吐蓮花艷，妝成桃李春。孟《宴崔明府》排律
水北樓臺近，城南車馬稀。韋《賦得鼎門》
養拙干戈際，全生麋鹿群。杜《暮春題瀼西新賃草屋》
舊來好事今能否，老去新詩誰與傳？杜《因許八奉寄江寧旻上人》
右一格，唱句正粘，而對句再變，與首聯同。

變粘第七格

平仄平平仄　　平平平仄平
徒御猶迴首，田園方掩扉。王《送崔九》
家住青山下，門前芳草多。韋《送别覃孝廉》
昔年曾是江南客，此日初爲關外心。李《出關宿盤館》

右一格，唱句較前格唱句首字用平爲異。説具首聯。

變粘第八格

平仄平仄仄　　平平平仄平
江斂洲渚出，天虚風物清。杜《獨坐》

平仄平仄仄　　仄平平仄平
流水如有意，暮禽相與還。王《歸嵩山作》
卷簾飛燕還拂水，開户暗蟲猶打窗。李《水齋》

平仄平仄仄　　平平仄仄平

耕釣方自逸，壺觴趣不空。孟《題張野人園廬》

右一格，唱句第三、第四字平仄對换，而對句三變，挍首聯爲備。

次聯平起

正粘

平平平仄仄首字可仄。　　仄仄仄平平首字可平。

變粘第一格

仄平仄仄仄　　平仄仄平平

隱居不可見，高論莫能酬。孟《梅道士》

峴山不可見，風景令人愁。孟《途中九日》

仄平仄仄仄　　仄仄仄平平

以吾一日長，念爾聚星稀。孟《送洗然弟》

祇應盡客泪，復作掩荆扉。杜《贈韋贊善》

幾年一會面，今日復悲歌。杜《湖中送敬十使君》

仄平仄仄仄　平仄平平平

素琴入爽籟，山酒和春容。温《正見寺》

右一格，唱句叠四仄，而對句凡三變。第二變即榕村説「蜂腰」對法，首聯所未備。

變粘第二格

平平仄仄仄　平仄仄平平

門看五柳識，年算六身知。王《慕容承携素饌見過》

春雷百卉坼，寒食四鄰清。孟《李氏園卧疾》

平田出郭少，盤壠入雲長。孟《行至漢川》排律

親朋盡一哭，鞍馬去孤城。杜《送遠》

風輕粉蝶喜，花暖蜜蜂喧。杜《弊廬遺興》

秋池不自冷，風葉共成喧。李《雨》

沙禽失侶遠，江樹著烟輕。李《城上》

平平仄仄仄　　仄仄仄平平

林花掃更落，徑草踏還生。孟《晚春》

横行塞北盡，獨步漢南來。孟《與張折衝遊耆闍寺》

猶存袖裏字，忽怪鬢中絲。韋《揚州偶會前洛陽盧耿主簿》

塵中老盡力，歲晚病傷心。杜《病馬》

猶聞蜀父老，不忘舜謳歌。杜《懷錦水居止》

風能拆芡觜，露亦染梨腮。韓《獨釣》

梅應未假雪，柳自不勝烟。李《曉坐》

初陽到古寺，宿鳥起寒林。温《正見寺》

右一格，唱句連三仄，對句粘法與首聯同。

變粘第三格

平平平仄仄　　仄仄平平平

如何關塞阻，轉作瀟湘遊。杜《去蜀》

右一格，唱句自粘，對句連三平。

變粘第四格

平平仄平仄　　平仄平平平

寒燈坐高館，秋雨聞疎鐘。王《黎拾遺昕》

平平仄平仄　　平仄仄平平

歸來一登眺，陵谷尚依然。孟《傷峴山》

右一格，唱句第三、第四字平仄對换，而對句再變。唱句原可不救，故第一變自粘。

三聯仄起

正粘

仄仄平平仄首字可平。　　平平仄仄平首字忌仄。

變粘第一格

仄仄仄仄仄　　平平平仄平

草木歲月晚，關河霜雪清。杜《送遠》

粉壁正蕩水，緗幃初卷燈。李《僧院牡丹》

稍稍落蝶粉，班班融燕泥。李《細雨成詠》

寄恨一尺素，含情雙玉璫。李《夜思》排律

仄仄仄仄仄　　仄平平仄平

漸與骨肉遠，轉於僮僕親。孟《除夜》

洗幘豈獨古，濯纓良在兹。孟《陪張丞相》排律

不卷錦步幛，未登油壁車。李《朱槿花》

右一格，唱句五字皆仄，對句變法有首聯之「仄平平仄平」，却無「平平仄仄平」，與次聯異。

變粘第二格

平仄仄仄仄　　平平平仄平

河漢不改色，關山空自寒。杜《初月》

求之流輩豈易得，行矣關山方獨吟。李《復至裴明府所居》

平仄仄仄仄　　仄平平仄平
腸斷未忍掃，眼穿仍欲歸。李《落花》
啼久艷粉薄，舞多香雪翻。李《小桃園》

平仄仄仄仄　　平平仄仄平
寒日夕始照，風江遠漸平。韓《次石頭驛》
右一格，唱句惟首字平聲，對句變法與首聯同。

變粘第三格

仄仄平仄仄　　平平平仄平
稍稍烟集渚，微微風動襟。杜《送嚴侍郎》排律
暮景巴蜀僻，春風江漢清。杜《送李卿》

仄仄平仄仄　　仄平平仄平
竹閉窗裏日，雨隨堦下雲。孟《同王九》排律
早泊雲物晦，逆行波浪慳。杜《銅官渚守風》

賈傅才未有，褚公書絶倫。杜《發潭州》

仄仄平仄仄　平平仄仄平

遠岫重疊出，寒花散亂開。韓《獨釣》

仄仄平仄仄　平平仄平平

獨坐殊未厭，孤斟詎能醒。韓《閒遊》

右一格，唱句惟第三字平聲，而對句凡四變。其第一、第二變，則首聯、次聯所同。

變粘第四格

仄仄仄平仄　平平平仄平

日夜故園意，汀洲春草生。孟《永嘉别張子容》

草露亦多濕，蛛絲仍未收。杜《獨立》

虎氣必騰踔，龍身寧久藏。杜《蕃劍》

鳥下見人寂，魚來聞餌馨。韓《獨釣》

汨續淺深綆，腸危高下絃。李《曉坐》

減粉與園籜，分香沾渚蓮。李《李花》
此意竟難折，伊人成古今。温《登李羽士東樓》

仄仄仄平仄　　仄平平仄平
落帽恣歡飲，授衣同試新。孟《九日》
就枕滅明燭，扣船聞夜漁。孟《宿武陵》
遂性在耕稼，所交唯賤貧。韋《冬夜宿司空野居》
雪嶺界天白，錦城曛日黄。杜《懷錦水居止》
負米夕葵外，讀書秋樹根。杜《孟氏》
雨氣燕先覺，葉陰蟬遽知。李《送豐都李尉》
薄宦梗猶泛，故園蕪已平。李《蟬》
獨鳥楚山遠，一蟬關樹愁。温《寄友人》

仄仄仄平仄　　平平仄仄平
曳曳半空裏，溶溶五色分。孟《行至汝墳》
沈約只能瘦，潘仁豈是才。李《寄裴衡》

右一格，唱句唯第四字平聲，對句三變與次聯同。

變粘第五格

平仄仄平仄　仄平平仄平

鄖國稻苗秀，楚人菰米肥。王《送友人南歸》

樵子暗相失，草蟲寒不聞。孟《遊精思觀》

喬樹别時緑，客程關外長。韋《送黎六郎》

春色豈相訪，衆雛還識機。杜《歸燕》

花亞欲移竹，鳥窺新卷簾。杜《入宅》

流處水花急，吐時雲葉鮮。李《月》

巢暖碧雲色，影孤清鏡輝。温《詠山雞》

平仄仄平仄　平平仄仄平

山館夜聽雨，秋猿獨叫群。韋《送顔司議》

柳眉空吐效顰葉，榆莢還飛買笑錢。李《和題真娘》

朱户雀羅設，黄門馭騎來。温《安豐里》

平仄仄平仄　平平平仄平

菱蔓弱難定，楊花輕易飛。王《歸輞川作》

鄉淚客中盡，歸帆天際看。孟《早寒江上》

疎樹共寒意，遊禽同暮還。韋《同韓郎中閑庭南望》

江漢故人少，音書從此稀。杜《贈韋贊善》

妻子寄他食，園林非昔遊。杜《過故斛斯校書莊》

窗迴有時見，簷高相續翻。李《雨》

村小犬相護，沙平僧獨歸。李《桂林路中》

江上幾人在，天涯孤棹還。温《送人東遊》

右一格，唱句第一、第三字平仄對换，對句三變與首聯同。

變粘第六格

仄仄平平仄　仄平平仄平

豈意餐霞客，忽隨朝露先。孟《傷峴山雲表上人》

仄仄平平仄　平平平仄平

挂席樵風便，開軒琴月孤。孟《尋張五》
晚對青山別，遥尋芳草行。韋《送槐廣》
匡衡抗疏功名薄，劉向傳經心事違。杜《秋興》

右一格，唱句正粘，對句變法與首、次聯同。

變粘第七格

平仄平平仄　平平平仄平
寒迴山河浄，天長雲樹微。王《送崔興宗》

右一格，唱句首字較前格用平爲異。説具前。

變粘第八格

平仄平仄仄　平平平仄平
誰採籬下菊，應閑池上樓。孟《途中九日》
平仄平仄仄　仄平平仄平
生理飄蕩拙，有心遲暮違。杜《登舟將適漢陽》排律

中憲方外易，尹京將就拘。李《哭虔州楊侍郎》排律

花白風露晚，柳清街陌閑。温《題薛昌之》

平仄平仄仄　　平平仄仄平

高鳥能擇木，羝羊漫觸藩。孟《寄趙正字》

右一格，唱句第三、第四字平仄對换，對句變法與次聯同。

三聯平起

正粘

平平平仄仄首字可仄。　　仄仄仄平平首字可平。

變粘第一格

仄平仄平仄　　仄仄平平平

牧童望村去，獵犬隨人還。王《淇上即事》

暫遊阻詞伯，却望懷青關。杜《暫如臨邑》

仄平仄平仄　　仄仄平仄平

臥聞海潮至，起視江月斜。孟《宿永嘉江》

右一格，唱句第三、第四字平仄對換，對句變法得首聯之半。

變粘第二格

平平仄仄仄　　平仄仄平平

官橋祭酒客，山木女郎祠。王《送楊長史》

山藏伯禹穴，城壓伍胥濤。孟《與杭州薛司户登樟亭驛》

門無俗士駕，人有上皇風。孟《題張野人》

皇華一動詠，荆國幾謳吟。孟《和于判官》排律

平平仄仄仄　　仄仄仄平平

寒山獨過雁，暮雨遠來舟。韋《淮上遇洛陽李主簿》

隨風隔幔小，帶雨傍林微。杜《螢火》

右一格，唱句連三仄，對句粘法與首、次聯同。

末聯仄起

正粘

仄仄平平仄第一字可平。　平平仄仄平第一字忌仄。

變粘第一格

平仄仄仄仄　平平平仄平

因向智者説，游魚思舊潭。孟《贈張維》

君意在利涉，知音期暗投。孟《送張祥之房陵》

右一格，唱句首字平聲，而對句無他變。

變粘第二格

仄仄平仄仄　平平平仄平

撫躬道直誠感激，在野無賢心自驚。李《贈田叟》

仄仄平仄仄　　平平仄仄平

舊徑蘭勿翦，新堤柳欲陰。孟《和于判官》排律

右一格，唱句第三字用平，而對句再變。

變粘第三格

仄仄仄平仄　　平平平仄平

了自不相顧，臨堂空復情。王《待儲光羲》

細雨荷鋤立，江猿吟翠屏。杜《暮春題瀼西新賃草屋》

客意自如此，非關行路難。温《西遊書懷》

仄仄仄平仄　　仄平平仄平

慰此斷行別，邑人多頌聲。韋《奉送從兄宰晉陵》

誰人爲報故交道，莫惜鯉魚時一雙。李《水齋》

日暮鳥飛散，滿山蕎麥花。温《處士盧岵山居》

仄仄仄平仄　　平平仄仄平

復值接輿醉，狂歌五柳前。王《輞川閒居》
語笑且爲樂，吾將達此生。王《與盧象集朱家》
萬里獨飛去，南風遲爾音。孟《送袁十》
未有桂陽使，裁書一報君。韋《對韓少尹》

右一格，唱句惟第四字平聲，對句三變，與次聯、三聯同。惟首聯多「仄平仄仄平」一變。

變粘第四格

平仄仄平仄　　平平仄仄平
知爾不能薦，羞稱獻納臣。王《送丘爲》

平仄仄平仄　　平平平仄平
唯有白雲外，疎鐘聞夜猿。王《酬虞部蘇員外》
晨策已云整，當同林下期。韋《酬李博士》
鸞鳳戲三島，神仙居十洲。李《牡丹》
唯有一杯酒，相思高楚天。温《送人南遊》

右一格，唱句第一、第三字平仄對換，對句較首聯無「平平仄仄平」粘法。

變粘第五格

仄仄平平仄　　仄平平仄平

憶想蘭陵鎮，可宜猿夜啼。王《送張五諲》

仄仄平平仄　　平平平仄平

好去扁舟客，青雲何處期？韋《送李二》

所謝非玄度，聊將詩興同。韋《夜遇詩僧》

用盡閨中力，君聽空外音。杜《擣衣》

右一格，唱句正粘，對句再變，諸聯均同。

變粘第六格

平仄平平仄　　平平平仄平

霄漢時回首，知音青瑣闈。王《留別錢起》

江漢風流地，遊人何處歸？王《送崔九》

行旅時相問，潯陽何處邊？孟《夜渡湘水》

右一格，唱句首字較前格用平爲異。

末聯平起

正粘

平平平仄仄首字可仄。　仄仄仄平平首字可平。

變粘第一格

仄平仄仄仄　平仄仄平平
坐聞白雪唱，翻入棹歌中。孟《和李侍御》
別離已昨日，因見古人情。杜《送遠》

仄平仄仄仄　仄仄仄平平
故巢儻未毁，會傍主人飛。杜《歸燕》

右一格，唱句疊四仄，對句自粘，與首聯同。

變粘第二格

平平仄仄仄　平仄仄平平

須令外國使，知飲月支頭。王《送平澹然》

當杯已入手，歌妓莫停聲。孟《晚春》

方期九日聚，還待二星迴。孟《峴山餞房琯》

叨逢罪己日，霑灑望青霄。杜《收京三首》

行看五馬入，蕭颯已隨軒。韓《郴州祈雨》

持竿至日暮，幽詠欲誰聽。韓《閑遊》

徐妃久已嫁，猶自玉爲鈿。李《李花》

良宵一寸焰，回首是重幃。李《如有》

平平仄仄仄　仄仄仄平平

茱萸正可佩，折取寄情親。孟《九日》

開筵且共賞，莫待繡衣新。韋《早春對雪》

庭前有白露，暗滿菊花團。杜《初月》

右一格，唱句連三仄，對句粘法與首、次、三聯均同。

變粘第三格

平平平平仄　仄仄仄平平

東南高亭上，莫使有風塵。王《送元中丞》

右一格，唱句直連四平，對句自粘不救。

變粘第四格

平平仄平仄　平仄平平平

聊題一詩興，因寄盧徵君。孟《行至汝墳》

右一格，唱句三、四對換，此法唐人多用，雖應制不避。對向叠四平，可備一變。唱句不必救也。

杜《送盧十四》第五聯：長路更執紼，此心猶倒衣。

孟《和于判官》第八聯：耆舊眇不接，崔徐無處尋。

律詩四辨卷二

清溪李宗文郁齋撰

辨病小引

詩之名以律也，吾不知其所取。或以平仄鄰比朋當，比之晉、魏以上詩，尤易以叶律歟？或以周顒、沈約創爲八病之條，如政事之有律，凛乎其不可犯歟？不可知也。自周、沈列其條，後之人因爲之解，其解各出，取而按之成句，所不敢犯者惟「上尾」一病；其他句中，則或一犯，或兼犯，不可僕數。夫字有其義，不可移也；聲要於諧，不可强也。有時於聲戾，於字順，古人至於不可兼顧，而擇其要，則惟字求其職而已。爰於分條之下，先會其解，次取成句之犯者，每家略舉一二條，俾學者權其緩急，得所避就。作《辨病》。笠翁論「旁紐」，推及「雙聲」，故以「雙聲叠韵」附後。清溪李宗文書。

辨病

周顒、沈約論詩八病，一曰「平頭」，二曰「上尾」，三曰「蜂腰」，四曰「鶴膝」，五曰「大韵」，六曰「小韵」，七曰「正紐」，八曰「旁紐」。

平頭

榕村説曰：「『平頭』者，謂首字同韵也。如唱句首字東韵，則對句首字不當復用東韵。」

李笠翁曰：「一『平頭』病，第一字不得與第六字同聲，第二字不得與第七字同聲。如『今日良宴會，歡樂難具陳』，『今』、『歡』同聲，『日』、『樂』同聲是也。」

按：笠翁説不明，必須一、六與二、七皆同聲始病？抑一同六，二同七，即爲病乎？考律句體，二平則七必仄，二仄則七必平。苟非拗體，絶無同聲之二、七矣。如病在一、六，不律二、七，則一平六亦平，一上六亦上，一去入六亦去亦入者，律句比比而然，何必唐人。榕村以一、六同韵爲解，犯者如左。

王《酬嚴少尹》首聯：「公門暇日少，窮巷故人稀。」「公」、「窮」同東韵。《送崔興宗》末聯：「方同菊花節，相待洛陽扉。」「方」、「相」同陽韵。

孟《歸至郢中》首聯：「遠遊經海嶠，返棹歸山阿。」「遠」、「返」同阮韵。《送袁太祝》三聯：「隨牒牽黄綬，離群會墨卿。」「隨」、「離」同支韵。《送張子容》末聯：「無使谷風誚，須令友道存。」「無」、「須」同虞韵。

韋《假中對雨》三聯：「流麥非關忘，收書獨不能。」「流」、「收」同尤韵。

杜《秦州雜詠》第五首前兩聯：「南使宜天馬，由來萬匹强。浮雲連陣没，秋草徧山長。」「由」、「浮」、「秋」同尤韵。《自瀼西荆扉》首聯：「白鹽危嶠北，赤甲古城東。」「白」、「赤」同陌韵。《課小豎鉏》次聯：「背堂資僻遠，在野興清深。」「背」、「在」同隊韻。《奉送韋中丞》三聯：「王室仍多故，蒼生倚大臣。」「王」、「蒼」同陽韻。

韓《和席八》第八聯：「芳菲含斧藻，光景暢形神。」「芳」、「光」同陽韻。

李《北樓》首聯：「春物豈相干，人生只强歡。」「春」、「人」同真韻。《王十二兄》次聯：「更無人處簾垂地，欲拂塵時簟竟牀。」「人」、「塵」同真韻。

温《題安豐里》首聯：「花竹有薄埃，嘉遊集上才。」「花」、「嘉」同麻韻。《李羽處士》次聯：「已恨流鶯期謝客，更將浮蟻與劉郎。」「流」、「浮」同尤韻。

上尾

榕村説曰：「『上尾』者，末字同韻也。除首兩句韻脚可以相叶，餘聯則末字當避。」

李笠翁曰：「二『上尾』病，第五字不得與第十字同聲。如『西北有高樓，上與浮雲齊』，『樓』、『齊』同聲是也。」

按：榕村謂禁同韻，笠翁則併同聲禁之。按律詩押平韻者，第十字平，則第五字必仄，未有犯此者。但如杜《杜位宅守歲》首聯「守歲阿戎家，椒盤已頌花」，又如孟《臨洞庭》首聯「八月湖水平，涵虚混太清」，第五、第十用韻乃同，必如榕村解始備。

蜂腰

榕村説曰：「『蜂腰』者，謂五字中四平夾一仄，或四仄夾一平也。」李笠翁曰：「三『蜂腰』病，第二字不得與第五字同聲，兩頭大，中心細，如蜂腰也。如『聞君愛我甘，切欲自修飾』，『君』、『甘』同平聲，『欲』、『飾』同入聲也。」

按：笠翁此説，以律詩求之，如對句第五字押平韵者，適遇第二字當平，固不得而避也。殆對句平同，必出句同上、同去、同入，而後爲病歟？考成句，竟有同韵者，條列於後。

孟《崔明府宅》首聯：「白日既云暮，朱顔亦已酡。」王《送楊長史》次聯：「鳥道一千里，猿啼十二時。」李《寄裴衡》三聯：「沈約只能瘦，潘仁豈是才。」韋《對韓少尹》末聯：「未有桂陽使，裁書一報君。」

李《判春》首聯：「一桃復一李，井上占年芳。」杜《贈韋贊善》次聯：「祇應盡客泪，復作掩荆扉。」杜《送遠》末聯：「别離已昨日，因見古人情。」以上三格，出句皆四仄夾一平，而對句平仄自叶者也。其有對句平仄先後、多寡凌錯，則出句或以相救，故不舉爲例。下放此。

温《途中有懷》首聯：「驅車何日閑，擾擾路歧間。」此格出句四平夾一仄，惟首聯出句用韵者有之。

温《春日寄岳》首聯：「荏弱樓前柳，輕空花外窗。」王《送崔九》次聯：「徒御猶迴首，田園方掩扉。」韋《送槐廣》三聯：「晚對青山别，遥尋芳草行。」杜《擣衣》末聯：「用盡閨中力，君聽空外音。」

杜《過南鄰》首聯：「相近竹參差，相過人不知。」以上二格，對句皆四平夾一仄，而出句自叶者也。又對句應有「平仄平平平」一格，檢成句，間或用以救出句耳，想必有故。

李《李花》首聯：「李徑獨來數，愁情相與懸。」韋《送榆次林》次聯：「策馬雨中過，逢人關外稀。」杜《獨立》三聯：「草露亦多濕，蛛絲仍未收。」温《西遊書懷》末聯：「客意自如此，非關行路難。」温《正見寺》次聯：「素琴入爽籟，山酒和春容。」以上二格，出句皆四仄夾一平，而以四平夾一仄爲之對者也。聞之父大人曰：「蜂腰雖病，若乃兩句並犯，平仄相當，謂之拗對，間亦可用。」又對句「平仄平平平」一格，惟温《正見寺》用之，亦以救出句四仄一平之病。可見此格古人少用。

右所舉蜂腰，如榕村説。

王《送孫秀才》次聯：「玉枕雙文簟，金盤五色瓜。」「枕」、「簟」同上，「盤」、「瓜」同平。《涼州郊外》三聯：「灑酒澆芻狗，焚香拜木人。」「酒」、「狗」同有韵。

韋《淮上逢李》末聯：「日夕逢歸客，那能忘舊遊。」「夕」、「客」同陌韵。

杜《觀李固》首聯：「簡易高人意，匡牀竹火爐。」「易」、「意」同寘韵。《遊何將軍》三聯：「野鶴清晨出，山精白日藏。」「鶴」、「出」同入聲。《重遊》首聯：「山雨樽仍在，沙沉榻未移。」「雨」、「在」同去聲，「沉」、「移」同下平聲。

韓《太后挽歌》次聯：「配地行新祭，因山託故封。」「地」、「祭」同去，「山」、「封」同上平聲。又末聯：「無復臨長樂，空聞報曉鐘。」「復」、「樂」同入聲。

李《槿花》三聯：「月裏寧無姊？雲中亦有君。」「裏」、「姊」同紙韻。《謝先輩防》第五聯：「南浦無窮樹，西樓不住烟。」「浦」、「樹」同麌韻。《膓》第四聯：「隔樹澌澌雨，通池點點荷。」「樹」、「雨」同麌韻。《過故府中》三聯：「新蒲似筆思投日，芳草如茵憶吐時。」「筆」、「日」同質韻。《馬嵬》末聯：「如何四紀爲天子，不及盧家有莫愁。」「紀」、「子」同紙韻。《蜀中離席》三聯：「座中醉客延醒客，江上晴雲雜雨雲。」以此聯推之，可見蜂腰爲病，固有時不得而避也。

温《寄清涼寺》次聯：「窗間半偈聞鐘後，松下殘棋送客回。」「偈」、「後」同去，「棋」、「回」同下平聲。

右所舉蜂腰，如笠翁説。

鶴膝

榕村説曰：「『鶴膝』者，謂下三字累三平，或疊三仄也。」李笠翁曰：「四『鶴膝』病，第五字不得與第十五字同聲。如『客從遠方來，遺我一書札。上言長相思，下言久離别』，『來』、『思』皆平聲也。若一句舉其法，第三字不得與第五字相犯，第五字不得與第七字相犯。」

按：笠翁以同用平聲在第五、第十五字即爲「鶴膝」。求之律詩，倘首句不押平韵，必與第三句末字仄聲相犯，且推之三、五、七句末字皆仄，所謂「鶴膝」，每詩數犯矣。顧其引以爲例，則「來」也、「思」也，竊意「來」入灰，「思」入支，於古韵可通。使雖同平聲，而非出於佳、灰、支、微、齊，未必於聲即病也。考成句，竟有本韵相犯者，條列於後。所云第三、第五、第七字相犯，即榕村說之禁疊三也。

王《韋給事山居》首聯：「幽尋得此地，詎有一人曾。」孟《晚春》次聯：「林花掃更落，徑草踏還生。」孟《與杭州薛》三聯：「山藏伯禹穴，城壓伍胥濤。」韓《閒遊》末聯：「持竿至日暮，幽詠欲誰聽。」以上出句皆疊三仄，而對句平仄自叶者，下放此說。具「蜂腰」條下。

杜《去蜀》次聯：「如何關塞阻，轉作瀟湘遊。」對句疊三平，而出句自叶者。句末疊三平，通蜂腰、鶴膝，皆所少用如此。

杜《贈王十》三聯：「時危未授鉞，勢屈難爲功。」温《谿上行》次聯：「雪羽襹褷立倒影，金鱗撥剌跳晴空。」以上出句疊三仄，而疊三平以爲對者，亦是拗體。

右所舉鶴膝，如榕村說。

王《過感化寺》前聯：「暮持筇竹杖，相待虎溪頭。催客聞山響，歸房逐水流。」「杖」、「響」同養韻。

孟《送張子容》前聯：「夕曛山照滅，送客出柴門。惆悵野中別，殷勤醉後言。」「滅」、「別」同屑韻。

韋《送開封盧少府》前聯：「雄藩車馬地，作尉有光輝。滿席賓常侍，闐街燭夜歸。」「地」、「侍」同寘韻。《路逢崔元二侍御》中聯：「俱是攀龍客，空爲避馬人。見招翻跼蹐，相問甚殷勤。」「客」、「蹐」同陌韻。《陪王郎中》後聯：「暮館花微落，春城雨暫寒。甕間聊共酌，莫使宦情闌。」「落」、「酌」同藥韻。

杜《移居夔州》二、三、四聯：「春知催柳別，江與放船清。農事聞人說，山光見鳥情。禹功饒斷石，且就土微平。」「別」、「說」同屑韻，「別」、「說」、「石」又同入聲。

韓《叉魚》第十五、十六聯：「如棠名既誤，釣渭日徒消。文客驚先賦，篙工喜盡謡。」「誤」、「賦」同遇韵。

李《寓目》前聯：「園桂懸心碧，池蓮飫眼紅。此生真遠客，幾別即衰翁。」「碧」、「客」同陌韵。《送豐都李尉》前聯：「萬古商於地，憑君泣路歧。固難尋綺季，可得信張儀。」「地」、「季」同寘韵。《槿花》首聯：「珠館薰然久，玉房梳掃餘。」「梳」、「餘」同魚韵。

温《題采藥翁》中聯：「衣濕朮花雨，語成松嶺烟。解藤開澗户，踢石過溪泉。」「雨」、「户」同麌韵。《贈僧岳雲》二、三、四聯：「一室故山月，滿瓶秋澗泉。禪庵過微雪，鄉寺隔寒烟。應共白蓮客，相期松桂前。」「月」、「雪」、「客」同入聲。《馬嵬驛》後聯：「香輦卻歸長樂殿，曉鐘還下景陽樓。甘泉不得重相見，誰道文成是故侯。」「殿」、「見」同霰韵。《谿上行》後聯：「風翻荷葉一向白，雨濕蓼花千穗紅。心羡夕陽波上客，片時歸夢釣船中。」「白」、「客」同陌韵。《西江貽釣叟》次聯：「夜泪潛生竹枝曲，春潮遥聽木蘭舟。」「竹」、「曲」同屋韵。

右所舉鶴膝，如笠翁説。

大韵

榕村説曰：「『大韵』者，謂犯韵脚字也，如既以其字爲韵脚，則句中不可復用。」

按：所謂句中如即用韵脚之本句，則犯者少。如通首句中多有犯者，條列於後。

李笠翁曰：「五『大韵』病，如五言以『新』字爲韵，九字内用『津』、『人』字爲大韵，如『胡姬年十五，春日正當壚』，『胡』、『壚』同聲是也。」

按笠翁此條以同韵爲同聲，小韵放此。

王《送孫秀才》第二句：「況復建平家。」韵脚。七句：「莫厭田家犯苦。」

孟《遊景空寺》第二句：「山犯腰度石關。」末句：「疑是入雞山。」韵脚。又「山」、「關」即笠翁大韵。《遊精思題觀主山房》第二句：「初憐竹徑深。」韵脚。末句：「深犯得坐忘心。」「深」、「心」即笠翁大韵。

李《潭州》第一句：「潭州官舍暮樓空。」韵脚。五句：「陶公戰艦空犯灘雨。」《贈趙協律》第六句：「東犯山事往妓樓空。」末句：「我欲西征君又東。」韵脚。「東」、「空」即笠翁大韵。《蜀中離席》第六句：「江上晴雲本句犯雜雨雲。」

温《偶遊》第一句：「曲巷斜臨一水間。」韵脚。「休向人間犯覓往還。」「間」、「還」即笠翁大韵。《華陰韋氏絶句》第二句：「陌塵宮樹是非間。」韵脚。「别向人間犯看華山。」「間」、「山」即笠翁大韵。

右所舉大韵，如榕村説。

王《輞川閒居》次聯：「時倚簷前樹，遠看原上村。」「原」、「村」同元韵。

孟《送袁十》首聯：「早聞牛渚詠，今見眷令心。」「今」、「心」同侵韵。《赴京途中》次聯：「窮陰連晦朔，積雪滿山川。」「連」、「川」同先韵。

韋《送顔司議》次聯：「詎分江轉字，但見路緣雲。」「分」、「雲」同文韵。

杜《九日楊奉》首聯：「今日潘懷縣，同時陸浚儀。」「時」、「儀」同支韵。《喜達行在》三聯：「影静千官裹，心蘇七校前。」「千」、「前」同先韵。

李《曉坐》首聯：「後閤罷朝眠，前墀思黯然。」「前」、「然」同先韵。《楚澤》次聯：「集鳥翻漁艇，殘虹拂馬鞍。」「殘」、「鞍」同寒韵。《赴職梓潼》三聯：「烏鵲失栖長不定，鴛鴦何事自相將。」「長」、「鴦」、「相」、「將」俱陽韵。

右所舉大韵，如笠翁説。

小韵

榕村説曰：「『小韵』者，謂犯句中字也。如前句用此字，則後句不得復用。」李笠翁曰：「六『小韵』病，除本韵外，九字中不得有兩字同韵。如『客子已乖離，那宜遠相送』，『子』、『已』同聲，『離』、『宜』同聲，即小韵病。五字内最忌，九字内稍緩。」

王《喜祖三至》第三句：「不枉故人駕。」五句：「行人返深巷。」「人」字犯。《與盧象集》第一句：「主人能愛客。」五句：「柳條疎客舍。」「客」字犯。

孟《永嘉上浦館》第一句：「逆旅相逢處。」末句：「失路一相悲。」「相」字犯。《李少府與楊九》第四句：「猶憶歲寒松。」五句「烟火臨寒食。」「寒」字犯。《姚開府山池》第一句：「主人新邸地。」五句：「軒車人已散。」「人」字犯。「人」、「新」即笠翁小韵病。

杜《舡下夔州》第二句：「石瀨月娟娟。」五句：「晨鐘雲外濕。」六句：「勝地石堂烟。」七句：「柔櫓輕鷗外。」「石」、「外」字犯。《冬深》第一句：「花葉隨天意。」三句：「早霞隨類影。」「隨」字犯。《題郪縣郭》第六句：「一擬問高天。」末句：「逢人問幾賢。」「問」字犯。《吹笛》第一句：「吹笛秋山風月清。」四句：「月傍關山幾處明。」「山」字犯。

李《無題》第一句：「含情春晼晚。」七句：「歸去橫塘晚。」「晚」字犯。《漢南書事》第一句：「西師萬衆幾時迴。」五句：「幾時拓土成王道。」「幾時」二字犯。《井絡》首聯：「井絡天彭一掌中，漫誇天設劍爲峰。」「天」字犯。《贈兄閬之》第二句：「私書幽夢約忘機。」五句：「幽徑定携僧共入。」八句：「莫損幽芳久不歸。」「幽」字三犯。

温《西江貽釣叟》第五句：「事隨雲去身難到。」七句：「昨日歡娱竟何事。」「事」字犯。

右所舉小韵，如榕村説。

王《酬比部楊員外》末聯：「羨君棲隱處，遥望白雲端。」「君」、「雲」同文韵。《送崔三》末聯：「魯連功未報，且莫蹈滄洲。」「報」、「蹈」同號韵。

孟《崔明府宅》三聯：「長袖平陽曲，新聲子夜歌。」「長」、「陽」同陽韵。《宿武陵》末聯：「雞鳴問何處？人物是秦餘。」「人」、「秦」同真韵。

韋《夜遇詩僧》三聯：「驚禽翻暗葉，流水注幽叢。」「流」、「幽」同尤韵。

杜《秦州雜詠》次聯：「神魚人不見，福地語仍傳。」「神」、「人」同真韵。《渡江》三聯：「渚花兼素錦，汀草亂青袍。」「汀」、「青」同青韵。《堂成》末聯：「旁人錯比楊雄宅，懶惰無心作解嘲。」「旁」、「楊」同陽韵。《贈李白》絶句：「痛飲狂歌空度日，飛揚跋扈爲誰雄。」「空」、「雄」大韵，「狂」、「揚」小韵。李《清河》末聯：「年華無一事，只是自傷春。」「事」、「自」同寘韵，「只」、「是」同紙韵。《訪隱者》絶句：「滄江白日樵漁路，日暮歸來雨滿衣。」「歸」、「衣」大韵，「路」、「暮」小韵。

右所舉小韵，如笠翁説。

正紐

榕村説曰：「『正紐』者，本聲相犯。如以東爲韵，句中復用東韵字是也。」

按：此説與笠翁所辨大韵病同，詳前條。

李笠翁曰：「七『正紐』病，壬、紝、任入一紐，句内有『壬』字，不得更犯紝、任入字也。如『我本漢家女，來嫁單于庭』，『家』、『嫁』即正紐。」

按：此禁四聲相犯，「家」乃「嫁」平、「嫁」乃「家」去也。

王《酬虞部蘇員外》次聯：「石路枉迴駕，山家誰候門。」「駕」犯「家」去聲。《送封太守》三聯：「帆映丹陽郭，楓攢赤岸村。」「映」、「犯」陽去聲。

孟《裴司士見訪》首聯：「府寮能枉駕，家醖復新開。」「家」、「駕」犯。《陪李侍御》首聯：「欣逢柏臺舊，共謁聰公禪。」「聰」、「公」小韵，「公」、「共」正紐。《送張參明》三聯：「四座推文舉，中郎許仲宣。」「舉」、

「許」小韻，「中」、「仲」正紐。

杜《秦州雜詠》次聯：「叢篁低地碧，高柳半天青。」「地」犯「低」去聲。《苦竹》：「味苦夏蟲避，叢卑春鳥疑。」「卑」、「疑」大韻，「卑」、「避」正紐。《贈李白》絶句：「秋來相顧尚飄蓬，未就丹砂愧葛洪。」「尚」犯「相」去聲。《空囊》末聯：「囊空恐羞澀，留得一錢看。」「囊」、「空」小韻，「空」、「恐」正紐。

李《異俗》三聯：「虎箭侵膚毒，魚鈎刺骨銛。」「虎」犯「膚」上聲。《辛未七夕》三聯：「清漏漸移相望久，微雲未接過來遲。」「遲」、「移」大韻，「微」、「未」正紐。《舊將軍》絶句：「雲臺高議正紛紛，誰定當時蕩寇勳。」「雲」、「紛」大韻，「當」、「蕩」正紐。

温《南湖》三聯：「蘆葉有聲疑霧雨，浪花無際似瀟湘。」「霧」犯「無」去聲。《春日偶作》三聯：「自欲放懷猶未得，不知經世竟如何。」「竟」犯「經」去聲。

旁紐

榕村説曰：「『旁紐』者，四聲相犯也。如以東爲韻，句中不可用『董』、『送』等韻字。」

按：此説亦禁四聲相犯，似與笠翁所論「正紐」無辨。顧笠翁所禁惟在本紐，如句中用「東」字，則以「董」、「挏」、「督」爲正紐，「同」、「動」、「洞」、「毒」爲旁紐。此外則禁所不及也。此併「送」禁之，併隸於「董」、「送」二韻字概禁之，廣矣。又笠翁統十字均避四聲，此惟在押韻一字。故當句論之，笠翁爲嚴；以四聲論之，榕村爲嚴。

李笠翁曰：「八『旁紐』病，一句内有『月』字，更不可用『元』、『沅』、『願』字，此是雙聲，即旁紐也。五字中急，十字中稍緩。」

按：笠翁「旁紐」之辨，似四聲不必相貫。如「元」、「沅」、「願」、「月」四字，以閩音呼之，「元」爲下平，「月」爲下入，「沅」却是上上，「願」却是上去。是雖於「元」字上平聲爲同紐，却非「元」字本紐，故爲紐之旁出者。至雙聲不必論紐，别條詳後。

孟《同盧明府早秋》末聯：「欲知臨泛久，荷露漸成珠。」「露」、「珠」相犯。

杜《北鄰》末聯：「時來訪老疾，步屧到蓬蒿。」「到」、「蒿」相犯。

李《和題真娘》次聯：「罥樹斷絲悲舞席，出雲清梵想歌筵。」「罥」、「筵」相犯。

右所舉旁紐，如榕村説。

王《涼州郊外》末聯：「女巫紛屢舞，羅襪自生塵。」「舞」犯「巫」上上聲。

孟《除夜樂城》首聯：「雲海訪甌閩，風濤泊島濱。」「濤」犯「島」下平聲。

杜《將别巫峽》首聯：「苔竹素所好，萍蓬無定居。」「素」犯「所」下去聲。《和裴迪登蜀州》首聯：「東閣官梅動詩興，還如何遜在揚州。」「動」犯「東」下上聲。《江上值水》三聯：「新添水檻供垂釣，故著浮槎替入舟。」「垂」犯「水」下平聲。

李《秋日晚思》末聯：「平生有遊舊，一一在烟霄。」「有」犯「遊」上上聲。《覽古》三聯：「長樂瓦飛隨水逝，景陽鐘墮失天明。」「水」犯「隨」上上聲。

温《送陳岵之侯官》次聯：「殷勤爲報同袍友，我亦無心似海槎。」「袍」犯「報」下平聲。

右所舉旁紐，如笠翁説。

雙聲叠韵

《南史》：「王玄謨問謝莊曰：『何者爲雙聲叠韵？』答曰：『玄、瓠爲雙聲，磝、碻爲叠韵。』」

按：同韵爲叠韵，固易明了；雙聲則同母也。希逸所舉「玄」、「瓠」，以閩音十五字母呼之，同出「喜」母是也。

《吟窗雜録》：「『留連千里賓，獨待一年春』，此頭雙聲句也；『我出崎嶇嶺，君行磝硇山』，此腹雙聲句也。」

按：「留連」同「柳」母，「獨待」同「地」母；「崎嶇」同「棄」母，「硇」字字典不載。

李《無題》次聯：「夢爲遠别啼難唤，書被催成墨未濃。」

近解曰：「夢」、「别」同重唇，「書」、「成」同正齒，「爲」、「遠」同喉音，「啼」、「難」同舌音，皆雙聲也。

按：此説以喉唇齒舌分别雙聲。以三十六字母考之，重唇之音凡有四母，「邦」、「滂」、「並」、「明」是也。即以閩音十五字母考之，亦有三母，「邊」、「頗」、「聞」是也。此聯「夢」、「别」二字，「夢」入「聞」母，「别」入「邊」母。若用「邊」母内字，凡隸於「頗」、「聞」者皆爲雙聲；用「邦」母内字，凡隸於「滂」、「並」、「明」者皆爲雙聲，則所避廣矣。

《留贈畏之》三聯:「郎君下筆驚鸚鵡,侍女吹笙弄鳳凰。」近解曰:「君」、「驚」,「見」母;「女」、「弄」,「來」母。

按:以閩音呼之,「君」、「驚」同「求」母,「女」、「弄」同「柳」母。此則雙聲之正解也。又按「驚」、「鸚」同庚韵,「弄」、「鳳」同送韵。義山此聯蓋以雙聲兼叠韵而各爲對,以見其工。

温《李先生别墅望僧舍寶刹因作雙聲》:「棲息消心象,檐楹溢艷陽。簾櫳蘭露落,鄰里柳陰涼。高閣過空谷,孤竿隔古岡。潭廬同澹蕩,彷佛復芬芳。」

按:此作以閩音呼之,「棲息消心象」同「時」母,「檐楹溢艷陽」同「鶯」母;「簾櫳蘭露落」、「鄰里柳陰涼」皆「柳」母,惟「陰」入「鶯」母;「高閣過谷」、「孤竿隔古岡」皆「求」母,惟「空」入「棄」母;「潭同澹蕩」皆「地」母,惟「廬」入「柳」母;「彷佛復芬芳」同「喜」母。又以四聲呼之,「艷」爲「檐」去聲,「溢」爲「楹」上入聲,「落」爲「櫳」入聲,「古」爲「孤」上聲,「彷」爲「芳」上聲,「復」爲「芳」下入聲,「佛」爲「芬」入聲。其中如「楹溢」、「芳」、「復」,意笠翁所謂「旁紐」者是。

杜《遊何將軍山林》次聯:「卑枝低結子,接葉暗巢鶯。」

按:「卑枝」同「支」韵,「接葉」同「葉」韵,此叠韵對法。

温《題賀知章故居叠韵作》:「廢砌翳薜荔,枯湖無菰蒲。老媪音襖寶稾草,愚儒輸逋租。」

《雨中與李先生期垂釣先後相失因作叠韵》:「隔石覓屐跡,西溪迷雞啼。小鳥擾曉沼,犁泥齊低畦。」

按：二詩每句同出一韵，惟「砌翳薜荔」皆霽韵，「廢」獨隊韵；「隔石屐跡」皆陌韵，「覓」獨錫韵。蓋以古韵佳、灰、支、微、齊五部，庚、青、蒸三部原通用故也。則所謂「叠韵」不必本韵，即通用之韵亦得曰「叠」。

杜《高柟》次聯：「近根開藥圃，接葉製茅亭。」

按：「近根」同「求」母，「接葉」同葉韵。

《石鏡》次聯「冥寞憐香骨，提携近玉顔。」

按：「冥寞」同「聞」母，「提携」同齊韵。

《承聞故房相公》三聯：「劍動新身匣，書歸故國樓。」

按：「新身」同真韵，「故國」同「求」母。

《寄高三十五書記》三聯：「主將收才子，崆峒足凱歌。」

按：「主將」同「時」母，「崆峒」同東韵。又按以上四聯或雙聲對叠韵，或叠韵對雙聲，唐人均用之，不必杜公也。至雙聲叠韵雖統一句論之，所講求者尤在於兩字相聯，如四聯之比。

附第一句尾字不押本韵，用通韵，一名「天邊雁」。

李《井絡》：「井絡天彭一掌中，漫誇天設劍爲峰。陣圖東聚燢江石，邊柝西懸雪嶺松。堪歎故君成杜宇，可能先主是真龍。將來爲報奸雄輩，莫向金牛訪舊蹤。」

按：此詩乃用二冬韵也，而東、冬、江，古韵可以通用，故首句押「中」字。

《牡丹》：「錦幃初卷衛夫人，繡被猶堆越鄂君。垂手亂翻雕玉佩，招腰争舞鬱金裙。石家蠟燭何曾剪，荀令香爐可待薰。我是夢中傳彩筆，欲書花葉寄朝雲。」

按：此詩用十二文韵也，而真、文、元、寒、删、先，古韵可以通用，故首句押「人」字。

律詩四辨卷三

清溪李宗文郁齋撰

辨調小引

律詩平仄之序，一、二句相反，二、三句相承，其一定也。以五言明之：如第一句第二字仄，第四字平，則第二句二字却用平，四字却用仄，非相反乎？至第三句之第二字與二句用平，四字用仄，序則相承。從此推之，五句於四句猶三之於二，四句於三句猶二之於一也。從此而六句、七句、八句，以至於十韵、數十韵、百韵，相反相承之序都不異此。考之諸家，間有宜反而承、宜承而反者，其爲調固不若宜反宜承者之諧叶。顧調之變也，標而出之，以類相從，可以預通其變，以備屬調之窮。於每句爲粘，於成篇爲調，其爲平仄之參錯一也。作《辨調》。清溪李宗文書。

辨調

第一格第五句宜承而反。

王《和太常韋主簿五郎温湯寓目》：「漢主離宫接露臺，秦川一半夕陽開。青山盡是朱旗繞，碧磵翻從玉殿來。新豐樹裏行人度，小苑城邊獵騎迴。聞道甘泉能獻賦，懸知獨有子雲才。」

韋《寓居灃上精舍寄于張二舍人》：「萬木叢雲出香閣，西連碧磵竹林園。高齋獨宿遠山曙，微霰下庭寒雀喧。道心淡泊對流水，生事蕭疎空掩門。時憶故交那得見，曉排閶闔奉明恩。」

杜《有客》：「幽棲地僻經過少，老病人扶再拜難。豈有文章驚海内，漫勞車馬駐江干。竟日淹留佳客坐，百年粗糲腐儒餐。不嫌野外無供給，乘興還來看藥欄。」《宣政殿退朝晚出左掖》：「天門日射黄金榜，春殿晴曛赤羽旗。宫草微微承委珮，鑪烟細細駐遊絲。雲近蓬萊常五色，雪殘鳷鵲亦多時。侍臣緩步歸青瑣，退食從容出每遲。」

附第五句宜承而反，首二句平仄參錯。

杜《灩澦》：「灩澦既没孤根深，西來水多愁太陰。江天漠漠鳥雙去，風雨時時龍一吟。舟人漁子歌迴首，估客胡商泪滿襟。寄語舟航惡年少，休翻鹽井横黄金。」

第二格第七句宜承而反。

王《過乘如禪師蕭居士嵩丘蘭若》：「無著天親弟與兄，嵩丘蘭若一峰晴。食隨鳴磬巢烏下，行踏空林落葉聲。迸水定侵香案濕，雨花應共石牀平。深洞長松何所有？儼然天竺古先生。」

苑咸《答王員外戲贈》：「蓮花梵字本從天，華省仙郎早悟禪。三點成伊猶有想，一觀如幻自忘筌。爲文已變當時體，入用還推間氣賢。應同羅漢無名欲，故作馮唐老歲年。」

賈至《早朝大明宮呈兩省僚友》：「銀燭朝天紫陌長，禁城春色曉蒼蒼。千條弱柳垂青瑣，百囀流鶯繞建章。劍珮聲隨玉墀步，衣冠身惹御爐香。共沐恩波鳳池裏，朝朝染翰侍君王。」

韋《清明日憶諸弟》：第八句依本調，不承七句。「冷食方多病，開襟一忻然。終令思故郡，烟火滿晴川。杏粥猶堪食，榆羹已稍煎。唯恨乖親燕，坐度此芳年。」

韓《閑遊》第二首：「玆遊苦不數，再到遂經旬。萍蓋汙池凈，藤籠老樹新。林烏鳴訝客，岸竹長遮鄰。子雲祇自守，奚事九衢塵。」

第三格第三句宜承而反。

王《積雨輞川莊作》：「積雨空林烟火遲，蒸藜炊黍餉東菑。漠漠水田飛白鷺，陰陰夏木囀黄鸝。山中習静觀朝槿，松下清齋折露葵。野老與人争席罷，海鷗何事更相疑。」

《重酬苑郎中》：「何幸含香奉至尊，多慚未報主人恩。草木盡能酬雨露，榮枯安敢問乾坤。仙郎有意憐同舍，丞相無私斷掃門。揚子解嘲徒自遣，馮唐已老復何論。」

裴迪《春日與王維過新昌里訪吕逸人不遇》：「恨不逢君出荷蓑，青松白屋更無他。陶令五男曾不有，蔣生三徑枉相過。芙蓉曲沼春流滿，薜荔成帷晚靄多。聞道桃源好迷客，不如高卧眄庭柯。」

韋《至開化里壽春公故宅》：「寧知府中吏，故宅一徘徊。歷階存往敬，瞻位泣餘哀。廢井没荒草，陰牖生緑苔。門前車馬散，非復昔時來。」《自鞏洛舟行入黄河即事寄府縣僚友》：「夾水蒼山路向東，東南山豁大河通。寒樹依微遠天外，夕陽明滅亂流中。孤村幾歲明伊岸，一雁初晴下朔風。爲報洛橋遊宦侶，扁舟不繫與心同。」《送章八元秀才擢第往上都應制》：「決勝文場戰已酣，行應辟命復才堪。旅食不辭遊闕下，春衣未换報江南。天邊宿鳥生歸思，關外晴山滿夕嵐。立馬欲從何處别，都門楊柳正毵毵。」

韓《次石頭驛寄江西王十中丞閣老》：「憑高試迴首，一望豫章城。人由戀德泣，馬亦别群鳴。寒日夕始照，風江遠漸平。默然都不語，應識此時情。」

第四格第五句、第七句宜承俱反。

王《送方尊師歸嵩山》：「仙官欲往九龍潭，毛節朱幡倚石龕。山壓天中半天上，洞穿江底出江南。瀑布杉松常帶雨，夕陽彩翠忽成嵐。借問迎來雙白鶴，已曾衡岳送蘇耽。」

杜《所思》：「苦憶荆州醉司馬，謫官樽俎定常開。九江日落醒何處，一柱觀頭眠幾回。可憐懷抱向人盡，欲問平安無使來。故憑錦水將雙泪，好過瞿塘灧澦堆。」

第五格第三句、第五句宜承俱反。

王《苑舍人能書梵字兼達梵音皆曲盡其妙戲爲之贈》：「名儒待詔滿公車，才子爲郎典石渠。蓮花法藏心懸悟，貝葉經文手自書。楚詞共許勝揚馬，梵字何人辨魯魚。故舊相望在三事，願君莫厭承明廬。」《出塞作》：「居延城外獵天驕，白草連天野火燒。暮雲空磧時驅馬，秋日平原好射雕。護羌校尉朝乘障，破虜將軍夜渡遼。玉靶角弓珠勒馬，漢家將賜霍嫖姚。」

韋《燕李録事》：「與君十五侍皇闈，曉拂爐烟上赤墀。花開漢苑經過處，雪下驪山沐浴時。近臣零落今猶在，仙駕飄飖不可期。此日相逢思舊日，一杯成喜亦成悲。」

杜《城西陂泛舟》：「青娥皓齒在樓船，横笛短簫悲遠天。春風自信牙檣動，遲日徐看錦纜牽。魚吹細浪摇歌扇，燕蹴飛花落舞筵。不有小舟能盪槳，百壺那送酒如泉。」

附 第三、第五句宜承俱反，第一句平仄參錯。

杜《即事》：「暮春三月巫峽長，皛皛行雲浮日光。雷聲忽送千峰雨，花氣渾如百和香。黄鶯過水翻迴去，燕子啣泥濕不妨。飛閣捲簾圖畫裏，虚無只少對瀟湘。」

附 第三、第五句宜承俱反，第二句平仄參錯。

杜《柏學士茅屋》：「碧山學士焚銀魚，白馬却走身巖居。古人已用三冬足，年少今開萬卷餘。晴雲滿户團傾蓋，秋水浮堦溜决渠。富貴必從勤苦得，男兒須讀五車書。」

王《春日與裴迪過新昌里訪吕逸人不遇》:「桃源一向絶風塵,柳市南頭訪隱淪。到門不敢題凡鳥,看竹何須問主人。城外青山如屋裏,東家流水入西鄰。閉户著書多歲月,種松皆老作龍鱗。」

第六格第三句不承二句,第七句不承六句。

第七格三、五、七句宜承俱反。

王《酌酒與裴迪》:「酌酒與君君自寬,人情翻覆似波瀾。白首相知猶按劍,朱門先達笑彈冠。草色全經細雨濕,花枝欲動春風寒。世事浮雲何足論,不如高卧且加餐。」

韋《送常侍御却使西番》:「歸奏聖朝行萬里,却銜天詔報蕃臣。本是諸生守文墨,今將匹馬静烟塵。旅宿關河逢暮雨,春耕亭鄣識遺民。此去多應收故地,寧辭沙塞往來頻。」

孟《過融上人蘭若》:「山頭禪室挂僧衣,窗外無人溪鳥飛。黄昏半在下山路,却聽泉聲戀翠微。」《涼州詞》第二首:「異方之樂令人悲,羌笛胡笳不用吹。坐看今夜關山月,思殺邊城遊俠兒。」

杜《李司馬橋了承高使君自成都迴》:「向來江上手紛紛,三日成功事出群。已傳童子騎青竹,擬橋東待使君。」《戲爲六絶句》第二首:「楊王盧駱當時體,輕薄爲文哂未休。爾曹身與名俱滅,不廢江河萬古流。」《答楊梓州》:「悶到房公池水頭,坐逢楊子鎮東州。却向青溪不相見,迴船應載阿戎遊。」

李《夜意》：「簾垂幕半卷，枕冷被仍香。如何爲相憶，魂夢過瀟湘。」

第八格 第二句宜反而承。

杜《人日兩篇》：「元日到人日，未有不陰時。冰雪鶯難至，春寒花較遲。雲隨白水落，風振紫山悲。蓬鬢稀疎久，無勞比素絲。」《村夜》：「蕭蕭風色暮，江頭人不行。村春雨外急，鄰火夜深明。胡羯何多難，漁樵寄此生。中原有兄弟，萬里正含情。」《卜居》：「浣花流水水西頭，主人爲卜林塘幽。已知出郭少塵事，更有澄江銷客愁。無數蜻蜓齊上下，一雙鸂鶒對沉浮。東行萬里堪乘興，須向山陰上小舟。」

温《題僧泰恭院》第二首：「微生竟勞止，晤言猶是非。出門還有泪，看竹暫忘機。爽氣三秋近，浮生一笑稀。故山松菊在，終欲掩荆扉。」

附 第二句宜反而承，三句仍歸本調。

杜《承聞河北諸道節度入朝歡喜口號絶句十二首》：「漁陽突騎邯鄲兒，酒酣并轡金鞭垂。意氣即歸雙闕舞，雄豪復遣五陵知。」

韓《梨花下贈劉師命》：「洛陽城外清明節，百花寥落梨花發。今日相逢瘴海頭，共驚爛熳開正月。」

第九格第四句宜反而承。

韋《送姚孫還河中》：「上國旅遊罷，故園生事微。風塵滿路起，行人何處歸。留思芳桂飲，惜別暮春暉。幾日投關郡，河山對掩扉。」《寄裴處士》：「春風駐遊騎，晚景淡山暉。一問清泠子，獨掩荒園扉。草木雨來長，里閭人到稀。方從廣陵宴，花落未言歸。」

附第四句宜反而承，第五句仍歸本調。

韓《次同冠峽》：「今日是何朝，天晴物色饒。落英千尺墮，遊絲百丈飄。泄乳交巖脈，懸流揭浪摽。無心思嶺北，猿鳥莫相撩。」

第十格第一句平仄參錯。

杜《送王十五判官扶侍還黔中》：「大家東征逐子迴，風生洲渚錦帆開。青青竹笋迎船出，日日江魚入饌來。離別不堪無限意，艱危深仗濟時才。黔陽信使應稀少，莫怪頻頻勸酒盃。」《題鄭縣亭子》：「鄭縣亭子澗之濱，户牖憑高發興新。雲斷嶽蓮臨大路，天晴宮柳暗長春。巢邊野雀群欺燕，花底山蜂遠趁人。更欲題詩滿青竹，晚來幽獨恐傷神。」

李《二月二日》：「二月二日江上行，東風日暖聞吹笙。花鬚柳眼各無賴，紫蝶黄蜂俱有情。萬里憶歸元亮井，三年從事亞夫營。新灘莫悟遊人意，更作風簷夜雨聲。」

杜《江畔獨步尋花七絶句》：「黄師塔前江水東，春光懶困倚微風。桃花一簇開無主，可愛深紅愛淺紅。」《三絶句》：「無數春笋滿林生，紫門密掩斷人行。會須上番去聲看成竹，客至從嗔不出迎。」

李《華師》：「孤鶴不睡雲無心，衲衣筇杖來西林。院門晝鎖迴廊静，秋日當堦柿葉陰。」

第十一格第二句平仄參錯。

杜《黄草》：「黄草峽西船不歸，赤甲山下行人稀。秦中驛使無消息，蜀道兵戈有是非。萬里秋風吹錦水，誰家别泪濕羅衣。莫愁劍閣終堪據，聞道松州已被圍。」《白帝》：「白帝城中雲出門，白帝城下雨翻盆。高江急峽雷霆鬥，翠木蒼藤日月昏。戎馬不如歸馬逸，千家今有百家存。哀哀寡婦誅求盡，慟哭秋原何處村。」《覃山人隱居》：「南極老人自有星，北山移文誰勒銘？徵君已去獨松菊，哀壑無光留户庭。予見亂離不得已，子知出處必須經。高車駟馬帶傾覆，悵望秋天虚翠屏。」《江畔獨步尋花七絶句》：「東望少城花滿烟，百花高樓更可憐。誰能載酒開金盞，唤取佳人舞繡筵。」「黄四娘家花滿蹊，千朵萬朵壓枝低。留連戲蝶時時舞，自在嬌鶯恰恰啼。」「不是愛花即肯死，只恐花盡老相催。繁枝容易紛紛落，嫩蘂商量細細開。」

第十二格第三、第四句平仄參錯。

杜《望岳》：「西岳崚嶒竦處尊，諸峰羅立似兒孫。安得仙人九節杖，拄到玉女洗頭盆。車箱入谷無歸路，箭括通天有一門。稍待西風涼冷後，高尋白帝問真源。」《雨不絶》：「鳴雨既過漸細微，映空摇颺如絲飛。堦前短草泥不亂，院裹長條風乍稀。舞石旋應將乳子，行雲莫自濕仙衣。眼邊江舸何匆促，未待安流逆浪歸。」《赤甲》：「卜居赤甲遷居新，兩見巫山楚水春。炙背可以獻天子，美芹由來知野人。荆州鄭薛寄書近，蜀客郄岑非我鄰。笑接郎中評事飲，病從深酌道吾真。」

第十三格第一聯二聯平仄參錯。

杜《題省中院壁》：「掖垣竹埤梧十尋，洞門對溜常陰陰。落花遊絲白日静，鳴鳩乳燕青春深。腐儒衰晚謬通籍，退食遲迴違寸心。衮職曾無一字補，許身愧比雙南金。」《江雨有懷鄭典設》：「春雨闇闇塞峽中，早晚來自楚王宫。亂波分披已打岸，弱雲狼藉不禁風。寵光蕙葉與多碧，點注桃花舒小紅。谷口子真正憶汝，岸高瀼滑限西東。」《曉發公安》：「北城擊柝復欲罷，東方明星亦不遲。鄰雞野哭如昨日，物色生態能幾時？舟檝眇然自此去，江湖遠適無前期。出門轉盻已陳迹，藥餌扶吾隨所之。」

第十四格第一聯三聯平仄參錯。

杜《暮春》：「卧病擁塞在峽中，瀟湘洞庭虚映空。楚天不斷四時雨，巫峽常吹千里風。沙上草閣柳新闇，城邊野池蓮欲紅。暮春鴛鷺立洲渚，挾子翻飛還一叢。」

第十五格通首平仄參錯。

杜《寄贈王將軍承俊》：「將軍膽氣雄，臂懸兩角弓。纏結青驄馬，出入錦城中。時危未授鉞，勢屈難爲功。賓客滿堂上，何人高義同。」《鄭駙馬宅宴洞中》：「主家陰洞細烟霧，留客夏簟青琅玕。春酒盃濃琥珀薄，冰漿椀碧瑪瑙寒。誤疑茅堂過江麓，已入風磴霾雲端。自是秦樓壓鄭谷，時聞雜珮聲珊珊。」《崔氏東山草堂》：「愛汝玉山草堂静，高秋爽氣相鮮新。有時自發鐘磬響，落日更見漁樵人。盤剥白鴉谷口栗，飯煮青泥坊底芹。何爲西莊王給事，柴門空閉鎖松筠。」《九日》：「去年登高郪縣北，今日重在涪江濱。苦遭白髮不相放，羞見黄花無數新。世亂鬱鬱久爲客，路難悠悠常傍人。酒闌却憶十年事，腸斷驪山清路塵。」《至後》：「冬至至後日初長，遠在劍南思洛陽。青袍白馬有何意，金谷銅駝非故鄉。梅花欲開不自覺，棣蕚一别永相望。愁極本憑詩遣興，詩成吟詠轉淒涼。」《立春》：「春日春盤細生菜，忽憶兩京梅發時。盤出高門行白玉，菜傳纖手送青絲。巫峽寒江那對眼，杜陵遠客不勝悲。此身未知歸定處，呼兒覓紙一題詩。」《白帝城最高樓》：「城尖徑仄旌旆愁，獨立縹緲之飛樓。峽坼雲霾龍虎卧，江清日抱黿鼉遊。扶桑西枝封斷石，弱水東影隨長流。杖藜歎世者誰子，泣血迸空迴白頭。」《愁强戲爲吴體》：「江草日日唤愁生，巫峽泠泠非世情。盤渦鷺浴底心性，獨樹花發自分明。十年戎馬暗萬國，異域賓客老孤城。渭水秦山得見否，人今罷病虎縱横。」《晝夢》：「二月饒睡昏昏然，不獨夜短晝分眠。桃花氣暖眼自醉，春渚日落夢相牽。故鄉門巷荆棘底，中原君臣豺虎邊。安得務農息戰鬥，普天無吏横索錢。」《暮歸》：「霜黄碧梧白鶴栖，城上擊柝復烏啼。客子入門月皎皎，誰家擣練風凄凄。南渡桂水闕舟楫，北歸秦川多鼓鼙。年過半百不稱意，明日看雲還杖藜。」《春水生二絶》：「一夜水高二尺强，數日不可更禁當。南市津頭有船賣，無錢即買繫籬旁。」《詣徐卿覓果栽》：「草堂少花今欲栽，不問緑李與黄梅。石笋街中却歸去，果園坊裏爲求來。」

《絶句漫興九首》：「手種桃李非無主，野老牆低還似家。恰似春風相欺得，夜來吹折數枝花。」「舍西柔桑葉可拈，江畔細麥復纖纖。人生幾何春已夏，不放香醪如密甜。」《夔州歌十絶句》：「瀼東瀼西一萬家，江北江南春冬花。背飛鶴子遺瓊蕊，相趁鳧雛入蔣芽。」「東屯稻畦一百頃，北有澗水通青苗。晴浴狎鷗分處處，雨隨神女下朝朝。」「蜀麻吴鹽自古通，萬斛之舟行若風。長年三老長歌裏，白晝攤錢高浪中。」「憶昔咸陽都市合，山水之圖張賣時。巫峽曾經寶屏見，楚宫猶對碧峰疑。」「武侯祠堂不可忘，中有松柏參天長。干戈滿地客愁破，雲日如火炎天凉。」

李《偶題》：「小亭閒眠微醉消，山榴海柏枝相交。水文簟上琥珀枕，傍有墮釵雙翠翹。」《日射》：「日射紗窗風撼扉，香羅掩手春事違。迴廊四合掩寂寞，碧鸚鵡對紅薔薇。」

王貽上《分甘餘話》：「唐人拗體律詩有二種：其一蒼莽歷落中自成音節，如老杜『城尖徑仄旌旆愁，獨立縹緲之飛樓』諸篇是也。其一單句拗第幾字，則偶句亦拗第幾字，抑揚抗墜，讀之如一片宫商，如趙嘏之『溪雲初起日沉閣，山雨欲來風滿樓』，許渾之『湘潭雲盡暮山出，巴蜀雪消春水來』是也。」

第十六格首二句平仄參錯。

杜《春水生二絶》：「二月六夜春水生，門前小灘渾欲平。鸕鷀鸂鶒莫漫喜，吾與汝曹俱眼明。」《憑何十一少府邕覓榿木栽》：「草堂塹西無樹林，非子誰復見幽心。飽聞榿木三年大，與致溪邊十畝陰。」《絶句漫興九首》：「眼見客愁愁不醒，無賴春色到江亭。即遣花開深造次，便教鶯語太丁寧。」「熟知茅齋絶低小，江上燕子故來頻。啣泥點汙琴書内，更接飛蟲打著人。」「二月已破三月來，漸老逢春能幾回。莫思身外無窮事，且盡生前有限杯。」「隔户楊柳弱嫋嫋，恰似十五女兒腰。誰謂朝來不作意，狂風挽斷最長條。」《江畔獨步尋花七絶句》：「江上被花惱不徹，無處告訴只顛狂。走覓南鄰愛酒伴，經旬出飲獨空牀。」《夔州歌十絶句》：「中巴之東巴東山，江水開闢流其間。白帝高爲三峽鎮，夔州險過百牢關。」《解悶十二首》：「翠瓜碧李沉玉甃，赤梨蒲萄寒露成。可憐先不異枝蔓，此物娟娟長遠生。」

韓《别盈上人》：「山僧愛山出無期，俗士牽俗來何時。祝融峰下一迴首，即是此生長别離。」

李《暮秋獨遊曲江》：「荷葉生時春恨生，荷葉枯時秋恨成。深知身在情長在，悵望江頭江水聲。」

律詩四辨卷四

清溪李宗文郁齋撰

辨體小引

律詩之體，首聯、末聯不對而散，中二聯則整對，其大較也。其抒寫題面，借物懷人，援古剴今，有事關君父之大，則託美人芳草、漢武楚襄，其志彌苦，而取辭彌隱。蓋惟恐人之知之者，忠厚之至也。情極於憤怨之專，雖天地若爲變動，和風可淒，甘雨可苦，詩之所以能貫金石、泣鬼神者此也。此其蘊多於中二聯見之。而首聯一唱，所以引題；末聯一振，所以完題，所以使神氣流宕、局法迴環者，其體多散。考成句間有宜散反整、宜整反散。夫情文所至，何所不可，豈若調之有所干乎？博而臚之，以見體不拘於一定。作《辨體》。清溪李宗文書。

辨體

第一格八句皆整對。

孟《陪姚使君題惠上人房》：「帶雪梅初暖，含烟柳尚青。未窺童子偈，得聽法王經。會理知無我，觀空厭有形。迷心應覺悟，客思不遑寧。」

杜《老病》：「老病巫山裏，稽留楚客中。藥殘他日裏，花發去年叢。夜足霑沙雨，春多逆水風。合分雙賜筆，猶作一飄蓬。」《水檻遣心》第一首：「去郭軒楹敞，無村眺望賒。澄江平少岸，幽樹晚多花。細雨魚兒出，微風燕子斜。城中十萬户，此地兩三家。」《登高》：「風急天高猿嘯哀，渚清沙白鳥飛迴。無邊落木蕭蕭下，不盡長江滾滾來。萬里悲秋常作客，百年多病獨登臺。艱難苦恨繁霜鬢，潦倒新停濁酒杯。」《宇文晁尚書之甥崔彧司業之孫尚書之子重泛鄭監前湖》：「郊扉俗遠長幽寂，野水春來更接連。錦席淹留還出浦，葛巾欹側未迴船。尊當霞綺輕初散，棹拂荷珠碎却圓。不但習池歸酩酊，君看鄭谷去夤緣。」

李《寓興》：「薄宦仍多病，從知竟遠遊。談諧叨客禮，休澣接冥搜。樹好頻移榻，雲奇不下樓。豈關無景物，自是有鄉愁。」

第二格 前六句整，末聯散收。

王《從岐王過楊氏別業》：「楊子談經所，淮王載酒過。興闌啼鳥喚，坐久落花多。逕轉迴銀燭，林開散玉珂。嚴城時未啓，前路擁笙歌。」《敕借岐王九成宫避暑應教》：「帝子遠辭丹鳳闕，天書遥借翠微宫。隔窗雲霧生衣上，卷幔山泉入鏡中。林下水聲喧語笑，巖間樹色隱房櫳。仙家未必能勝此，何處吹簫向碧空。」

孟《同盧明府餞張郎中除義王府司馬》：「上國山河裂，賢王邸第開。故人分職去，潘令寵行來。冠蓋趨梁苑，江湘失楚材。預愁軒騎動，賓客散池臺。」

杜《歸夢》：「道路時通塞，江山日寂寥。偷生唯一老，伐叛已三朝。雨急青楓暮，雲深黑水遥。夢歸歸未得，不用楚辭招。」

《閣夜》：「歲暮陰陽催短景，天涯霜雪霽寒宵。五更鼓角聲悲壯，三峽星河影動摇。野哭千家聞戰伐，夷歌數處起漁樵。卧龍躍馬終黄土，人事音書漫寂寥。」

李《訪隱》：「路到層峰斷，門依老樹開。月從平楚轉，泉自上方來。薤白羅朝饌，松黄暖夜盃。相留笑孫綽，空解賦天台。」《和劉評事永樂閒居見寄》：「白社幽閒君暫居，青雲器業我全疎。看封諫草歸鸞掖，尚賁衡門待鶴書。蓮聳碧峰關路近，荷翻翠扇水堂虚。自探典籍忘名利，欹枕時驚落蠹魚。」

第三格 首聯散起，後六句整。

韋《詠徐正字畫青蠅》：「誤點能成物，迷真許一時。筆端來已久，座上去何遲。顧白曾無變，聽雞不復疑。詎勞才子賞，爲入國人詩。」

孟《自洛之越》：「遑遑三十載，書劍兩無成。山水尋吴越，風塵厭洛京。扁舟泛湖海，長揖謝公卿。且樂杯中酒，誰論世上名。」

杜《酬韋韶州見寄》：「養拙江湖外，朝廷記憶疎。深慚長者轍，重得故人書。白髮絲難理，新詩錦不如。雖無南去雁，看取北來魚。」《秋興八首》之三：「夔府孤城落日斜，每依北斗望京華。聽猿實下三聲泪，奉使虛隨八月槎。畫省香爐違伏枕，山樓粉堞隱悲笳。請看石上藤蘿月，已映洲前蘆荻花。」「蓬萊宮闕對南山，承露金莖霄漢間。西望瑶池降王母，東來紫氣滿函關。雲移雉尾開宮扇，日繞龍鱗識聖顔。一卧滄江驚歲晚，幾迴青瑣點朝班。」「昆明池水漢時功，武帝旌旗在眼中。織女機絲虛夜月，石鯨鱗甲動秋風。波漂菰米沉雲黑，露冷蓮房墜粉紅。關塞極天惟鳥道，江湖滿地一漁翁。」《送李八秘書赴杜相公幕》：「青簾白舫益州來，巫峽秋濤天地迴。石出倒聽楓葉下，櫓摇背指菊花開。貪趨相府今晨發，恐失佳期後命催。南極一星朝北斗，五雲多處是三台。」

李《行次昭應縣道上送户部李郎中充昭義攻討》：「將軍大旆掃狂童，詔選名賢贊武功。暫逐虎牙臨故絳，遠含雞舌過新豐。魚游沸鼎知無日，鳥覆危巢豈待風。早勒勳庸燕石上，佇光綸綍漢庭中。」

第四格

首聯整起，次聯却散。此蓋以首聯代次聯，故又名偷春體。

孟《閑園懷蘇子》：「林園雖少事，幽獨自多違。向夕開簾坐，庭陰葉落微。鳥從烟樹宿，螢傍水軒飛。感念同懷子，京華去不歸。」《尋梅道士》：「彭澤先生柳，山陰道士鵞。我來從所好，停策夏雲多。重以觀魚樂，因之鼓枻歌。崔徐跡未朽，千載揖清波。」

杜《月三首》之第二首：「併照巫山雨，新窺楚水清。羈棲愁見裏，二十四回明。必驗升沉體，如知進退情。不違銀漢落，亦伴玉繩横。」

温《送陳嘏之侯官兼簡李常侍》：「縱得步兵無緑蟻，不緣句漏有丹砂。殷勤爲報同袍友，我亦無心似海查。春服照塵連草色，夜船聞雨滴蘆花。山梅自是青雲客，莫羡相如卻到家。」

第五格 第三聯整對，前後六句都散。

孟《武陵泛舟》：「武陵川路狹，前棹入花林。莫測幽源裏，仙家信幾深。水迴青嶂合，雲度緑谿陰。坐聽閑猿嘯，彌清塵外心。」

李《贈司勳杜十三員外》：「杜牧司勳字牧之，清秋一首杜秋詩。前身應是梁江總，名總還曾字總持。心鐵已從干鏌利，鬢絲休歎雪霜垂。漢江遠弔西江水，羊祜韋丹盡有碑。」《題白石蓮花寄楚公》：「白石蓮花誰所共，六時長捧佛前燈。空庭苔蘚饒霜露，時夢西山老病僧。大海龍宫無限地，諸天雁塔幾多層。漫誇鶖子真羅漢，不會牛車是上乘。」

第六格 第二聯整對，前後六句都散。

孟《舟中晚望》：「挂席東南望，青山水國遥。舳艫争利涉，來往任風潮。問我今何適，天台訪石橋。坐看霞色晚，疑是赤城標。」《都下送辛大之鄂》：「南國辛居士，言歸舊竹林。未逢調鼎用，徒有濟川心。余亦忘機者，田園在漢陰。因君故鄉去，遥寄式微吟。」

第七格 一句、三句對，二句、四句對，亦名扇對。

韓《送李員外院長分司東都》：「去年秋露下，羈旅逐東征。今歲春光動，驅馳別上京。飲中相顧色，送後獨歸情。兩地無千里，因風數寄聲。」《奉使常山早次太原呈副使吴郎中》：「朗朗聞街鼓，晨起似朝時。翻翻走驛馬，春盡是歸期。地失嘉禾處，《風》存《蟋蟀》辭。暮齒良多感，無事涕垂頤。」

第八格 通首無整對，平仄却合律。

孟《洛下送奚三還揚州》：「水國無邊際，舟行共使風。羨君從此去，朝夕見鄉中。余亦離家久，南歸恨不同。音書若有問，江上會相逢。」

律詩四辨跋

先師李郁齋少宗伯撰《律詩四辨》，一曰《辨粘》、二曰《辨病》、三曰《辨調》、四曰《辨體》，四辨明而律法盡矣。律詩肇自齊、梁，而精於唐人，雖杜、韓諸大家時有出入，要所謂用法而常得法外意也。學者誠得是編而通之，如輪扁之得心應手，如工倕之指與物化，轉喉抒臆，含宮咀商，鏘然而金鳴，温然而玉詘，於以迴斡元氣，鼓吹休明，豈不與唐賢争盛哉？大匠誨人，必以規矩，神而明之，存乎其人。若逐響尋聲，拍肩取道，則大失吾師纂述之本旨矣。嘉慶壬戌仲秋望日門下士吴縣潘弈藻敬跋。

（吴忱、楊焄、劉奕點校）

詩學纂聞

詩學纂聞提要

《詩學纂聞》一卷，據《上湖遺集》本點校。撰者汪師韓（一七〇七—一七八〇），字抒懷，號韓門，又號上湖居士，浙江錢塘人。雍正十一年進士，改庶吉士，授編修，官湖南學正。有《上湖紀歲詩編》、《上湖分類文編》，輯有《春星堂詩集》。汪氏讀書有識，於詩學亦然。此篇三十九則，各標小目，多爲探本之論，如作詩「三有」、宋元後詩「四美四失」之類。考辨亦翔實，如「詩集」、「謝靈運累句」、「江文通拙句」、「老杜疵句」及諸體之辨等，皆元元本本，不作游離之辭。論韵諸則，尤爲透辟，其中如駁「上江詩人」七古不可通韵之説，乃指方世舉之《蘭叢詩話》。又「讀書」一則譏「自比於古婦人小子之爲詩」，或指隨園之「性靈」説，袁説其時方騰聲於世也。至如解析老杜《戲爲六絶句》、夢得《金陵懷古》、義山《錦瑟》等名篇，雖亦非無見，則未能爲定論矣。此書傳刻甚廣，各本要無出入。

詩學纂聞

錢塘汪師韓抒懷著

余於詩，非童而習之也，少嘗偶爲之，而未嘗學，學在通籍以後。夫學則師古人已矣，因而博觀古人之作，沿波討源，粗有一知半解。間與朋徒尊酒論文，凡以明體裁之辨，訂沿襲之訛，而無取乎一句一字之稱美。昔者子貢問子石：「子不學詩乎？」子石曰：「吾暇乎哉？父母求吾孝，兄弟求吾悌，朋友求吾信，吾暇乎哉？」古之學詩，不必其自爲之也，然且不暇。荀子曰：「善爲詩者不說。」其爲用力於孝悌信者耶？宋後文人好著詩話，其爲支離瑣屑之談十且六七，而余復尤而效之乎？余過矣。雖然，以志余過。上湖居士汪師韓自題。

三有

古今人説詩多端，約舉之，則惟三有已耳。其始作也有感焉。詩以言志而理情性也，後人兢兢於五忌八病，或日課一篇，或共叠一韵，有無病而呻吟者矣，有在戚而嘉容者矣，志不存，性情不見也。其方作也有義焉。《周官》：「大師教六詩：曰風，曰賦，曰比，曰興，曰雅，曰頌。」《大序》謂之六義。有是義，則興於詩，學夫詩，漢、魏、唐、宋之詩，皆可興，皆可學也。無其義，則賦之言鋪，頌之言誦，兩言盡矣，比、興、風、雅闕如也。六闕其四，未有其兩獨存者也。鍾嶸《詩品序》論賦、比、興之義曰：「文已盡而意有餘，興也。因物喻志，比也。直書其事，賦也。」論「興」字別爲一解，然似以去聲之「興」字解爲平聲之「興」字矣。其既成章也有我焉。一人有一人之詩，一時有一時之詩，故誦其詩，可以知其人、論其世也。若彼我之無分，後先之如一，闤闠混混，詩奚以進於經史哉？

四美四失

宋、元後詩人有四美焉：曰博，曰新，曰切，曰巧。既美矣，失亦隨之。學雖博，氣不清也，不清則無音節。文雖新，詞不雅也，不雅則無氣象。切也，切而無味，則象外之境窮，巧而無情，則言中之意盡。「枯楊生華」，何可久也？「翰音登於天」，何可長也？其旨遠，其詞文，其言曲而中，其事肆而隱，可與言詩，必也其通於《易》。

讀書

《三百篇》、漢、魏之作，類多率爾造極，故嚴滄浪曰：「詩有別才，非關書也。詩有別趣，非關理也。」後人傳誦其語。然我生古人之後，古人則有格有律矣，敢曰不學而能乎？依法則天機淺，憑臆則否臧凶。離之兩傷，此事固履之而後難也。且夫詩尚比興，必傍通鳥獸草木之名，既不能無所取材，則不可一字無來歷矣。「關關」、「呦呦」之情狀，「敦然」、「沃若」之精神，夾漈特著論以明之，其要歸於讀書而已。傳曰：「不學博依，不能安詩。」讀詩且不可不博依也，而顧自比於古婦人小子之爲詩也哉？

綺麗

魏文帝《典論》曰：「詩賦欲麗。」陸士衡《文賦》曰：「詩緣情而綺靡。」劉彥和《明詩》亦曰：「四言正體，則雅潤爲本；五言流調，則清麗居宗。」以綺麗説詩，後之君子所斥爲不知理義之歸也。嘗讀《東山》之詩矣，周公但言「慆慆不歸」及「勿士行枚」，數言而已足矣。彼夫蠋在桑野，瓜在栗薪，「伊威在室，蠨蛸在户」，町疃近廬舍而鹿以爲場，熠燿乃倉庚而螢以爲號，未至而「婦歎于室」，既至而「親結其縭」，皆贅言也。又嘗讀《離騷》矣，屈子但言「國無人莫我知」及「指九天以爲正」，亦數言而可畢矣。彼夫駟玉虯，戒鸞皇，飲咸池，登閬風，索虙妃而求簡狄，占靈氛而要巫咸，始之秋蘭秋菊，終之瓊佩瓊靡，皆空談也。是則少陵之傑句，無如「老夫清晨梳白頭」；昌黎之佳作，莫若「老翁真箇似童兒」。「一二三四五六七」，固唐賢人日之著題；「枇杷橘栗桃李梅」，且漢代大官之本色。香山《長慶集》，必老嫗可解也；鄭谷《雲臺編》，必小兒可教也。古樂府之「魚戲」，「魚戲蓮葉東，魚戲蓮葉西，魚戲蓮葉南，魚戲蓮葉北」。浣花集之《杜鵑》，「西川有杜鵑，東川無杜鵑，涪萬無杜鵑，雲安有杜鵑。」元劉仁本之《蕨萁》，「東山有蕨萁，南山有蕨萁，西山有蕨萁，北山有蕨萁」。明袁中郎之「西湖」，「一日湖上行，一日湖上坐，一日湖上住，一日湖上卧」。同一排比也。晉之《懊儂》，「江陵去揚州，三千三百里，已行一千三，所有二千在」。蘇之「静坐」，「無事此静坐，一日似兩日。若活七十年，便是百四十」。同一真率也。刻畫而有唐之盧延遜，坦易而有明之莊定山，幾於風雅掃地矣。窅窅乎思乙若抽，淵淵乎言長不足。起輪囷之調，揚縹渺之音。《典論》、《文賦》之言，竊謂未可盡非也。

詩集

詩有一人之集止一題者。阮步兵集四言十三篇，五言八十篇，其題皆曰《詠懷》。應休璉詩八卷，總謂之《百一》。李夔亦有《百一詩集》二卷。再如王建《宫詞》百有四篇，録出别行。宋王珪亦有《宫詞》，又合二王、花蕊夫人爲《三家宫詞》。和凝、宋白、張公庠、周彦質、王仲修有《五家宫詞》。合三家、五家，又益以宣和御製及胡偉，爲《十家宫詞》。羅虬《比紅兒詩》，此外别無他作是也。詩有一集止爲一事者。梁元帝爲《燕歌行》，群下和之，有《燕歌行集》。唐睿宗時，李適《送司馬承禎還山》詩，朝士和者三百餘人，徐彦伯編而序之，謂之《白雲記》。宋朱壽昌爲蒲州倅，士大夫作詩送之，有《送朱壽昌詩》三卷是也。詩有一集止一體者。崔道融《唐詩》二卷，皆四言詩是也。詩有數人倡和因繼，而彙爲一集者。白香山與元稹、劉夢得有《還往集》、《因繼集》。元、劉又與李文饒有《吴越唱和集》。李逢吉、韓琪、令狐楚之《斷金集》，皮日休、陸龜蒙之《松陵集》，段成式、温庭筠、崔皎、余知古、韋蟾、徐商諸人之《漢上題襟集》是也。宋以後尤不可勝數。宋如洪皓、張邵、朱弁使虜得歸，集道間唱和之作名《輶軒集》。東坡守潁，與趙令畤德麟、陳師道無己唱和，有《汝陰唱和集》。李時亮與陶弼相賡和，有《李陶集》。朱子與張敬夫、林擇之有《南岳倡酬集》。至如詩體相同者，元、白之爲「元和體」，温、李、段之爲「三十六體」，温、李、段三人皆行第十六。俱非有成書也。逮宋而楊大年與錢、劉號「江東三虎」，詩宗李義山體，謂之「西崑體」，大年復編叙十七人之詩爲《西崑酬唱集》。十七人者，楊億大年、錢惟演希聖、劉筠子儀、李宗諤昌武、陳越損之、李維仲方、丁謂公言、刁衎元賓、張詠復之、舒雅子正、錢惟濟巖夫、晁迥明遠、崔遵度堅白、薛映景陽，又任隨、劉隲、劉秉其字俱無考。吕居仁推黄山谷爲詩家宗祖，而合二十五人之作爲「江西詩派」。二十五人者，陳師道無己、潘大臨邠老、謝逸無逸、洪朋龜父、洪芻駒父、饒節德操、徐俯師川、林敏修子來、洪炎玉父、汪革信民、李錞希聲、韓駒子蒼、李彭商老、晁沖之叔用、江端友子我、揚符信祖、謝薖幼槃、夏倪均父、林敏功子仁、潘大觀仲達、王直方立之、高荷子勉、吕本中居仁、釋祖可正平、善權巽中。此則唐以前所未有也。詩有和古一人之詩成集者，東坡《和陶集》是也。明童冀中州、張楷式之、周詔希正俱有《和陶集》，楷又有《和唐集》。

雜擬雜詩之别

《選》詩以雜詩、雜擬分爲二類。雜詩者，《十九首》、蘇、李詩及諸家雜詩是也。李善注曰：「雜者，不拘流例，遇物即言，故云雜也。」雜擬者，凡擬古、傚古諸詩是也。擬古類取往古名篇，規摹其意調。其止一二首者，既直題曰擬某篇，而其擬作多者，則雖概題曰擬古，仍於每篇之前，一一標題所擬者爲何篇，此所以別於詠懷、詠史、七哀、百一、感遇、遊仙、招隱雜詩也。《文選》所載陸士衡《擬古詩》十二首，所擬者「行行重行行」、「今日良宴會」、「迢迢牽牛星」、「涉江采芙蓉」、「青青河畔草」、「明月何皎皎」、「蘭若生朝陽」、「青青陵上柏」、「東城一何高」、「西北有高樓」、「庭中有奇樹」、「明月皎夜光」十二篇。謝康樂《擬魏太子鄴中集詩》八首，所擬者，魏太子、王粲、陳琳、徐幹、劉楨、應瑒、阮瑀、平原侯植八篇。劉休元《擬古詩》二首，所擬者，「行行重行行」、「明月何皎皎」二篇。江文通《雜體詩》三十首，所擬者，《古別離》、《李都尉從軍》、《班婕妤詠扇》、《魏文帝遊宴》、《陳思王贈友》、《劉文學感遇》、《王侍中懷德》、《嵇中散言志》、《阮步兵詠懷》、《張司空離情》、《潘黄門述哀》、《陸平原羈宦》、《左記室詠史》、《張黄門苦雨》、《劉太尉傷亂》、《盧中郎感交》、《郭弘農遊仙》、《孫廷尉雜述》、《許徵君自序》、《殷東陽興矚》、《謝僕射游覽》、《陶徵君田居》、《謝臨川遊山》、《顔特進侍宴》、《謝法曹贈別》、《王徵君養疾》、《袁太尉從駕》、《謝光禄交遊》、《鮑參軍戎行》、《休上人怨別》三十篇。無不顯然示人，是以謂之擬。此意後人不識也，今觀唐以後詩，凡所謂古風、古意、古興、古詩與夫覽古、詠古、感古、傚古、紹古、依古、諷古、續古、述古者，都不知其所分別。古人名作，惟鮑明遠《擬古》八首，陶靖節《擬古》九首，靖節「東方有一士」一首，《容齋三筆》云：「此篇當另爲一題，不在擬古之例。」未嘗明言所擬何詩。然題曰擬古，必非若後人漫然爲之者矣。鮑集別有《紹古辭》七首，《學古》一首，《古詞》一首。又有《擬阮公夜中不能寐》、《擬青青陵上柏》各一首，《學劉公幹體》五首，《學陶彭澤體》一首。李、杜之集，李有《擬古》，杜有《述古》，韓文公有《古意》、《古風》二首，俱是七言。雖俱不言所擬，然李之《擬古》，乃在

《古風》二卷之外，而杜稱「李陵蘇武是吾師」，夫豈率爾操觚者耶？有唐一代，惟韋蘇州《擬古》八首，古意獨存，如「辭君遠行邁」，擬「行行重行行」。「黄鳥何關關」，擬「青青河畔草」。「綺樓何氛氲」，擬「西北有高樓」。「嘉樹藹初緑」，擬「庭前有奇樹」。「月滿秋夜長」，擬「明月皎夜光」。「春至林木變」，擬「凛凛歲云暮」。「有客天一方」，擬「客從遠方來」。「白日淇上没」。擬「明月何皎皎」。後人刻韋詩者，但存《擬古》之題，而於每首所擬篇名概從删削，後人遂不知其旨趣所在。後人所作，其謂之擬古，謂之雜詩，一而已。豈知擬古與雜詩原自有别？雜詩從其異，故六子皆有雜詩，而義各不同。雜擬從其同，故謝、陸諸人皆依古以爲式也。宋洪文惠适《擬古》詩，每篇首句直用古詩，如「明月皎夜光」、「冉冉孤生竹」、「迢迢牽牛星」、「青青河畔草」等作，詞未爲工，而古意不失。錢希白作《擬唐詩》百篇，自序曰：「今之所擬，不獨其詞，至於題目，豈欲抛離本集，或有事疏，斯亦見之本傳。」然僅於許顗《詩話》見其《擬張籍上裴晉公》及《擬盧仝》二詩，顗謂：「擬古當如此相似方可傳。」餘詩未之見也。明薛蕙亦有《擬古》詩，王弇州《四部稿》又倣江、薛作《擬古》七十首，自李都尉至休上人凡二十九，廣自蘇屬國至韋左司凡四十一，而闕《古别離》一章，欲另爲後十九首，故不更擬。至如高彦恢擬唐諸作，雖云得聲調而遺神明，不可謂非古人之用心矣。乃若永樂間慈谿張楷式之有《和唐集》，竹垞《詩話》謂：「不獨律詩踵韻，至歌行古風并上句亦和之。」同時餘姚陳贊維誠亦然，其集未見。然觀竹垞謂：「人雖至愚，不愚於此。」則夫塵容俗狀，又不可不知所戒也。按：《四部稿》無《後十九首》。又弘治中吴江崔澂淵甫有《和唐詩》三百七十餘首。

樂府

七言律詩，即樂府也。《舊唐書・音樂志》載《享龍池樂章》十首，一姚崇，《唐文粹》亦作姚崇。二蔡孚，《唐文粹》亦作姚崇。三沈佺期，四盧懷慎，《唐文粹》亦作沈佺期。五姜皎，六崔日用，《唐文粹》作姜皎。七蘇頲，八李乂，九姜晞，十裴璀。《唐文粹》作姜晞。十人之作，皆七言律詩也。沈佺期「盧家少婦」一詩，即樂府之「獨不見」。陳標《飲馬長城窟》，亦是七言律詩。謝偃《新曲》，崔融《從軍行》，蔡孚《打毬篇》俱直是七言長律。楊升庵《草堂詞選序》曰：唐人之七言律，即填詞之《瑞鷓鴣》也。宋陳文僖彭年送申國長公主爲尼七律，《湘山野録》云：「都下好事者以《鷓鴣天》曲聲歌之。」七言之仄韵，即填詞之《玉樓春》也。仄韵七言絶句三首。嘗考《三百篇》之聲歌，亡於東漢，曹操平劉表，獲漢雅樂郎杜夔，能識舊樂，惟得《鹿鳴》、《騶虞》、《伐檀》、《文王》四篇。而絶於晉。魏太和中，左延年改《騶虞》、《伐檀》、《文王》三曲，更自作聲節，其名雖存，而聲實異。只《鹿鳴》篇常作。至晉泰始五年，荀勗更作《行禮詩》，而《鹿鳴》亦絶。漢、魏之樂府，亡於東晉，賀循云：「自漢氏以來，依倣此樂，自造新詩而已，今既散亡，音韵曲折，又無識者，難以意言。」變於唐、宋之長短句，《日知録》云：「至唐而舞亡，至宋而聲亡。按《宋史・外國傳》云：『夏之樂器與曲則唐也。』然則宋之聲亡，蓋亡於中原而不亡於外國矣。」而亂於金、元之南北曲。前此《文心雕龍》雖分詩與樂府爲二，曰：「昔子政品文，詩與歌別，故略具樂篇，以標區界。」然其論元、成以後之樂章，辭雖典文，而律非夔、曠。又論子建、士衡之篇，俗稱乖調，奈何後之擬樂府者，妄用填詞之法以求合？而如賀裳黄公《載酒園詩話》中有「樂府古詩不宜並列」一條，云：「凡編詩者，切不宜以樂府編入七言古。」豈知所謂樂府者，古詩亦是，律詩亦是，既不知其音，何從議其體乎？且七言古固從樂府出者也，漢代所傳《大風歌》，謂之《三侯之章》，《垓下歌》謂之《力拔山操》，其他曰歌、曰行、曰操、曰辭，未有不可被之絃管者，至唐始有徒詩者耳。竊謂今人於詩，不妨以古樂府之題寫我胸臆，劉彦和曰：「樂心在詩。」而不必兢兢句字間也。不知爲不知，是知也。

四韵長歌

杜集《行次鹽亭縣題四韵奉簡嚴遂州蓬州兩使君》云：「長歌意無極，好爲老夫聽。」此詩四韵耳，而謂之長歌，解者以爲節短韵長。按：樂府有《長歌行》、《短歌行》，言人壽命長短，初非辭句多少之謂也。公詩當是用此。

柏梁體

《文心雕龍》云：「聯句共韵，柏梁餘製。」按《困學紀聞》曰：「《列女傳》：《式微》，二人之作，聯句始此。」然則聯句自《三百篇》已有矣。今人以七言每句用韵者爲「柏梁體」，豈知每句用韵，創於虞廷之賡歌，而盛於《詩》。若《風》之《卷耳》、後三章。《考槃》、《清人》、《還》、《著》、《十畝之間》、《月出》、

《素冠》，《雅》之《車攻》，前三章及七章。《頌》之《長發》，前五章。皆是，特非七言耳。七言如《吴越春秋》所載樂師「扈子窮劫」之曲十八句，楚昭王反國。「采葛婦何苦」之詩十三句，句踐歸國。「越軍河梁」之詞十句，句踐伐吴。雖似趙長君擬作，亦後漢人也。漢高祖《大風歌》在「柏梁」前，魏文帝《燕歌行》在「柏梁」後。至如《拾遺記》《皇娥》、《白帝子》兩歌，遠在少昊時，明是王子年僞撰，晉人筆耳。

回文集句賦得限韵次韵

《文心雕龍》云：「回文所興，則道原爲始。」又傅咸有《回文反覆詩》，咸字長虞，休奕之子。温嶠有《回文詩》。《詩苑類格》謂回文出於竇滔妻，非也。《困學紀聞》元陳繹曾《詩譜》謂傅咸作《七經詩》，其《毛詩》一篇，皆集《詩經》語。或謂集句起於王安石，非也。明馮惟訥《詩紀統論》云：「劉琨有《胡姬年十五》，沈約有《江蘺生幽渚》。」謂古詩爲題自梁元帝始者，非也。按：元帝有《賦得涉江采芙蓉》及《蘭澤生芳草》、《蒲生我池中》等作。北齊劉晝緝綴一賦，名爲《六合》，魏收譏其愚。集句之賦，後世所無。康熙間有僧中洲，京口人，住黄山三十年，集成語爲《黄山賦》，凡八千七十三言，毛西河極歎賞之，爲序以傳。至若《詩家直説》謂梁武帝同王筠和太子《懺悔詩》始爲押韵，太子謂簡文帝。按：當時和詩祇是同所用十韵，非若後人之次韵也。次韵創自元、白。元微之《上令狐相公詩啓》云：「某與同門生白居易友善，居易雅能爲詩，或爲千言，或爲五百言律詩，以相投寄。小生自審不能有以過之，往往戲排舊韵，别創新詞，名爲次韵，蓋欲以難相挑耳。」觀此，可知次韵之名由此起矣。若限韵爲詩，古人謂之賦韵，亦曰成韵。如曹景宗之「競」、「病」二字，及《容齋續筆》所稱後主文集内之得某某幾字，凡數十篇是也。

詩句

詩不以句之多寡論也。然《三百篇》之詩，章八句者爲多，外此則十二句而止耳。唐律限以八句，雖體格非古，不可謂非天地自然之節奏也。《風》、《雅》之詩，獨《賓之初筵》一詩有多至章十四句者。至若《烈文》、《有瞽》、俱十三句。《執競》、《載見》、俱十四句。《時邁》、《臣工》、俱十五句。《雝》、十六句。《閟宫》、十七句。《那》、《烈祖》、《玄鳥》、俱二十二句。《良耜》、二十三句。《載芟》，三十一句。句之多者，皆《頌》也。《頌》故以鋪張揚厲爲體，孔《疏》所謂直言寫志，不必殷勤者也。近有作詩話者，謂齊、梁以來樂府，限以八句，不復有詠歌嗟歎之意。夫齊、梁以來樂府，固是不如漢、魏，然其所以不如者，豈八句之謂？且亦何嘗限以八句哉？未之考耳。

頌可無韵

頌者，詩之一體，而王子淵《聖主得賢臣頌》，韓文公《伯夷頌》，皆不用韵。因思《周頌》之文，多有求其韵而不得者，後儒强爲叶之，恐是本無韵也。此義古人未曾言及。顧寧人雖謂《詩》有無韵之句，亦但指一句，非謂全篇，且不專指《頌》也。

史記贊用韵

《史記》贊往往有用韵者。若《南越尉佗傳》、《循吏傳》兩贊，人共知之。又若《魏其武安侯列傳》一贊，其用韵亦顯然者，前以「變」、「遜」、「亂」爲韵，中以「權」、「賢」、「延」、「言」爲韵，後以「哉」、「來」爲韵。

古賦用韵法

揚子雲《甘泉賦》，其「八神奔而警蹕兮」以下五韵，下以「裝」、「梁」、「攘」、「旂」、「章」五字與「行」、「兵」、「狂」三字共一韵；而其上句，前則以「蹕」、「戚」叶，後則以「轕」、「沓」、「合」叶。蓋因一韵有三四句，故用隔句用韵之體。其源雖出於《詩》之《兔罝》、《魚麗》，而在賦體之兩句一韵者，未嘗有也。左太沖《魏都賦》，其「軍容弗犯」以下四段，每段收句云「則魏絳之賢有令聞也」，此句上以「毅」、「室」、「肆」爲韵，而「賢」、「聞」二字相叶，又以引起下三段。「則干木之德自解紛也」，此句上以「遐」、「羅」、「戈」爲韵。「則信陵之名若蘭芬也」，此句上以「山」、「軒」、「蕃」爲韵。「張儀張禄亦足云也」。此句上以「厄」、「策」、「敵」爲韵。蓋每段八句，前六句各自爲韵，而收句用「聞」、「紛」、「芬」、「云」四字，又共爲一韵。後人作賦，不解是法矣。王延壽《魯靈光殿賦》之亂凡七段，每段三句，上二句四言，下一句不算「兮」字只三言；首段三句，「宫」、「崇」、「鴻」三字共一韵；次段上二句「鼇」、「嶷」二字爲韵，第三句「㟧」字又與首段「鴻」字爲韵；三段上二句「蹇」、「嵯」二字爲韵；四段上二句「藹」、「霨」二字爲韵；而此兩段之第三句，「傾」、「冥」二字又共爲一韵；五段三句，「蔚」、「瑋」、「晷」三字又共一韵，與首段相同；至六七兩段惟各第三句「有」、「朽」二字爲韵，其上二句皆無韵。後來唐人有效之者，通體一例，似此首腹尾變换者，無有也。

通韵

律詩不出韵，古詩可用通韵，一定之理也。近乃有上江詩人作《詩話》，謂五古可通，七古不可通。其説尊杜，謂杜詩七古通韵者僅數處，必是傳寫之訛。以余考之，殊不其然。杜詩七古，如《王宰畫山水圖歌》，中段用東韵，而中有「雲氣隨飛龍」句，又《君不見簡蘇徯》用東韵，而有「一斛舊水藏蛟龍」句，《歲暮行》亦東韵，而云「今年米賤大傷農」，又云「割慈忍愛還租庸」，龍、農、庸三字皆冬韵也。《醉爲馬墜》一篇及《暮秋枉裴道州手札》之前半，又《久雨期王將軍不至》之前半，俱屋、沃通用。而《久雨》詩又有云「人生會面難再得」，「得」在職韵，本不通而叶用也。又如《陪王侍御登東山最高頂》中用腫韵，而云「四坐賓客色不動」，乃董韵也。《古柏行》末段用送韵，而云「萬牛回首丘山重」，又云「古來才大難爲用」，「重」、「用」俱宋韻也。《病後過王倚飲》用霰韻，而云「多病沈年苦無健」，乃願韻也。若夫《悲陳陶》用紙韻，而末云「日夜更望官軍至」，乃寘韻。《寄狄明府》用薺韻，而中云「太后當朝多巧計」，乃霽韻。是又上、去兩聲通轉矣。蓋韻雖可通，亦不可雜，凡唐人詩皆然，豈獨杜詩？亦不獨七言爲然矣。今謂杜詩七古無通者，杜集具在，豈皆錯誤耶？且當時李、杜並名，李詩通韵者多矣。後人並稱杜、韓，韓詩亦有之矣。況七言不始於唐，自漢、魏以來有之。漢、魏之七言，其用韻與五言同也。何爲少陵有心立異乎？《詩話》又謂七古通韵始於蘇詩。余觀廬陵、宛陵、半山、山谷，無不通韵，其他尤不勝數，何得獨咎蘇詩？竊觀古人之作，其長篇一韵到底者，多不通韵，而轉韵之詩，乃有通韵者。蓋轉韵用字少，故反不拘，不轉韵者用字多，故因難見巧。由是推之，如江、佳、文、咸等窄韵不肯通，其東、冬、魚、虞、删、先、庚、青等寬韵則常通。又如陽韵無通，而有江、庚韵内數字可通，尤韵無通，而有魚、虞韵内數字可通，亦此意也。然此亦文人之見，若論其理，但要下字確不可易，苟確矣，雖通何礙？若其勉率支湊，雖不出韵，何取？即如青蓮《灞陵行》之結處用庚韵，而云「黄鸝愁絶不忍聽」，「聽」在青韵，昌黎《記夢》之起處用元韵，而云「百二十刻須臾間」，「間」在删韵，設欲改去「聽」字、「間」字，卻用何字耶？

長篇轉韵一氣

鮑明遠《梅花落》一篇，前云：「中庭雜樹多，偏爲梅咨嗟。問君何獨然？念其霜中能作花。」以上麻韻也。後云：「露中能作實，摇蕩春花媚春日。念爾零落逐寒風，徒有霜花無霜質。」以上質韻也。「霜中」、「露中」，一氣轉韻。求之前人，若漢鐃歌《戰城南》一章云：「梁築室，何以南？何以北？禾黍不穫君何食？願爲忠臣，忠臣安可得？思子良臣，良臣誠可思。朝行出攻，暮不夜歸。」以「得」字叶上「北」、「食」，而「思」字卻從轉韻。後則太白《扶風高士歌》云：「脱吾帽，向君笑。飲君酒，爲君吟。張良未逐赤松去，橋邊黄石知我心。」亦其體也。

七言轉韻首句

七言古詩轉韻，漢張平子《思玄賦》系詞，其肇端矣。轉韻之首句，古無不用韻者，惟江總持詩有「雲聚懷清四望臺」《宛轉歌》、「來時向月别姮娥」《新入姬人應令》二句無韻，此在唐以前者。唐七古以少陵爲宗，少陵集中惟「先生有道出羲皇」《醉時歌》、「或從十五北防河」《兵車行》、「君不見東吴顧文學」《醉歌行》、「先帝侍女八千人」《舞劍器行》、「杖兮杖兮，爾之生也甚正直」《桃竹杖行》、「憶昔霓旌下南苑」《哀江頭》，此六處轉句無韻。其他名人集中，偶一有之。如太白之「匈奴以殺戮爲耕作」《戰城南》，喬知之之「南山羃羃兔絲花」《古意和李侍郎》，東坡之「不羨白衣作三公」《賀朱壽昌蜀中得母》，虞伯生之「丹丘越人不到蜀」《題墨竹》、「圖中風景偶相似」《柯博士畫》等是也。然一篇中只偶一句耳。今人有至連轉皆出韻者，竟與四言五言一例，音節乖舛甚矣。

律詩通韻

律詩亦有通韻，自唐已然，而在東、冬、魚、虞爲尤多。如明皇《餞王晙巡邊》長律乃魚韻，次聯用「符」字，十聯用「敷」字，符、敷皆虞韻也。蘇頲《出塞》五律乃微韻，次聯用「麾」字，則支韻也。杜陵《寄賈嚴兩閣老五十韻》乃先韻，末句用「騫」字，則元韻也。又《崔氏玉山草堂》七律乃真韻，三聯用「芹」字，則文韻也。劉長卿《登思禪寺》五律乃東韻，三聯用「松」字，則冬韻也。戴叔倫《江鄉故人集客舍》五律乃冬韻，三聯用「蟲」字，則東韻也。閻丘曉《夜渡淮》五律乃覃韻，次聯用「帆」字，則咸韻也。魏兼恕《送張兵曹》五律乃東韻，首聯用「農」字，則冬韻也。宋若昭《麟德殿》長律乃東韻，四聯用「濃」字，五聯用「宗」字，濃、宗皆冬韻也。耿湋《紫芝觀》五律乃冬韻，首聯用「風」字，則東韻也。釋澹交《望樊川》五律乃冬韻，首聯用「中」字，則東韻也。至如李賀《追賦畫江潭苑》五律，雜用「紅」、「龍」、「空」、「鐘」四字，此則開後人「轆轤」、「進退」之格，詩中另爲一體矣。其東韻之有「宗」字，魚韻之有「胥」字，必是唐韻原是如此，非屬通韻。如耿湋《詣順公問道》五律之末聯，王維《和晉公扈從温湯》長律之第八聯，楊巨源《聖壽無疆詞》長律其八之末聯，司空曙《和常舍人集賢殿》長律之第三聯，俱用東韻，而有「宗」字。李白《鸚鵡洲》一章，乃庚韻而押「青」字，此詩《唐文粹》編入七古，後人編入七律，其體亦可古可今，要皆出韻也。元人律詩通韻尤多，名家之集，如元遺山《望王李歸程》乃虞韻，中聯用

「徐」字,《寄楊飛卿》乃冬韵,中聯用「蟲」字,《華不注山》乃删韵,末聯用「寒」字。虞伯生《還鄉》乃支韵,末聯用「如」字。薩天錫五言如《寄石民瞻》之用庚、青,七言如《酌桂芳庭》之用青、蒸,皆是「進退格」。至五言《寄王御史》乃真韵,而首聯用「垠」字,七言《病中夜坐》乃文韵,而末聯用「喧」字。又如楊廉夫《益府白兔》用寒、删,《出都》其二用支、微,《喬夫人鼓琴》用庚、青,亦皆「進退格」。至如《嬉春體》「楊子休官」一章,前四句用删韵「還」、「山」二字,後四句用寒韵「彈」、「殘」二字,直是轉韵律詩矣。是則通體通韵者,唐以後人尤多,或是古韵,或是誤記,或另一體,非可概論也。唐律第一句多用通韵字,蓋此句原不在四韵之數,謂之「孤雁入群」,然不可通者,亦不用也。「進退格」乃是兩韵相間而成,亦必韵本相通,非可任意也。

七言律有散體

唐人五言四韵之律多不對者,七言無之。乃有七言長律而不對者。如李義山《七月二十八日夜與王鄭二秀才聽雨夢後作》「初夢龍宮寶燄然,瑞霞明麗滿晴天。旋成醉倚蓬萊樹,有箇仙人拍我肩。少頃遠聞吹細管,聞聲不見隔飛烟。逡巡又過瀟湘雨,雨打湘靈五十絃。瞥見馮夷殊悵望,鮫綃休賣海爲田。亦逢毛女無憀極,龍伯擎將華嶽蓮。恍惚無倪明又暗,低迷不已斷還連。覺來正是平階雨,獨背寒燈枕手眠。」此詩調諧響協,若編入古體,則凡筆力孱弱者皆得援以藉口矣,故斷其爲長律而無疑也。至馮鈍吟謂「義山有轉韵律詩」,此乃指《偶成》

轉韵一篇，特古詩之調平而似律者耳。

謝詩累句

謝靈運詩，鮑照比之「初日芙蓉」，湯惠休比之「芙蓉出水」，敖陶孫比之「東海揚帆，風日流麗」。至梁太子《與湘東王書》，既謂學謝則不屆其精華，但得其冗長，且謂時有不拘，是其糟粕矣。而必先言謝客吐言天拔，出於自然。鍾嶸《詩品》，既見其以繁蕪爲累矣，而乃云：「譬猶青松之拔灌木，白玉之映塵沙，未足貶其高潔。」後人刻畫山水，無不奉謝爲崑崙墟，不敢異議。甚矣其耳食也！文中子曰：「謝靈運小人哉！其文傲，君子則謹。」此泛言文耳。《南史》齊武陵王燁詩學謝靈運體，以呈高帝，帝報曰：「見汝二十字，諸兒作中，最爲優者。但康樂放蕩作體，不辨有首尾，安仁、士衡深可宗尚，顔延之抑其次也。」其稱述安仁、士衡、延之，蓋不免局於時尚，而謂康樂「不辨有首尾」一語，卓識冠絶千古。余嘗取其全集讀之，不但首尾不辨也，其中不成句法者，殆亦不勝指摘。四言如「居德斯頤，積善嬉謔」，又云「悲至難鑠」，又云「戚戚懷瘼」俱《善哉行》，「韶樂牢膳，豈伊攸便」《隴西行》。六言如「循聽一何矗矗」，又云「誠知運來詎抑」俱《上留田》。五言如「邇朱白即頳」、「近縞潔必皂」，又云「心曉形迹略，略邇誰能了」俱《相逢行》，「鼻感改朔氣，眼傷變節榮」《悲哉行》，「和樂隆所缺」《戲馬臺》，「寡欲罕所闕」《鄰里相送》，「節往慼不淺，感來念已深」《晚出射堂》，「衾枕昧節候，褰開暫窺臨」《登池上樓》，按此一韵

《文選》刪去。「孤遊非情歎，賞廢理誰通」《湖中瞻眺》，「情用賞爲美」《斤竹澗》，「天柱特兼常」《廬陵王墓下作》，「貞休康屯亶」《還舊園作》，「顧望脰未悁」《登臨海嶠》，「醜狀不成惡」《初發都》，「鑑止流歸停」《初去郡》，「成貸遂兼兹」《石首城》，所云「成貸」，乃用《老子》「善貸且成」。「自已爲誰纂」《道路憶山中》，「寡欲不期勞」《田南樹園激流植援》，「感往慮有復，理來情無存」《石門新營》，「容心非外奬」，又云「豈顧乘日養」《擬鄴中集詩·王粲》，「急觴蕩幽默」《陳琳》，「棲集建薄質」，又云「清論事究萬，美話信非一」《徐幹》，「官渡厠一卒」《應瑒》，「愛深憂在情」，又云「連統塍埒并」《白石巖》，「墀瑣有凝汗」《詠冬》，「憑雲肆遥脈」，「延州權去朝」《入東道路》，「晨遊肆所喜」，又云「樵拾謝西芘」《遊嶺門山》，「極目睞左闊，迴顧眺右狹」《登上戍石鼓山》，「不得巖上泯」《臨終》，以上皆其句不成句者也。其詩好用《易》詞，而用輒拙劣。如《登緑嶂山》詩云：「蠱上貴不事，履二美貞吉。」《湖中瞻眺》詩云：「解作既何感，升長皆丰容。」此猶其通順者也。他若「水流理就濕，火炎同歸燥」《相逢行》，「否桑未易繫，泰茅難重拔」《折楊柳行》，「洊至宜便習，兼山貴止託」《富春渚》，「常佩智方誠，媿微富教益」，「種桑」、「智方」，乃用《易》「卦之德方以智」。無不拙劣强湊。而王敬美乃云：「曹子建後，作者多能入史語，不能入經語，謝康樂出而《易》辭莊語，無不爲用。」王漁洋引此語於《池北偶談》，且謂「用經固以康樂爲主」，不知指其用經何句也。其詩又好重句叠字，如云「羈人感淑節，緣感欲回泬」《悲哉行》，「朽貌改鮮色，悴容變柔顔。變改苟催促，容色烏盤桓」《長歌行》，「否桑未易繫，泰茅難重拔。桑茅迭生運，語默寄前哲」《折楊柳行》，「苕苕歷千載，遥遥播清塵。清塵竟誰嗣，明哲垂經綸」，下又接云「委講綴道服，改服康世屯。屯難既云康，尊主隆斯民」《述祖德》，「中原昔喪亂，喪亂豈解已」其二，「羈心積秋晨，晨積展遊眺」《七里瀨》，「楚人心昔絶，越客腸今斷。斷絶雖殊念，俱爲歸慮款」《道路憶山中》，「戚戚新别心，悽悽久念攢。攢念攻别心，旦發清溪陰」《登臨海嶠》，「火逝首秋節，明經弦月夕。月弦光照户，秋首風入隙」《七夕詠牛女》，凡皆噂沓，了無生氣。至其押韵之字，雜湊牽强，尤有不可爲訓者。「池塘」「園柳」之篇，「白雲」「緑篠」之作，「亂流」「孤嶼」之句，「雲合」「露泫」之詞，披沙撿金，寥寥可數。何仲默謂「古詩之法亡於謝」，洵特識也，獨不當先謂詩溺於陶耳。《明史・文苑・何景明傳》：其持論謂：「詩溺於陶，謝力振之，古詩之法亡於謝。文靡於隋，韓力振之，古文之法亡於韓。」按謂文亡於韓，亦謬。

江文通雜體詩拙句

江文通《雜擬》三十首，自謂「無乖商榷」，後人每效爲之。觀其詞句，多有可議。如《魏文帝遊宴》云：「淵魚猶伏蒲。」「伯牙鼓琴，而淵魚出聽」，易「出聽」爲「伏蒲」，則意晦。《陳思王贈友》云：「日夕望青閣。」以「青樓」爲「青閣」，豈非湊韵？又云：「辭義麗金雘。」易「金玉」爲「金雘」，亦湊韵也。《劉文學感遇》云：「橘柚在南園，因君爲羽翼。」以「羽翼」説樹，爲就韵故耳。《王侍中懷德》云：「嚴風吹若莖。」《文選注》以「若莖」爲「若木」，斯可笑矣。然如作杜若之若，亦未遂率爾也。《嵇中散言志》云：「曠哉宇宙惠，雲羅更四陳。」下句不知其指。《潘黄門述哀》云：「徘徊泣松銘。」「松」是松楸，「銘」是誌銘，二字相連，則詞不貫。《張黄門苦雨》云：「水鸛巢層甍。」《注》云：「巢層甍，未詳。」按：此不過謂水鳥入居人屋，不必有本也，而詞則支綴。《郭弘農遊仙》云：「隱淪駐精魄。」此用《江賦》：「納隱淪之列真，挺異人之精魄。」即郭璞語也。合成一句，則乖隔。又云：「矯掌望烟客。」「烟客」二字，後人愛其鮮新，當時則生造耳。《孫廷尉雜述》云：「憑軒詠堯老。」堯及老子也，然不倫矣。又云：「南山有綺皓。」綺里季特四皓之一，何獨摘舉？又云：「傳火乃薪草。」用《莊子》爲薪火傳之語，而草字湊韵。《陶徵君田居》云：「稚子候檐隙。」易「候門」爲「候檐隙」，語病。《謝臨川遊山》云：「石壁映初晰。」「初晰」即初陽之謂，故以對「晨霞」，然無解於趁韵。《顔特進侍宴》云：「瑶光正神縣。」赤縣、神州，豈可摘取「神縣」二字？又云：「山雲備卿靄，池卉具靈變。」因改靈芝爲「靈變」，遂并卿雲亦改「卿靄」。又云：「巡華過盈瑱。」以盈尺之玉爲「盈瑱」，用對「兼金」，拙劣。《謝法曹贈别》云：「覿子杳未僝，款睇在何辰？」意本淺，而故爲拙滯。《王徵君養疾》云：「水碧驗未黷，金膏靈詎緇？」「未黷」、「詎緇」，拙滯。《袁太尉從駕》云：「雲旆象漢徙。」「漢徙」謂如天漢之轉，亦支綴矣。《謝光禄郊遊》云：「徙樂逗江陰。」樂者，行樂也，加徙字則拙。又云：「烟駕可辭金。」置身烟景，而金印不足羡也。然詞拙而晦。三十首中，蕪詞累句居其半。史稱淹在禪靈寺，夢張景陽索去疋錦，宿冶亭，又夢郭璞索去五色筆，自爾才盡。後人震於其名，莫之敢指耳。他若謝惠連《秋懷》之「頗悦鄭生偃」，「鄭」用後漢鄭均事，「偃」謂偃仰也。范彦龍《贈張徐州》之「何獨顧衡闈」，改「門」爲闈，特以趁韵。劉休玄《擬行行重行行》之「遥遥行遠之」，歐陽堅石《臨終》之「子欲居九蠻」，《文選》所録，類此甚多，要皆不足爲法也。

杜詩字句之疵

詩至少陵，謂之集大成，然不必無一字一句之可議也。讀其全集，求痕覓瑕，亦何可悉數？即如「岱宗夫如何，齊魯青未了」，《望嶽》，起輕佻失體。「利涉想蟠桃」，《臨邑舍弟書至》。以臨邑近海而用「蟠桃」，豈非湊韻？「更尋嘉樹傳」，《冬至懷李白》。「傳」字湊搭。「屏開金孔雀，褥隱繡芙蓉」，又云「門闌多喜氣，女壻近乘龍」，《李監宅》。此二韻俱俗調。「道逢麴車口流涎」，《飲中八仙歌》。形容失體。「殘杯與冷炙，到處潛悲辛」，《贈韋左丞》。語涉卑瑣，與前「讀書萬卷」「下筆有神」等句相比，夸鄙兩失。「翠柏深留景，紅梨迥得霜」，《玄元皇帝廟》。「深」、「迥」二字開後人撑句陋派。「雲泥相望懸」，《送韋書記》。公與書記何至雲、泥，失體。「卑枝低結子」，《何將軍山林》。「卑」、「低」叠出。「才兼鮑照愁絶倒」，《簡薛華》。「絶倒」説愁，要是湊韻，後人曲解不必。「同輩隨君侍君側」，《哀江頭》。「同」、「隨」、「侍」三字叠出，楊升庵雖爲解之，要不足法。「此輩感恩至，羸俘何足操」，《官軍臨賊境》。排律中忽兩句不對。「掖垣竹埤梧十尋」，《題省埤壁》。「垣」、「埤」雜出。或曰垣竹埤梧，高皆十尋。或曰掖垣傍竹埤之梧，高有十尋。要於句法皆劣。「桃花細逐楊花落，黄鳥時兼白鳥飛」，《曲江對酒》。「細逐」、「時兼」，開俗派。「作尉窮谷僻」，《白水崔少府高齋》。「窮」、「僻」雜出。「我貧無乘非無足」，《偪側行》。俚率。「酒酣懶舞誰能拽？詩罷長吟不復聽」，《題鄭著作》。兩句下三字支湊成句。「第五橋頭流恨水，黄陂岸北結愁亭」，同上。「恨水」、「愁亭」合掌。「窮巷悄然車馬絶，案頭乾死讀書螢」，同上。上句「悄」、「絶」重複，下句粗派。「數金憐俊邁」，《不歸》。「數金」或謂當作「數齡」，然與對句「總角愛聰明」合掌矣。或謂「數」讀上聲，因首句云「河間尚征伐」，故用數錢以應河間。此二句畢竟費解。「長懷十九泉」，《秦州雜詩》其十四。仇池有泉九十九眼，删去八十。「壁色立積鐵」，《鐵堂峽》。五仄似疊韵，調啞。「文章差底病」，《赴青城縣》。或以「差」讀楚懈切，謂病除也。言雖有文章，差得何病乎？或以「差」是差錯，「病」如聲病，言文章之不利，差在何病乎？或又以文章何救於貧。雖各異解，要是語不分明。「一夜水高二尺强，數日不可更禁當」，《春水生》。次句粗率。「長吟野望時」，又云「排悶强裁詩」，《江亭》。一首内「長吟」、「裁詩」重複，或以照應者，非也。「寬心應是酒？遣興莫過詩」，《可惜》。開後人「詩」「酒」對舉俗派。「蒼稜白皮十抱文」，《海椶行》。「十」字難解，或是訛闕。「觀者貪愁掣臂飛」，《畫角鷹》。「貪」「愁」雜出。「身無卻少壯，跡有但羈棲」，《梓州登樓》。牽率，不成句法。「依舊已銜泥」，同上。「依舊」即已也，三字叠出。「不復知天大」，《望兜率寺》。此句上下不接，或以樹密爲解，或謂佛尊於天，或謂以呼天者呼佛，要皆曲解。「金壺隱浪偏」，《陪李梓州泛江》。「隱」字不可解。「同舟昨夜何由得」，《送辛員外》。「何由得」三字率爾。「留門月復光」，《臺上得涼字》。「留門」不知説月説人。「久客應吾道」，《舍弟歸草堂》。詞不達意。「神翰顧不一，體變鍾兼兩」。《八哀·鄭虔》。「鍾」謂鍾繇、鍾會父子，「顧」或謂野王，或作虛字，皆似支湊。「青袍白馬有何意」，同上。下三字牽率。「梅花欲開不自覺」，同上。下三字贅。「見愁汗馬西戎逼」，又云「將軍且莫破愁顔」，《諸將》。「愁」字重出。「歸楫生衣卧」，《寄韋有夏》。下三字不貫串。或云楫生水衣而猶卧波，乃曲解也。「黄鶯並坐交愁溼，白鷺群飛太劇乾」，《遣悶戲呈》。「並」、「交」雜出，太劇，近俚。「爆嵌魑魅泣，崩凍嵐陰昈」，《火》。「爆嵌」、「崩凍」字太造作。「被喝味空頻」，《熱》。詞不達意。「滿坐涕潺湲」，又云「伏臘涕漣漣」，《夔府詠懷》。「涕」重見。「叢菊兩開他日淚，孤舟一繫故園心」，《秋興》。「兩開」、「一繫」牽强。「白頭吟望苦低垂」，同上。「望」、「低垂」猥併。「萬古雲霄一羽毛」，《詠懷古迹》。句紆曲而無著。「紀德名標五，初鳴度必三」，《雞》。俗調，似類書。「問子能來宿，今疑索故要」，《期嚴明府》。下五字亦晦拙。「起居八座太夫人」，《送柏别駕》。俗調。「敢居高士差」，《柴門》。「差」字費解。或云「敢」猶豈敢，「差」是肩差，累矣。「一時今夕會」，《江樓夜宴》。「一時」、「今夕」重叠。「枕帶還相似，柴荆即有焉」，《移居東屯》。對句下三字湊韵。「無食無兒一婦人」，《呈吴郎》。俚句。「無數春筍滿林生」，《三絶句》。「無數」、「滿」字重出。「古人已用三冬足，年少今開萬卷餘」，《柏學士茅屋》。上句引古割裂，下句「開」、「餘」不貫。「富貴必從勤苦得，男兒須讀五車書」，同上。似村塾中語，且「五車」、「萬卷」叠出。「歡劇提攜如意舞，喜多行坐白頭吟」，《舍弟赴藍田》。「歡劇」、「喜多」字嫌合掌。「發日排南喜，傷神散北吁」，《續得觀書》。「南喜」、「北吁」不成語。「經過憶鄭驛」，《舟中寄鄭審》。「驛」字無著。「勞生繫一物」。《迴棹》。「一物」何所指？以上所録，皆人所共見者，然固無害於杜之大也。擬諸聖人，其亦猶周公之過，孔子之不悦於子路歟？

杜有變文軼事

杜詩用字，有變文取意者。如《與嚴二郎奉禮》一首云：「别君誰暖眼？」暖眼無人，乃爲冷眼者衆也。《可歎》一首云：「近者抉眼去其夫，河東女兒身姓柳。」抉眼非即反目之謂乎？其述時事，每有史所不載者。仇氏箋注所考，如《太子張舍人遺織成褥段》一首云：「李鼎死岐陽，實以驕貴盈。」鼎爲鄀州刺史，而岐陽之死，不知其何以死也。又《秋日荆南寄薛尚書》云：「滏口師仍會，函關憤已攄。」薛景仙於收東京時，會師滏口，史無此事。乃亦有使事顯然，而後人故爲曲解。如《過南嶽入洞庭湖》云：「才淑隨厮養。」分明是用樂府《邯鄲才人嫁爲厮養卒婦》，而後人注杜，顧引《蒯通傳》云：「隨厮養之役者，失萬乘之權。」《漢書》注：「厮，取薪者。養，養人者也。」因泥看「隨」字，無及邯鄲事者耳。

論杜戲爲六絶

杜集《戲爲六絶》，乃公論詩之詩，而人多不明其句法。如首章云：「今人嗤點流傳賦，不覺前賢畏後生。」乃詰問之言，今人詆毁庾信之賦，豈前賢如庾者，反畏爾曹後生耶？次章云：「楊、王、盧、駱當時體，輕薄爲文哂未休。」「輕薄爲文」四字，乃後生哂四家之語，非指後生輩爲輕薄人也。三章云：「縱使盧王操翰墨，劣於漢魏近風騷。」「漢魏近風騷」，五字相連，言盧、王亦近風騷，但劣於漢、魏之近風騷耳。又一解：盧、王操翰墨劣於漢、魏，九字相連，言盧、王比之漢、魏則劣，然其於風、騷之旨則近矣。五章云：「不薄今人愛古人，清辭麗句必爲鄰。」今人愛古人，五字相連，言古人之清詞麗句今人愛之，其意原不可薄，但其根柢淺陋，齊、梁且不能及，又安知所謂屈、宋哉？古人謂屈、宋也。六章云：「遞相祖述復先誰？」言後生所祖述者僞體也，僞體不知所自來，故曰復先誰。末句云：「轉益多師是汝師。」多師指盧、王，言如盧、王之近風、騷，乃汝所當師者也。此解蓋聞之茶陵彭閣老。

韓文公詠雪

自謝惠連作《雪賦》，後來詠雪者多騁妍詞，獨韓文公不然，其集中《辛卯年雪》一詩，有云：「翕翕陵厚載，譁譁弄陰機。生平未曾見，何暇論是非。」《詠雪贈張籍》一章，有云：「松篁遭挫抑，糞壤獲饒培。隔絶門庭遽，擠排陛級纔。豈堪裨嶽鎮，强欲效鹽梅。日輪埋欲側，坤軸壓將頹。魚龍冷蟄苦，虎豹餓號哀。」所以譏貶者甚至。又《酬崔立之詠雪》一章，有云：「浘浘都無地，茫茫豈是天。崩奔驚亂射，揮霍訝相纏。不覺侵堂陛，方應折屋椽。」亦含諷刺，豈直爲翻案變調耶？嘗考雪之詠於《三百篇》者凡六，若《采薇》，遣戍役也。曰：「今我來思，雨雪霏霏。」《出車》，勞還率也。曰：「今我來思，雨雪載塗。」俱不過紀時語耳。《信南山》一詩，刺幽王不能修成王之業，而因追思成王之時。曰：「上天同雲，雨雪雰雰。」言豐年之冬，必有積雪，以明其澤之普徧焉。此猶於比興之義無與也。其他若《邶》之《北風》，刺虐也。曰：「北風其涼，雨雪其雱。」則以喻政教之酷暴矣。《頍弁》，諸公刺幽王也。曰：「如彼雨雪，先集維霰。」則以比政教之暴虐，自微而甚矣。《角弓》，父兄刺幽王也。曰：「雨雪瀌瀌，見晛曰消。」則又以雪比小人多，而以日能消雪，喻王之誅小人矣。其後張衡《四愁詩》，效屈原以美人爲君子，以珍寶爲仁義，以水深雪雰爲小人。韓公之放才歌謡，正是《詩》、《騷》苦語。又韓《和侯喜詠筍》詩，亦全作諷刺語。

劉隨州别嚴士元詩

友人有曾遊於何義門先生之門者，嘗言劉隨州詩：「細雨溼衣看不見，閒花落地聽無聲。」先生家有宋槧本，乃是「閒花滿地落無聲」。蓋花已落地，更何可聽？古人不沾沾以「聽」對「看」也。余始聞而信之，繼思古人寫景之詞，必無虚設。此詩題是《别嚴士元》。《唐詩鼓吹》作李嘉祐詩，毛西河《唐七律選》從之，以爲誤入劉集，不知何故。考長卿嘗爲轉運使判官，以知淮西鄂岳轉運留後，鄂岳觀察使吴仲孺誣奏，貶潘州南巴尉，會有爲辯之者，除睦州司馬。是詩應是赴睦州時，道過闔閭城，因有别嚴之作。其言「細雨溼衣看不見」者，以比浸潤之譖，「閒花落地聽無聲」者，閒官之挫折，無足重輕，不足聳人聽聞。此於六義爲比。第六句「草緑湖南萬里情」，乃追憶湖南時事，末句「青袍今已誤儒生」，其爲遷謫後詩無疑矣。如云花落不可云聽，則如「大火聲西流」，流火又有聲耶？一人遷謫，正何必以滿地爲喻哉？又言義門謂長卿《過賈誼宅》詩云：「秋草獨尋人去後，寒林空見日斜時。」乃是用《鵩鳥賦》中「庚子日斜」及「主人將去」二句。余按：此乃徐興公之言，亦非義門創見也。至謂「幾日浮生哭故人」一句，昌黎衍之，以作《殿中少監馬君墓誌》，遂成絶調。夫昌黎用意之深，更有過於長卿者。余自讀《唐宋文醇》本，乃益歎其妙，昌黎豈乞靈長卿者乎？

劉夢得金陵懷古詩

劉夢得《金陵懷古》詩，當時白香山謂其已探驪珠，所餘鱗角何用。以今觀之，「王濬樓船」所詠纔一事耳，而多至四句，前則疑於偏枯；山城水國，蘆荻之鄉，觸目盡爾，後則嫌其空衍也。抑何元、白閣筆易易耶？余竊有説焉，金陵之盛，至吴而始著，至孫皓而西藩既摧，北軍飛渡，興亡之感始甚。假使感古者取三國、六代事，衍爲長律，便使一句一事，包舉無遺，豈成體製？夢得之專詠晉事也，尊題也。下接云：「人世幾回傷往事。」若有上下千年、縱横萬里在其筆底者。山形枕水之情景，不涉其境，不悉其妙。至於蘆荻蕭蕭，履清時而依故壘，含蕴正靡窮矣。所謂驪珠之得，或在於斯歟？

李義山錦瑟詩

李義山《錦瑟》一篇，説者但以爲悼亡之作，或遂以錦瑟爲女子之名，其於「一絃一柱」句難通，則有改五十爲十五、廿五者，或又作斷絃解，瑟二十五絃，斷則五十絃矣。然於「藍田日暖」句，覺雜出不倫，即指藍田爲葬地，何以有生烟之喻耶？按《舊唐書》，義山仕宦不進，坎壈終身。裴庭裕《東觀奏記》曰「商隱自開成二年昇進士第」，至大中十二年，「以鹽鐵推官死」。則《錦瑟》乃是以古瑟自況。

《漢書·郊祀志》：「泰帝使素女鼓五十絃瑟，悲，帝禁不止，故破其瑟爲二十五絃。」師古曰：「泰帝，泰昊也。」世所用者，二十五絃之瑟，而此乃五十絃之古製，不爲時尚，成此才學，有此文章，即己亦不解其故，故曰「無端」，猶言無謂也。自顧頭顱老大，「一絃一柱」，蓋已半百之年矣。「曉夢」喻少年時事，義山早負才名，登第入仕，都如一夢。「春心」者，壯心也，壯志消歇，如望帝之化杜鵑，已成隔世。珠、玉皆寶貨，珠在滄海，則有遺珠之歎，惟見月照而淚。「生烟」者，玉之精氣，玉雖不爲人採，而日中之精氣，自在藍田。「追憶」謂後世之人追憶也。「可待」者，猶云必傳於後無疑也。「當時」指現在言，「惘然」無所適從也，言後世之傳，雖可自信，而即今淪落，爲可歎耳。詩中雖虚文無一泛設，衆解紛紜，似皆無當。即世傳東坡四字分解，應亦假託也。

許丁卯中秋詩

嘗侍茶江彭先生於東園，中秋對月，先生舉許丁卯七律示余曰：「子謂何如？」余逡巡不敢妄對。先生曰：「此詩意境似平，格律實細。首云『待月東林月正圓』，月從東出，待在未出之時，既出則月正圓也。次云『廣庭無樹草無烟』，寫月之明，一句盡矣。三云『中秋雲浄出滄海』，此特補點中秋，以别於他月之望。四云『午夜露涼當碧天』，半夜月正當頭也。五云『輪影漸移金殿外』，月昃而西移矣。六云『鏡光猶挂玉樓前』，將落而猶未落也。結云『不辭達旦殷勤望，一墮西巖又隔年』，『隔年』又以醒中秋之意。八句次第寫盡達旦之景，此唐律所以勝於後人。不然，輪影鏡光，玉樓金殿，抑何塵容俗狀歟？」

蘇詩補注

《施注蘇詩》，世稱善本。自商丘宋氏所藏闕十二卷，邵長蘅、李必恒爲之補注，而施注益形其不可及。邵、李所補者，皆是鈔襲王注，恐人之議之也，乃特作「王注正譌」，刻之卷首。其所指摘，不過字句傳寫之訛耳。至如王注所闕、所訛，並未能改正增益也。即如《太白山下早行》詩云：「馬上續殘夢。」乃直用劉駕詩，《藝苑巵言》嘗舉之，補注於此句無注也。又如《次韵朱公掞初夏》詩云：「諫苑君方續承業。」王注謂《南史》李承業作《諫苑》。按《南史》並無其人。後周樂運字承業，運爲内史鄭譯所銜，及隋文爲丞相，鄭譯爲長史，左遷運滍陽令。運發憤録夏、殷以來諫争事，集而部之，凡六百三十九條，合四十一卷，名曰《諫苑》。奏上之，隋文覽而嘉焉。《困學紀聞》嘗論之，誤以周爲隋耳。補注仍王注之訛，不改也。又如《女王城》詩云：「稍聞決決流冰谷，盡放清清没燒痕。」王注據林敏功稱古詩：「岡分河勢斷，春入燒痕青。」補注改爲唐詩，其實皆非也。此乃宋詩僧惠崇《訪楊雲卿淮上別墅》之三四一聯，温公《續詩話》謂此二句乃其尤自負者，然當時即爲其徒所嘲，有詩云：「河分岡勢司空曙，春入燒痕劉長卿。按長卿集無此句。不是師兄多犯古，劉貢父《中山詩話》作「不是師偷古人句」。古人詩句犯師兄。」《江鄰幾雜志》「詩句」作「言語」，《中山詩話》「犯」作「似」。注既不知，又改「河分岡勢」爲「岡分河勢」，尤誤也。又如《次韻劉湜峽山寺》詩云：「應憐五管客。」王注所載，宋援引《莊子》「上有五管」，李厚引韓詩「五管徧歷」，兩説並存，正古人虚心之處。李必恒補注不過就兩説中用李而去宋耳，而遂專指宋以斥王注爲杜撰乎？又如《賀朱壽昌》詩，按：壽昌棄官入關中尋母，得之同州，《宋史》列入《孝義傳》，《東都事略》列入《獨行傳》，《宋中興藝文志》有《送朱壽昌詩》三卷。散見他書者，蘇頌《魏公集》有詩，文與可有序。且此事温公《日録》載之矣，《蘇氏家語》載之矣，《東軒筆録》又載之矣，朱子《小學》亦載之矣，補注則似乎《宋史》亦未考也。又如《次韻答邦直子由》一詩，邵子湘云：「施本闕其半，無他本可考，只載前四句，又闕『未許』二字。」按：此詩乃烏臺詩案所有者。詩云：「五斗塵勞尚足留，閉門聊欲治幽憂。羞爲毛遂囊中穎，未許朱雲地下遊。無事會須成好飲，思歸時亦賦登樓。羨君幕府如僧舍，日向城西看浴鷗。」補注本「門」作「關」。凡若此類，當注而不注，不當注而注者，豈勝指摘耶？

文用人名

以人名入詩文，或姓或名，有祇稱一字者。《日知録》有「二名止用一字」之條，博徵經傳，不獨詩文也。而詩文之載在《文選》者，固不僅顧氏所摘。如班固《幽通賦》稱重黎曰「黎」，張衡《思玄賦》稱勃鞮字伯楚而曰「伯」，此二名而舉一也。左思《蜀都賦》稱諸葛亮曰「葛」，此雙姓而舉一也。若《幽通賦》稱條侯周亞夫曰「條」，乃爵也，四皓曰「皓」，乃號也。其應連三四字而摘舉其二者，《幽通賦》稱衛叔武曰「衛叔」，陸機《宴玄圃詩》稱世祖武皇帝曰「世武」，嵇康《琴賦》稱王昭君曰「王昭」，稱晉之師曠字子野而曰「晉野」，陸厥《孺子妾歌》稱班婕妤曰「班婕」，又《西征賦》稱鄭桓公友曰「桓友」是也。其兩人並稱而錯雜者，王褒《洞簫賦》曰「牙、曠」，乃伯牙、師曠也，曰「般、匠」，乃公輸般、匠石也；馬融《長笛賦》曰「彭、胥」，乃彭咸、伍子胥也；《幽通賦》曰「高、頊」，乃高陽氏、顓頊也，曰「孔、昊」，乃孔子及太昊也，曰「宣、曹」，乃周宣王及曹伯陽也；陸機《演連珠》曰「蒲、宓」，乃子路宰蒲及宓子賤也，《文選注》：「宓」作密，謂卓茂爲密令也。然《宋書》内亦有云「蒲、宓之化」。曰「曾、史」，乃曾子、史魚也；阮籍《詣蔣公奏記》曰「鄒、卜」，乃鄒衍、卜子夏也；孫楚《送征西官屬詩》曰「彭、聃」，乃彭祖、李聃也；潘岳《夏侯誄》曰「閔、參」，乃閔子騫、曾參也；謝靈運《去郡》詩曰「羲、唐」，乃伏羲、唐堯也；顏延之《陶徵士誄》曰「夷、皓」，乃伯夷、四皓也，曰「巢、高」，乃巢父、伯成子高也；江淹《雜體詩》曰「堯、老」，乃唐堯、老聃也；劉峻《辨命論》曰「容、彭」，乃容成公、彭祖也，曰「伊、顏」，乃伊尹、顏回也。又有以二名而分用之者，《思玄賦》曰：「穆届天以悦牛兮，豎亂叔而幽主。」「穆」與「叔」乃叔孫穆子也，「牛」與「豎」乃豎牛也。又有稱謂不拘者，《思玄賦》之「文君」乃文王也，《辨命論》之「文公」乃周公也。他如相如《子虛賦》稱孫陽爲「陽子」、鄧曼爲「曼姬」，揚雄《上林賦》稱公孫賀爲「孫叔」是也。然此在古人則可，後人惟前人所已有者，方可襲用，莫敢創造，自唐人已然矣。唐如李太白《扶風豪士歌》曰：「原嘗春陵六國時。」謂平原君、孟嘗君、春申君、信陵君也。韓昌黎《贈崔立之》詩曰：「東馬嚴徐已奮飛。」謂東方朔、司馬相如、嚴安、徐樂也。凡皆本諸《文選》。班固《西都賦》曰「節慕原嘗，名亞春陵」，任昉《答七夕詩啓》曰「與賈馬而入室，比嚴徐而待詔」，初非創製。及後李義山《韓碑》詩以李愬、韓公武、李道古、李文通四人合之，曰「愬武古通作牙爪」，此亦因平淮西碑文中先有「乃敕顔、允、李光顔、烏重允。愬、武、古、通」之語而承用之也。

時俗語入詩

唐人每以唐時語入詩，亦猶先儒注經有「文莫」、「相人耦」、「曉知」、「一孔」之類也。如「遮莫」、猶言儘教。「頻煩」、猶言鄭重。「得得」、猶言特特。「至竟」、猶言到底。「不當作」、猶云先道個不該也。孟襄陽詩：「更道明朝不當作。」「生」、可憐生、太瘦生、太忙生之類。「聖得知」、見韓詩，然不得其解。「不分」、「生憎」、杜詩：「不分桃花紅勝錦，生憎柳絮白於綿。」「赤憎」、猶云生憎。杜詩：「赤憎輕薄遮入懷。」「隔是」。猶言已是也。元微之詩：「隔是身如夢。」「隔」又作「格」。白詩：「如今格是頭成雪。」顧況詩：「市頭格是無人别。」至如「阿堵」、猶言這個。「寧馨」，猶言恁地。寧字平、仄兩音。則舊有此語，而唐始入詩也。「相於」、曹子建詩。「朅來」、《楚詞》。「訝許」，庾信詩：「訝許能含笑。」杜詩用之。則舊詩有之，而唐人襲用也。他若「潦倒」、猶言蘊藉。杜詩：「多才依舊能潦倒。」按，北齊崔子瞻性簡傲，自天保以後，重吏事，謂容止醖藉者爲潦倒，而瞻終不改焉。杜正用此。至《夔府》詩「形容真潦倒」，則不如是解。「愁絶倒」，絶倒，笑也，而愁亦可言。杜詩：「才兼鮑照愁絶倒。」又《别蘇徯》詩：「絶倒爲驚呼。」豈亦當時語耶？又俗以一日爲一天，杜詩有之，其《三川觀水漲》詩云：「北上惟土山，連天走窮谷。」「連天」，正謂連日也。

對舉字

凡形容字有兩字各義者，人多混而不分。即如「峥潺」，山水之聲也。「爛漫」，水火之象也。「漫」作「熳」，非，六書無此字，「爛」字卻可作「瀾」。《洞簫賦》「悼恅瀾漫」是也。「契闊」，離合之情也。「憂虞」，悲喜之別也。「朅來」，去來之異也。後人詩直作忽來、適來用。「朴僿」，文質之極也。正如軒輊、依違、然疑、淹速以對舉見意。

平仄互用字

字有平仄異義，而入詩不異者，《池北偶談》嘗論之而有所未盡，今推廣之。如離別之「離」去聲。急難之「難」，平聲。杜詩：「何時救急難。」高適詩：「賢兄救急難。」中酒之「中」、中興之「中」，平仄互用。上應之「應」，平聲。杜詩：「郎官列宿應。」判捨之「判」，平聲。杜詩：「相留可判年。」又有「縱飲久判人共棄」，「先判一飲醉如泥」，仍作平聲。望，平聲。忘，去聲。那，平聲。那能、那得之類。但，平聲。杜詩：「窮愁但有骨。」陸天隨詩：「但和大小包。」祇，「多」「祇」同音。見《論語疏》，本無仄音。只，平聲。杜審言詩：「只應伴月歸。」相，入聲。杜詩：「恰似春風相欺得。」白詩：「如何不相離？」重、再也。去聲。予、我也。上聲。十、平聲。音「旬」。見白詩。琵、入聲。白詩。司勳、司馬之「司」、入聲。白詩。請、平聲。白詩：「請錢不早朝。」扇、平聲。膏、去聲。白詩：「仁風扇道路，陰雨膏閭閻。」蒲、入聲。白詩：「燕姬酌蒲桃。」量、平聲。白詩：「三年隨例未量移。」些、平、去二聲。《楚辭》。底、《顔氏家訓》云：「何物爲底物。」平仄兩用。分、去聲。劉夢得詩：「停杯處分不須吹。」挑、上聲。王建詩：「每日臨行空挑戰。」羅虬詩：「不應琴裏挑文君。」長、去聲。段成式詩：「玳牛獨駕長擔車。」纔、去聲。獨孤及詩：「徒言漢水纔容舠。」親、去聲。盧綸詩：「人主人臣是親家。」廝、唐人作平聲，五代作入聲。陶穀詩：「尖擔帽子卑凡廝。」粗、上聲。蘇詩古、律俱有。左元倣之「倣」、平聲。蘇詩。司馬相如之「如」、上聲。蘇詩。連、上聲。陸放翁詩：「拭盤堆連展。」蝗、去聲。放翁詩：「燒灰除菜蝗。」檠。平仄兩用。其他雙聲疊韵之字，如「張王」、「蒼茫」、「莽蒼」、「曨瞛」、俱應平而仄。「漫汗」、「么麽」、「嫖姚」，俱應仄而平。雜見唐、宋人詩。至若打頭風、屋打頭之「打」，音頂。不必作「頂」字也。争如、争得、争奈之「争」，音從，上聲。不必作「怎」字也。此又習焉不察者也。

可憐有二義

鮑明遠《東飛伯勞歌》云：「三春已暮花從風，空留可憐誰與同？」按「憐」字有二解。《莊子·庚桑楚》篇：「汝欲反汝性情而無由入，可憐哉！」宋玉《九辯》曰：「惆悵兮而私自憐。」王逸注曰：「竊内念己，自閔傷也。」《五行志》成帝時歌謡曰：「故爲人所羡，今爲人所憐。」又孫會宗謂楊惲：「大臣廢退，當閫門惶懼，爲可憐之意。」陶詩：「榮華誠足貴，亦復可憐傷。」此「可憐」者，皆謂可閔也。《戰國策》：趙太后曰：「丈夫亦愛憐其少子乎？」《列子》曰：「生相憐，死相捐。」魯連子引古諺曰：「心誠憐，白髮玄。」此「憐」字與明遠詩所云「可憐」者，謂可愛也。凡唐詩「可憐宵」、「可憐生」，多作可愛意。杜詩：「君家白盌勝霜雪，急送茅齋也可憐。」

稽陰台明

《陳書・文學・褚玠傳》：宣帝曰：「稽陰大邑，久無良宰。」謂會稽山陰也。白香山詩曰：「台明地展圖。」謂天台、四明也。

蘇渙安惇

杜詩内有贈蘇渙詩，《蘇大侍御訪江浦賦八韵紀異》。按：詩實只七韵。蘇詩内有贈安惇詩，《送安惇秀才失解西歸》。君子以遠小人，不惡而嚴，杜、蘇何爲贈之詩耶？然杜集又有《入衡州》詩曰：「門闌蘇生在，勇鋭白起强。」公自注：蘇生侍御渙。以白起比渙，則渙之爲渙，公固深知之。題云「紀異」，亦誠不料是人能爲是詩，而所稱傾倒，亦特傾倒其詩而已。静者之譽，其以爲諷乎？蘇詩云：「舊書不厭百回讀，熟讀深思子自知。」勉以熟讀深思，此固切磋之義，亦必其人有厭讀舊書之意，舊書對新經而言，微詞也。不然，公與章惇仙遊潭題名，知其必能殺人，豈有明於大惇而昧於小惇者哉？

和仲同叔涪皤

東坡一字和仲，見潁濱《誌銘》。又字子平，見文與可詩。文與可《往年記得歸在京》一首題云：「往年寄子平。」題下注云：「即子瞻。」與可乃東坡之中表弟。子由又字同叔，亦稱阿同，見東坡詩。黄涪翁亦號涪皤。范石湖《吴船録》云：「魯直貶涪州别駕，自號涪皤。」蜀中謂尊老者爲波，祖及外祖皆曰波，宋景文謂波當作皤，涪皤，從其俗也。

吾命非吴命

《越絶書》：子胥賜劍將自殺，歎曰：「生不遇時，復何言哉？此吾命也！」又謂馮同曰：「王不親輔弼之臣，而親衆豕之言，是吾命短也。」陳元孝《姑蘇懷古》詩云：「寶劍賜來吾命短，美人恩重父仇輕。」正是以「吾」字對「父」字。今刻本皆訛「吾」作「吴」，非也。「吴命」别無出處。《列子》：「魏有東門吴者。」《戰國策》以「吴」爲「吾」，《文選注》引之。

戲鷗居叢話

戲鷗居叢話提要

《戲鷗居叢話》一卷，據民國間刊《戊寅叢編》本點校。撰者毛大瀛（一七三五—一八〇〇），字又莪、海客，江蘇寶山人。諸生。以四庫館謄録議叙，歷官至知州。有《戲鷗居詞話》。此篇寥寥十餘則，多記本鄉及鄰縣故事，略以王道通其人爲中心。中有一則叙乙酉嘉定才女赴水事，當爲乾隆三十年。毛氏嘉慶五年卒於白蓮教難，後人收拾其稿，此篇附於《詞話》後，篇幅無多，似爲未完稿。

戲鷗居叢話

寶山毛大瀛又蓑原名思正

王道通簡平著《集俚篇》，有絶句四首，其一曰：「溪頭流水送行雲，槐雨生涼絳帳新。莫怪日高還未起，夜來新娶少夫人。」其二曰：「珍重夫人第一流，阿翁曾作夜郎侯。不嫌寒士無金屋，夜夜蓮花開並頭。」其三曰：「陡然一見便相親，如許高情何處尋。識得英雄原有眼，全消妬忌爲虚心。」其四曰：「相偎相傍不相猜，的是前緣結得來。莫道經年尚無子，腹中消息是雙胎。」孔君韓見之，謂管伯襄曰：「簡平娶妾，而竟不吾聞耶？」證以詩。伯襄曰：「此渠詠竹夫人耳。」相與絶倒。

河東君水墨小影，顧云美筆也，淡雅絶俗，今藏嘉定彭城氏。余常造而觀之，其上多諸名人題詠，朱徵君厚章一絶最佳。其詩曰：「蘼蕪密密柳疏疏，彷彿文君放誕初。誰識秋風摇落後，獨將一死報尚書。」

明萬曆時，殷職方壬午北上，舟過大河，忽見一人從水面出，齎蕭府文書求聽用，自稱管郭。職方與問答，如常人，旁無覺者。嗣後，飲食起居，無不陰賴其力。明年，成進士，歸。與諸相知夜集吴門，從容言及此。客有疑者，於呼盧時故取一子擲水中試之。職方以手扣舷，少頃，即於袖中取出，衆始驚服。在彝陵三年，家中人頗有咄咄者，以不安求去。别時，具言此後若有奇厄，當連呼某某者三，雖遠必至，厄當立解。後於荆門夜泊，風浪大作，鄰舟漂溺殆盡。職方亦朝服俟命，忽憶前語，大聲連呼，舟旁若有巨物夾鎮之，得以無恙。程孟陽壽職方詩：「定是關河岳，常聞役鬼神。」蓋指此也。

王麐爵字子和，文肅公族弟。家近劉河，善書，好吟詠，能經畫天下事。萬曆中，北入燕，縱游邊塞，入金爲中書。方一月，拂衣而歸。後寓睘之羅陽里，即今寶山之羅店鎮也。與王簡平唱和。嘗一日雨中召簡平飲，簡平以泥濘辭不赴，遺以詩曰：「咫尺泥塗行不得，山陰雪夜是何人？」其風致蓋可想見云。

又子和寄簡平詩云：「半滅懷中刺，經年走白門。龍蛇藏道路，牛馬走乾坤。性嬾殊違俗，時窮不受恩。杞人憂更切，落落向誰論。」簡平曰：「此種詩氣象標格俱出人上，宜其傳誦藝林也。」

余邑大場里農家一婦，舉止修整，嫣然閨中秀也。夫故貧，毁妝佐之，日與村嫗習田間，勞苦無難色。間有憐其貌者，執手作慰藉語，則斂容謝曰：「兒家樂此不疲，勿煩諸親黨慮也。」如是者十餘年，緑葉且成陰矣，卒以竭作故病瘵死。死前一日，忽索筆硯，作詩曰：「當年二八過君家，刺繡無心只枲麻。今日對君無別語，免教兒女衣蘆花。」語意淒婉，不愧風雅。

嘉定西里有修榆別業，池館蕭閒。乙酉，有才女赴水死。一士人僦居其内，寒夜聞窗前風竹聲，口吟云：「竹竹殘枝傍砌敲，疏影横窗緑。」吟未就，微聞窗外續云：「夜半陰風刮地寒，爺孃不見吞聲哭。」生異之。一夜將近清明，又微聞吟一絶云：「陌上紛紛掛紙錢，家家寒食禁炊烟。一盃絮酒無人奠，叫斷空林有杜鵑。」啓户，月光熒然，恍見一姝，掩袂而去。

羅溪唐文學景曜，字韜生，爲人豪放不羈，喜談韜略，明末殉難死。嘗於天啓間遘危疾，夢中得詩曰：「鷓鴣臺上鷓鴣啼，啼罷樓頭日已西。千載不消亡國恨，夢魂長繞古城隄。」一時不解所謂，至二十年後乃驗。

張錫眉介兹上公車，阻風金山，夢江神來謁，曰：「公正人也，吾當暫借一帆風。」覺而呼舟人，令速濟。舟人不信，頃之，風忽大順，遂獲濟。濟畢，復返風。

萬曆間，吾鄉大水、大旱，總以河渠四塞，田無蓄泄，遂致歲祲。民饑死者輒相枕藉。有老人自縊于大場佛寺，寺僧從衣帶中得其題詩曰：「六十年來遇六荒，五荒不比此荒荒。此荒死後歸何有，那管來年荒不荒。」

明季宫人畢昭文，號少陵，鼎革後流落燕市，遇崑山王某，挈之南下，成伉儷。後以授徒，寄居嘉定南熊氏村。容止雅飭，善鼓琴，能畫美人、蘭、菊，工詩。有《夜書》、《夜飲》、《夜畫》、《夜繡》四絶句，清麗婉秀，膾炙人口。其《夜書》云：「一庭虚白夜生寒，竹影扶疏只幾竿。燈下偶臨青李帖，侍兒偷向月中看。」《夜飲》云：「易得梅花五斗春，海霞散粉月成輪。停盃笑展藏書讀，不醉今人醉古人。」《夜畫》云：「設素無須而敗牆，右丞家法未云亡。月明記得曾游處，三十六峰秋影涼。」《夜繡》云：「魯縞齊紈麗一時，重須纖手集花枝。舊家姊妹分燈夜，抽盡春蠶五色絲。」

俞尚賓字賓王，羅溪人也。善詩歌，有《病夫小草》。《如江陰道中》云：「削壁留寒瀑，高鴻落凍雲。」《村居》云：「早涼風皂莢，夜静雨紅蕉。」《雜感》云：「不逢青眼初楊柳，忍使紅顔老薜蘿。」皆警句也。簡平子但稱其「飄風依樹起，涼月帶潮生」二句，恐非賓王知己。

陳同叔分鈔兩册見贈，今僅存此。海客官四川，嘉慶間殉難，荷卹典。此未刻稿，同老詞集刻入《滄江樂府》。作者、鈔者均非碌碌者，應珍庋之。丙子七月十三日，霜根題記。

右《戲鷗居詞話》一卷、《叢話》一卷，清毛大瀛撰。案：大瀛字又蓑，又字海客，江蘇寶山人。諸生，乾隆時以四庫全書館謄録議敘，歷官至四川簡州知州。達州白蓮教反，勢張甚，來犯境，大瀛悉衆出禦，卒以寡不勝，被十創而亡，時嘉慶五年三月辛巳也。事聞，命祀昭忠祠，賜祭葬卹廕如制。詳婁姚椿撰墓表、孫嶽生撰行狀。著有《戲鷗居詩文集》及《雜著》，皆未刊。據王豫《江蘇詩徵》引《南野堂筆記》云：海客詩才清俊，下筆不休，其婦某氏亦嫻韵語。合巹之夕，海客有句云：「他日紅閨添韵事，鏡臺前拜女門生。」氏曰：「詩未允也。盍易女門生爲女先生耶？」一時艷稱之。又引王屋云：太倉王藕夫送海客，有句云：「江漢一官春夢短，風塵雙鬢客心長。」「官職未須卑半刺，風騷直自有千秋。」可想見其詩與人。是海客驚才絶艷，韵事流傳，早爲時人所欽，然卒以忠烈著，可謂能自樹立者矣。此《詞話》皆輯前人集中及朋舊所作，雖涉美人香草，固無傷於大雅。《叢話》則隨筆所記，多及鄉中故事，寥寥數葉，原附詞話末，今亦仍之。所據爲寶山陳同叔如升手鈔以贈長洲章式之鈺丈者。同叔擅倚聲，著有《尺雲樓詞》，尤好手鈔隱祕不傳之書，蓋能爲古人續命者。式之丈初見叢编刊本，極加贊許，録示所藏祕籍目，屬爲印入。大隆亟請傳鈔，而丈卧病逡巡，旋歸道山。今請顧君起潛廷龍代鈔之，先印此書，以爲嚆矢，亦丈之遺志歟？歲戊寅季冬，吴縣王大隆跋。

重訂中晚唐詩主客圖

重訂中晚唐詩主客圖提要

《重訂中晚唐詩主客圖》二卷，據嘉慶十七年刊本點校。撰者李懷民（一七三八——一七九三），名憲噩，號石桐（一作十桐），以字行，山東高密人。諸生。有《十桐草堂集》。此書卷首有「説」一卷，署乾隆三十九年，當即成於此時。昔張爲作《詩人主客圖》，取中晚唐白居易以下詩人八十餘家，分爲「廣大教化」等六派，每派以一「主」領數「客」。其圖頗爲詩學史所重，然或以當代人之故，所評又與後世不甚愜。李氏千年之後仍有「重訂」之舉，即此圖不可廢兼不足據之一證也。李氏新圖改訂六派爲「清真雅正」與「清真僻苦」兩派，分别以張籍、賈島兩家爲「主」，「客」三十家，仍分四等，又芟七言而獨存五律一體，轉成一部中晚唐之五律選本矣。其卷首之圖説，於立派、選詩等旨，皆詳爲説明，略謂唐人不輕作七言，中晚五律成就在七律之上云云，故有此選。又謂楊升庵亦有此識，然僅得名目而未睹其實，蓋用修嘗議晚唐五律忌用典而刻苦於眼前景，所謂「俗」也。李氏晚唐五律之説，即主要在破此一「俗」字，以爲「前聯俗語十字一串帶過，此正中晚善學初盛唐處」。又舉鍾嶸「即目」「所見」及梅堯臣「發難顯之情於當前，留不盡之意於言外」二語，以爲可盡古今詩法，用爲張、賈二派刻畫當下情景辯護也。至謂「後人妄訾元白譬若袒裼裸裎，郊島等之囚首垢面，無論所譬不當，即如其言亦非俗」。又特標舉鄉前賢王漁洋之論俗語，以爲俗在神骨不在皮膚。凡此皆可見李氏之宗晚唐，乃在其平俗刻苦之趣，已與清初虞山二馮之宗晚唐不可同日而語矣。至於李氏不取七律，不取晚唐最大之李義山、杜牧之兩家，固以詩格詩派不同，嫌其「徒以香情麗質爲雅」者，又有鍼砭時弊「今則匝街遍市無非七律填滿」之用心在，非全無意義，然終不免稍昧於詩體發展之勢，此則亦不可不知。故楊用修前説實亦不可輕議。此著原介於詩評與總集之間，然既名「主客圖」，姑存其圖説、小傳、評語，删其詩選，略施編輯之功，而録入之。

余與高密李少鶴先生同官粤西，時臨川李松圃爲寓公，稱「嶺南三友」。松圃及余皆從少鶴學詩，而少鶴又受詩法於其兄石桐先生。石桐常裒録貞元以後諸家五言律詩，仿張爲例，重定《中晚唐詩主客圖》，尊張、賈爲主，而以朱慶餘、李洞以下諸賢爲客。學者宗之，因以石桐爲張客，少鶴爲賈客，囊余所刊《二客吟》者是也。是選搜擇精審，句評字勘，稱量高下，直與古人精神命脉相引接。其持論欲使世之觀是圖者，求爲古之豪傑一洗時俗鄙瑣之見，又非止以格律對偶求工於字句之間而已。石桐、少鶴遺集，前既與松圃梓以問世，今復取是書，商定付刊。嗟乎！石桐已矣，余與松圃數十年流連唱酬，研窮聲律，於此道少有所得，沿波討源，指歸斯在，先河後海，本不可誣，寧敢私爲枕中秘哉？廣其傳，所以報也。嘉慶乙丑嘉平望日邱縣劉大觀序。

重訂中晚唐詩主客圖説

計敏夫《唐詩紀事》：張爲作《詩人主客圖》，序曰：「若主人門下處其客者，以法度一則也。以白居易爲廣大教化主，上入室楊乘，入室張祜、羊士諤、元稹，升堂盧仝、顧况、沈亞之，及門費冠卿、皇甫松、殷堯藩、施肩吾、周元範、祝天膺、徐凝、朱可名、陳標、童翰卿。以孟雲卿爲高古奥逸主，上入室韋應物，入室李賀、杜牧、李餘、劉猛、李涉、胡幽貞，升堂李觀、賈馳、李宣古、曹鄴、劉駕、孟遲，及門陳潤、韋楚老。以李益爲清奇雅正主，上入室蘇郁，入室劉畋、僧清塞、盧休、于鵠、楊洵美、張籍、楊巨源、楊敬之、僧無可、姚合，升堂方干、馬戴、任蕃、賈島、厲元、項斯、薛壽，及門僧良益、潘誠、于武陵、詹雄、衛準、僧志定、喻鳧、朱慶餘。以孟郊爲清奇僻苦主，上入室陳陶、周朴，及門劉得仁、李溟。以鮑溶爲博解宏拔主，上入室李群玉，入室司馬退之、張爲。以武元衡爲瓌奇美麗主，上入室劉禹錫，入室趙嘏、長孫左輔、曹唐，升堂盧頻、陳羽、許渾、張蕭遠，及門張陵、章孝標、雍陶、周祚、袁不約。」共六主七十八客。余嘗讀其詩，皆不類，所立名號亦半强攝。即如元、白、張、劉當時統謂元和體，爲乃獨以元稹屬白居易，而張籍、劉禹錫更分承之李益、武元衡，誠不知其何所見。以韋應物之冲淡，獨步三唐，宋人論者，惟柳宗元稍可並稱，而乃僅入孟雲卿之室，且與李賀、杜牧比肩，何其不倫耶？其他不可勝舉。至其所標目，適如司空表聖《二十四品》，但彼特明體之不同，非謂人專一體。且即六者，亦不能盡體矣。是蓋出奇以新耳目，未爲定論也。余讀貞元以後近體詩，稱量其體格，竊得兩派焉。一派張水部，天然明麗，不事雕鏤，而氣味近道，學之可以除躁妄，袪矯飾，出入風雅。一派賈長江，力求嶮奥，不吝心思，而氣骨凌霄，學之可以屏浮靡，却熟俗，振興頑懦。二君之詩，各有廣大奥逸、宏拔美麗之妙，而自成一家。一緒所延，在當時或親承其旨，在後日則私淑其風，昭昭可考，非余一人私見。慨自明季歷下、竟陵諸公互主騷壇以來，各立門户，不本於古，使學者入於歷下則非竟陵，遁於竟陵則誚公安，迄無至是。豈知古人派别依然具在，特不肯降心一尋耳。予每欲聚集諸家，分承兩派，訂成一書，嫌於創始，或驚俗目。喜得張爲《主客圖》，本鍾氏孔門用詩之意而推廣之，雖所用不當，而取義良佳。謹依其制，尊水部、長江爲主，而入室、升堂、及門，以次及焉。庶學者一脉相尋，信所守之不謬，且由淺入深，自卑至高，可以循序漸進，不至躐等也。

今之選唐詩者，大概古今並收，以希各體俱備之目。且矜尚七言詩，利其句長調高，便於諷詠。不知七言律詩，唐人不輕作。嚴滄浪曰：「七言難於五言。」余嘗考唐詩，王、楊、盧、駱絶無七言近體。燕、許稱大手筆，張止十二篇，蘇十三篇。沈、宋律體之始，沈七言十六首，宋止三首而已。崔司勳《黄鶴樓》千古絶唱，然此篇及《行經華陰》一首，合生平纔兩首耳。其他如王龍標亦止一首，李東川八首，高達夫七首，岑嘉州十一首，凡初盛名家，俱各寥寥。杜工部、王右丞、劉長卿，稱七律最多，然合五言對較，曾不能及其半。由此觀之，唐之不輕作七言明矣。元、白、劉夢得沿及北宋，其風少熾，然未有如後世之甚者也。今則匝街遍市，無非七律填滿。使世之爲七律者，約其意降其格而爲短章，則並不能成語矣。夫不學短律而爲長律，猶不學步而趨也。唐人之所以專攻五言者，唐以此制科取士，例用五言排律，其他朝廟樂歌，亦類用長排體。蓋取其體制宏整，法度嚴密，使長於才者不得濫其施，裕於學者可以勉而至。故唐二百八十年間，士子鏤心刻骨，研煉於五字之中，其理則本於經，其材則取於《選》，當時相矜相賞，總是此事。夫是以唐多詩人，詩盡能工。不然，何不謂「吟成七箇字，撚斷數莖鬚」耶？今略五言而學其七言，是棄其長而用其短也。吾之訂唐詩而不及七言，誠欲力矯此弊。倘能由此而精之，因其體而充之，三唐七言具在，固自各能得所宗主矣。至若古體詩，或當别有支派，似非可專取於唐者，請異日細論之。

自故明以來，學者非盛唐不言詩，於是乎襲爲渾淪宏闊之貌，飾爲高華典册之詞，至前後七子而其風益盛矣。余讀其詩，貌爲高華，内實鄙陋。其體不外七言律，其題半屬館閣應酬。更可笑者，大半仗「中原」、「紫氣」、「黄金」、「風塵」等字，希圖大聲。宜袁氏兄弟譏明三百年無詩，可存者《挂真兒》、《銀柳絲》小令而已。此論誠過當，然盛唐實不易學。前輩謂學《選》體者讀初唐，學盛唐者看中晚，學唐人者讀宋詩。蓋以初唐之與六朝，永貞、元和之與開寶，北宋之與五代，時相近，人相接，其心法相授，屢降而不離其本，特氣運遞遷，高者漸低，深者或淺，幽隱者或顯露，渾淪者乃説破矣。後學徒厭其淺卑顯露，而務爲高深渾淪，是未下學而驟欲上達也。吾謂淺卑者實與人以可近，顯露者正與人以可尋，升其堂不患不入其室，故宋人不可輕也。但宋自西崑混擾以後，詩體頗難辨，又多染五代之習，流爲尖酸粗鄙，學者未能得其骨格而襲其皮貌，則敗矣。學詩者誠莫如中晚。中晚人得盛唐之精髓，無宋人之流弊。又恐晚唐風趨日下，而取晚之近於中者，類爲一家言，雖稱兩派，其實一家耳。學者潛心究覽，久久自入於初盛，譬由門户而造堂奥也。

予家藏書不多，耳目所接，積之既久，以私意潛究，有似淵源可尋，然尚不敢自信。後得龔半千《中晚唐詩紀》，間載原本傳序，據所稱張、賈弟子，頗與鄙見相合。又檢明楊升庵《詩話》，言晚唐之詩分爲二派，一派學張籍，一派學賈島，詩皆五言律。鄙意竊喜古人已有定論，用修諒非無據。但用修又云：「其體起結皆平平，前聯俗語十字，一串帶過，後聯謂之頸聯，極其用工。又忌用事，謂之點鬼簿，惟搜眼前景而深刻思之，所謂『吟成五個字，撚斷數莖鬚』也。余嘗笑之，彼視詩道也狹矣。《三百篇》皆民間士女所作，何嘗撚鬚？今不讀古而徒事苦吟，撚斷筋骨亦何益哉？真處褌之蝨也。」據用修此論，直是粗心浮氣耳，雖聞二派之名目，實未覩二派之實也。《三百篇》民間士女不曾撚鬚作詩，亦曾切合平仄、較量聲律乎？且如文公多才，演成《雅》《頌》，其《國風》所陳，不盡出文人，凡變風淫辭，悉可尤而效之乎？杜工部詩苦致瘦，孟浩然眉毛盡脱，王右丞走入醋甕，是皆盛唐大家，用修所心慕者，且謂獨不撚鬚乎？至謂其起結平平，將何者方謂不平？渠自不平，用修未見耳。其云前聯俗語十字，一串帶過，此正中晚善學初盛處。初盛人平舉板對，而氣自流動，總提渾括，而意無不包。降格而下，力量不及，則不敢妄襲其貌，於是化平板而爲流走，變深渾而爲淺顯，乍看似甚易能，細按始驚難到。要其體會物理，發揮人情，實能得初盛人内裏至詣。最可怪者，中晚人皆着意三四，至後聯，往往帶過，雖琢對精工，意不在此。用修不暇致詳，而顛倒説來，真負古人苦心。至若詩之用事，審其可用則用之，非主於不用，亦非主於用。陸士衡云：「徵實難工，翻空易巧。」《詩品》云：「『清晨登隴首』，羌無故實；『明月照積雪』，詎出經史。觀古今勝語，多非補假，皆由直尋。」此皆閱歷有得之言也。中晚人惟知力量不逮初盛，深恐用事則意爲所用，反成疵累，而或意之必須借事以發者，然後用之。用則其事不必從乎其舊而翻新之，又或其事不必與吾詩相符而巧合之。其中神妙，又自難言。若止如後人之用事，徒事誇多鬥靡，即極切合妥當，豈免爲點鬼簿哉？天地間文章，祇在當前搜得出，便成至文。鍾記室曰：「『思君如流水』，既是即目；『高臺多悲風』，亦唯所見。」梅宛陵曰：「發難顯之情於當前，留不盡之意於言外。」二語實盡古今詩法。必如用修言，是驅天下人盡爲牛鬼蛇神而後快，恐詩道不如此也。且用修之詩，務闊落而乏静細，矜才麗而欠真切，彼固詡詡以盛唐自命，豈知五霸三王之罪人也。究何曾細心味乎張、賈兩派之妙，徒見清真瘦削，非九天閶闔規模，便存一卑視之心。吾恐晚唐人筋骨不失仙人清羸，而用修實遭降肛之困也。自處於褌而不知，尚暇譏人爲蝨耶？

吾鄉阮亭先生，爲詩不能盡脱時蹊。其論「俗」字甚精。即如老杜詩中之聖，阮翁指稱其「緑垂風折笋，紅綻雨肥梅」等句爲俗。明高季迪《梅花》詩，三百年無異辭，阮翁謂其「雪滿山中高士卧，月明林下美人來」爲真俗，是真巨論也。按工部以「垂」字形容風竹，以「綻」字刻繪雨梅，時人所謂工於匠物也。季廸以高士方梅之品，以美人比梅之質，又時人所謂妙於品梅也。而阮翁總斷曰俗，彼豈好翻案哉？良謂詩之忌俗，猶詩之貴清，在神骨而不在皮膚。果其不俗，雖亂頭粗服，無礙其爲美女；而苟俗也，即荷衣蕙帶，終不得謂之仙人。世之論者，不及見此，而誤以「元輕白俗」按：四字東坡亦帶言甚輕，非如今人所論。之俗爲俗。樂天爲詩，八十老嫗亦解，彼固好以俗情入詩者，而曰「十首秦吟近正聲」，是則大不俗矣。陶元亮曰：「相見無雜言，但道桑麻長。」王摩詰曰：「五帝與三王，古來稱天子。」宛肖不讀書人口吻，是俱謂之俗乎？俗在骨，不在貌；俗關性情，不關語句。王鳳洲謂擬騷賦不可使不讀書人一見便曉，此等見識，正萬俗之源也。後世人大半爲此等論所誤，故爲辨俗如此。

張、王固以樂府名，然惟後人祇知其樂府耳。當時謂之「元和體」，寧單指樂府哉？且水部自標律格，其近體固當與樂府並重。後人乃謂鴻鵠之腹毳，直目論耳。《紀事》稱賈島變格入僻，以矯艷於元、白。元、白誠無可矯，遂啓後人妄訾，乃謂元、白、郊、島總病一俗字。元、白譬若袒裼裸裎，郊、島等之囚首垢面，無論所譬不當，即如其言，亦非俗也。吾故云今人錯認俗字。但元、白、劉夢得恐學者利其省事，流爲率易，貞曜無近體，吏部祇能古作，故皆不録。

鍾記室《詩品》詳推漢魏晉人之詩，而定其源所從出，别爲上中下三品，遂資後人口實。余按，所品亦實有未允者，然記室亦特就詩論詩，明其體格相近，非真見其一脉相傳也。至所論陳思爲建安之傑，公幹、仲宣爲輔；陸機爲太康之英，安仁、景陽爲輔。又曰：「孔門如用詩，則公幹升堂，陳思入室，潘、陸諸子自可坐於廊廡間矣。」此誠千古不刊之定論。即起諸賢而問之，亦應首肯。况余選《主客圖》，初非敢如記室之尚論，其淵源所自，俱有明徵，特效哀輯焉耳。至圖中所列及門，不無斷以己意，要皆會昌以後人，又據升庵晚唐兩派之説，即有不盡然者，或亦非古人所深罪也。耳目不廣，姑就所見引列，其有遺賢，後當補入。

自《記事》《品彙》定爲初盛中晚之目，學者遵之。劉隨州開元進士，而派入中唐。馬戴與賈長江、姚武功同時，而別爲晚唐。是蓋以詩爲升降也。然朱慶餘格律如水部，而不免爲晚唐，僧清塞僻澀如李洞，而無礙其爲中唐，亦似有不可盡憑者。余但因其體格之相近者次爲先後，並時代亦不拘，實非敢妄爲等殺，觀者幸勿泥執。

宋儒之理誠不可爲詩，而詩人實不能離其言，書情即正心之學也。發乎情，必止乎禮義。其言匠物，即格物之學也。故其詩曰：「君吟三十載，辛苦必能官。」特唐時儒教不純，或雜佛老，然王仲初曰：「君子抱仁義，不懼天地傾。」固已知孔氏之教矣。李太白思復雅樂，杜工部自比稷契，元、白、張、王、韓文公、孟夫子，各出其讜言正論，以維持世教，是知唐詩雖小道，實與《三百》之義相通。但其間遇有隆替，才有大小。其升之廟廊而恢其才，則爲樂府，爲《雅》《頌》。非然，即一室嘯呼而約其才，爲苦吟，爲孤索，要皆各得性情之正，而不流爲淫哇。唐之盛也，道德渾於意中，和樂浮於言外。及其衰也，氣節形於激烈，名義著爲辨説。而凡李義山、段成式、温飛卿、韓致光等淫詞艷語，不足以淆之。故余定中晚以後人物，有似於孔門之狂狷：韓退之、盧仝、劉叉、白樂天，狂之流也；孟東野、賈島、李翺、張水部，狷之流也。後世人不識，或指其言爲俗劣，爲粗鄙，爲直率，爲妄誕。嗚乎！是皆浮沉世故、居心不正者，徒以香情麗質爲雅耳。古人固已先知之，乃曰：「今時出古言，在衆翻爲訛。」又曰：「所得非衆語，衆人那得知。」彼固衆人，安得不以衆人之見爲見耶？吾定《主客圖》，竊見張、賈門下諸賢，微論其才識高遠，要之氣骨稜稜，俱有不可一世、壁立萬仞之概。夫是以與時鑿枘，坎坷多而遭遇難。然司空圖不事朱温，顧非熊高隱茅山，馬虞臣以正言被斥，劉得仁以違時不第，此皆孔氏之所收也。其餘諸子，不能枚舉。間有行事無考者，其言存，可按而知之。願世之觀吾《主客圖》者，先求爲古之豪傑，舉凡世俗逢迎諂佞慳吝鄙嗇齷齪種種之見，一洗而空之，然後播爲風詩，以變澆風而振頹俗，或亦盛世之一助云。

乾隆甲午長夏高密李懷民識。

主客圖人物表

帝紀	人物
代宗 十七年 廣德二 永泰一 大曆十四	王建 大曆十年登第
德宗 二十五年 建中四 興元一 貞元二十	于鵠 大曆貞元間人 張籍 貞元十五年登第
順宗 一年 永貞	
憲宗 十五年 元和	姚合 元和間登第 周賀 鄭巢 姚合同時章孝標元和十四年登第
穆宗 四年 長慶	賈島 文宗時貶長江韓愈使應進士舉當在憲宗穆宗時 顧非熊 張祜
敬宗 二年 寶曆	朱慶餘
文宗 十四年 太和九 開成五	許渾 喻鳧 劉得仁
武宗 六年 會昌	趙嘏 馬戴 項斯
宣宗 十三年 大中	
懿宗 十四年 咸通	許棠 方干 司空圖 李咸用
僖宗 十五年 乾符六 廣明一 中和四 光啓三 文德一	鄭谷 崔塗
昭宗 十五年 龍紀一 大順二 景福二 乾寧四 光化三 天復三	曹松 李洞 唐求
哀帝 三年 天祐	裴説 于鄴 任翻 林寬 三人無攷

清真雅正主客圖

主	張籍
上入室	朱慶餘
入室	王建　于鵠
升堂	項斯　許渾　司空圖　姚合
及門	趙嘏　顧非熊　任翻　劉得仁　鄭巢　李咸用　章孝標　崔塗

清真僻苦主客圖

主	賈島
上入室	李洞
入室	周賀 喻鳧 曹松
升堂	馬戴 裴説 許棠 唐求
及門	張祜 鄭谷 方干 于鄴 林寬

重訂中晚唐詩主客圖卷上

張籍傳

籍，字文昌，和州烏江人。貞元十五年，丞相渤海公下及第，授太常寺太祝。久之，遷祕書郎。韓愈薦爲國子博士，歷水部員外郎、主客郎中、國子司業。

宋張洎《司業集序》：公爲古風最善，自李、杜之後，風雅道喪，繼其美者，唯公一人。故白太傅讀公集曰：「張公何爲者，業文三十春。尤工樂府詞，舉代少其倫。」又姚秘監嘗讀公詩曰：「妙絶江南曲，淒涼怨女詞。古風無手敵，新語是人知。」其爲當時文士推服若此。元和中，公及元微之、白樂天、劉夢得等歌詞，天下宗匠，謂之「元和體」。又長於今體律詩。貞元以前，作者間出，大抵互相祖尚，拘於常態，迨公一變，而章句之妙，冠於流品矣。

明劉成德《張司業詩序》：唐開元盛時，杜甫、李白、高適、儲光羲、王維諸賢，至大曆以後，已兩變矣。當時以文名家者，韓愈、柳宗元、李翺、張籍之徒，相與奮起，振六朝五季澆漓之習，而自成一家言。籍爲昌黎厚友，性狷直率，博聞好古，議論勝人。其排佛老，嘗言不能著書如孟軻、揚雄以垂世。觀昌黎代作李浙東書，議論風生，期大之意甚深。謂其善爲樂府，使人憑几聽之，未必不若吹竹彈絲、敲金擊石也。余並其詩而觀之，其樂府真有風人之遺，而五言近體又皆勁徤清雅，脱落塵想，俱從胸臆中出。然後知昌黎之詩豐而腴，柳州之詩峭而勁，司業之詩新而奇，李翺之詩悲而壯，卒皆可傳也。

張洎《項斯詩集序》：元和中，張水部爲律格詩，尤工於匠物，字清意遠，不涉舊體，天下莫能窺其奥。惟朱慶餘一人親授其旨。沿流而下，則有任翻、陳標、章孝標、滕倪、司空圖等，咸及門焉。寶曆、開成之間，君聲價藉甚，特爲水部所知賞，故詩格與水部相類。

懷民按：水部五言體清韵遠，意古神閒，與樂府詞相爲表裏，得《風》《騷》之遺。當時以律格標異，信非偶然。得其傳者，朱慶餘而外，又有項斯、司空圖、任翻、陳標、章孝標、滕倪諸賢。今考滕倪、陳標詩已無存，任翻、司空圖、章孝標亦寥寥數頁，惟朱慶餘、項斯兩君賴後人搜輯，規格略具。愚按水部既殁，聞風而起者，尚不乏人。後世拘於時代，别爲晚唐，要其一脉相沿之緒，故自不爽。兹特奉水部爲清真雅正主，而以諸賢附焉。合十六人，得詩四百四十二首。

朱慶餘傳

慶餘，名可久，以字行，越州人。登寶曆進士第。

龔賢《朱慶餘詩序》：始張水部籍初爲律格詩，惟朱慶餘親受其旨。又水部遇慶餘，因索其新舊篇什，留二十六章，置之懷袖而推贊之。時人以籍重名，皆繕録諷詠，遂登科。慶餘作《閨意》以獻曰：「洞房昨夜停紅燭，待曉堂前拜舅姑。妝罷低聲問夫壻，畫眉深淺入時無？」籍酬之曰：「越女新妝出鏡心，自知明艷更沉吟。齊紈未足人間貴，一曲菱歌抵萬金。」

懷民按：慶餘無古體，律格專學水部，表裏渾化，他人鮮能及者，斷推上入室。

王建傳

建，字仲初，潁川人。大曆十年進士。初爲渭南尉，歷秘書丞、侍御史，太和中出爲陝州司馬。從軍塞上，後歸咸陽，卜居原上。建工樂府，與張籍齊名，《宫詞》百首，尤傳誦人口。

懷民按：世之稱仲初者，但知其七言古與《宫詞》耳，即張、王並列，亦止於樂府，若五七律，則概不相許，至謂司馬律不能工，或病其俗。噫嘻！世所謂不俗者，吾知之矣。錯采鏤金，矯飾補假，以要博大精深之譽，至與言苦心體物，刻發難顯，其實不能耐心一思也。顧惟縱其情不以禮防者爲俗耳。俗情入詩，直尋天妙，固是風雅之本。世惟認錯俗字，並雅亦失之，而所謂不俗者，乃真俗矣。按仲初律詩，實與司業合調。第司業妙於清麗，司馬偏於質厚，不無微分，不似朱慶餘之句句追步。至其字清意遠，工於匠物，則殊塗同歸也。尊爲入室，良不誣矣。

于鵠傳

鵠，大曆、貞元間詩人也。隱居漢陽，嘗爲諸府從事。

懷民按：于鵠亡其字，出處亦不甚可考，傳者但知爲大曆、貞元間詩人而已。五古氣格沉雄，絶近岑嘉州。七言律亦軒爽。獨五言近體則絶似原本於水部，而窺其律格之秘者。但水部貞元十五年進士，至元和中，其名始重。若鵠在大曆、貞元間，乃爲水部前輩，既不可考，姑就其詩次之在王仲初下，爲入室第二人。寧焯附按：水部集中有《哭于鵠》詩云：「我初有章句，相合者惟君。」則鵠固水部詩友也，自應與仲初齊肩。

項斯傳

斯，字子遷，江東人也。會昌四年左僕射王起下進士及第，始命潤州丹徒縣尉，卒於任。

張洎《項斯詩序》：寶曆、開成之際，君聲價藉甚。時特爲張水部所知賞，故其詩格頗與水部相類。詞清妙而句美麗奇絶，蓋得於意表，殆非常情所及。故鄭少師薰云：「項斯逢水部，誰道不關情。」又楊祭酒敬之云：「幾度見詩詩總好，及觀標格過於詩。平生不解藏人善，到處逢人説項斯。」

懷民按：子遷無古詩，五七律皆學水部，次于朱慶餘，斷爲升堂第一人。

許渾傳

渾，字用晦，丹陽人，故相圉師之後。大和六年進士第，爲當塗、太平二縣令，以病免。起潤州司馬。大中三年，爲監察御史，歷虞部員外郎，睦、郢二州刺史。潤州有丁卯橋，渾别墅在焉，因以名其集。

懷民按：用晦詩豐潤有餘，清瘦不足，故格少降。然韵遠情長，工于匠物，撰力不在朱慶餘下，或起結稍遜耳。其宗水部，雖無明文，而淵源可尋。楊升庵乃據孫光憲論，以爲唐詩至許渾淺陋極矣，晚唐之最下者，當時已有公論。予謂此直小兒檢瓜之見耳，何曾窺見古人至處？且用修常稱晚唐律詩義山而下，惟杜牧之爲最。又稱韋莊詩多佳。韋讀許詩曰：「江南才子許渾詩，字字清新句句奇。十斛珍珠量不盡，惠休空作碧雲詞。」杜牧亦有寄渾句曰：「江南仲蔚多清調，悵望青雲幾首詩。」其爲當時名流推重如此。余嘗謂唐人論詩最精確，用修一人私見，豈能杜絶天下後世之口？特著爲升堂第二，以爲學古先路。

司空圖傳

圖，字表聖，河中虞鄉人。咸通末，擢進士第，由宣歙幕歷禮部郎中，僖宗行在用爲知制誥中書舍人，歸隱中條山王官谷。龍紀、乾寧間，徵拜舊官，及以户、兵二部侍郎召，皆不起。遷洛後，被詔入朝，以野耄丐歸。朱全忠受禪，召爲禮部尚書，不食而卒。圖少有俊才，晚年避世棲遯，自號知非子、耐辱居士。有先世别墅，泉石林亭，頗愜幽趣，日與名僧高士遊詠其中。有《一鳴集》三十卷，内詩十卷。

圖爲諫議，避亂隱王官谷，預爲壽藏，與故人壙中吟飲，出則布衣鳩杖，歲時村社，必往盡醉。爲王重榮作碑，贈絹千匹，置市門，恣人取之。

圖著《詩品》二十四則，曰雄渾、冲淡、纖穠、沉著、高古、典雅、洗鍊、勁健、綺麗、自然、含蓄、豪放、精神、縝密、疎野、清奇、委曲、實境、悲慨、形容、超詣、飄逸、曠達、流動，每則六韵，每句四字。

蘇軾曰：唐末，司空圖崎嶇兵亂之間，而詩文高雅，猶有承平之遺風。其論詩曰：「梅止於酸，鹽止於鹹，飲食不可無鹽梅，而其美常在酸鹹之外。」云云。

蘇軾《遊白鶴觀詩序》：司空表聖自論其詩得味外味，「碁聲花院静，幡影石壇高」之句爲尤善。余嘗獨遊五老峰白鶴觀，松陰滿地，不見一人，惟聞碁聲，然後知此句之工。

懷民按：表聖詩格韵清妙，與水部有神骨之肖。但遺文散失，五律纔有二十首，稍汰之，僅得九篇。其他古體十首、七律十八首、五七言絶句三百餘首，多寡乃爾不倫。固知表聖五言詩尚多，其散見於他書者，如「人家寒食月，花影午時天」、「碁聲花院静，幡影石壇高」等句，俱清奇新警，抉格律之精，今俱不得全篇，惜哉！聊就所存者，推爲升堂第三人。

姚合傳

姚合，陜州硤石人，宰相崇曾孫。登元和進士第，授武功主簿，調富平、萬年尉。寶曆中，監察御史、户部員外郎，出爲杭州刺史，後爲給事中、陜虢觀察使。開成末，終秘書監。與馬戴、費冠卿、殷堯藩、張籍遊，李頻師之。合詩名重於時，人稱姚武功云。

懷民按：《武功詩集》古今體存遺甚多，其五言律樸茂新奇，酷似王仲初。仲初故與水部合體，而姚君與水部爲友，其得於漸摩者深矣。佳篇美不勝收，然無逾《縣居詩》者，且君以「武功」得名，未必不由此詩起也。次爲升堂第四。

趙嘏傳

嘏，字承祐，山陽人。會昌二年登進士第，大中間仕至渭南尉，卒。有《渭南集》三卷。

杜牧嘗愛嘏「長笛一聲人倚樓」之句，吟嘆不已，人因目爲「趙倚樓」。

懷民按：承祐詩七言最多，七律八十餘篇，獨五律寥寥，雖性有偏好，亦散軼耳。昔人稱其詩贍美多興味，余謂五言風格尤絶近水部，斷爲及門一人。

顧非熊傳

顧非熊，况之子，性滑稽，好凌轢。困舉場三十年，穆宗長慶中登進士第，累佐使府，大中間爲盱眙尉。慕父風，棄官隱茅山。况，海鹽人，肅宗至德進士，以校書徵，遷著作郎。性好詼諧，坐詩語調謔，貶饒州司户參軍，卒隱茅山。

懷民按：非熊詩體不備，不及乃父廣博，然其五言近體易樸茂爲清永，似勝逋翁，或自更有宗承，不盡家學也。以詩體列之水部門下。

任翻傳

翻，一作蕃，唐末人，字與爵里俱無考。存詩十八首。

懷民按：張洎稱翻爲水部門人，所爲詩當不止此，惜已無考，姑就所存者抄八篇，以延水部之緒。其用筆頗生峭，微近閬仙，然細味其風韵，自是水部一派。

劉得仁傳

得仁，貴主之子。長慶中即以詩名，自開成至大中三朝，昆弟皆歷貴仕，而得仁出入舉場三十年，卒無成。詩集一卷。

懷民按：得仁詩亦水部派也。前輩見其愁苦吟呻，擬之賈氏，其實唐末淒厲之音，大半相似，要自各有宗承，不相混。獨惜得仁三十年苦功，齎志以殁，後世並亦無能知者，引爲司業門人，或有傳焉。

鄭巢傳

巢，不知何時人，亡其字，爵里並無考。詩多與姚郎中酧答，或與姚合同時。

懷民按：鄭巢詩以淺易近水部，或即水部之徒也。附之及門，以便初學。

李咸用傳

咸用與來鵬同時，蓋咸通後人也。嘗應辟爲推官。有《披沙集》。

懷民按：咸用字與里皆不可考，生逢亂世，淒厲多而和平少。其詩各體俱備，五言近體獨效張氏，蓋亦及門之矯矯者。

章孝標傳

孝標，桐廬人。登元和十四年進士第，除秘書省正字，太和中，試大理評事。

懷民按：孝標父子俱以詩名，張洎稱孝標爲水部門人。水部名盛於元和中，孝標元和進士，必應親受水部律格。今檢其集，諸體淩雜，多他家竄入，聊抄數篇，以見其概，仍多率句，恐非廬山真面目也。

崔塗傳

塗，字禮山，江南人。光啓四年登進士第。詩一卷。

懷民按：禮山坊本但傳其《春夕篇》，所謂「蝴蝶夢中家萬里，杜鵑枝上月三更」也。按此殊未免俗氣，不如「併聞寒雨多因夜，不得鄉書又到秋」、「正逢摇落仍須别，不待登臨已合悲」本色語，乃絶得張水部格韵。今檢其五言律，學水部尤切，但才短意近，不及朱慶餘、項斯諸君，要其律格所承，固張氏嫡派也。附及門後，以爲初學入手。

主客圖上卷補遺

雍陶傳

雍陶，字國鈞，成都人。大和間第進士，大中八年自國子毛詩博士出刺簡州。詩一卷。

寧焯按：國鈞詩格意清新，張洎所列水部門下諸賢，雖無其名，然《劉補闕秋園寓興》之什，與張、朱同和，則其嘗親受律格，不卜可知。蓋朱、項而外，逸者尚多，不止國鈞一人也。抄之以廣水部之緒。

重訂中晚唐詩主客圖卷下

賈島傳

島，字閬仙，范陽人。初爲浮屠，名無本。來洛陽，時洛陽令禁僧午後不得出，島爲詩自傷。韓愈憐之，因教之爲文，遂去浮屠，舉進士。詩思入僻，當其苦吟，雖逢公卿貴人，不之覺也。累舉不中第，文宗時，坐飛謗，貶長江主簿。會昌初，以普州司倉參軍遷司户，未受命，卒。有《長江集》十卷，《小集》三卷。

《隋唐嘉話》：島於京師，騎驢得句云：「鳥宿池邊樹，僧敲月下門。」初欲作「推」字，鍊之未定，不覺衝尹。時韓吏部權京尹，左右擁至前，島具告所以，韓立馬良久曰：「作『敲』字佳矣。」遂並轡歸，爲布衣交。

島嘗得句云：「鳥從井口出。」經年求對未就。一日，友從岳陽見過，遂得偶句曰：「人自岳陽過。」時謂經年求對。又島吟成《送無可上人》詩，其五六云：「獨行潭底影，數息樹邊身。」二句之下自注一絶云：「二句三年得，一吟雙淚流。知音如不賞，歸卧故山秋。」

「長江風送客，孤館雨留人」，見《升庵集》；「古岸崩將盡，平沙長未休」，見《吟窗雜録》，全篇不復可考。知賈詩散軼尚多。

懷民按：浪仙詩無七古，其五古、五七言律以及絶句，皆生峭險僻，錘鍊之功，不遺餘力。故韓吏部詩云：「無本與爲文，身大不及膽。蛟龍弄角牙，造次欲手攬。」孟東野亦云：「瘦僧臥冰凌，嘲詠含金痍。金痍非戰痕，峭病方在茲。」尤好爲五言律，存遺二百餘篇，較別體爲多，東野所謂「燕本越淡，五言寶刀」也。沿流而下，李洞之外，又有周賀、曹松、喻鳧，皆宗派之可考者。其他諸賢，雖於古無聞，體格不殊，可推尋而得之，本欲全録，以極其體之變，因賈詩刻苦過鍊，後學不善，流爲尖酸，又遺集魯亥尤多，往往兩存之，猶不得妥當，茲刪去四分之一，尊爲清奇僻苦主，與張水部分壇領袖。學者或性不近水部者，其入此派，不失正宗。合十四人，得詩四百六十首。

又按：宋方岳《深雪偶談》一則，鄙意稍覺未允，今録原文，並附管見於後。

《深雪偶談》：賈閬仙，燕人，産寒苦地，故立心亦然。誠不欲以才力氣勢掩奪性情，特於事物理態，毫忽體認，深者寂入仙源，峻者迥出靈嶽。同時喻鳧、顧非熊，繼此張喬、張蠙、李頻、劉得仁，凡晚唐諸子，皆於紙上北面，隨其所得淺深，皆足以終其身而名後世。獨李洞佛名閬仙，所謂瓣香之師，執而不宏，捧心過甚，空圓蕭散之氣，不復少有，豈非不善學下惠者耶？司空表聖，後輩也，本用其機，反以閬仙非附寒澁，無所置才。坡公不細考，亦然其言，獨非叛道歟？不然則隸者不力其文，擠而實予，則歸敬閬仙亦至矣。

按其論賈氏甚允，論門下諸子多不確，方君蓋不知有水部派也。顧非熊、劉得仁皆水部門人，司空圖亦張氏後裔，方乃以顧、劉屬賈生，而譏司空爲叛道，左矣。至李洞實善學賈氏者，方君不肯静索而漫擬捧心，毋乃過與？

李洞傳

洞，字才江，京兆人，諸王孫也。慕賈島爲詩，鑄其像，事之如神。時人但誚其僻澁，不能賞其奇峭，惟吴融稱之。昭宗時，不第，遊蜀，卒。詩三卷。按，融字子華，越州人，龍紀進士，累晉户部侍郎。昭宗反正，造次草詔，無不稱旨。有《唐英集》三卷，與韓致光齊名。

《北夢瑣言》：洞三榜，裴贄第二榜。策夜簾前獻詩云：「公道此時如不得，昭陵慟哭一生休。」尋卒蜀中。贄無子，人謂屈洞所致。

懷民按：才江無古詩，五、七律及絶句、長排俱師閬仙，五言尤逼肖，一字一句必依賈生格式，當其得意，幾於緑玉楮葉。而負性孤僻，筆端峭直，實由天授，非他人所能及。惜生也晚，不能如朱慶餘之遇水部，落拓終身，抱鬱以卒。然其誠心鑄像，克肖厥師，宜有閬仙神助，即亦不啻朱君之受律格也。推爲上入室，學者不得與唐末詩體同論。

周賀傳

賀，字南卿，東洛人。初爲浮屠，名清塞，杭州太守姚合愛其詩，加以冠巾，改名賀。

懷民按：南卿無古體，七言亦不多，五律六十餘篇，皆學賈長江，工力悉敵。周、賈同時，其出身由浮屠，並同無本，或亦猶水部之與司馬也。檢選諸賢，定爲入室。

喻鳧傳

鳧，毘陵人。登開成五年進士第，終烏程尉。

懷民按：喻鳧專攻五言近體，前輩謂其效賈島爲詩，人稱之賈、喻。今觀之，信不虚也。然宋人所推如「木落山城出，潮生海棹歸」、「硯和青靄凍，簾對白雲垂」，唐人推其「滄洲違釣隱，紫閣負僧期」，今集皆不載，固知散失多矣。姑就所存詩，推爲入室二人。

曹松傳

松，字夢徵，舒州人。學賈島爲詩。久困名場，至天復初，杜德祥主文，放松及王希羽、劉象、柯崇、鄭希顔等及第，年皆七十餘，時號「五老榜」。授秘書省正字。

懷民按：夢徵刻苦深思，老志不衰，氣骨已不可及。其學賈氏亦專攻近體，雖生末世，詩格不以氣運而降，奉爲入室，與喻昆陵伯仲焉。

馬戴傳

戴，字虞臣。會昌四年進士第。宣宗大中初，太原李司空辟掌書記，以正言被斥爲龍陽尉。懿宗咸通末，佐大同軍幕，終太學博士。按，戴未詳何處人。

懷民按：虞臣詩今昔咸推爲晚唐之最，馬與賈、姚同時，其稱晚唐，猶錢、劉之稱中唐也。詩亦近體多于古體，短律富于長律，筆格視賈氏稍開展，而體澁思苦，致極幽清，誠亦賈門之高弟也。斷爲升堂第一。

裴説傳

説，天祐三年登進士第，官終禮部員外郎。

懷民按：説亡其字，行事亦不甚可考。遺文之存者，五律外惟絶句六首、古體三章而已。他如「苦吟僧入定，得句將成功」、「瘦肌寒帶粟，病眼餒生花」、「雪留寒竹寺舍冷，風撼早梅城郭香」等句，見諸他書者不一而足，其全篇皆不可得，遺跡消亡，良可浩嘆。今讀其詩，風骨矯矯，宜學賈氏有得者，其峭削微不及周、喻諸君，而沉刻過之。位馬虞臣下，爲升堂之次。

許棠傳

棠，字文化，宣州涇縣人。咸通十二年登進士第，授涇縣尉，又嘗爲江寧丞。

《唐詩紀事》：許棠有《洞庭》詩爲工，時號「許洞庭」。

《全唐詩話》：許棠久困名場。咸通末，馬戴佐大同軍幕，棠往謁之，一見如舊，留連數月，未嘗問所欲。一旦，以棠家書授之。棠驚愕，莫知其來，啓緘，始知戴潛遣人恤其家矣。

懷民按：文化五、七言律之外，他體並絶句亦無之。沉着刻入，略與馬虞臣相等，宜其一見如故也。次之升堂第三。

唐求傳

求，居蜀之味江山，至性純慤。王建帥蜀，召爲參謀，不就。放曠疎逸，邦人謂之唐隱居。爲詩撚稿爲圓納之大瓢，後卧病，投瓢於江，曰斯文苟不沉没，得者方知吾苦心爾。至新渠，有識者曰：「唐山人瓢也。」接得之，十纔二三。

懷民按：隱居負性高古，詩冷峻，得賈生之骨。觀其不苟傳於後世，詩志可知矣。惜瓢中之詩，大半爲屈正則所收，流傳人間者，如食罕味，忽忽欲盡耳。特附賈氏升堂之後，以褒其志。

張祜傳

祜，字承吉，清河人。以《宫詞》得名。長慶中，令狐楚表薦之，不報。辟諸侯府，多不合，自劾去。嘗客淮南，愛丹陽曲阿地，築室卜隱。集十卷。

《全唐詩話》：武宗皇帝疾篤，遷便殿，孟才人以歌笙獲寵者，密侍其右。上目之，曰：「吾當不諱，爾何爲哉？」指笙囊泣曰：「請以此就縊。」上憫然。復曰：「妾嘗藝歌，請歌一曲以泄其憤。」乃歌一聲《河滿子》，氣亟，立殞。上令醫候之，曰：「脉尚温而腸已絶。」及帝崩，柩重不可舉。議者曰：「非俟才人乎？」爰命其櫬。櫬至，乃舉。按，所歌《河滿子》詞，祜作也，傳唱宫中。其言曰：「故國三千里，深宫二十年。一聲河滿子，雙淚落君前。」又曰：「自倚能歌日，先皇掌上憐。新聲何處唱，腸斷李延年。」後祜知其事，作《孟才人歎》曰：「偶因歌態咏嬌嚬，傳唱宫中十二春。却爲一聲河滿子，下泉須弔舊才人。」

懷民按：承吉作《宫詞》絶句，韵味風情不下王仲初，樂府、長歌亦各成格調，獨五言近體刻入處太逼閬仙，或亦私淑賈氏者也。斷爲及門一人。

鄭谷傳

谷，字守愚，袁州人。光啓三年擢第，官右拾遺，歷都官郎中。幼即能詩，名盛唐末，有《雲臺編》三卷、《宜陽集》三卷、《外集》三卷。

《唐詩紀事》：鄭谷以《鷓鴣詩》得名，人號「鄭鷓鴣」。

都官《自序》：谷，勤苦於風雅者。自騎竹之年，則有賦咏。雖屬對聲律未暢，而不無旨諷。同年丈人古川守李公朋、同官丈人馬博士戴，嘗撫頂嘆勉，謂他日必垂名。及冠，則編軸盈笥。求試春闈，歷干於大匠，故少師相國太原公深推奬之，故薛許昌能、李建州頻不以晚輩見待，預於唱和之流，而忝所得爲多。游舉場凡十六年，著述近千餘首，自可者無幾。登第之後，孜孜忘倦，甚於始學也。

明嚴嵩《鄭都官詩序》：相傳州南仰山有都官書堂遺址，乃予攀磴踐棘，往尋之，不可復識，徒見泉聲巒彩，悄愴幽邃，殆非人間。意其時謳吟嘯歌，斯境有助歟？夫詩之道難言矣，非天景勝奇無以發靈智，非功力深到無以造微賾。予讀都官之作，精刻洗鍊，時有月露烟雲之思。永夜静吟，至謂得句勝於得好官，則其平生殫力於斯，可謂勤矣。世之士落筆出語，未得古人一字，而遽已苦病之，豈可乎哉？

懷民按：守愚世但傳其長律、絶句，不知五言詩生刻深細，抉賈氏之精而變其貌，定爲賈氏及門。

方干傳

干，字雄飛，新定人。徐凝一見器之，授以詩律。始舉進士，謁錢唐太守姚合，合視其貌陋，甚卑之。坐定覽卷，乃駭目變容，館之數日，登山臨水，無不與焉。咸通中，一舉不得志，遂遯會稽，漁於鑑湖。太守王龜以其亢直，宜在諫署，欲薦之，不果。干自咸通得名，迄文德，江之南無有及者。殁後十餘年，宰臣張文蔚奏名儒不第者五人，請賜一官，以慰其魂，干其一也。後進私謚曰「玄英先生」。門人楊弇與釋子居遠收得詩三百七十餘篇。

懷民按：雄飛受詩律於徐侍郎，遂舉進士，其源蓋出徐氏也。今考侍郎集絶句之外，近體三篇而已，卒難定其何體。但讀方詩，生新刻苦，似游泳長江而出者，七言尤逼肖，即安知徐之不爲賈氏流耶？今但編雄飛爲閬仙及門云爾。

于鄴傳

鄴，唐末進士。他無考。

懷民按：于鄴五律外無别體，所得句亦鏤心刻骨者也。雖乏峭削之致，然自不得混水部派，附賈氏門後。

林寬傳

寬，侯官人。餘無考。

懷民按：林君無所考，或言與許洞庭同時。《律髓》止録其《少年行》一詩。今檢全集，實賈氏派也。才少力薄，不及李才江、馬虞臣諸君，而幽僻苦澁，足徵燕本衣鉢。録之爲初學入手，然須分别觀之，勿使瑕瑜相掩。

主客圖下卷補遺

無可傳

無可，范陽人，姓賈氏，島從弟。居天仙寺，詩名亦與島齊。集一卷。

寧焯按：可師與無本同源，並以詩著。後之言唐詩者，於釋侶往往從略，遺集雖存，率置高閣，可惜也。其詩五言長短律外，絶鮮他體，蓋精苦於此者。先子和兄檢得之，先生嘉其有功，今補抄入卷，爲本公塤篪。

題後

訂中晚唐詩人主客圖既成悵然有感題卷末二首

古來耽此道，清味本酸寒。思入如中病，吟成勝拜官。物生皆不隱，情動即教看。未識成何用，憑將髩髮殘。

前生因有罪，天罰作詩人。但見無雙士，常膺不次貧。青山窮道路，白首役精神。獨爲求知己，淹留萬古身。

重刻主客圖跋

石桐先生選訂《主客圖》詩，格律精警，允爲學者津梁。前歲劉君松嵐寓書於余，欲刊刻以公同好，已共襄厥事矣。第板存京師，郵筒所寄，不過數十部，求者甚多，竟無以應。因取原刻，重付諸梓，并其間訛字，悉命猶子宗澳校正。所以廣石桐之傳，亦以誌余嚮往之意也。嘉慶壬申三月既望臨川李秉禮題於桂林之湘南別墅。

紫荆书屋诗话

紫荆書屋詩話(高密三李詩話之一)提要

《紫荆書屋詩話》不分卷,據山東省博物館藏稿鈔本點校。輯撰者李懷民,生平見《重訂中晚唐詩人主客圖》提要。按此本封面「紫荆書屋詩話」,「詩話」二字被圈芟,蓋所收各種,論、評、選乃至日記、雜記等,體例頗不一,作者故有此遊移之舉,生前尚未能定稿也。李氏此書雖議論縱橫,實未脱其《主客圖》之窠臼。即以《主客圖詩論》開篇,後所評嚴滄浪以下至本朝王漁洋、趙秋谷、張謙宜《絸齋詩談》等各家之説,大抵尊五言,尊中晚唐則是,否則即非。如滄浪「興趣」之説,漁洋五、七言之辨等,可通其説;評宋詩竟亦從中晚唐,歸入「清空和易」、「生刻峭勁」兩派,更「上溯漢魏、六代,下及元明、本朝,凡成家者舉不能出二者之外」矣。(《與某論詩》)即如滄浪尊盛唐、尊李杜,亦遭其斥:「學開、寶以上詩則誤」,「李、杜卻慢看」。評本朝詩家亦少所許可,漁洋、竹垞及同時之袁子才、黄仲則等,皆不當意,惟本人、兩位兄弟及李秉禮、單貂等少數詩友門弟子「不甚多讓,所不可及者古之豪傑耳」。故其説雖堅而實隘。李氏聲氣本局於萊州、登州一帶,或以弟憲喬與袁枚有交,而有論、評子才詩兩篇,卑其以才名獵取財色,詩文乏静氣,非讀書人本色,自是正論,然亦無異於時評,而未能識子才之長也。其於鄉前輩漁洋、秋谷之詩説,每稱秋谷之言爲「巨論」、「快論」,「解得『詩中有人在』即思過半矣」,而嫌「阮翁一生多半客氣」,其論尚「實工夫」,故有此親、疏之别。又重詩人之志,此皆可與稍後之潘德輿《養一齋詩話》相接。此書民國元年李氏後人有刻本，較此本略有删節。又二〇〇九年《山東文獻集成》收入此本，將李憲喬《選孟東野詩評》以下二十七篇，置於「紫荆書屋」名下，誤。原稿本與民國刊本皆屬《凝寒閣詩話》，接在《四家古詩選叙》下。而民國本少《家書摘録》中之「四哥家書」、「五哥所説静動」、「趙生年二十許」三段，《又一書》，《戲題袁子才來書後二絶句》，《與紀小癡論詩》中之「又云松圃藐視小癡」、「小癡忽自言曰」二段，《書稟幕友詩》等文字。懷民文字則少《論選唐詩》一篇，《批衆家詩話》、《評叔白詩》、《北歸日記》中亦偶有删節。

紫荆書屋詩話

高密李懷民　撰

主客圖詩論

詩自《三百篇》以後，一變而爲《離騷》，再變而爲蘇、李、《古詩十九首》。沿至建安、黄初，五言詩之盛極矣。降而六朝，古風浸滅。唐初，不能除陳、隋之習。陳子昂、李太白起，奮然以復古爲己任，稍改其駢麗綺靡之陋，究亦自成其體，實於古無涉。張九齡、元次山、韋蘇州、沈千運、柳宗元等差爲近古，然亦未脱《選》體。故李滄溟謂唐無五古，而自有其古詩，亦通論也。學唐詩者，斷自沈、宋律體。律者，法律也，猶今制科之四書文，雖有韓、歐之筆，不得縱其馳騁。後生或襲古文格調，識者譏其破體。王鳳洲謂賦之與文，猶竹之與木，予謂古、律亦然。

今之選唐詩者，大概古今並收，以希各體具備之目。且矜尚七言詩，利其句長調高，便於諷詠。不知七言律詩唐人不輕作。嚴滄浪曰：「七言難於五言。」予嘗考唐詩，王、楊、盧、駱絶無七言近體。燕、許稱大手筆，張止十二篇，蘇十三篇。沈、宋律體之始，沈七言十六首，宋止三首而已。崔司勳《黄鶴樓》千古絶唱，然此篇及《行經華陰》一首，合生平才二篇耳。其他如王龍標亦止二首，李東川八首，高達夫七首，岑嘉州十一首，凡初盛名家，俱各寥寥。杜工部、王右丞、劉長卿等稱七律最多，然合五言對較，曾不能及其半。由此觀之，唐之不輕作七言明矣。元、白、劉夢得沿及北宋，其風少熾，然未有如後世之甚者也。今則匝街遍市，無非七律填滿。使世之爲七律者，約其意，降其格，而爲短章，則並不能成語矣。夫不學短律而爲長律，猶不學步而趨也。唐人之專攻五言者，唐以此制科取士，例用五言排律。其他朝廟、應制、樂歌亦類用長排體，蓋取其體制宏整，法度嚴密，使長於才者不得濫其施，裕于學者可以勉而至。故唐二百八十年間，士子鏤心刻骨，研煉於五字之中。其理則本於經，其材則取於《選》。當時相矜相賞，總是此事。夫是以唐多詩人，詩盡能工。不然，何謂「吟成五個字，撚斷數莖須」耶？今略五言而學其七言，是棄其長而用其短也。吾之訂唐詩而不及七言，誠欲力矯此弊。倘能由此而精之，因其體而充之，三唐七言具在，固自各能得所宗主矣。至若古體詩，或當别有支派，似非可專取于唐者。

自故明以來，學者非盛唐者不言詩，於是乎襲爲渾淪宏闊之貌，飾爲高華典麗之詞，至前後七子而其風益盛矣。余讀其詩，貌爲高華，内實鄙陋。其體不外七言律，其題半屬館閣應酬。更可笑者，大半仗「中原」、「紫氣」、「黄金」、「風塵」等字，希圖大聲。宜袁氏兄弟譏明三百年無詩，可存者，《掛枝兒》、《銀柳絲》小令而已。此論誠過當，然盛唐者實不易學。前輩謂學《選》體者讀初唐，學盛唐者看中晚，學唐人者讀宋詩。蓋以初唐之與六朝，永貞、元和之與開、寶，北宋之與五代，時相近，人相接，其心法相授，屢降而不離其本。特氣運遞遷，高者漸低，深者或淺，幽隱者或顯露，渾淪者乃説破矣。後學徒厭其淺卑顯露，而務爲高深渾淪，是未下學而驟欲上達也。吾謂淺卑者實與人以可近，顯露者正與人以可尋。升其堂不患不入其室，故宋人不可輕也。但宋詩自西昆混擾以後，詩體頗難辨，又多染五代之習，流爲尖酸粗鄙，學者未能得其骨格而襲其皮貌，則敗矣。學詩者誠莫如中晚人得盛唐之精髓，無宋人之流弊。又恐晚唐風趨日下，而取晚之近於中者類爲一家言。雖稱兩派，其實一家耳。學者潛心究覽，久久自入于初唐，譬由門户而造堂奥也。

予家藏書不多，耳目所接，積之既久，以私意潛究，有似淵源可尋，然尚不敢自信。後得龔半千《中晚唐詩紀》，間載原本傳序。據所稱張、賈弟子頗與鄙見相合。又檢明楊升庵《詩話》，言晚唐之詩分爲二派：一派學張籍，一派學賈島，詩皆五言律。鄙意竊喜，古人已有定論，用修諒非無據。但用修又云：「其體起結皆平平。前聯俗語十字一串帶過，後聯謂之頸聯，極其用工，又忌用事，謂之點鬼簿。惟搜眼前景而深刻思之，所謂『吟成五個字，撚斷數莖須』也。予嘗笑之，彼視詩道也狹矣。《三百篇》皆民間士女所作，何嘗撚鬚？今不讀古而徒事苦吟，撚斷筋骨亦何益哉？真處褌之蝨也。」據用修此論，直是粗心浮氣耳。雖聞二派之名目，實未睹二派之實也。《三百篇》民間士女不曾撚鬚作詩，亦曾切合平仄，較量聲律乎？且如文公多才，演成《雅》、《頌》，其《國風》所陳，不盡出文人，凡變風淫詞悉可尤而效之乎？杜工部詩苦致瘦，孟浩然眉毛盡脱，王右丞走入醋甕，是皆盛唐大家，用修所心慕者，且謂獨不撚鬚乎？至謂其起結平平，將何者方爲不平？渠自不平，用修未見耳。其云「前聯俗語十字一串帶過」，此正中晚善學初盛處。初盛人平舉板對，而氣自流動，總提渾括，而義無不包。降格而下，力量不及則不敢妄襲其貌，於是化平板而爲流走，變深渾而爲淺顯。乍看似甚易能，細按始驚難到。要其體會物理，發揮人情，實能得初盛人内裏至詣。最可怪者，中晚人皆著意三四，至後聯往往帶過，雖琢對精工，意不在此。用修不暇致詳，而顛倒説來，真負古人苦心。至若詩之用事，審其可用則用之，非主於不用，亦非主於用。陸士衡云：「徵實難工，翻空易巧。」《詩品》云：「『清晨登隴首』，羌無故實。『明月照積雪』，詎出經史？觀古今勝語，多非補假，皆由直尋。」此皆閲歷有得之言也。中晚人惟知力量不逮初盛，深恐用事則意爲所用，反成疵累，而或意之必須借事以發者，然後用之。用則其事不必從乎其舊而翻新之，又或其事不必與吾詩相符而巧合之，其中神妙又自難言。若止如後人之用事，徒事誇多鬥靡，即極切合妥當，豈免爲點鬼簿哉？天地間文章只在當前，搜得出便成至文。鍾記室曰：「『思君如流水』，既是即目。『高臺多悲風』，亦惟所見。」梅宛陵曰：「發難顯之景於當前，留不盡之意於言外。」二句實盡古今詩法。必如用修言，是驅天下人盡爲牛鬼蛇神而後快，恐詩道不如此也。且用修之詩務闊落而乏静細，矜才麗而欠真切。彼固詡詡以盛唐自命，豈知五霸、三王之罪人也，究何曾細心味乎張、賈兩派之妙？徒見清真瘦削，非九天閶闔規模，便存一卑視之心。吾恐晚唐人筋骨不失仙人清羸，而用修實遭膖肛之困也。自處於褌而不知，尚暇譏人爲蝨耶？

吾鄉阮亭先生，爲詩不能盡脱時蹊，其論「俗」字甚精。即如老杜，詩中之聖，阮翁指稱其「緑垂風折筍，紅綻雨肥梅」等句爲俗。明高季迪《梅花》詩，三百年無異辭，阮翁謂其「雪滿山中高士卧，月明林下美人來」爲真俗，是真巨論也。按工部以「垂」字形容風竹，以「綻」字刻繪雨梅，時人所謂工於匠物也。季迪以高士方梅之品，以美人比梅之質，又時人所謂妙於品梅也。而阮翁總斷曰「俗」，彼豈好翻案哉？良謂詩之忌俗，猶詩之貴清，所系在神骨，而不在皮膚。果其不俗，雖亂頭粗服，無礙其爲美女。而苟俗也，即荷衣蕙帶，終不謂得之仙人。世人之論者不及見此，而誤以爲「元輕白俗」按：四字東坡亦帶言甚輕，非如今人所論。之俗爲俗。樂天爲詩，八十老嫗亦解，彼固好以俗情入詩者，而曰：「十首《秦吟》近正聲」，是則大不俗矣。陶元亮曰：「相見無雜言，但道桑麻長。」王摩詰曰：「五帝與三王，古來稱天子。」宛肖不讀書人口吻，是俱謂之俗乎？俗在骨，不在貌。俗關性情，不關語句。王鳳洲謂擬騷賦不可使不讀書人一見便曉，此等見識，正萬俗之源也。後世人大半爲此等論所誤，故爲辨俗如此。

張、王固以樂府名，然惟後人衹知其樂府耳。當時謂之元和體，寧單指樂府哉？且水部自標格律，其近體固當與樂府並重。後人乃謂鴻鵠之腹毳，直目論耳。《紀事》稱賈島變格入僻，以矯艷於元、白。元、白誠無可矯，遂啓後人忌訾，乃謂元、白、郊、島總病一俗字。元、白譬若袒裼裸裎，郊、島等之囚首垢面。無論所譬不當，即如其言，亦非俗也。吾故云今人認錯「俗」字。

鍾記室《詩品》詳推漢、魏晉人之詩，而定其源所從出，别爲上、中、下三品，遂資後人口實。余按：所品實有未允者。然記室亦特就詩論詩，明其體格相近，非真見其一脈之傳也。至所論陳思爲建安之傑，公幹、仲宣爲輔。陸機爲太康之英，安仁、景陽爲輔。謝客爲元嘉之雄，顔延年爲輔。又曰：「孔門如用詩，則公幹升堂，陳思入室，潘、陸諸子自可坐於廊廡間矣。」此誠千古不刊之定評。即起諸賢而問之，亦應首肯。況予撰《主客圖》，初非敢如記室之尚論其淵源所自，具有明徵特效，裒輯焉耳。至圖中所列及門，不無斷以己意，要皆會昌以後人。又據楊升庵晚唐兩派之説，即有不盡然者，或亦非古人所深罪也。

宋儒之理誠不可爲詩，而詩人實不能離。其言書情，即正心之學也。發乎情，必止乎義理。其言匠物，即格物之學也。故其詩曰：「苦吟三十載，辛苦必能官。」特唐時儒教不純，或雜佛老。然王仲初曰：「君子抱仁義，不懼天地傾。」固亦知孔氏之教耳。李太白思復雅樂，杜工部自比稷、契，元、白、張、王、韓文公、孟夫子，各出其讜言正論，以維持世教。是知唐詩雖小道，實與《三百》之義相通。但其間遇有隆替，才有小大，其升之廊廟而恢其才，則爲樂府，爲雅頌。非然，即一室嘯呼而約其才，爲苦吟，爲孤索。要皆各得性情之正，而不流於淫哇。唐之盛也，道德渾於意中，和樂浮於言外。及其衰也，氣節形爲激烈，名義著爲辨説，而凡李義山、段成式、温飛卿、韓致光等淫詞艷語，不足以淆之。故余定中晚以後人物，有似于孔門之狂狷。韓退之、盧仝、劉叉、白樂天，狂之流也。孟東野、賈島、李翺、張水部，狷之流也。後世人不識，或指其言爲俗劣，爲粗鄙，爲直率，爲妄誕。嗚乎！是皆浮沉世故，居心不正者，徒以香情麗質爲雅耳。古人固已先知之，乃曰：「今時出古意，在衆翻爲訛。」又曰：「所得非衆有，衆人那得知。」彼固衆人，安得不以衆人之見爲見耶？吾訂《主客圖》，竊見張、賈門下諸賢，微論其才識高遠，要之氣骨稜稜，俱有不可一世，壁立萬仞之概。夫是以與時鑿枘，坎坷多而遭遇難。然司空圖不事朱温，顧非熊高隱茅山，馬虞臣以正言被斥，劉得仁以違時不第，此皆孔氏之所收也。其餘諸子，不能枚舉。間有行事無考者，其言存，可按而知之。顧世之觀吾《主客圖》者，先求爲古之豪傑，舉凡世俗逢迎、諂佞、慳吝、鄙嗇、齷齪種種之見，一洗而空之，然後播爲風詩，以變澆風而振頽俗，或亦盛世之一助云。

批衆家詩話

《六一詩話》曰：「聖俞嘗謂予曰：『詩家雖主意，而造語亦難。若意新語工，得前人所未道者，斯爲善也。必能狀難寫之景如在目前，留不盡之意見於言外，然後爲至矣。』」懷民曰：四句盡古今詩法，餘論不必再贅。

司空表聖曰：「梅止於酸，鹽止於鹹，飲食不可無懷民曰：先知不可無。鹽梅，而其美常在鹹酸之外。」懷民曰：此説便無病。

許彦周曰：「季父仲山在揚州時，事東坡先生。聞其教人作詩云：『熟讀《毛詩·國風》與《離騷》，曲折盡在是矣。』」懷民曰：是。須明其實，不可徒大話嚇人。

蘇東坡曰：「詩須要有爲而作。用事當以故爲新，以俗爲雅。好奇務新，乃詩之病。」懷民曰：確見。

嚴滄浪曰：「禪家者流，乘有大小，宗有南北，道有邪正。學者須從最上乘，具正法眼藏爲第一義。若小乘禪，聲聞辟支果，皆非正也。論詩如論禪，漢、魏、晉與盛唐之詩，上乘正義也。大曆以還之詩，則小乘禪也，已落第二義矣。晚唐之詩，則聲聞辟支果也。」懷民曰：大小乘、南北宗，乃入道門户之別。至詩派源流，歷代遞降，其風氣自有不得不然者，豈人所能强哉？

又曰：「大抵禪道惟在妙悟，詩道亦在妙悟。」懷民曰：悟不可少，加「妙」字太玄虛。

又曰：「夫學詩者，以識爲主，入門須正，立志須高。以漢、魏、晉、盛唐爲師，不作開元、天寶以下人物。若自退屈，即有下劣詩魔懷民曰：四字不確。入其肺腑之間，由立志之不高也。行有未至，可加功力，路頭一差，愈騖愈遠，由入門之不正也。故曰：『學其上，僅得其中。學其中，斯爲下矣。』又曰：『見過於師，僅堪傳授。見與師齊，減師半德也。』」懷民曰：「以識爲主」三語，非滄浪不能道，可懸爲璣衡。獨下數語，滄浪陋極矣，誣盡有明三百年詩學，宜其招後人指摘也。《國風》、《雅》、《頌》，代有正變，其人物不因以分高下。且如蘇、李、曹、劉固屬正音，潘、陸諸子不免蕪雜，陳伯玉、李太白興復古樂，沈、宋嬌艷，難希正始。貞元以後，孟郊、韓愈，詞傷激烈，不失凡伯、家父遺意，且謂其人品反出潘、陸、沈、宋下哉？邪正不向此分，徒以氣運爲高下，知其胸中無物矣。○「識」「正」「高」三字，爲詩學入門，指示路頭，甚允。○開元、天寶以上詩則超逸，其人豈能盡勝中晚人乎？○立志高，不必定在學漢魏、盛唐。○下三段俱是正論，但取來説學開、寶以上詩，則誤矣。

又曰：「工夫須從上做下，不可從下做上。懷民曰：卻不道「下學上達」？先須熟讀《楚辭》，朝夕諷詠，以爲之本。及讀《古詩十九首》、樂府四篇、李陵、蘇武、漢魏五言，皆須熟讀。即以李、杜二集枕藉觀之，如今人之治經。然後博取盛唐名家，醖釀胸中，久之自然悟入。」懷民曰：李、杜卻慢看。

又曰：「詩之極致有一，曰入神。詩而入神，至矣，盡矣，蔑以加矣！惟李、杜得之，他人得之蓋寡也。」懷民曰：荒唐！

又曰：「夫詩有別材，非關書也；詩有別趣，非關理也。然非多讀書，多窮理，則不能至。所謂不涉理路、不落言筌懷民曰：詩便不好落言筌。者，上也。詩者，吟詠情性也。盛唐諸人惟在興趣，羚羊掛角，無跡可求。故其妙處透徹玲瓏，不可湊泊，如空中之音，相中之色，水中之月，鏡中之花，言有盡而意無窮。近代諸公，乃作奇特解會，遂以文字爲詩，以才學爲詩，以議論爲詩。夫豈不工，終非古人之詩也。蓋一唱三歎之音有所歉焉。且其作多務使事，不問興致，用字必有來歷，懷民曰：亦須有來歷。押韵必有出處，懷民曰：亦須有出處。讀之反覆終篇，不知着到何在。其末流甚者，叫噪怒張，殊乖忠厚之風，殆以罵詈爲詩。詩而至此，可謂一厄也。然則近代之詩無取乎？曰：有之，吾取合於古人者而已。」懷民曰：此一段說話，真得唐賢三昧，即《三百篇》遺意，學者所當潛玩。○「興趣」二字可冠三唐。必崇初盛而抑中晚，尚是滄浪未達一間處。○茂秦大罵嚴滄浪一字不通。且看他立論確實處，後人何能道其隻字？

「學詩先除五俗：一曰俗體，二曰俗意，三曰俗句，四曰俗字，五曰俗韵。」懷民曰：學者須就其目推尋得之，何者爲俗意，何者爲俗字。要之，俗病亦不此五者。

又曰：「有語病，語病易除，古人亦有之。」「對句好可得，結句好難得，發句好尤難得。」「不必太著題，懷民曰：非不著題，忌死啃。不必多使事，懷民曰：非不使事，忌實拈。押韵不必有出處，懷民曰：須有出處。

用事不必拘來歷。懷民曰：須有來歷。下字貴響，造句貴圓。意貴透徹，不可隔靴搔癢；語貴脱灑，不可拖泥帶水。」「最忌骨董，最忌趁貼。懷民曰：趁貼，猶湊砌。語忌直，意忌淺，脈忌露，味忌短，音韵忌散緩，亦忌迫促。」「須參活句，勿參死句。詞氣可頡頏，不可乖戾。」

又曰：「律詩難於古詩，絶句難於八句，七言律詩難於五言律詩，五言絶句難於七言絶句。」懷民曰：四語真有見地。知其難則不敢妄作矣。

又曰：「看詩須著金剛眼睛。」懷民曰：須立主見，不隨人異同。

又曰：「辯家數如辯蒼白，方可言詩。」懷民曰：須多看詩。

又曰：「詩之是非不必争。試以己詩置之古人詩中，與識者觀之而不能辨，則真古人。」懷民曰：識者最難説，無目人豈能别今古哉？

又曰：「大曆以前分明别是一副言語，晚唐分明别是一副言語，本朝諸公分明别是一副言語。如此見，方許具一隻眼。」懷民曰：是。前推漢、魏、晉亦然。

又曰：「盛唐人有似粗而非粗處，有似拙而非拙處。」

又曰：「唐人與本朝人詩，未論工拙，直是氣象不同。」

又曰：「唐人命題，言語亦自不同。雜古人之集而觀之，不必見詩，望其題引，而知其爲唐人、今人矣。」懷民曰：學者亟先辨之。

又曰：「詩有詞、理、意、興。南朝人尚詞，而病於理。本朝人尚理，而病於意、興。唐人尚意興，而理在其中。漢魏之詩，詞理意興，無跡可求。」懷民曰：是，是。

又曰：「康樂之詩精工，淵明之詩質而自然耳。」懷民曰：滄浪乃不認得陶詩。

又曰：「謝靈運之詩無一篇不佳。」懷民曰：其堆垛處須辨。

又曰：「李、杜數公，如金翅擘海，香象渡河，下視郊、島輩，直蟲吟草間耳。」懷民曰：固然。要不可襲取李、杜皮貌。

又曰：「孟郊之詩，憔悴枯槁，其氣局促不伸。退之許之如此，何耶？詩道本正大，孟郊自爲之艱阻耳。」懷民曰：滄浪自不解孟郊詩耳。◯宋人多不能喜。

又曰：「唐人七律詩，當以崔顥《黄鶴樓》第一。」懷民曰：卻不錯。

朱子云：「淵明詩所以爲高，正在不待安排，胸中自然流出。懷民曰：此山谷語，獨爲言之有物。東坡乃篇篇句句依韵而和之，雖其高才，似不費力，然已失其自然之趣矣。懷民曰：坡老亦是企慕之極，非敢□望自然。」

又云：「陶淵明詩平淡出於自然。後人學他平淡，便相去遠矣。某後生見人做得詩好，鋭意要學，將淵明詩平仄用字，一一依他做，到一月後，便解自做，不要他本子，方得作詩之法。懷民曰：學詩真訣，人或以淺而忽之。」

又云：「韋蘇州詩直是自在，其氣象近道。陶卻是有力，但詩健而意閑。隱者多是帶性負氣人懷民曰：是，是。爲之，陶卻有爲而不能者也。懷民曰：分別極細，我公於詩，功不復淺。」懷民曰：歷觀文公諸語，較他家獨親切有味。

楊仲弘曰：「詩不可鑿空强作，待境而生自工。」懷民曰：是，是。「生」字妙。

范德機曰：「詩要賦、比、興，或興而兼比，或比而兼興。《三百篇》多以興、比重複，置之篇首。唐詩多以比、興就作頸聯。古詩則比、興或在起處，或在合處，或在轉處。」懷民曰：有理。

陸時雍《詩鏡總論》曰：「人情物態，不可言者最多。懷民曰：二語不差，實是如此。必盡言之，則俚矣。懷民曰：然病不止於俚也。且俚不傷雅，何礙？知能言之爲佳，而不知不言之爲妙，此張籍、王建所以病也。懷民曰：由此一言，知時雍未能立論。」

又曰：「十五《國風》，皆設爲其然而實不必然之詞，皆情也。晦翁説詩，皆以必然之意當之，失其旨矣。懷民曰：又錯看朱子。」

又曰：「叙事議論，絶非詩家所需，以叙事則傷體，議論則費詞也。然總貴不煩而至。如《棠棣》不廢議論，《公劉》不無叙事。如後人以文體行之，則非也。」懷民曰：通。

又曰：「每事過求，則當前妙境，忽而不領。古人謂眼前景致，口頭言語，便是詩家體料，所貴於能詩者，只善言之耳。總一事也，而巧者繪神，拙者索相。總一言也，而能者動聽，不能者忤聞，初非别求一道以當之也。」懷民曰：此君諸論中，此論通達。

姜白石曰：「人所易言，我寡言之。人所難言，我易言之。難説處一語而盡，易説處莫便放過。僻事實用，熟事虚用。學有餘而約以用之，善用事者也。意有餘而約以盡之，善寫意者也。篇中出人意表，或反終篇之意，皆妙。句中無餘字，篇中無長語，非善之善者也。句中有餘味，篇中有餘意，善之善者也。」懷民曰：此亦是死蛇論頭，説詩不宜如此。然以啓初學，則有裨益。

又曰：「守法度曰詩，載始末曰引，體如行書曰行，放情曰歌，行間歌之曰歌行，悲如蛩螿曰吟，通乎風俗曰謡，委曲盡情曰曲。」懷民曰：即字義詮釋，頗無考據，此等似不必詳别。

釋普聞《詩論》曰：「詩不出乎意句、境句，境句易琢，意句難製。唐人俱是意從境出。」懷民曰：是，是。但其下論魯直寄黄從善詩，初二句爲小破題，三四句爲頷聯等語，枉自譸張。

《金玉詩話》曰：「杜少陵云：『作詩用事，要如禪家語，水中著鹽，飲水乃知鹽味。』此説詩家秘密藏也。」懷民曰：論詩者俱如此説，作詩者卻全不如此作。

王阮亭曰：「學詩須有根柢。如《三百篇》、《楚辭》、漢魏，細細熟玩，方可入古。」懷民曰：亦須實作，不可空演。

又曰：「《墨客揮犀》云：李格非善論文章，嘗曰：『諸葛公《出師表》、李令伯《陳情表》、陶淵明《歸來引》，沛然如肺肝中流出，殊不見有斧鑿痕。數君子在後漢之末、兩晉之間，未嘗以文章名世，而其詞意超邁如此。蓋文章以氣爲主，氣以誠懷民曰：一字千金。爲主。故老杜謂之詩史者，其大過人在誠實耳。』」懷民曰：誠實二字，正對客氣言。阮翁知引此論，自是有見識，然何一生多半客氣？故知論篤不可恃。○學詩者須於此參入，方能進窺古賢。不然，總是旁門。然老杜誠實過火處，又確確乎不可學。此中分際，煞費稱量。

又曰：「爲詩且勿計工拙，先辨雅俗。品之雅者，譬如女子，靚妝明服固雅，麤服亂頭亦雅。其俗者，縱使用盡妝點，滿面脂粉，總是俗物。」懷民曰：通論。

又曰：「論詩格曰：所以條達神氣，吹噓興趣，非音非響，能誦而得之。猶清氣徘徊于空際，遇之可愛。微經紆回於遥翠，求之逾深。數語是論詩之趣耳，無關於格。格以高下論。懷民曰：是。如坡公詠梅『竹外一枝斜更好』，高於和靖之『暗香』、『疏影』，懷民曰：此尚未確。林又高於季迪之『雪滿山中』、『月明林下』。懷民曰：是極，確極。至晚唐之『似桃無緑葉，辨杏有青枝』，則下劣極矣。懷民曰：此不宜以彼下軍，當吾上軍。」懷民曰：「猶清氣」四句略近《文賦》、《詩品》，猶嫌故作張致。

又曰：「越處女與勾踐論劍術，曰：『妾非受於人也，而忽自有之。』懷民曰：即《莊子》斫輪意。司馬相如答盛覽曰：『賦家之心，得之於内，不可得而傳。』詩家妙諦，無過此數語。」懷民曰：此言能事之妙，非諦也。阮亭譚龍，貽譏秋谷。誠若所言，使學者蹈空捉摹，豈不誤盡天下？吾故曰漁洋客氣多。

又曰：「唐德宗使段善本授康崑崙琵琶，奏曰：『且遣崑崙不近樂器十年，忘其本領，然後可教。』後乃盡段之藝。知此者可與言詩矣。」懷民曰：此論又荒唐，看對何人立言。如是俗工，固應如是。若未汩没，何須十年。全好大言駭世，何以爲人？

又曰：「表聖論詩，有二十四品，予最喜『不著一字，盡得風流』懷民云：品中不專體，阮翁泥於意見矣。八字。又云：『采采流水，蓬蓬遠春。』二語形容詩境絶妙。」懷民曰：品中亦非謂凡詩盡如此，正與戴容州「藍田日暖，良玉生烟」八字同旨。

又曰：「弇州云：『朦朧萌拆，情之來也。明雋清圓，詞之藻也。』四語亦妙。懷民曰：甚似《文賦》。」懷民曰：四語以贈阮翁，確當。以概衆體，恐古人不受。

又曰：「南城陳伯璣允衡善論詩，昔在廣陵，評予詩，譬之昔人云『偶然欲書』，此語最得詩文三昧。今人連篇累牘，牽率應酬，懷民曰：此誠可厭。皆非偶然欲書者也。坡翁稱錢塘程奕筆云：『使人作字，不知有筆。』此語亦有妙理。」懷民曰：此大概要佇興作詩耳。説來如此玄虛張致，足見其人。

又曰：「余嘗觀荆浩山水，而悟詩家三昧，曰遠人無目、遠水無波、遠山無皴。又王楙《野客叢書》：『太史公，如郭忠恕畫天外諸峰，略有筆墨，意在筆墨之外也。』」懷民曰：引入空虛無際，全是神龍見首不見尾，故見誤人不淺。◯遠人無目，非近人亦無目。

又曰：「爲詩各有體格，不可泥一。如説田園之樂，自是陶、韋、摩詰。説山水之勝，自是二謝。若道一種艱苦流離之狀，自然老杜。不可云我學某一家，則無論哪一等題，只用此一家風味也。」懷民曰：此論似是而非，即阮翁亦不能從。特圓其説，以塞衆口耳。

又曰：「自何、李、李、王以來，不肯用唐以後事，似不必拘泥。然六朝以前事，用之即多古雅，唐、宋以下便不盡爾，此理亦不可解。懷民曰：要無難解。總之，唐來以後事，須擇其尤雅者用之。」懷民曰：通。

又曰：「爲詩須有章法、句法、字法。章法有數首之章法，有一首之章法。總是起結血脈要通，否則痿痹不仁，且近攢湊也。句法老杜最妙。字法要煉，然不可如王覺斯之煉字，反覺俗氣可厭。如

『氣蒸雲夢澤，波撼岳陽城』。『蒸』字、『撼』字何等響，何等確，何等警拔也。」懷民曰：初學宜看此條。阮翁說得甚平實，不似後人一味支離。

又曰：「唐人尚《文選》學，杜詩云『熟讀《文選》理』，亦是爾時風氣。至韓退之出，則風氣大變矣。蘇子瞻極斥昭明，至以爲小兒强作解事，亦風氣遞嬗使然。然《文選》學終不可廢，而五言詩尤爲正始，猶方圓之規矩也。」懷民曰：論《選》體，俱得。

又曰：「五言短古詩，昔人謂貴詞簡味長，不可明白説盡。楊仲弘曰：『五言短古，只是選詩首尾四句，所以含蓄無限。』」懷民曰：又是此等話。

又曰：「五言忌著議論，然亦看題目何如。但五言以藴藉爲主，若七言則發揚蹈厲，無所不可。」懷民曰：通。

又曰：「七言長短句，惟李太白多有之，滄溟謂其英雄欺人是也，懷民曰：胡説。滄溟乃欺人耳。或有句雜騷體者，總不必學，乃爲大雅。懷民曰：是。」

又曰：「七言五句，起于杜子美之『曲江蕭條秋氣高』也。昔人謂貴詞明意盡，愚謂貴矯健，有短兵相接之勢乃佳。」懷民曰：亦須看題行文，難以執煞。

又曰：「唐人拗體律詩有二種：其一蒼莽歷落中自成音節，如老杜『城尖徑仄旌旆愁，獨立縹緲之飛樓』諸篇是也。其一單句拗第幾字，則偶句亦拗第幾字，抑揚抗墜，讀之如一片宫商，如許渾之『溪雲初起日沉閣，山雨欲來風滿樓』、趙嘏之『湘潭雲盡暮山出，巴蜀雪消春水來』是也。」懷民曰：其實「城尖徑仄」等篇是拗體，若「溪雲初起」等句，實唐人之諧律，不可謂拗，阮翁又未之知也。

又曰：「律詩貴工於發端，承接二句尤貴得勢。如懶殘履衡岳之石，旋轉而下，此非有伯昏無人之氣者不能也。如『萬壑樹參天，千山響杜鵑』，下即云『山中一夜雨，樹杪百重泉』。『昔聞洞庭水，今上岳陽樓』，下云『吳楚東南坼，乾坤日夜浮』。『古戍落黃葉，浩然離故關』，下云『高風漢陽渡，初日郢門山』。『錦色怨遥夜，繞弦風雨哀』，下云『孤燈聞楚角，殘月下章台』。此皆轉石萬仞手也。」懷民曰：據一二是，遂定爲百體，可乎？此蓋自爲注脚也。

又曰：「五言絶近於樂府，七言絶近於歌行。」懷民曰：是。

趙飴山曰：「唐人詩學，類有師承，非如後人第憑意見。」懷民曰：巨眼。

又曰：「崑山吳修齡喬與友人書中有云：『詩之中須有人在。』余服膺以爲名言。」懷民曰：解得此言，思過半矣。要之此言亦人人能道，但不肯實下工夫耳。

又曰：「吳修齡又云：『意喻之米，文則炊而爲飯，詩則釀而爲酒。飯不變米形，酒則變盡。啖飯則飽，飲酒則醉，醉則憂者以樂，喜者以悲，有不知其所以然者，如《凱風》、《小弁》之意，斷不可以文章之道平直出之也。』至哉言乎！」懷民曰：通。

又曰：「始學爲詩，期於達意。懷民曰：巨論。久而簡淡高遠，興寄漸妙，乃可貴尚。所謂言見於此，而起意在彼，長言之不足而詠歌者也。若相競以多，意已盡，而猶刺刺不休，不憶祖詠之賦《終南積雪》乎？」懷民曰：秋谷本意，蓋爲競多者發。起二語第作推原意所不重。余謂期於達意，澈始終語，興寄微渺，待其久久自生，不可强也。

又曰：「漢人歌謡之采入樂府者，如《上留田》、《霍家奴》、《羅敷行》之類，多言當世事。少陵所作新題樂府，題雖異于古人，而深得古人之理。元、白以後，此體紛紛矣。總而言之，制詩以協于樂，一也；采詩入樂，二也；古有此曲，倚其聲爲詩，三也；自製新曲，四也；擬古，五也；詠古題，六也；並少陵之新題樂府而爲七，古樂府盡此矣。唐末有長短句，宋有詞，金有北曲，元有南曲，今有北人之小曲、南人之吴歌，皆樂府之餘裔也。太白祖述騷雅，下逮梁陳，七言無所不包，奇之又奇，而字字有本，諷刺沉切，自古未有也，後人宜以爲法。樂府本詞多平美，晉、魏、宋、齊樂府，取奏多聱牙不可通。由樂人于不合宫商者，增損其文，又或有聲無文，聲詞混填，至於不可通者，非本詩如是也。李于鱗乃取晉、宋、齊、隋《樂志》所載，截而句擬之，生吞活剥，謂之擬樂府。而宗子相所作，全不可通。陳子龍效之，讀之使人失笑。王元美論歌行曰：『有奇句奪人魄者，懷民曰：豈不可笑？直以爲歌行，而不知其爲擬古樂府也。』樂府詞體不一，漢人承《離騷》之後，故歌謡多奇語。魏武悲涼慷慨，與詩人不同。而史志所載，亦有平美者，班婕妤《團扇》、《青青河畔草》皆樂府也。鍾伯敬承于鱗之説，遂謂奇詭聱牙者爲樂府，懷民曰：可笑。平美者爲詩。懷民曰：可笑。至謂古詩某句似樂府，樂府某句似古詩，謬極矣！」懷民曰：飴山快論，可爲浮三大白。

又曰：「次韵詩以意赴韵，雖有精思，往往不能自由。或長篇中一二險字，勢難强押，不得不於數句前預爲之地，紆迴遷就，以致文義乖違，雖老手有時不免。阮翁絶意不爲，可法也。」懷民曰：極是。

但阮翁和山薑詩，次今韵也。用清虚堂韵數首，次古韵也，不多耳。

張緺齋曰：「詩用經書成語，是佛魔關，一有不妙，喪身失命矣，正不得藉口唐人也。」懷民曰：巨論如山。

又曰：「詩不專主理，而主於比興風雅，美人香草、江漢雲霓，何一不可依託？若仁義禮智不離口，太極天命不去手，則是程、朱、邵子，只求理勝，近於鈔疏，將古法婉妙處盡變平淺，反覺腐而可厭。」懷民曰：此不待言，何用生氣。要之不明理，何處講風雅？山農一生爲人，祇是宋儒理欠體會，故其詩不能入古。且看他惡之如蛇蝎。呵呵。○山農説話全是蠻力，無些子風人氣息。

又曰：「詩要藴藉，正欲使味無窮耳。懷民曰：才有心要使，便來許多客氣。」

又曰：「意渾懷民曰：不善渾則晦。則味長。意露則透快懷民曰：「透快」二字無罪。而味短。懷民曰：當渾則渾，當露則露。」

又曰：「詩有以澀爲妙者，少陵詩中有此味。懷民曰：豈可故意求澀。」

又曰：「詩得性情之正者，亦須有冷味。如《三百篇》清廟明堂之作，其嚴肅堅凝處皆冷也。懷民曰：詩亦有不得性情之正者乎？失性情之正，亦可謂詩乎。」

又曰：「昔在都，訪方朝初，叩其所傳，云：『弱冠時，在蜀中交石泉羅翁，教之曰：凡詩正面無多，當從四旁渲染。』余歎爲知言。懷民曰：何消説，豈但詩乎。」懷民曰：山農論詩全無是處，一味蠻法。

又曰：「四言詩不必作，即嘔出心來，也難到漢人境，何況向上。」懷民曰：是極。

又曰："《三百篇》後皆風也，雅、頌之實久亡。漢之樂府，唐之應制，無當於雅頌。其德薄而事左，不可勉强。"

又曰："漢之樂章，如《房中》、《天馬》諸詩，無祖宗積累之實、仁漸義摩之功，而徒爲博麗閎辭，何益乎？《雅》、《頌》之不可及，豈獨其文盛哉？"懷民曰：山農二論，卓然不群。

又曰："通首五言，著七字一兩句收，便是七言古詩。自唐已定此例。"懷民曰：是。

又曰："楊戫夏先生最不喜人效長短句，恐其碎且軟，久則近於填詞也。"懷民曰：是，是。

又曰："换頭不接韵，自唐人以來多有之，畢竟先接一句是。"懷民曰：是。

又曰："律詩結句，今人往往離根，蓋自五六句轉處，不曾豫留七八句地也。此訣要細心玩味。"

又曰："絶句，法莫備于唐人，中晚尤妙。但不當學少陵絶句，彼是變格。太白則聖手矣。"懷民曰：亦有自外結入者，亦有應首句者，亦有應三四句者，豈是一例？

又曰："《竹枝詞》，此樂府之一部也。唐人尚有矜貴意，元、宋則街談矣。此中分際，非當家莫辨也。"懷民曰：是。

又曰："詠物無象外追神本領，終落小家。證諸杜陵詠物，方信予言不謬。"

又曰："杜詩詠物俱有自家意思，所以不可及。"懷民曰：此但知少陵一體，不通觀三唐者也。其實唐人詠物，似少陵者不少。

又曰：「平仄勾帶爲正格，前錯後合爲拗格，相間到底爲流水格，字調全拗爲仄體，唐止有此四派。論仄體，王不如杜之健。然少陵粗處，王卻能瀾汰。」懷民曰：此等公本何書，一味蠻力硬定，殊令人捧腹。

楊用修曰：「何仲默謂：『宋人尚不能解唐人詩，以之解《三百篇》真是枉事，不如且從毛、鄭。』」懷民曰：惟宋人能知唐人，明人自以爲學唐人，卻只是皮相。

趙伯濬曰：「樂府，第一要知其來歷，第二要辨其體裁，第三要使其風神酷肖，懷民曰：肖甚的？而時出新意。太白擬之，病於離。懷民曰：亦不見。于鱗擬之，病於合。元美論樂府，如《郊祀》、《房中》，須極古雅，而發以俊峭，《鐃歌》諸曲勿使可解，勿終不可解。諸小曲係北朝者，勿使勝質；係齊梁者，勿使勝文。拙不露態，巧不露痕。寧近勿遠，寧樸勿虛。可謂得樂府三昧。」懷民曰：一派欺心盜名之見，豈是讀書人胸懷。○此與元美所云擬《騷》勿使人一見能解同意，真欺心之學也。○漢魏古體其本俗然耳，後人如何妝扮的？全不究其義理，而徒事粉飾，可恥之甚。

鍾伯敬曰：「五言古乃詩之本，唐人先用全力注之此，而諸體從此分焉。」懷民曰：然也，然也。

又曰：「蘇李、《十九首》與樂府不同，樂府能著奇想、著奧詞，而古詩以雍穆平遠勝。」懷民曰：此乃陋。

又曰：「柳詩非不似陶，只覺音調外不見一段寬然有餘處。」懷民曰：韋、柳並稱，畢竟柳差些。阮翁云：「柳州那得并蘇州。」甚允。

王元美曰：「五言律易得雄渾，加二字便覺費力。雖曼聲可聽，而古色漸衰。」懷民曰：然難處尚不止此。

李于鱗曰：「七言律體，諸家所難，王維、李頎頗臻其妙，即子美篇什雖衆，憒焉自放矣。」懷民曰：不謂滄溟亦見及此。

趙伯濬曰：「五絶與七絶不同，五絶多用仄韵者。其用平韵而工整者，近體也。其用仄韵而參差者，古體也。此自《子夜歌》諸小曲來。」懷民曰：故五絶仄韵，平仄不得與律體同用。

又曰：「五言絶雖屬短章，非老手不能入妙。」懷民曰：是，嚴儀卿已云。

仇滄柱曰：「不離詠物，卻不徒詠物，此之謂大手筆。」懷民曰：鄭鷓鴣、崔鴛鴦何謂耶？此等見識皆手拙人出脱自己法。

論選唐詩

學詩者，要在有所宗主，故讀選本不如專本也。國初學者率分兩派：一爲竟陵，一爲歷下，二家各有選本。同此一部唐詩，經各人一選，便自不同。今觀李滄溟選唐詩，仍是歷下氣格。觀鍾、譚《詩歸》，仍是竟陵氣格。二子優劣，前人已定，要自各成一家，學者尊奉，未爲全非。最是坊間一種没頭没腦選本，不論什麽詩，任手取來，挨次累去，使讀者胡亂學去，鶻鶻突突，全没門户。故有終身誦唐人詩，而不知唐人真面目者，皆此等誤之也。是以有志者，不屑屑于坊本乘便，但須因性之所近而專學之。或才分略次，恐路頭難正，則莫若求之名家選集，如竟陵、歷下皆可入手。本朝若王阮亭諸人各有選本，隨其所好，而力求之。待功之有所積，然後一變而自成一家，不幾乎學得其要者乎？十桐主人偶識。

代簡答王學博問七言古體詩聲調源流

七言漢魏前未通，柏臺武帝開蠶叢。句奥字古體不備，只如鼻祖遥追宗。唐初大手篇始闊，帝京江月光何雄。要多轉韵叶聲韵，譬之周樂編磬鐘。至若一韵平不轉，别有格調諧商宫。此體杜勝韓老繼，在宋端推蘇長公。其法三平一仄壓，出句聱牙尤不同。大略上句聲聲抑，次句高揭多春容。元明一來法不著，講求獨賴新城翁。其實作詩貴立義，聲韵末節何足窮。獨爲良匠不示璞，引商刻羽無非工。以此少小勤考證，搜括不惜囊餘功。遠來省弟鑾縣苦，薄書佐理何倥傯。久荒硯田蕪不治，此道絶似衡南鴻。忽飛大篇等山嶽，震驚耳目雙眩聾。裁箋欲作合聲和，心力瑟縮難追蹤。復辱垂問及瑣細，少得自秘真冬烘。敢竭所知綴韵語，助成大雅揚休風。

弟子喬曰：七言古平韵不轉到底者，應用此聲調，平仄均依之。此自韓、柳，歷歐、蘇、楊、陸，下洎金、元、明、國朝諸公，皆同也。

又曰：趙秋谷作《聲調譜》，但取韓詩《石鼓歌》一首爲式。愚意謂應并録柳柳州《寄韋珩》七古，則聲調確然可定矣。

又曰：唐人通韵到底者，較之换韵者似少。

又曰：通韵到底者，又須忌柏梁句。

又曰：律詩凡拗句，上句平平仄平仄，第一字可仄，然不如平。下句平仄仄平平，第一字可仄，然不如平。上句仄仄仄平仄，第一字可平，然不如仄。下句仄平平仄平，第一字可平，亦不如仄。

又曰：五仄，則下句必用仄平平仄平方妙。五仄句，必有入聲字。

書單子受詩後

通觀諸什，結構完成，烹錬純熟，昌谷所謂「明經擢第，可以無憾」者也。顧鄙意尚多未慊，非謬于私見，實相期以古人至處，有非完好熟錬所能盡者。故章法不串，押韵不老，屬對不工，選詞不倫，結意不密等弊病，皆不足爲我子受病。此時所急者，在骨骼，不在品貌；在識見，不在力量。而骨骼既高，品貌亦清；識見既超，力量必到。有未可爲一二俗人言者也。識見者，先識得古人如何居心，如何行徑。譬如韓、孟、張、王皆孔門狂狷者流，其人皆不合於時，不宜於俗，故發言爲詩，冷峭孤直，辟易一切。雖傳之千年，尚足以立頑起懦。所謂表見性情者，此也。詩中有人在者，此也。骨骼者，爲松桂，不爲桃柳，爲璞玉，不爲燕石；宜瘦忌肥，宜淡忌濃，宜冷忌熱，宜辣忌甜。寧粗真，勿粉飾；寧峭勁，勿軟媚；寧爲時人所忌，勿爲俗人見稱。放翁云：「氣骨真當勉，規模不必同。」賈生云：「今時出古言，在衆反爲訛。」方干云：「所得非衆有，衆人那得知。」又云：「俗人猶愛未爲詩。」此可想見昔人骨格矣。我子受清才麗句，推之當世，尤展成之豐潤、宋玉叔之香艷、阮翁之風韵、鈍翁之才情都不甚多讓，所不可及者，古之豪傑耳。蓋溯自建安、黄初以迄有唐三百年間，凡成家者無不以騷雅爲指歸，與世俗爲仇讎。即國初諸公，或實行不備，其所見亦足以及此，特根氣薄耳。元明以來，風雅道喪，復古樂者，非我輩其誰屬乎？

與某論詩失其名

詳觀前後二集，天事既過人，於此道功力亦復不淺，即以災梨禍棗與當代館閣諸君倡和，宜不多讓也。但今場例，偏重四書文，不過排律一體，而其所謂排律者，實無是非，有志仕籍者，知不於此道求合矣。僕不敢妄附知言，然即詩觀人，略識梗概，輒敢傾心吐膽，罄所欲言以效於作者，作者其能許我乎？詩之爲言古言也，顯之以歌詠聖明，晦之即自詠其情性。情高者詩高，情鄙者詩鄙。李、杜、韓、蘇其人品原自可貴，故其言不朽。後之人無其性情，襲其皮膚，彌近而大亂矣。然所謂性情者，非必如海陽鞠慕周所謂致中和也。彼以大腸皮話嚇人耳，非希實效者。詩人性情祇是不合于衆，不宜於俗耳，略似古狂狷一流人。狂者如嵇康、阮籍，狷者如梁鴻、范丹。唐之盧仝、馬異、孟郊、賈島，宋之石曼卿、梅聖俞、黄山谷、陳師道等皆是也。是以詩自唐初盛以降，分爲兩派：一派清空和易，崇尚自然，錢、劉、張、王、元、白以下諸君主之。一派生刻峭勁，力開生面，島、洞、松、鼂、馬戴、裴説以下諸君主之。沿及有宋，爲西江派，而宛陵之和大，後山之堅深，大概不離乎此兩派。其崇尚自然者，狂者似之；其力開生面者，狷者似之。高明沉潛，自昔爲然。則雖上溯漢、魏、六代，下及元、明、本朝，凡成家者，舉不能出二者之外。然此兩項人，每不爲時人所許。賈生曰：「今時出古言，在衆反爲訛。」方干云：「所得非衆有，衆人那得知。」故吟一篇，時人説不好，卻未可定。若時人個個道好，斷無佳境。此非矯與時人作對，時人胸中，除勢利、名譽、衣服、田産外，實無詩耳。故必刮除净盡，然後格高，格高然後可以風世而傳後。不然，求田問舍之見，貪常嗜瑣之情，粗鄙以爲雄直，媟褻以爲香艷，填砌以爲藻麗，支蔓以爲曲折，空疏以爲清曠，無恥以爲哀婉，與時益近，而去古益遥。此等情性，即不作詩，已甚可厭，何堪發之詞章，使後世人嘔心哉？早年初有知識，古人著作奉爲蓍蔡，久乃知自出手眼。即如詩中俗病，老杜雅復不免，其餘不成家者更多。宋元以下，不堪問鼎矣。故詩人唯恐不傳，吾獨恐以不古之性情流傳世上，身死而不免負罪耳。大作屬思用筆，似與鄙性適合。用敢白其區區，以共勵頽風，扶持詩教。至於本集中字檢句摘，所謂披毛求厭，未必盡當高明。抑所關微小，不足置懷，請規其大者。幸甚，幸甚。

評弟叔白詩三首

《冬日自縣中獻家兄蒲鞵，贈子喬瓦片，爲焚香之供，因製小詩。念字有來歷。家兄舊有〈茉莉〉、〈小松〉之篇，心所企仰。子喬近學賈閬仙啄句，余未能也》：製題筆意酷似劉太真與顧況詩，故不混入永叔、東坡。自云：「本意只效法宋人耳。」「瓦片真能潔，瓦片不必潔，故加「真」字。蒲鞵最喜寬。蒲鞵易得寬，故加「最」字。均宜書屋靜，持敵雪宵寒。二句是渾承。卻自上句偏於瓦片帶蒲鞵，下句偏於蒲鞵帶瓦片。惟「均宜」、「持敵」四字妙也。搜句月前步，分疏。撚髭鑪内看。確是瓦片初試，非泛泛焚香。舊章新格句，仍是分頂。屬予和皆難。總收。」石桐曰：無一字不穩，無一字不圓。一把散沙，鑄成天衣無縫。舊章新格，均未能當。此等題格似没處討好，一著粗心浮氣，便團弄不成。自國初諸公矜尚豪麗，流爲粗疏，古格不講久矣。故非作之難，知之實難耳。

《奉謝少荀雪中贈梅夯伯必順手帶出「臘」字。兼惠蒲鞵言爲如君手製又是一把散沙。》：「澹泊孤山況，起二句一字不著，盡得風流。須知不是没黄梅故實，作者有意爲如君渲染，故借用妻梅清況乎？寒梅氣味親。定説二句是有意比托，便非詩人矣。但不即不離，是梅是人，正難執一。庭饒堆逕雪，好接。室有織蒲人。用典逼真庾子山，阮翁祇賞吴蓮洋，尚是聲韵色相耳。他人有此意，横豎弄不上。且看他安放處，含玉山輝，懷珠川潤。瀟灑花枝古，句亦瀟灑，以承「織蒲人」。落筆用「瀟灑」字，然難得「花枝」二字，趁得恁般巧。古字卻是梅品高潔。疏慵二字寫蒲鞵，追魂取魄。履樣新。當極意寫裱蒲鞵新式，千載人便不能知。吾祇取其與水部、可久、仲初三君子合調耳。菲才時見待，雅貺重難陳。稍入時格，以無意求工也。」石桐曰：工絶矣，雅絶矣。字疑龍負，韵是鳳銜，徒令人愛其精緻，卻無從得其匠心，然吾獨得之。作意起興，難在下手。平端不得，順遞不得，又渾舉不得。形超象外，意在筆先，使讀者眼花繚亂，捉拿不住，全在起手二句。得此二句，以下迎刃解矣。較前篇更屬作者得意手筆，未知少荀能悦否？判此詩時，張生請業，喜不自禁，使讀而爲之詮解焉。張生忻然。然此等體格，初學尚無問津處，吾之語張生，亦猶將軍飲酒，暫須秀才奉陪耳。呵呵。

《奉和家兄雪中憶兩弟，忽接鄰友王生見惠三札，一懷子喬九仙山中，一懷叔白在縣失良友紫迡同誰遊矚，一賀石桐精舍林巒畫意，各報一詩，同用寒字題甚繁，繁處極難收拾，然能者正於難處見手法。○須認取此等題，與古吻合，與時楚越。》：「雪里思緒季，主，本意。推窗畫意闌。帶第三札，開下二句，完「雪」字。竹封近根厚，松冒遠枝寒。故友曾同賞，接法妙。名山祇獨看。賢鄰能解識，和曲肯辭難。二語妙在不貫，不貫尤妙。」石桐曰：看他極整的個題目，剪裁的七零八落。看他極散的個題目，稱平得來，枝枝相對，葉葉相當。其間繁簡處，即是天工。

評弟子喬詩摘録

《焦尾集・寄宋升聲爲曲城學博》：石桐曰：「陳卧子復社諸子以大樽爲領袖，故特借喻。因見諸儒講學，因謂空言誤國。不知學固須講，行亦要敦，非廢講也。矯弊之偏，又生一病矣。但天心、性命等秘，實實不可常提。姑就眼前道理，切究而實踐之，豈不勝究空聚訟哉？子喬諸篇或無不少激，而立言自懇至。」叔白云：「子喬不信程、周之學，有句云：『只因未到尼山貫，不信窗前草不除。』凡集中罵假道學之篇，皆此意也。陳伯年法由翰林歸養，其詩有云：『霄漢有人扶日月，江山由我老松筠。』蓋已將仕宦富貴看得雪淡。又云：『獨有一般心愧處，孔顔學問未聞津。』前人謙沖乃爾，子喬勉之。」

子喬自云：「自明季以來，苟有才學人率以攻擊程、朱爲能，憲喬心甚不取，即相知如東臯先生，亦不能以此相袒附也。所惡乎假道學者，趙秋谷所謂『巧飾步趨，深没城府。貌柔而行乖，心煩而言置。陽倚程、朱爲祖，而陰奉張、孔爲宗』，如此之類是也。此程、朱之罪人，其有害世道甚大，故每於詩中及之。若程、朱剛健光明，正此輩對症之藥，豈可毁哉？憲喬作《心書》多以朱子之言判斷古今人物，可知非離叛矣。石桐、叔白之言恐矯枉之偏，爲後來學術之憂，論極正大深厚。而憲喬本意不可不白，亦恐後生誤看故也。」

《過嶺集》批答詩話

《登桂林獨秀山》詩好極，好極。不必有心比托，而自言中有物。應用絹或好些紙書寄李五星等，以壯其氣，以堅其守。作者自言不是杜，不是《選》。余曰：是真老韓，不在皮貌擬橅也。與《瑯琊臺》

詩體不同，而興則同。◯《哀彭公》詩似齊梁體，豈敢有心仿擬乎？要之齊梁體，王、趙實未解明。余與胡大千講究再四，亦未得。的據此詩，想亦未必有心仿其體而神致頗似。至詩詞，則意樸詞華者也。◯前書帶詩片甚多，閒雲先生俱張之壁上，意欲觀玩其墨妙也。匆匆不及細評，獨《砅石村話》一則、詩一首，令人三覆不能置。

附記：董曲江物故，雖其詩不足存，而人實可取。詩得其人吟，如承吉好詩，比樂天深。果然，果然。

日色半窗帖 弟子喬注

我連日爲瑺藩作畫，衙内清寧，無此三子事。傅師上學狠好，桂齡昨日課文，謄寫竟是一字不差，文并有書卷氣。收心之效如此，抑可不嚴哉？課題《君子周急不繼富》，桂齡中二偶大有文調。回憶在潞安時，乃翁黯然，憮然。作此題，文有「徒多般耳」，笑柄氋氋人口，其事才如昨日。人事桑滄，凋零轉變，不堪回首也。讀至此，不覺涕淚滿懷也。又今日過午，畫。朔風驟起，畫。日色半窗，畫。絶似故鄉城居時，東書房午飯後，此惟瓚同之知之，使吾五兄在，當得同感，今三人三地，能無惕然耶？聽崔梅人姓名。賣蕎面餅屬。聲。寒天暮景，如在眼前。絶妙一首感舊詩，令我心痛。因思富貴功名，真是。雖曰有命，可以力致，似此等者，萬金百鎰可買得回哉？真是，真是。即使當時伴侶及今俱在，已不堪追想。所謂當得同感。而僅存者，所謂能無惘然。乃我與若及詒瓚三人而已，可勝浩歎。慘慘傷懷。故我論人生在世，真是夢幻，生而清者，一場春夢；生而濁者，醉生夢死。修短不必預度，是。是非亦勿甚拘。此莊子養生訣，亦誠有味言之。且使得一日，樂一日，無自憂屈，是。便不負此生。是。人生不可必得之數，是。豈惟高爵厚禄，是。便爲聖爲賢，孟子且曰有命，何爲自苦哉？呵呵。較《莊子》説得尤覺深痛可念。是一篇好尺牘，惜陳眉公、周櫟園未及收去。此我在梧郡，四哥自岑寄到家字，中多感語，餘人不能解者，可帶回吾鄉，與吾瓚侄覽之。以此中味，侄曾共之也。外此，曾共我城居東齋者，可出示之，餘勿示也。子喬跋此劄，寄瓚侄。

北歸日記摘録

李松圃者，名秉禮，字松圃，□部員外郎，浙人。以商捐貲爲官，告養不仕，隨父李丹成爲鹾商廣西，西省之總商也。好爲詩寫字。袁子才遊兩粵，至桂林，粵中人無貴賤，景若北斗。偶讌松圃家，時子喬奉撫藩命，陪伴袁子才，同席，因識松圃。袁公既以詩取子喬，桂林人望若登仙，遂益重子喬。而松圃尤心折子喬五言詩，出其詩本求閲。子喬攜歸岑署，委予判之。予以其思尚清，爲選二十首，改而贊之。松圃與其黨皆驚服，後遂以詩相往來。今年夏，子喬赴省，松圃又因子喬贈予文具四事，故到桂林先往拜也。

訪李松圃，其居宏敞壯麗，房廊甚少，家人傳宣，賓客出入，如官府。及松圃接見，循循謹厚人也。

坐有楊姓，字石墟者，松圃師也，亦謹樸。既至，坐論詩律，遂及燈上。留便飯，又談許久，漏下二鼓乃辭去。

松圃循謹寡言，似學者氣象。有言云「前者近稿一本，六哥攜去，面誨云：『略遜舊本。』及發回，圈點甚濃，或外之耶？余有疑心」云云。觀此語，可謂察言觀色，誠心爲己者矣。

松圃爲粤西巨賈，凡省中官員賓客皆資之，左右貢譽者多。即今日造訪時，坐有陸生者，諂佞尤甚。即松圃謙謙善下，恐不免爲左右人所誤耳。

松圃又來拜，約午讌，即同閑雲偕松圃往。

松圃張讌，招同爲詩者，原任興安許、州别駕朱、布衣朱小岑，並其師楊石墟及余、閑雲暨主人，凡七座。飲前，各出舊作相質。許才跌宕，朱性倜儻，小岑學博而縝静，石墟養純而樸誠。其詩攜歸，即封寄子喬。余彙録道中詩示松圃。

坐客喧喧，推尊石桐先生爲掌教佛祖，獨松圃嘿嘿，不作一浮譽言。然衆人何由知石桐？知松圃之傾倒久矣。讚美於後而不浮譽於前，松圃所以佳也。衆口之喧喧，蓋尚雜詼嘲遊戲耳。

松圃長於歌曲，以松圃之誠慤，欲得其謬誤而正之。乃松圃自負其歌本無憾，尋常不欲出諸口以示人，余疑松圃或神明於此道者。及與其友朱小岑談歌法，則實未知所以歌者。惜哉，松圃當面錯過矣。凡天下事，自信無憾者往往失之。

小岑，名依真，桂林世家也，篤古嗜學，而不好作時文，遂絶意進取，平生未嘗一入試場。袁子才遊兩粤，品粤中士，獨以未識小岑爲憾。予耳其名，過桂林相訪。小岑贈予五言律詩二首，詩未能入格也。請酬之。余笑曰：「予不能二首，請以一詩奉答高韵。」諸人仰袁簡老如太山北斗，予每覽其詩文，頗蕪雜率易，不足驚喜。吾子喬亦未免以其譽己而許之。松圃爲刻石，簡老遊棲霞洞詩也，張諸壁間。嗚呼！士負虚名，傾動小儒，阮翁而後又有袁子才。○子才贈少鶴詩，少鶴删改幾半，尚未免餘憾。其棲霞洞詩，視少鶴作何啻梧竹之與榛栗？而松圃爲子才刻石，不知供奉少鶴詩，天下事往往如此。恨恨。子才歷遊天下名山大川，到處以才名打取贐儀，窮無極欲，非真詩人本色也。○子才所到處，大吏小官争以詩投，而子才因以攫利，壯夫不爲也。

日記詩話摘録

又詳按日記詩話者，庚戌四月，子喬南行後，十桐所記也。嘗自云：詩話自應有體例，此乃俗語，所以補家字所不及也。

自按：《送子喬再官粤西兼寄岑溪諸文士》詩云：詩大好，氣格全似劉太真，故取弁别後詩之首，使子喬知此一行，乃我輩讀書行義本分事，勿得比擬彭澤，興懷退谷。

自按：《臘月二十四日攜兒輩遊村市寄子喬粤中》詩云：向年二十四日，村市，偕子喬攜小兒輩往觀買畫。今子喬在粤中歸順州，憶其地近安南，防制嚴密，應不若岑溪縣，可以逍遥閒散也。萬里各天，不相聞問，爲此詩寄之，如見故鄉景色也。○紹伯先生論詩太拘謹，詩中不許見「市」字。陸放翁「好風時卷市聲來」之句，先生常以爲嫌。今余作《趁墟》詩，大干先生體例矣。且前人并無此題，而獨謂其義不背於陶公，以示廉夫。廉夫曰：「此集中射雕也。」呵呵。子喬曰：「廉夫識解，的是超絶萬仞，□□不具慧業，亦斷不能如此。」又曰：「此詩真陶，一結章法高妙。」

洛陽令單野甫過訪。野甫宦二十餘年，無宦氣，鄉黨出入，不乘車馬，敦樸過於少年時。好作詩，詩亦未能入格。然嘗語單廉夫曰：「《二客吟》非止爲鄉邑後進程式，乃一代詩運所關也。」廉夫方食，悚然吐哺曰：「不圖君能作如是語。」廉夫具語余如此。從野甫處借觀畢公沅所輯《吴會英才録》四卷，卷内唯有方正澍子雲詩稍有入格句。餘子囂張，未改習氣。黄少尹景仁，字仲則，吾子喬稱之，詩百四十餘篇，亦在編中，殊不合鄙意也。

翁潭溪好古碑石篆刻，所到力搜輯。其詩文皆欠静細，而目空海内，少所許可。桂未谷者，好名博古士也，工八分書及諸家篆法，海内詞人有名望者，無不交。未谷與子喬善，攝掖縣學印，寄其小照索題，不欲作詩，倩廉夫代作贊。贊曰：「禹碑宣鼓，敻乎無憑。羲畫文言，碻解同確乎其有徵。桂君老矣，將息其掇拾之勞，而進於道。不然，何氣肅而神凝也。」未谷得之大喜，然此實廉夫諷規之詞。未谷祖事潭溪，凡搜尋石刻古跡，皆未谷逢迎其間。潭溪贈之詩，且題其舍曰「十二篆師舍」。故廉夫惜其功力雜出，不求正學也。

姜竹樵詩思大好，子喬謂其學尊奉陸、王。今乃流入異端，可知金谿、姚江之非正學也。呵呵。

廉夫云：聞公復先生斥責其族弟名騰云云。騰初選官，與子喬相見，極口道公復之清廉高潔，并立志不作俗吏，子喬頗許之。昨在濰，見其家嫁女，奢僭已甚，故知人不可以言取也。然公復醉夢中，尚能責其貪濫而絶之，即公復尚未可盡廢也。呵呵。

廉夫論聚星堂約，自是才人語。然世間摭拾家終以點染故實爲易，而清拈空舉爲難也。

雜記

曰：宣聖忘食忘憂、浮雲富貴、不知老至諸心況，道充於中，俯仰無憾，亦如道家所云「有個明珠走上來」、「兩輪日月往來飛」等樂趣也。下此賢人達士，無不有其趣，即無不有其樂。等降而至工賈漁樵，亦各有其所執藝，而志乃存焉。志之所在，即趣之所生，樂之所出。今有人百工諸技無一可居，内視自然空空。於是其趣不自生而生於人，其樂不自出而聽於世矣。

曰：斲輪之工，弄丸之技，未嘗足以名世而傳後也。終身恃之，顧盼且自豪焉。學者讀書勵志，將期爲千載人，乃蹙蹙者日有群小之愠，豈果愠予哉？不見其愠，斯無愠耳。有以自樂，斯能不見耳。

曰：志有定向，趣有專生也。不然，我既無所自主，則隨無以自安。

曰：不明理勢，則希冀儌倖之心生。

曰：宋儒理欠體會，作詩不能入古。

曰：唐人作詩功夫，正是格物致知之學，其識力、氣節即裕於此。故每以終身詣之，卓然自負也。

曰：吾弟叔白，好以朱子格物説看詩文，樸實挨去。予與子喬詩成，以叔白判定，挨得破即棄去。

曰：詩文、書畫雖屬技藝之流，亦可以見人品高下。王覺斯《與戴舉書》云：「畫寂寂，無餘情。如倪雲林一流，雖略有淡致，不免枯乾虺羸，病夫奄奄氣息，即謂之輕秀，薄弱甚矣。」覺斯此論，可定其人品，不必更溯其平生也。

曰：文入妙來無過熟，惟曲亦然，功不間斷，效當無窮。腔之不真切者，以譜證之；字之不收放者，以韵叶之；聲音之生澀不圓轉者，以笛程之。細心者，自能暗會。惟自有所得，乃真得也。

曰：須學詩之外，究覽史傳，熟讀經書，方能益其識而祛其陋。須知《主客圖》中皆是讀破萬卷書人，非腹笥空空可以白話了事者也。

曰：凡俗情入詩，最爲妙解，唐人所以不可及也。然必情真而理確，人人俱有，人人寫不出，方妙。

曰：余嘗愛洪昉思《長生殿》傳奇，其《聞鈴》一劇，尤入詩情。其首闋云：「只見陰雲散漫天將暝。」其次闋云：「淅淅零零，一片悲聲心暗驚。遥聽隔山隔樹，戰合風雨，高響低鳴。」其結尾云：「望不盡雨後尖山萬點青。」

曰：總無方是法，難得始爲詩。學詩之弊端正在得之易耳。陸放翁曰：「俗人猶愛未爲詩。」乃就外邊説。大都求爲俗人所愛者，皆得之易者也。

曰：閬仙句「有格句堪夸」，乃作詩口訣。此可夸則無法者，不足言矣。然不曰法，而曰格者，法是死的，格是活的。

曰：凡題中有姻戚瓜葛，惟起末一點即是俗手。必欲以全意注之，未有不入猥瑣者也。

曰：凡詩於諧處看其傲岸，朱子所以謂陶公是負性帶氣人也。

曰：句要直尋。六朝來好句之妙，即唐人一生苦心所在。

曰：歎老嗟卑是唐人習氣，即是唐人骨氣。故凡閒居漫興之作，須看其卓然自命處。

曰：唐人送行詩大概皆言路程風土，而張、賈門中，又各不同。或就極平常處説，平常處正是新奇。或就極奇異處説，奇異處正是平實。此中是非雅俗，有毫釐千里之别。

曰：唐人詩於無可説處，得高人情度。

曰：擱句者相銜無跡，方妙。

曰：張、賈分處全在氣味、格律。張寬賈狠，張疏賈嚴，張淡賈幽，張平賈奇，非以物類色相也。世無知者，但認「門前有橘花」是張派，「怪禽啼曠野」是賈派矣。須知「卻望并州是故鄉」，是賈非張。「時見猩猩樹上啼」，是張非賈。

曰：凡作詩文，先須文從字順，上下一氣，字字相生，方耐人看。不然，雖有巧思，雖有才筆，終不免爲苦窳之器也。

曰：烘托法不著跡，方妙。

曰：次韵、依韵實晚唐及宋人惡派，不足法也。

曰：唐人除覲省等題，其言父母處，稍即旁觀詠歎耳，不曾道著喪祭一事。此蓋有一段道理不可入詩，後人不查，往往弄醜。

曰：求知己，中晚唐人一生心血所注，而所謂知己，實不泛泛。「祇求當路知」與「時人猶愛未爲詩」是一意，「不信吾無萬古名」與「所得非衆有，衆人那得知」是一意，不可不知。

曰：詩文不嫌寂淡，惟寂惟淡，乃合古格。

曰：潛庵學術仍是金谿、姚江一派，於朱子不敢顯背，而心是良知之説。然考其生平行事，一以躬行實踐爲主，故余心許其爲真儒也。若夫冒儒者之名，天心、性命不離口中，掇拾經義，窮極細小，而父子、兄弟、夫婦、朋友、君臣之間不能無慚德，寢食、裘馬、色慾之愛不能無溺情，又居官唯唯諾諾，與時委蛇，不能有所匡正建白者，余真斷爲小人耳，何得以儒稱？故爲儒者，但務爲實行，其與朱、陸異同，姑不必辨。我輩奉《朱子語類》、《或問》、《文集》作時文，久已扶侍這家，且當求所□其言者。有一種狂妄後生，乍得見部新書，便思數黄道黑，苟且拾前人唾餘，其實立心不曾有一毫實踐之志，多見其不知量耳。

曰：陳卧子文：「是故惟賢人有鄰，而庸人不可謂有鄰。何則，彼固無德也。夫鄙朴庸劣之人其等夷何啻千萬輩，而人未嘗稱之，曰：『是紜紜者，誰氏之鄰也？』故離居既無相慕之情，而群處亦無可畏之勢。又惟君子不孤，而小人每自謂孤立。何則？彼誠無德也。夫聰明才辨之士可引重者，豈無一二輩，而彼皆謝而去之，曰：『我踽踽者，無黨之風也。』故平居每與善類爲仇，而當事亦無一人之助。是以風聲樹立，則同類相求。我方以爲獨行，而人且目爲朋黨。鋒穎深則同流合污，舉世皆泛愛之人，而父兄無可信之理。」懷民按：卧子理路，直是欠通。非不通也，通其所通，而非吾之所謂通也。然每見理路極通者，多庸駑不堪，而卧子致命危流，大節昭彰，此何説也？在卧子以爲宋儒所誤，此謬論也，亦祇争有氣骨，無氣骨耳。彼庸駑不堪之人，天固早不與之筋骨，一被風便倒，所讀書皆以濟其貪頑藺沓之胸，何足與論敦行勵節耶？少鶴云：卧子文、石桐語如芒硝大黄，非不極其迅厲，然以醫眼前貪頑藺沓之習，卻是對症，勝用參苓蓍附也。

曰：族子詒經，字五星，邑副貢字夢錫之子。幼以病廢學。父没，病良已，摧折復學。雅不喜爲制義，聞懷民兄弟選《主客圖》詩，求得，讀而好之。與同邑王生寧焯字熙甫訂交，以氣節相勖。詒經家苦貧，與弟共有田三十畝。叔某，飲博無賴，家産盡蕩，嘗借官粟三十斛。或謂詒經宜白於官，不則，代償矣。不聽，後官果拘詒經，詒經不辯，賣其田償所負。既叔死，無以葬，詒經葬之，於是家益困。富室鄧氏憐其貧，周以粟，力卻之，而使其弟行賈，自乃就王生讀書，吟嘯不輟，詩歌動一邑。懷民奇之，招與遊，且勸其繼父業，圖進取。詒經不能從，懷民乃爲《答城中二詩客》以諷之，其一則王生熙甫也。懷民按：隱士惟巢、許、隨、光不明其義，其他雖丈人、沮、溺，皆不已逃世。故陶公爲隱逸之宗，而朱子知其欲有爲而不能；孟浩然高隱鹿門，猶曰：「欲濟無舟楫，端居恥聖明。」少年粗知好古，便思塵土冠冕，馳情雜學，坐□□取，及垂老無成，懷其用而不得試，良足浩歎。故懷民於二子，深許其篤志，而常惜其自廢。

曰：余在省，七月二十四日，蕘谷以菱浦至，汗流匝背，蓋徒步來訪也。遂縱談。菱浦所見書甚富，其是非亦有見，非妄語者。○菱浦談，往往與我輩意相合，亦奇。少鶴云：「所以難得，所以可取，所以可惜。」○八月初六日，菱浦訪我寓，望叔白也。適子喬家報至，拆而觀之，中有《與趙志南書》，書中波及菱浦。菱浦大笑曰：「子喬兄恐左右貢諛人誘我，故不致此書。吾恐諛我之人，皆毁我之人也。署中皆憾我與衆異趨，故宜謗至子喬也。」○余語子和云：「今世之有菱浦，須節取之。正如女子吟詩，有一分好處，便説他五分，那女子早占了一半。」遂大笑。

論袁子才詩

袁子才，名枚，號簡齋，浙人。年十九入粤撫金公幕，作《銅鼓賦》。金公奇其才，薦宏詞，召試不中。後成進士，入詞館。罷出，知江寧縣。再遷，以病去官，即移家江寧。買地起樓臺，廣蓄聲伎，蒔花種竹，號曰隨園。是時，子才年甫三十餘，嘗自題一聯云：「不作公卿，非無命分惟緣懶；難成仙佛，爲愛詩文又戀花。」所著有《隨園詩文集》若干卷，名馳海内幾四十餘年。癸卯秋，子才年六十九，南遊兩粤。至桂林，桂林官吏仰子才名，如泰山北斗。時吾子喬在省，大吏聞子喬業詩，使陪侍子才。子才見子喬詩，大驚嘆，謂兩粤一人耳。子才上撫軍詩，撫不敢和，求子喬代酬，於是省内傳寫袁、李唱和詩，爲之紙貴。子才留桂林十餘日，除上撫軍未嘗作，其讌會酒食之盛且繁，子喬幾不能堪。子才自製行舟，美可以鑒，伴行以年少麗人。飲食檢擇精鑿，凡作筵，主人得其下一箸爲榮。省中官僚無大小及埠商，皆有饋遺。予初聞子才能鶩子喬詩，謂盛名不虛。後子才游歷江山，所至，投謁大吏，以名獵取財賄，衣冠飲食，窮奢極靡，耄而好色。其於詩文賞鑒，矜才傲物，都乏静氣，非真正讀書人本色，心竊疑之。及讀其文集，蓋少年時才華自喜者也。後又寄來贈子喬詩及游桂林近稿一本，言益蕪雜。洎歸舟中，與閑雲表兄論及子才，適行篋中帶來子才詩册，因就閑爲之評注，而叙其人於左。子才前輩作者，非淺學所可議，然是非自有公論，不可使虛名貽誤後生，並知名山静業，不在風塵擾攘中也。乙巳冬暮，李懷民筆。

吾鄉漁洋先生以詩馳名海内，特興風韵一派。然其流弊，遂成塗飾柔膩，故身後聲名日減。南人沈確士力矯漁洋氣習，今袁子才亦痛詆漁洋，所惡於漁洋者，爲其塗飾柔膩也。若子才之詩，品格未必高於漁洋，而粗鄙村率不值漁洋一笑云。

漁洋好名，多爲人延譽，遇寒賤士汲引推奬，不遺餘力，故南北人奉之若神明。然其延譽也，必於謁者著述，擇其佳妙，逢人説項。是以俗士苟有吟哦，經漁洋點定，不失雅潔。今子才所至，拜往酬應，忙擾已極。士有聞名投呈詩稿者，率不暇細檢，使其麗人隨意濫加圈點，以悦作者。漁洋則不然，其在揚州及官京師，岸頭堆積朋友詩集如山，手披口誦，日不暇給。蓋非獨好名，實心此道者也。

子才詩體，似袁宏道兄弟一派。

子才獨深契子喬詩，閲子喬詩，不令麗人妄圈，子喬亦以此德之。子才贈子喬詩，子喬爲删節改易以傳，又集平日詩卷使選定。子喬非以名重人者，感其知耳。但真知可感，貌知何足貴。吾不知子才果能識子喬否？獨觀其詩，非所以知子喬者也。惜哉！子才與蔣太史心餘交善。余曾見蔣詩，明達簡勁，非時流泛泛。後見蔣君全集，頗不佳，然猶非子才近稿可比。

詩貴興象、聲韵、色澤，故與文不同。宋初，傖夫譏杜工部爲「村夫子」，不知杜詩正善體會六字者。白樂天詩八十老嫗亦解，要其風韵、情味，千古無兩，非可學而能。袁子才詩蓋學杜、白詩，而去其長者也。

唐人自選詩，余最惡《才調集》。當是子才擅奉宗承，而粗鄙直率，又爲《才調集》之罪人也。或謂老杜夔州以後詩頹唐不及從前。大概文人暮年名已成，而學不加進，心力耗，而手腕益拙，往往出之率易，不及當年。子才此卷亦老杜夔州什也，或其早歲猶不至是，尋待覓行刻本觀之。臘後四日，十桐主人識于湘南舟次。

子才詩

《余小住（整理者按：李懷民將此三字圈去，旁加小字「行次全州卻寄」。後之圈改皆李氏所爲。）桂林與（整理者按：「與」字圈去。）馬嗛山、浦柳愚兩山長，（整理者按：「兩山長」三字圈去。）山長布衣，成何官銜，古人未之有也，不如全去官銜爲妥。李松圃郎中（整理者按：「郎中」二字圈去。）、朱心池明府（整理者按：「明府」二字圈去。）、朱小岑布衣，文燕甚歡，臨行，五人買舟相送，依依不捨，余爲愴然，到全州賦詩卻寄（整理者按：「布衣」以下皆圈去。）簡齋古文集數十卷，何獨不能製一詩題耶？》：（天頭有批語云：詩所難詳，序補之。序所未及，詩道之。詩所以有序也。似此惟恐不盡，則詩可以不作矣。如此删節，正無用多費筆墨。）「重到灕江印雪鴻，這等爛套氣。不圖風雅遇諸公。這等容易。三生自有因緣在，何其爛套。十日何曾酒盞空。争搨古碑投我好，此句尚的當。分抄詩本問誰工。此句卻混。關心打槳開船際，尚有青琴聽未終。自注：「小岑袖詩到船中送行。」何不聽終了去。這等忙，只是官場幕賓書簡活套中語，可以云詩乎？」「苔岑未免惜分攜，久住黄鶯尚欲啼。黄鶯比阿誰？舟子鳴鉦催客散，色象太欠雅。暮雲含雨壓篷低。青山耐久情原在，白髮重逢事怕提。《玉嬌梨》、《平山冷燕》惡道不至於此。知否凡言知否者，必有可以不知之故。若故人相思，似不用。衰翁行半月，夢魂還繞桂林西。疑總是無聊賴，湊結往往如此。」

《重入（整理者按：「入」字圈去，旁改爲「至」。）桂林城作（整理者按：「城作」二字圈去。）》：「我年二十一，曾做桂林遊。今年六十九，重看桂林秋。白樂天、元微之出手輕便，卻不是如此村率，故有目者能别。桂林城中誰我識，句法可哂。雖無古人有水石。看得故人太不足重。水石無情我有情，又抹倒水石。一丘一壑皆前生。與上句意如何聯貫？不學習鑿齒，以下更是意竭强湊。重到襄陽悲不止。不學武夷君，逢人開口呼曾孫。只學藍采和，踏踏流年自作歌。更學薊子訓，千年銅狄手摩挲。黄粱一夢誰能再，我竟來尋夢還在。凡經再遊地，便是重作黄粱夢，天下也無如此容易做的盧生。盛衰聚散，人生必有。即不能不成感，此千古詩人性情也，今把來一筆抹倒。然則此詩所以作者，特記再來桂林一筆賬耳。怪不得全没興趣，總是强湊將來，殊覺多事。」

《獨秀峰》：「來龍去脈絶無有，遊覽登眺非看風水，管甚龍脈。突然一峰插南斗。桂林山形奇八九，□□□八寸口帽子。獨秀峰尤冠其首。三百六級登其巔，一城烟火來眼前。如此高峻，止不過看見一城烟火，非作者胸襟小，即説壞名山矣。青山尚且直如弦，獨立，亦不必定是直如弦。人生孤立何傷焉。誰説有傷來？結句只是貼題面，俗切伎倆。」（天頭批云：本無登眺高興，宜其生粗雜湊。）

《十月八日（整理者按：四字圈去。）詩中未及時令。同陸君景文、汪壻履清（整理者按：「同」至「清」諸字圈去。）詩中未別出二君，亦未言壻。及府署（整理者按：「及府署」三字圈去。）諸君子游棲霞七星（整理者按：「七星」二字圈去。）洞，方知五十年前夏日阻水，遊未盡其奇，詩未殫其（妙補）作一章（整理者按：「方知」以下諸字圈去。）稟先生：此是做詩題，不便説閒話。若詩中感慨五十年前事，便不妨提明矣。□仍須簡練，有如此詩題乎？宋人詩題，雖好繁衍，要自有其體段，斷不如此信手剌剌。孰謂簡齋學古文辭，吾不信也。》：「山外看青山，如把人皮相。入洞看青山，如抉人五臟。漁洋：忍俊不禁，固是詩人一醜。然遂如此粗草村率，則毋乃相矯之甚乎。桂林諸洞皆峆岈，就中奇絶稱棲霞。窾隆三里相綿延，七字湊攏來，細推總不融貫。以雲作地石作天，萬怪惶惑藏其間。晉文請隧從此入，太欠雅祥。如此爲用古不化。良夫執火誰爭先。湊先字韵。道人持褊杄，賈勇作前導。順手扯來便寫，脱不卻俗惡派，老韓五十或字流毒，一至於此。指示凈瓶柳，群峰來作鬪。指示金鯉魚，龍門如欲跳。忽然老衲曬袈裟，忽然漁翁掛箬帽。仙人床次竟忘歸，石柱擎空吹不倒。三里路，石天變相，數來卻甚寥寥。古人以少見多，此乃以多成少。謂之才子，吾不信也。紂絶陰天既可疑，吾公壑谷尤堪笑。其它獅駞蛇鳥百千餘，總不免掛漏，何如不數之高。一一像形誰所造。（天頭批語云：信手心口，一段蓮花落耳。以之擬李白、任昉、盧仝、馬異，恐古人不受業。乃桂林人震乎其名，爲之刻石洞中，流傳千載，所以愛敬子才也，子才危矣哉。）我道諸名皆强呼，筆墨掃地。並非山靈有意相描模。何消説。萬物有單複，山川寧獨無。此是石婆石丈之心腹腎腸耳，既要説老實話，則要石婆、石丈諸名何可再舉，且亦安得複有心、腹、腎？心、腹等字義蓋將使照應起處，一發可笑如此，章法陋矣。我故云子才不曾學古文。遊人搜剔作巧屠。（天頭批語云：子才豈不知詩人不可作老實話，卻如此□獃者，實生一波瀾不得，只得硬拗□□，所以出醜。）奇章雅愛那能輩，王宰善畫或可圖。二句直接「誰所造」，尚覺不甚隔氣。但恐一燈吹滅薪不繼，從此我輩幽宫永閉胡爲乎。便燈滅何至永閉，此意可用，而筆不能趣也。意竭，故押韵湊窘。納手捫心方自怖，隱隱東方一白露。雖然報曉少雞鳴，漸有微光開覺路。二語不貫，如云：「雖然報曉少雞鳴，漸有微光似初曙。」洞中久行目盡昏，燈滅乎？恍恍争往明處奔。不成詩人欵樣。誰知返射斜陽影，還是懸崖不是門。前未曾説門，此何下注。」

《遊風洞（整理者按：此處旁補「出」字。）登高（整理者按：「高」字圈去，批云「某處」。）望仙鶴明月諸峰題須如此改。不然，似洞中登望矣。〇或云：「洞中豈登望之所？似可無疑。」答云：「奇境何定之有，不云棲霞洞三里綿亘乎。」》：「泱泱天大風，表東海，改「天」字便不是，且句亦欠解。誰知生此洞。古劍劈山開，千年不合縫。我身傴僂入，風迎更風送。纖。折腰非爲米，縮脰豈爲凍。只用「折腰」、「縮脰」字法耳。連贅「爲米」、「爲凍」，此所謂客氣，所謂用古不化。偶作謦咳聲，一時答者衆。訇訇非叩鐘，弁鬱如裂甕。石乳掛纓絡，陰冰疑螮蝀。洞中瀑流乎？游畢再登高，出洞如出夢。一筇偃又豎，兩目闔復縱。遠山亦獻媚，横陳怪石供。「媚」與「怪」不甚符。仙鶴不可招，明月猶堪弄。點逗山名最俗，然不多排尚可。底事急謀歸，雲濕衣裳重。結二句，意不相屬，率而湊也。再一留何妨，抵死俗煞，何耶？」

《普陀寺嚴滄浪云：「五言絶難於七言絶句。」讀簡齋五絶，乃甚易也。》：「一寺藏山凹，松枝淡如許。古佛坐無言，流泉代作語。」

《南熏亭》：「翠竹清沙水數灣，亭臺參錯白雲間。不圖桂嶺蠶叢處，也有江南平遠山。那便不許桂嶺有平遠山。」「相傳虞帝駐湘皋，一曲《南風》手自操。今日蒼梧烟月冷，松聲猶自學《簫韶》。最俗，最俗。此等意調，斷不可留腕底。」

《重登撫署（整理者按：「撫署」二字圈去。）八桂堂有懷薦主德山公（整理者按：「有懷」以下圈去，旁改云「感舊」。）題如此製，何等渾雅。》：「彭宣當日謁安昌，一見傾心在此堂。雖不免直率，尚平易無粗浮氣。親向燈前修薦表，略粘詩味。幾回座上歎文章。以下出之率，便覺厭目。人天渺渺恩難報，如何這等輕易出手。函丈依依事未忘。五十年來儂何必用此字。再到，兩行衰淚落荒莊。細推用此韵，極可笑。正是弄巧翻成拙，畫虎反類狗也。」「遺民難訪地行仙，從末句得意，裝上兩句頭。幕府蓮花盡化烟。只有庭前丹桂樹，見公誇許見公憐。可惜誇許便是憐，並無二義。」

《訪韋鐵髯鉢園舊居》：「鐵髯居士，何不詳其里居？故尚書傅鼐之門下士也。（整理者按：「故尚」以下圈去。）詩中未及傅公門下一條，似可不必贅。曉星學方書，尤精導養，年六十餘，髮不二色。以事謫戍（整理者按：「戍」字圈去。）桂林，築居鉢園，花竹清疏。當時大僚常詣其家，或延請療疾，敬禮備至。（整理者按：「花竹」至「備至」諸字圈去。）又來了。丙辰歲，余在金中丞署中見之，疑是毛仙翁、黃野人一流。今年（整理者按：「年」字圈去。）來與李松圃郎中仝訪其居，則已捨作佛寺，東廂供鐵髯小像，亦復遺失。因仿陸魯望過丹陽張承吉故居故事，（整理者按：「東廂」至「故事」諸字圈去。）賦詩吊之。此等感古今人多有之，何止魯望事。」（天頭批云：但是詩序，無不令人發噱。）「特訪丹陽處士家，幾間茅屋供楞伽。周顒舍宅貪用舍宅一事，耽誤許多好詩。人何在，元化焚書事可嗟。自注：君秘書甚多，聞臨終時都付焚如。○此自國初諸公已然矣。直擺實事，何取乎詩興？大抵神仙多解蜕，解蜕本由丹成，簡老或不知仙術，誤謂肉體必可飛昇也，呵呵。非關勾漏少丹砂。五六不對，宋人始開此格。然必有好句，始可破格。回思綠鬢方瞳意，化鶴歸來尚有花。「花」字趁韵耳。」（天頭批云：此首比卷首二律略少幕賓氣，然亦索然不成詞調。）

《德山中丞撫粵九年，事在雍正間。問之粵人，竟無知者。（整理者按：「九年」至「知者」諸字圈去，旁改云「有惠政」。）惟南熏亭（整理者按：「南熏亭」三字圈去，旁批「某寺」。）僧恒遠猶能言其顛末，喜（整理者按：「其顛末喜」四字圈去，旁改爲「感」。）贈此詩》：「天寶遺民少，誰能姚宋知。「知姚宋」，卻不可顛倒作「姚宋知」。不圖留老衲，尚解説當時。白傅逢康叟，東陽遇婢師。最惱此等填實，所謂太省力也。一言重感舊，雙淚落如絲。此詩尚似劣陋處少，卻又枯淡無趣，不見興象。」

（劉奕、李德强點校）

定性齋詩話

定性齋詩話（高密三李詩話之二）提要

《定性齋詩話》一卷，據山東省博物館藏稿鈔本點校。撰者李憲暠（一七三九—一七八二），字叔白，號蓮塘，山東高密人。懷民弟。諸生。有《定性齋詩集》。按憲暠論詩不如其兄其弟系統，然時亦有見。如評宋詩高置梅堯臣、王安石，尤許梅詩，遥開晚清同光體詩人喜聖俞之風氣。評國初詩人十餘家，多就一、二首論之，幾不成語，且多爲達官，涉政事，不類詩評。惟評其弟憲喬詩稍具體。《詩話》一篇亦多談爲人處世之道，標榜其兄，發爲高論，幾如聖人。或以重「人」之故，而與詩曲通。此卷篇幅不多，民國本亦有删節。

定性齋詩話

高密李憲暠　撰

古今詩評

曰：六朝七言律，其體不純。

曰：隋王無功《北山》詩云：「舊知山裏絶氛埃，登高日暮心悠哉。子平一去何時返，仲叔長游遂不來。幽蘭獨夜清琴曲，桂樹淩雲濁酒杯。槁項同枯木，丹心等死灰。」《少陵集》中諸古律蓋祖此也。

曰：韋蘇州《對殘燈》詩：「獨照碧窗久，欲隨寒燼滅。幽人將遽眠，解帶翻成結。」梁沈氏《滿願》詩：「殘燈猶未滅，將盡更揚輝。惟餘一兩焰，猶得解羅衣。」韋詩實出於沈，韋詩不如沈，然見古人善學處。沈詩寫得從容，韋詩寫得忙遽，各極殘燈情狀。

曰：尹氏《和宋之問》詩：「愁髮含霜白，衰顏寄酒紅。」杜詩：「髮短何須白，顏衰肯再紅。」陳后山詩：「短髮愁催白，衰顏借酒紅。」陳不如杜，杜不如尹。

曰：鍾記室《詩品》云：「文已盡而意有餘，興也。因物喻志，比也。直書其事，寓言寫物，賦也。宏斯三義，酌而用之，幹之以風力，潤之以丹彩，使味之者無極，聞之者心動，是詩之至也。若專用比興，則患在意深，意深則詞躓。若但用賦體，則患在意浮，意浮則文散。嬉成流移，文無止泊，有蕪漫之累矣。」得此意者，其惟宛陵乎？宛陵之言曰：「發難顯之景於目前，留不盡之意於言外。」

曰：《詩品》云：「『清晨登隴首』，羌無故實。『明月照高樓』，詎出經史？觀古作者，多非補假，皆由直尋。」此皆閱歷有得之言。

曰：《詩品》云：「詞人作者，罔不愛好。」秋谷譏阮亭爲「愛好」，然則亦是今古通病耳。○「朱貪多，王愛好。」

曰：《詩品》云：「獨觀謂爲警策，衆睹終淪平鈍。」此所謂「俗人猶愛未爲詩」也。

曰：後世詩人曰祖屈原，實祖宋玉。「登山臨水送將歸」是悲之祖，「朝爲行雲，暮爲行雨」是淫之祖。周子謂後世之樂非淫則悲，玉其作俑乎？

曰：東川《送魏萬之京》詩三四云：「鴻雁不堪愁裏聽，雲山況是客中過。」言秋天行旅，每難爲懷耳，而曰「不堪」、「況是」，便增如許跌宕。「鴻雁」、「雲山」，寫景色處，妙在不寫寫之。若說行旅之苦如何便不是，又不是不苦，全妙在筆墨之外。又《送司勳盧員外》詩只第一句、第五句是送行，餘皆從行後著筆，但言司勳爲天子所當思憶，早晚必當召回，而已之思念，並司勳身分，不需分外著筆。又《宿瑩公禪房聞梵》詩起句「花宮僊梵遠微微」直出，次句「月隱高城鐘漏稀」似停頓，似襯宕，盛唐妙處在此，此在中晚後不可得矣。三句「夜動霜林驚落葉」，言霜林落葉，已聞之而驚矣。四句「曉聞天籟發清機」，玆復聞梵而動禪機也。五六句「蕭條已入寒空静，颯沓仍隨秋雨飛」，二句直寫梵音，不但繪聲，並能繪空矣，極不容解説，然亦非不可解説也。「蕭條」、「颯沓」，言其聲之悲也。曰「入」、曰「隨」，言其聲所往也。曰「已入」、曰「仍隨」，言游颺空虚，不著一邊也。明明有聲，却下一静字，此是禪悟也。「隨秋雨飛」固是言梵聲與雨聲合雜，然曰「隨」、「飛」，則有雨處、無雨處俱是梵音所到，即俱是禪理所到。寫來有在坑滿坑，在谷滿谷光景。七八句「始覺浮生無住著，頓令心地欲皈依」，「皈」與「歸」同，佛教依佛、法、僧謂之三歸，梵書作「皈依」。又《題盧五舊居》三四句：「窗前緑竹生空地，門外青山似舊時。」竹生空地，則人迹絶少可知。山似舊時，其餘可想，又不獨於人亡也。少時喜温飛卿「一院落花無客醉，五更殘月有鶯啼」，對此，乃覺淺薄不足道。

曰：駱賓王《易水送别》詩。賓王依徐，切齒報仇則天，其所送客，可想而知。直序往事，但用人去、水寒，而以兩虚字點逗。滿腔憤懣之意，與握手激厲之情，俱流言外，然又非有意如此，此所以爲唐詩也。

曰：陳子昂因唐興，文章承徐、庾餘風，駢麗穠縟，子昂横制頹波，始歸雅正，李、杜以下咸推宗之。作《感遇詩》三十八首，以「感遇」名篇，感不遇也，感所遇也。雖事女主，能自遠於勢利之門，亦可謂善保其身矣，沈、宋輩何足語此？

曰：李昉《禁林春直》詩第四句「八方無事詔書稀」，只以七字寫出宋初太平，此詩、此人、此世界，俱不朽矣。與工部「許身愧比雙南金」之作，格局略同。然「落花游絲」、「鳴鳩乳燕」，淡淡寫來，却是禁近風光。此作除「八方」句，乃直是村居遣興之作，絶無禁近風味，此所以不逮唐人處，即所以猶勝後人也。使後人爲此，不知加如許做作，扮演出幞頭象笏模樣來也。

曰：晏殊《寓意》詩三四句：「梨花院落溶溶月，柳絮池塘淡淡風。」前人謂「笙歌歸院落，烟火下樓臺」乃看富貴人語，此二句乃真富貴語。是論未允。筆意近時，明末、國初多類此種。

曰：王荆公詩取得杜詩骨子，義山後一人而已。○荆公詩直是狠。○其《寄袁州曹伯玉使君》詩：「濕濕嶺雲生竹菌，冥冥江雨熟楊梅。」東坡詩「江雲漠漠桂花濕，海雨翛翛荔子然」便遠遜此句，宜東坡之嘆爲老狐精也。

曰：白傅、東坡，胸中俱著不下「錦繡才子」四字，故往往自寫形像，標示於人。

曰：放翁《書憤》詩：「樓船夜雪瓜洲渡，鐵馬秋風大散關。」宋南渡後都杭州，時揚州爲兀朮蹂躪，故放翁欲雪夜渡瓜州，以逐金也。大散關在長安正西，放翁知夔時，爲王炎書策，嘗言欲取中原，必當先取長安，故詩中云云。言自己有如此之志，而世不我用，故憤甚也。又《村居初夏》詩：「小蝶穿花似蘭黄。」太白詩：「八月蝴蝶黄。」杜詩：「白鳥去邊明。」韓渥詩：「解衣惟見下裳紅。」同一妙。

曰：歐陽公五、七古全仿昌黎，有極似者。却是聖俞不必似，自有入妙處。看歐陽古詩縱横似勝聖俞，惟公自知不如，不比韓、孟分路揚鑣。若律詩之不及，正自易見。東坡詩亦多學韓，却自呈面孔。守道、逢原，較又加雄直矣。又《重讀徂徠集》詩，文人皆能看到後世之名，此篇所以佳處，只是將君子「疾没世而名不稱」之意説的札實，非虚名之比，足令讀者憤發。李安溪以謂宋代第一篇古詩。

曰：韓持國《飲聖俞西軒》詩：「歡常以飲合，歡意則非外。今吾二三子，共此西軒會。主人吾儒秀，言與二雅配。酒行倡大論，文字略瑣碎。上言評人物，要當本諸内。下言譏爲學，不以滿自概。

唐之衆詩人，區别各異派。一經君子評，斂蘁棄秕稗。予曰吾聖俞，名足通後代。答我文如韓，尚有六經在。況吾何所立，聞譽若抱蕢。聖俞善誘掖，斯語不無戒。意欲令吾曹，事業進以大。我雖頑無能，聞此亦健快。呼觴滿自引，不畏坐客怪。歸來書短篇，聊以記所佩。」直叙一篇俗話，可想見聖俞底裏。要學聖俞詩，須學聖俞此幅心胸話頭也。有此心胸，斷然有此話頭，假不得。是以詩人斷無不説實話者。「答我」，聖俞答持國，我即持國也。持國譽聖俞文名不朽，聖俞答之曰：「總使我文如韓昌黎，昌黎之上尚有六經，況吾不及昌黎耶？」一時朋友共醉，其樂可想。

曰：高季迪，有明一代詩人。如《送沈左司從汪參政分省陝西》詩：「四塞山河歸版籍，百年父老見衣冠。」用句隸事巧切大方，雍容典重，如此作，實爲不愧。吾獨惑乎梅花之詠，何以繼和靖而聲滿宇宙也？然其不避俗艶，想見真慤，猶是差勝後人一籌處。

曰：程嘉燧《因舍弟歸東山中親知》詩：「城上雪聲游子屐，縣南風色酒人家。」上句即久客之意，次句是舍弟行色。二句只用寫景，而客中送行之意宛然。余嘗見周櫟園家所藏孟陽畫一幅，漁洋題曰：「孟陽詩往往有畫想，觀此乃如見其詩。」今味其詩，誠佳畫也。然其丰度娟秀，似吴遠渡、范會公一輩人畫。余所見孟陽畫孤鶱寒瘦，似又在詩上也。

曰：錢虞山召對文華殿，旋即革職。有句云：「吾道非與何至此，臣今老矣不如人。」按：此則其怨懟於思陵者深矣。後來改節之志異於梅村，無亦有豫讓衆人國士之分乎？家婕園有句：「舌尚存乎休悵悒，吾將仕矣且從容。」不讓虞山此句也。

曰：古來論詩，七律爲最難，非其句長格板、氣體渾成之不易乎？有唐初盛諸公，皆直起直落，巧妙無窮，如金在冶，流動充滿，不可思議。中晚以降，漸尚疎雋，俄轉新巧。此風氣之變遷，非人力所能爲。然其妙處，四唐同歸。宋承唐餘，初染西崑，梅、蘇繼起，扶持大雅。然其絶不似唐人處，乃善學唐人也。説景言情惟期達意，動有缺敗亦所不辭。此正如鍾記室謂謝宣城「意鋭才弱」，雖善自發端，而末篇多躓。蓋天事所限，不可强也。自兹以降，去唐愈遠。趙松雪起而薄之，嫉時人之不法唐也，所自爲詩，號爲唐律。有明人詩愈加恢闊，往往加意於聲韵格調，布置色澤之間，而外實中虚，賣柑買櫝矣。余以瑕日揀閲明詩，擇其佳者箋釋數首，以見其氣體渾成，與唐無異。而就中意匠，則非所謂鏡花水月，無迹可尋也。然人才間起，雖江河日下，終雖復古，而亦有斤斤自好，不爲時囿者。如「僧歸黄葉林間寺，人唤斜陽渡口船」、「月如佳客過清夜，花似離人去隔春」、「未到故園都是客，忽聞鄉語似還家」、「子姪漸親知老至，江山無故覺情生」等句，皆直攄胸臆，雖氣骨不逮古人，尚不爲衣冠鼓板，假面登場也。

曰：漁洋詩除脂粉氣，便是臺閣氣；除臺閣氣，便是書籍氣。書籍氣，虞山所謂則也；臺閣氣，虞山所謂典也；脂粉氣，虞山所謂遠也。脂粉氣，即兒女子語也。余謂張公之兒女情多，英雄氣少，正可移贈國初諸君。須知一一丈夫氣不是羅幃兒女言，當不能無愧色矣。唐王右丞、李東川之藴藉，純是佛理養到，後人乃以兒女子氣爲之。漁洋謂詩中當屏韓致堯，逐温飛卿，謂其多柔媚也。余按：二子之好色，乃估客耳。比之優伶，敷粉塗朱，爲廉纖之步，假呢喃之聲，以取悦於人者，果孰恥乎？

評明末國初人詩

僧南潛，字月巖，浙江烏程人，俗姓名董説，本貢生。《宫人入道和唐人》詩。翯按：明靖難之變，及國朝定鼎之初，大江以南，名士多隱於僧，却是胡突。夷齊之不仕周，乃人間第一義，與文、武、周、孔同揆，不可與絶棄倫理者並論也。夷齊扣馬而諫，田横不見高祖，自刎而死，古人何等度量。若憤時嫉俗，又復逃名求活，至於形諸語言，流爲譏訕，蓋亦甚不高明矣。《離騷》一書爲逐臣怨君之祖，或以爲合《小雅》怨誹之義，不過借喻。要之，人臣有不忘舊君之禮。婦人雖有不忘前夫之情，豈第一等人所願位置耶？此又相似而不同者。不仕之義，夷、齊是一等，沮、溺、荷簣是一等，巢父、許由、四皓、張志和輩是一等，豫讓、王裒是一等。若靖難諸人，自方正學、景、鐵而外，非有豫讓國士之遇，王裒殺父之讎也，則不直燕王之所爲，而不欲臣之耳。若能幾李密之巽於辭令，文山之從容就死，亦何至干世主之怒，而遺後世之譏哉？且身爲夷、齊之能清而能死，方得呰武王而不食其粟。小儒孑孑之義，妄自托附，逮災乖義，非無妄矣。

汪琬，字苕文，江南長洲人。順治乙未進士，户部主事。康熙己未鴻博，官翰林院編修。《賦得宫人入道》詩。

王西樵，《故明景帝陵》詩，七律，第五句甚弱。

王阮亭，《故明景帝陵懷古》詩，七古，弔古詩，多鋪叙一篇本傳，古人似不爾爾。雜取古事，代替面目，亦臃腫不靈。阮亭以子臧、季札責景帝，不全咎英宗，救西樵之偏也。

李天馥，字湘北，號容齋，合肥籍，河南永城人。大學士，謚文定。《明景帝廢陵》詩，阮亭作嫌堆砌，此較疏爽，又嫌迫仄無寬裕之度。

吴梅村，《悲歌贈吴季子》詩，此詩直好，家石桐尤賞之。

吴兆騫，字漢槎，江南吴江人。順治丁酉解元，以科場事戍塞，赦歸，旋卒。《閏三月朔日將赴遼左留别吴中諸故人》，此詩大不成説話。

葉方藹，字子吉，崑山人。探花，禮部尚書，謚文敏。《授職翰林學士感恩述懷》詩，七言律，雖極用事，却質樸自見。文敏又有《新樂府》、《擬韓柳雅詩》。

張玉書，字素存，江南丹徒人。大學士，謚文貞。《寄李厚庵學士》詩，七律。注者云：「表其進蠟丸，陳破耿逆之功。然蠟丸更得之友人也。時文貞未以理學名，故不之及。」暠按：注者於榕村大有陽秋之意。暠嘗涉獵《榕村文集》，觀其所言，可謂通達。獨其阻常壽上疏一事，余兄及弟甚疑之。子喬在都下，所聞物議尤多。

韓菼，字元少，江南長洲人。康熙癸丑狀元，官至禮部尚書，謚文懿。《贈江南巡撫湯潛庵先生》詩，四言八章。湯名斌，河南人。暠按：潛庵撫蘇，不愧此詩矣。

張英，字敦復，江南桐城人。康熙甲辰翰林，大學士，謚文端。《擬古田家》三首，極意樵儲、王。

張廷玉，字衡臣，江南桐城人。康熙庚辰進士，大學士，謚文和。《雜興》三首。鬲按：臣術敬慎，爲長守富貴之道也。敬字是古人徹上下學問，文端父子學術如此。鬲又按：未進不敢躁，既進不敢驕，不與貪吏爲伍，此其所以長守貴與？

梁佩蘭，字芝五，廣東南海人。康熙戊辰進士，官翰林院庶吉士。《養馬行》長短句。注者云：「前半真、文通韵，後半青、蒸通韵，莫作一韵看。」鬲按：詩調一氣直下，無换韵之節奏。又有《日本刀歌》、《次京口》五律、《秋夜宿陳元孝獨漉堂讀其先大司馬遺集感賦》詩、《鳳陽》詩、《蜀中》詩、《鄴中》詩、《隋宫》詩、《自白下至檇李與諸子約游山陰》詩。

鄂爾泰，字毅庵，奉天人。康熙己卯舉人，大學士，謚文端。《贈方望溪》詩，七古。

姜宸英，字西溟，浙江慈谿人。康熙丁丑探花。《徐健庵編修筵上觀洗象》詩。流寇破京師，過象房，群象哀鳴淚下，此日所存者，其一也。沈歸愚在京，見一老象。齒毛脱落。象奴云：「是萬曆時貢物。」距姜作詩時八十餘年矣。

張梁，字大木，華亭人。康熙癸巳進士。《彈琴》詩一首、《彈琴雜詩》二首。

王崇簡，字敬哉，宛平人。崇禎癸未進士，國朝官至禮部尚書。《新秋感興》三首，七律。

鬲按：諸家之詩語語爽快，無嚼文咬字東塗西抹之態，當時遂爾壓倒一切。鬲私論之，其高處飄逸超忽，近太白、子昂氣概。其低處輕白直率，近盧仝、李乂口角。若以詩律繩之，去古尚遠。至其志事所存，不過秀才從軍。放翁贊武乃文人高致，未敢以卓識實學許之也。

曰：兄石桐先生云：「文章到熟時，有此樂處。」石桐之平淡、子喬之警策，蓋同一熟也。

曰：石桐先生題子喬《載鶴游玉清宫圖》詩：「甚好，其氣度之從容寬綽，讀之使人鄙躁之氣都盡。」穎叔讀《玉清宫圖》，極爲歎賞，以爲在前作《麻衣庵圖》之上，薪亭以爲當有臨本。夫《曹娥碑圖》久不在案頭矣，而胸中有其汁漿，便爾揮灑如意。又作者胸中本自有玉清宫深松高殿一段清況。合此二段因緣寫出，安得而不佳耶？

曰：子喬如許鶴詩前雖未見，早於「鶴興」二字中包之，亦早知其不如此之極情盡致不休也。鶴詩中端以「秋横無盡碧」二語爲最，比婕妤、靈均、長江而繼之以己。雖石桐先生有別體之目，石桐亦未是説不好。亦殊有孟子兩爾字之樂也。由堯舜至於湯禹。

曰：子喬《田家屋上壺》詩不甚工，然得「有敦瓜苦」之意，已自盎然紙上矣。宛陵詩甚工，子喬既作此詩於途中，歸後求宛陵原詩，書一紙張之窗右。余再諷誦，始知古人不易及也。又子喬嘗書其《聽琴》詩，與昌黎、子瞻之作并録一處，亦自知其弗能及也。

曰：子喬《帳中末麗》詩卻似叔白體格，以其任筆直書，又有頭巾語也。然清獻在宋中葉，一時若温公、介甫、穆伯長、歐陽、韓、范諸家，已啓程、朱嚆矢，猶似無難爲之者。阿兄最媿慴昌黎「一生肝膽無由邪」之句，於尋常玩花狂醉之後，而凛然不易其操，信乎崛起之豪傑，嶺南人仰望亞於孔子，洵不虚也。我因摭拾先儒唾餘，好侈論其所未及。邇來頽唐敗壞，追思所言，真令人羞死。汝自幼完璞未玷，復能自進，於是勉到温公、介甫、清獻地位，亦在我而已。讀詩使余怦怦。

曰：子喬《登舟風雨驟至獨留蘭若題寄家兄》之篇題已可圈，詩那得不足存耶？姑無棄之。

曰：余擬和子喬《食橙》詩，忽以俗務敗興。前有擬作《岑溪銅鼓》七言古詩，亦不過五七語而止。此雖外誘之牽，亦由內心之亂，古之人豈有此耶？大抵筆墨之事，多於清寂無事時入妙。若乃枚皋之才，咄嗟即辦，雖戎馬倥偬之間，有筆不加點之樂。要之美外浮而非內充，坐來按之，畢竟意味短淺，不獨典策高文爲然也。即如顛旭、狂素醉後大草，非不跌宕千古，以王氏家法律之，又有怒目低眉之辨矣。醉後亂道，請質知言者。

詩話

《埤雅》：蜻蜓，尾端亭午則停，故名蜻，一作蜓。膠州李某詩：「得意直前追逝水，尋思且住學停雲。」可謂善於用古矣。齊人土語，得登之類。《古今注》呼蠅爲羊是已。野人多呼蒼羊、青蠅。齊曰緑豆蠅、蒼蠅。大者曰麻蒼羊，小曰蒼蠅。

雨言六則云：杜句：「風起春燈亂，江鳴夜雨懸。」北人不習舟，無從知其工也。小杜《詠雨》句「分明樓樓羽林槍」，則隨地皆然耳。余兄嘗見晝雨中返照者，白雨條條，急注日旁，晴霞渥渥，輕罩山頭。巧奪化工之妙，真與詩有同工也。○庚寅八月，與子喬赴試稷下。雨中買舟，由嵖華橋詣試院。曉色雨漠漠，打船篷，荷葉蘆葦咸有聲。子喬句：「樓臺波上曉，睥睨雨中遥。」乃其時也。○東坡句：「黑雲如墨未遮山，白雨跳波亂入船。」寫六月急雨，如在目前。膠州李霞裳句：「方中二字欠理致。日午風生暈，極北二字欠理致。雲濃雨蝕虹。」亦工。〇「煎罷龍團鼎未收，緑紋小簟石牀頭。晚來忽過芭蕉雨，一片斜陽滿院秋。」紹伯先生詩，萼錫兄嘗口誦之，蓋見於蕪園壁間也。〇雨後苔色極可愛，高士如倪雲林、武人如王彦章皆雅好之。余曾屬史生星若賦苔，而書雲林護苔事於亭壁。後見單子山扇頭，史生自書其詩并雲林事云。〇六朝人謝朓《觀雨》詩句云：「朔風吹飛雨，蕭條江上來。」余有《同子喬游惠泉寺遇雨》句云：「湖雲城裏起，山雨殿前飛。」皆寫雨狀之委蛇而從容者。是時雨暘時若，六月晴曉，書古今雨事數條，以示東齋諸生。

曰：珠山王穎叔如辛置，曉過王幼藻之門，見其赤幟沖天，忿然念世之獲雋者，以區區無用之文，而成名若此，樹杆於門，萬人瞻仰，掘地數尺，傷殘地脈，心怦怦爲之不平，且繼以惑也。及至辛置，見宋步武兄弟之争也。步武以讀書識字之故，遠勝厥弟，然後歎讀書之有益於人，而國家之所以崇異之者如此其重也。於幼藻乎何疑？兄石桐先生云：「是爲真文章。」

曰：宋步武與穎叔言：「所願就大洪讀書者，於學爲詩文，猶其後者。聽石桐先生議論高明，心胸開闊，於爲人之道，甚覺增人志氣，所以心下勇猛，欣喜而不能自已耳。」此段話，穎叔述，弟亦爲之感動。兹復舉以告吾兄弟者，一則以奬勵步武之志，一則以慰吾兄坎壈不得志之餘。有此朋友知己之樂，所宜慷慨起舞，而益有以自進而不懈也。自注：此段語，子喬可大書于壁，以示學者。兄石桐先生云：「閲時方大醉，爲之揮淚。」

曰：石桐先生所論毛生，正是他對症之藥，亦我三人對症之藥也。毛生亦言於石桐先生，有師之之意焉。師兄而不師我，其所見亦正難得矣。不見膠西開宋姓，名開。將軍囑丹宋子丹也。師我勿師兄。

曰：兄石桐逕情直行，石桐先生云：「大病。」動多狼狽，石桐先生云：「大病。」至於自明其所以告諭諸生者，盡聖賢大義，以求諒於高臺之前，其亦拙矣。然諸生之聞其言者，果能感動若此。知兄於讀書時，確見古聖賢之所爲，皆己之所欲爲而可爲者矣。兹復接子喬隨箴之篇，至于自呼其名，而箴戒之。孟子稱兄弟無故爲三樂之一。此其樂，視古人又何如耶？石桐先生曰：「至文，至文。」

曰：我輩于高才人，切不可攻擊太過。如任子昇，正無招架處。張陽扶又知之而不肯，不肯自屈。且我輩既與俗願爲徑庭矣，則所與者，狂狷耳。狂不必是越禮驚衆一輩人，點、開之見道，賜之無加，何曾能到地頭耶？若於俗願，人則薄之以無所見，是我既有所見，□□合於中，無妨也。於略有所見者，即進之，以先求合於禮法，則我之自處，不既聖人□設，俗願人反唇問我，奈何。

曰：石桐先生天資高明，所見超卓。儕輩中如張陽扶、宗魯恭之聰明，兄皆有以過之。知兄之聰明者，毛允時、郭凝之也，宋海客只知得一半耳。然弟獨有以補兄之缺者，石桐先生云：「箴規。」恐持之不謹，便易入於賢智之過。此兄所以不敢讀陸、王之書，懼其爲所誘也。弟負性剛愎，二十年來，多失之於自私用智，所以力鋤其猛厲之氣，接人處事，勉爲柔和。子喬負性愿厚，人多以其和易近人，相視爲富貴中人，而不知其有聖賢之志，所以力避夫圓和之習，居心立論，勉爲剛梗。此吾與子喬所病者相反，而各從其所短者而力矯之也。但弟於古聖賢道理，雖稍有所見，而不足以見諸行事。子喬於古聖賢之理，不逮於弟，故著爲議論，不能無蔽。弟之私志，願吾三人共講明而益進之。雖不敢望兩程子之水乳相融，東坡、子由之學術無二，陸氏兄弟之大同小異，尚勿至於王荊公之兄弟，則弟之所自懼自戒、私祝私禱者耳。石桐先生云：「句句箴砭乃兄，看他立言混融處是何等謹慎，此所以爲古文也。」

曰：今世士大夫之弊，只是信道不篤。設起身去做，卻是（鄉）［將］一副心腸掛在胸中：吾何必爲堯、舜、孔、孟，吾爲善人斯足矣。孟子曰：「道二，仁與不仁而已矣。」非堯即桀，非舜即操、莽，更不兩立。後世士大夫，讀書通古今，眼見得堯之下、桀之上有若干種人，舜之下、操、莽之上有若干種人。其間大賢英雄、忠信之士、文學政事之材，未有能躋乎堯舜者。吾以堯、舜爲法，其必不能至乎堯、舜也明矣，不亦迂愚乎？亦未有遽至於操、莽者。不爲堯、舜，何至於操、莽乎？不知古今大賢英雄，皆以聖人爲志，特其所以學者，精粗不同，故成就亦異耳。如司馬遷之駁雜，猶知向往闕里，黜莊、老而尊孔、孟，其志向可知矣。其不以聖人爲志，而終不至於操、莽者，大抵一稟乎天資之美，一遭乎時運之亨，而不至於敗壞決裂者倖也，非所語於學問之塗也。孔子不得中人行而思狂狷者，正以狂狷有爲聖人之志也。狂狷之所不如中行者，中行學聖人，便合乎聖人之度。狂狷學聖人，則不能盡合，而失□□偏也。狂狷之所以異乎鄉愿者，狂狷不知己之不能終至於聖而甘心學之，鄉愿明見聖人之不可學而能，而不肯誤用其心力也。故救鄉愿之習，須明聖人之道。孔子爲傳道而言，故取狂狷；孟子爲學者立極，故法堯舜。學堯舜不成，終於狂狷；以狂狷爲學，入於異端矣。解鄉愿、狂狷。

曰：讀盡聖賢書，而家庭有慚德。雖高才絶學，不足稱也。交滿天下士，而同氣多愧心，即令聞廣譽，其足尚乎？

曰：青天白日的節義，自闇室屋漏中培來。旋乾坤的經綸，自臨深履薄中做出。○開口説輕生，臨大節決然規避。逢人稱知己，即深交究竟平常。

曰：坐密室如通衢，馭寸心如六馬。○相成德業爲良友，有益身心是好書。

曰：名譽不聞，朋友之過。○聞聲相慕。○白首而新，傾蓋而故。

曰：不與達人言命，不與癡人説夢。二語包得一部《離騷》。

曰：俗語有至理，平日只粗心囫圇讀過。

曰：青天白日以應世，光風霽月以待人。

曰：聲音二字，《書經》似以五聲、八音別之，而《孟子》、《左傳》復有五音、七音之稱，是古人通用也。但考《樂記》，變成方謂之音，謂變成歌曲也。《詩序》：「情發於聲，聲成文謂之音。」説者遂自謂：「雜比曰音，單出曰聲。」蓋對舉則有分別，而單用則其實相通也。至韵之一字，漢魏以前皆言音，不言韵，至《晉書·律曆志》，始有「務在和韵」之語。《文心雕龍》曰：「同聲相應謂之韵。」晉以後，韵書始出焉。今反切中，其上一字，所以定音也，下一字，所以正韵也。今之公、岡、驕、基，及東、冬、江、支，此韵也。平、上、去、入，此聲也。唇、齒、舌、喉，此音也。此世代相沿，稱謂之別，不可不知耳。

曰：余《淡字歌》云：「天立一，地橫二。水連三點，火重四。二火得水讓有餘，以水馭火無偏意。火在水上憂小狐，水在火上乃得濟。此是淡字真妙用，世人不知成薄味。」天立一：一。地橫二：二。水連三點：氵。火重四：灬。二火得水：炎。以水馭火：氵。火在水上：䷿。水在火上：䷾。

曰：沈約雖注意於四聲八病，然其《謝靈運傳論》云：「高言妙句，音韵天成，皆暗與理合，匪由思至。」四語亦言之有物矣。

曰：二陸《爲顧彦先贈婦》詩，《文選》注誤。兄石桐引《陟岵》之詩，及工部「鄜州月」詩以證之。

曰：韋蘇州「流雲吐華月」，本曹丕「華星出雲間」。

曰：古賦設爲問答，加東都主人、烏有先生，《雪賦》、《月賦》之托仲宣、相如，雖本屈、宋，亦原於「君曰卜爾」、「文王曰咨」。《古詩》中之「腸中車輪轉」、「思君令人老」、「憂傷以終老」，魏武詩之用「呦呦鹿鳴」、「青青子衿」，如《詩》中「王事靡盬，不遑啓處」、「昔我往矣」、「今我來思」等句是也。蓋古人詩以言志，其志所在，能歌詠出之，使聞者動心，此其所以妙也。若無所得於意旨之外，而斤斤於字句求工，燕泥、楓冷，妒才忌能，亦淺之乎視詩矣。此詩中用成語，及用前人詩句之妙也，而自以爲妙者又失之。二陸《爲顧彦先贈婦》，而詩中□□顧婦之辭，此本《皇華》遣使，《采薇》遣戍，而取其所欲言者，代之言也。本君遣臣之詞，而爲臣奉使之語，方遣之使往，而言其將歸，時猶未行，而已念其勞苦，乃曰既返，而莫知我輩□□。

（劉奕、李德强點校）

凝寒閣詩話

凝寒閣詩話（高密三李詩話之三）提要

《凝寒閣詩話》三卷，據山東省博物館藏稿鈔本點校。撰者李憲喬（一七五四——一七九六），字子喬，號少鶴，山東高密人。懷民二弟。乾隆四十一年舉人，授廣西岑溪知縣，官至歸順知州。有《少鶴詩鈔》。憲喬談詩，實較二位兄長爲開闊，如有專文辯淵明詩署甲子爲正，駁文中子論詩「寥闊」無當等。《與衆家論詩》上自《三百篇》，下及本朝，亦頗有深入之見。如六朝以孔孟與釋、道二氏之不同揚陶抑謝。於中晚唐尤重孟東野，於韓、白皆有深解，亦不廢義山、牧之，乃至於温飛卿、韓致堯，較其兄懷民張、賈兩派之説大爲擴展。於宋詩則心折黄、陳，時以山谷詩一編自隨，「看蘇、黄用典處，每令人心花都開」，趣味較二位兄長爲精細。論本朝詩家稍許施閏章，於漁洋及同時之袁枚、錢載等皆有微辭，於袁、蔣、趙則稍許蔣，而不及趙。惟獨推許黄仲則，蓋兩人同好李太白也。故其往復賞析者雖亦僅李秉禮、汪春田、單鉊等近友及五星、約言等子侄輩，終較懷民爲開放。三李皆重詩人之志，憲喬指實爲須有個「安身立命」處，非泛言修身，以朱竹垞爲反例，較二位兄長之言讀書處世爲切詩。又頗論同時沈德潛、紀昀、翁方綱等人詩學，皆致不滿。於袁枚則雖有前輩推獎之遇，而詩學亦不愜，至有「子才罵我我不怪」之句。《與袁子才論詩教》録兩家書信數通，可窺子才晚年維護其性靈之説，因應後生挑戰，辯才仍不見衰也。而憲喬之尊而有隔，與另一後生張問陶之敬而相悦，恰成一對照。

凝寒閣詩話

高密李憲喬　撰

與衆家論詩

曰：六義中之興，興者，兼情景而言也。此言前人所未發。强賦之景，强言之情，其中無興。

曰：「桃之夭夭，其葉蓁蓁。」景中有情在。「帝子降兮北渚，目眇眇兮愁予。」情中有景在。

曰：《桑柔》之詩曰：「雖曰非予，既作爾歌。」可見當時爲不善之人，猶愛惜其名，故風詩足爲勸懲，一人刺章，不啻名在丹書也。逮後泯泯棼棼之衆，殆有刺不勝刺，且刺之庸知恤乎？孟子曰：「《詩》亡然後《春秋》作。」即後世國史亦猶是也。更有爲國史之所不屑誅者，吾未如之何也已。

曰：《十九首》、《三百篇》後詩之本源也。故教學者爲詩，必先熟此，然後可及他家。若舍《選》而先唐，已爲半路出家，況自宋元以後入手乎？《文選》初無評點，近來何義門始有之，雖不盡是，尚有可取。昨在鎮安，門人農大年請檢定之本，乃系孫月峰評，多取批時文習氣，極可厭可笑，而粤人多推尚之，以此於詩道益遠矣。

曰：與諸子論《十九首》，穎叔不喜陸機擬作，有理。穎叔又言：河梁詩中「安知非日月，弦望自有時」二句，寬爲期望，正絶望之詞，其意極悲愴，極得之。

曰：璋録《十九首》完，因問：「陸士衡及唐人擬作，總不足十九之數，何也？」曰：《十九首》本非定目，《詩品》言士衡擬十四首，外此尚有四十五首，是五十九首矣。可知當時古詩本多，昭明僅選十九耳。看《選》中才載士衡十二首，而《蘭若生朝陽》一首，又非《十九首》中所有，亦可證也。

曰：世以陶、謝並稱，予則謂謝不及陶甚遠，誠見其中無甚底藴，即彼所托亦不過於佛氏、莊老而止耳。故其言如「矜名道不足，適己物可忽」，又「慮澹物自輕，意愜理無遠」、「寄言攝生客，試用此道推」，又「情用賞爲美，事昧竟誰辨」、「觀此遺物慮，一悟得所遣」等語，皆黄老之支緒也。而其徑尤擾擾，以浮動之跡，求澄空之得，難矣。故平生以慧業自負，而遠師鄙其心雜，有以也。以觀陶淵明胸次，朗然空明。又其所述，皆屬静寓孤詣。再斯人生虚談浮文之世，而卓識定力，有非二氏所能汩者，所謂「商歌非吾事，依依在耦耕」、「高操非所攀，謬得固窮節」、「一形擬有制，素襟不可易」、「貞剛自有質，白石乃非堅」、「紆轡誠可學，遠己詎非迷」、「終日馳車走，不見所問津」、「前塗當幾許，未知止泊處」、「何以慰吾懷，賴古多此賢」諸作，夫豈二謝家當所有？

曰：龜山先生云：「淵明詩所不可及者，沖澹深粹，出於自然。」朱子云：「淵明詩高處，正在不待安排，胸中自然流出。」是已。尤須知見大則心泰，若非有所見，而抱持得定，此自然亦學不來。

曰：按康樂詩，遊覽爲多。然思所遊覽處，必有賓從、奴僕、匠作數百人擾沸其間，求爲淵明之「孤雲獨無依」，何可得耶？

曰：山谷謂：靈運與庾信之詩，爐錘之功，不遺餘力，然不能窺淵明數仞之牆者，二子有意於俗人贊毀其工拙，是極。古今詩人，必將「有意于俗人贊毀其工拙」一語時懸著胸間而滌蕩之，其詩必超遠矣。淵明直寄焉。天妙，誰能解得。此論甚妙，甚妙。亦可知謝之遠不逮陶處，非子喬之創論也。

曰：陶、儲作田家詩，絶得田家氣味，然其意志則有託而出於此也。傖父不知，舉老農語曰：「吾學陶也，儲也。」陶、儲豈二老農哉？韓退之《縣齋有懷》詩云：「猶嫌子夏儒，肯學樊遲稼。」又云「長去事桑柘，閑愛老農愚」云云，前後語自相犯。要知其相犯處，正見有託而出於此也。杜、蘇集中多有及農圃事者，皆當以此意求之。

曰：鍾嶸《詩品》：謝靈運「其源出於陳思，雜有景陽之體，故巧似而逸蕩過之，頗以繁蕪爲累。確。嶸謂若人興多才高博，確。寓目輒書，確。内無乏思，確。外無遺物，確。其繁富宜哉！雖以富字換蕪字，然總是抑詞。凡爲詩，寓目輒書，外無遺物者，其於比興之義可知矣。惟康樂才高學博，尚自不没其清拔之概，然受累已多矣。然名章迥句，處處間起，麗曲新聲，絡繹奔會。譬猶青松之拔灌木，白玉之映塵沙，未足貶其高潔也」。按：嶸品康樂詩，極確當。語中雖自蘊藉，固已莫掩短長。

曰：沈約作《謝靈運傳論》謂：「在晉中興，玄風獨扇，爲學窮於柱下，博物止乎七篇。」又謂：「自建武暨於義熙，莫不寄言上德，托意玄珠。遒麗之詞，無聞焉耳。」予每讀晉宋人詩，到歸根著實處，不過只老莊見解，便無以復加。約此言，可謂得其要核矣。但約欲舉以壓乎老莊之上者，不過曰遒麗，不知遒麗言中又是何物也？再約稱靈運之詩「興會飆舉」，延年之詩「體裁明察」。以予觀二人之作，誠爲高華，然求其出乎老莊之外者，亦無有也，則興會、體裁又其末耳，本豈在是？中間惟陶公一人，雖當清談之世，而識守孤卓，竟有暗與孔孟同揆，而不爲老莊牢籠者。所謂豪傑之士，無文猶興，故其言中有物，非餘子所可希，而約固略之。然則約固明於詩之失，而不知其所以得也。

曰：或問：「謝詩『石淺水潺潺，日落山照曜』，到處皆有此，何必是七里瀨？」曰：古人寫景，惟在神會，而其境已傳。今人則必拘定地名、故實，而其境反不能傳。所以謂不切者，爲陳言而務去之者，正當於此辯證參悟。請看許渾作《七里灘》詩云：「江村平見寺，山郭遠聞砧。」豈嚴瀨之外，遂無此景乎？又請看我作《七里灘》詩云：「幾家屏上住，盡日鏡中行。」豈嚴瀨之外，遂無此景乎？

曰：漢成帝歌謡云：「邪徑敗良田，讒口亂善人。桂樹華不實，黄爵巢其顛。故爲人所羨，今爲人所憐。」注：桂，赤色，漢家象。華不實，無繼嗣也。王莽自謂黄象，所謂「黄爵巢其顛」也。按：「故爲人所羨，今爲人所憐」二語，説得最好，足使倖進恣睢者惘然失意。此等當下即寓激勸，乃傷亂君子之所爲，非若詩妖、謡妖待徵兆於後也。後漢若順帝末童謡云：「直如弦，死道邊。曲如鉤，反封侯。」亦然，不得作童謡看。

曰：李白「粲然啓玉齒」，全用郭璞句。孟浩然「曠野莽茫茫」，全用阮籍句。當時吟諷口熟，不自覺也。若老杜「思君令人瘦」、襄陽「饑鷹捉寒兔」，乃是有意龢出。「莽茫茫」三字，又本《楚詞》。

曰：李白、白居易、蘇軾、黄庭堅詩文中，皆究心仙佛之旨，然其剛耿不可磨滅處，有不盡爲二氏所縛，如晉宋間人也。此言前人曾未道破，然試考其世，按其所著，當知不謬。

曰：世言老杜爲詩史，不知山谷集中如《丁卯雪》等，亦詩史也。後來學江西派者，皆橅其句法，尖澀苦梗，以爲得珠，而不能大其所見，豈僅如辟支果之不能入大乘耶？

曰：「今夜鄜州月」乃老杜作，而山谷長短句序中，以爲岑嘉州《中秋》詩。細味之，或當有所據也。

曰：學杜詩，易失之村粗，尤易失之晦窒不明。此惟在讀其詩時細意咀味。先讀「三吏」、「三别」、《哀王孫》、《哀江頭》、《羌村》、《彭衙》、《北征》、《七歌》等篇，真覺其犂然當心，了然於口。然後再及他作，即似有隔閡不順適者，更考、更核、更味，必使真實犂然了然，然後下筆，自必通達無礙。若未能犂然了然，而即擬爲之，鮮有不晦窒者矣。

曰：王右丞《李陵詠》乃自明其陷禄山事，所謂「既失大軍援，遂嬰穹廬恥。深中欲有報，投軀未能死」，語意甚明。末語「引領望子卿，非君誰相理」，此指素相知者，或即指杜子美也。《西施詠》不知所指，若此詩出同時，即指肅宗朝新進用事者。

曰：韓詩《猗蘭操》，唐汝詢解得之。惟「子如不傷」句，「子」字指蘭，非是。「子」字仍指薺麥，謂濁世競進之人不足指數也，如此直捷。

曰：唐人詩中，於朋友皆稱名。故退之集若籍、徹、湜、翱，皆素所善也，而不稱其字。他如崔群、李宗閔輩，並爲顯要，亦止稱名。獨於老郊，則每曰東野，于盧仝，則曰玉川子，又曰玉川先生。李滄溟作《五子詩》，皆不稱其名，獨於次楩，則云：「盧楠起河朔。」于茂秦則曰：「謝榛吾黨彦。」古今人識量不同有如此哉。

曰：古人聯句若陶淵明、李太白，寥寥數韵，但取適意而止。韓、孟鬥奇，梅、蘇角勁，才力肆矣。近見有一二顯達，招集時彦，聯吟綴句，多則數千言，少亦數十韵，既無四子之奇勁，而刺刺不休，殊可厭憎也。

曰：王阮亭譏韓文公「往取將相酬恩讎」，亦癡人前不可説，打你頭破百裂也。執此推之，則《古詩》中「何不策高足，先據要路津」、「萬歲更相送，聖賢莫能度」、「不如飲美酒，被服紈與素」，皆不無可議也。

曰：世言韓、白同時，而有相輕之意，前人已多辯之。適讀樂天《酬張籍訪宿》詩中云：「我受狷介性，立爲頑拙身。平生雖寡合，合即無緇磷。況君秉高義，富貴視如雲。五侯三相家，眼冷不見君。問其所與遊，獨言韓舍人。其次即及我，我愧非其倫。胡爲謬相愛，歲晚逾勤勤。」則其傾折于韓、張者至矣。

曰：潁叔論《琵琶行》「間關鶯語花底滑，幽咽泉流水下灘」，「灘」，一作「難」，「難」字是。「灘」字與上「幽咽」不應，又不對也。又「水下」或作「冰下」，益轇强矣。若「水泉冷澀弦疑絶」，「疑」字作「凝」字，乃董思翁信筆之誤，本不可通。至「别有幽愁暗恨生，此時無聲勝有聲」，真天妙知音語。接下「銀瓶乍破」、「鐵騎突出」，極得神理。近見沈歸愚選本，妄言古本作「無聲復有聲」，此一「復」字，可謂點金成鐵。執三家村塾師訓詁時文之法以論詩，難矣！

曰：宛如脱口者，詩之上也。然太率易，若稗官小説之詩，亦不可語于大雅，故煉意、煉格、煉句、煉字功夫亦不可少。若白香山自寫天真，識界高而胸次清，雖用俚俗語，無害也。苟無其識界胸次，而但能同其俚俗，則亦俚俗之人、俚俗之詩耳，何足傳哉？吾嘗言樂天詩，家中八十老嫗亦解，非謂即老嫗之欲言能言者也。若僅學得老嫗語，街談巷議，皆可作風雅矣。

曰：香山詩好處曰達，不好處曰淺。然不能及古者，淺也；所以可追古者，亦淺也。使香山欲飾其淺，而貌爲高深，則必不能爲香山之詩矣。或問：「東坡謂白俗，或亦以其淺乎？」曰：「淺非俗也。後人不甘於淺，正是俗處。坡公滑稽語不可爲訓。」

曰：問：「樂天心跡，比柳子厚何如？」曰：「子厚安能望樂天耶？樂天天堂，子厚地獄。」問：「子厚詩比樂天何如？」曰：「樂天遠不逮子厚。子厚如《騷》，樂天如謠。然樂天必曰：『明知不如，寧作我耳。』此又是樂天高處。」

曰：石桐先生評柳柳州《湘口館》詩：「通首純似韋。」予謂不然。蘇州淡於世情，故其詩止有沖永，即言愁悵，實無愁悵也。若柳州，則悒鬱悲侘之所成，看似閒適，乃多感傷。此詩與《南澗中題》等篇，都是一般情況。昔人謂子厚詩學《離騷》，此之謂也。

曰：歸愚譏張水部《節婦吟》與王仲初《當窗織》，以爲有礙貞節。固哉高叟，何以讀「野有死麕」詩？何以讀「南有喬木」詩？何以讀《離騷》？歸愚所疑不貞若此，則凡所作之貞女節婦詩，概可知已。此等語邇來沿街匝巷，竟成通套，可厭。貞節豈非美德，然使冬烘傳之，反掩而不彰，何關風雅？何足興觀？吾所惡，以温柔敦厚自命，而流爲卑靡，致壞詩教者，正此類也。兩粤士子爲詩者，大半爲此老所誤，不得不亟爲正之。若童正一九皋、葉亮功鶴巢，胸中便已了然知其庸妄矣。

曰：李義山詩「永憶江湖歸白髮，欲回天地入扁舟」，正學老杜「路經灩澦雙蓬鬢，天入滄浪一釣舟」，語尤加警快矣，然不可昧其來處。

曰：義山云「楚雨含情俱有托」，蓋自比湘累也。僕謂《離騷》心志，皆君國之事，而時以男女之情迷離錯雜之。義山心志，皆男女之情，而時以君國之事迷離錯雜之，終不可强同耳。然則義山與飛卿、致堯本是一家眷屬，而世之議者，動云屏卻温飛卿，逐卻韓致堯，乃於義山不敢有異詞，豈非墮其術中耶？

曰：賈長江詩云：「浄辭孔顔廟，笑就禪寂室。」王右丞詩云：「植福祠迦葉，求仁笑孔丘。」二人皆奉佛，而所言不同如此。良由長江得炙昌黎，雖不同道，胸中尚有分界，右丞則詩之外無所承也。

曰：皮、陸律詩皆不免襞績飣餖，沾帶俗諦。即如襲美《和壓新醅》云：「秦吴只恐篘來近，劉項真應釀得平。酒德有神多客頌，醉鄉無貨没人争。」是謂傖俗。《和魯望病中有寄》云：「蝶欲試飛猶護粉，鶯初學囀尚羞簧。」是謂嫩俗。《謝竹夾膝》云：「大勝書客裁成簡，頗賽溪翁截作筒。」是謂淺俗。似此之類，併當取以爲戒。若以其前輩而著蔡之，俗不可砭矣。

曰：五代人詩雖不乏情致，然薄脆已極。所謂亡國之思，靡靡之音也。即宋初如徐騎省輩，猶卑弱無氣勢。

曰：黄涪翁懷陶淵明詩「司馬寒如灰，禮樂卯金刀。歲晚以字行，更始號元亮」、「平生本朝心，歲月閲江浪。空餘詩語工，落筆九天上」等語，都落言詮，亦無特異之見。

曰：梅聖俞詩：「野凫眠岸有閑意，老樹着花無醜枝。」東坡云：「大鵬六月有閑意，仙鶴千年無躁容。」蓋規橅其句法也。古今才如太白、子瞻，落落卓絶，乃尚不廢仿效，而輕薄爲文、蜉蚍之子，輒欲師心作古，則身名俱滅，又何怪耶？

曰：東坡詩云：「山憶喜歡勞遠夢，地名惶恐泣孤臣。」此自滑稽爲嬉笑耳。公詩好處不在此，後學者欲以此等擬之，無不入俗。

曰：坡《過大庾嶺》詩云：「一念失垢污，身心洞清淨。浩然天地間，唯我獨也正。今日嶺上行，身世永相忘。仙人拊我頂，結髮受長生。」末二句本太白詩。此豈小儒鄙夫所能著喙？

曰：東坡跋李西臺與二錢維演、易倡和詩云：「五季文章墮劫灰，升平格力未全回。故知前輩宗徐庾，數首風流似玉臺。」蓋謂國初如楊大年、宋子京輩，務爲艱深隱僻，即以風流自命者，亦不過俎豆徐、庾，學爲纖艷之體而已，豈獨爲二錢與西臺惜哉？

曰：唐李太白詩，大概是提筆直書，似不經意，然自如絳雲在霄，可望而不可即。後來歐陽永叔、蘇子瞻極力追摹，亦非不空靈縹緲，然總覺與人相近。

曰：偶共論放翁《成都萬里橋贈譚德稱》詩，予嫌其中一字，問詒璋，能指出，衛之次亦得之。蓋「烏犀白紵謫仙樣」「樣」字也。無論唐人，坡、谷亦不肯草草如此。

曰：無己在西江派中最爲傑出，任淵謂讀其詩如參曹洞禪，不犯正位，切忌死語。信然，信然！

已可見也。

無己得力尤在處處踹實，不事花斧。黄山谷謂其讀書如禹之治水，知天下之脈絡，有開有塞，至於九州滌源，四海會同者。作文知古人關鍵，其詩深得老杜之法云云。正是嘉其篤實，即如其贈山谷詩，故某近作論詩有云：「善學孰如陳正字，牽連玉海已藏家。的知不可魯男子，麥飯能爲雙井茶。」

曰：無己之於坡公詩，迥然不與相似，故能與之馳騁。即於黄太史亦有自用意處，不盡規步也。

曰：後山詩最爲奇崛清妙，無一點塵坱，秦、晁、張皆當避之。然亦不免俗句，如「窮多詩有債，愁極酒無功」，又《詠雪》云「漫山塞壑疑無地，投隙穿帷巧致身」之類，直屠酤語耳。詩有不傳之妙，非關學與理者，後山頗能參及之，絶勝其師。然似此俗累之句，即南豐亦不道也。

曰：王元之詩云：「本與樂天爲後進，敢期子美是前身。」予按其《酬种放》諸作，頗用杜格，而《不見陽城驛》等篇，酷似樂天。古人不妄自許如此。

曰：詩有自然流露，具見平生者。如韓忠獻公琦《苦熱詩》云：「嘗聞崑閬閒，别有神仙宇。雷散滌煩襟，玉漿清濁腑。吾欲飛而往，於義不獨處。安得世上人，同日生毛羽。」又《觀胡員外畫牛》詩：「諸牛之態雖盡妙，尚有所遺思未熟。牛於生民功最大，不盡牛功牛亦辱。」皆不問知爲賢宰輔語也。

曰：近來詩人，獨推黄仲則景仁。淩厲雄視于大江南北間，不幸未及中年，賫恨以殁。畢制軍沅刊其遺詩，爲足盡之也。予舊時好作小詞，祝同年厚臣堃愛之，曰：「邇來工此事者，尚有仲則。」時仲則已出都，無從索觀，因悔前與仲則知之未盡也。今夏在桂林，敬之適以仲則詞集見示，予爲感悵久之。因乞得其集自隨，澄江返棹，取而讀之。大概抑塞鬱勃之氣所發，略如其詩。感之所同，爲和二篇，仲則有知，當爲默舉矣。詞別見。嶺外遊客，作詩者多，作詞者少，唯韋蒼梧佩金，字書城，爲詞專家，亦實嵚崎有奇氣。蓋仲則之友云。

曰：祝厚臣詞學姜白石，潘蘭公詞如行雲流水，自爲天機。蘭公稱吴縠人之詞，未及見也。

曰：董曲江元度將刊其舊集，而不忍盡芟《春柳》之什，商之予。予曰：「若以此情致作詩餘，則大妙也。」後曲江遂附數詞於詩後，轉不見長。

曰：望溪集中韵語如《悵春華》、《七夕賦》等，殊乏精意，當是少時之作，不足存，故刊本中亦未入。

曰：看詩、論詩，廉夫真是了不得。敬之既服其評論之當，尚以未見其自作爲憾也。一日，忽讀其五古一首及「衆紛如未遣，一字亦難能」，喟然歎曰：「非苟知之，亦允蹈之。獨此人，獨此人！」○新、穎、希三子，才也，情也，思力也，皆有過人者。獨惜古今著作到眼前，斷不出生死來，所以自己也做不得主。蜀子卻高，但於詩中仍不免摇摇，不若論文有把鼻。子和可與知詩中之聲色臭味，然每到釘砍實打處，卻又遲疑。

曰：廉夫《子迡詩後序》後段云：「獨是江西衍而學杜者疑矣，錢、劉唱而西崑濫矣，後村、四靈之徒出而晚唐靡矣。創之者足以名家，沿之者遂以生弊。此皆古詩人之極至，猶且不免，而況近代哉？積讀書窮理之功，具兼收博采之量，殫精研思，至於皓首，定一編以爲一家之詩，而學者乃執一編以求之形似耶？迨乎流弊既出，而投瑕抵間，並所師承而詆訿之，又豈公論哉？諸後子迟而起者，亦惟務讀書窮理之功，兼收博采之量而已矣。子迟信之於始，其識足貴。若夫勉之，則尤在後之學人。」少鶴云：是，是。持論堅確，不可易也。朱子云：「江西之詩，自山谷一變，至楊廷秀又一變。」以斯知一代之詩，未有不變者也。竊謂派之相沿，久而必變者，皆其流弊也。廉夫識論踞萬仞之頂，乃能砥百川之流，其有功詩運甚巨。五星、熙甫諸子，當各書一通懸之，必能悚然而頓步，恍然而改觀，超然而加進，孳孳然而不能已也。不然，必漸衰矣。〇予與阮樹南論書，樹南意不喜董思白，予與辯論不已。樹南曰：「吾豈薄思白，薄思白之流弊耳。」予曰：「吾鄉馮大木詩云：『亦有南士學玄宰，鋭頭果腹誇丰采。』君所惡者，殆『鋭頭果腹』者耶？」樹南拊髀大笑曰：「然，然。」〇昨小癡亦言：「近見南中宗法《主客圖》者，多止用山雲竹石等物，及『一生五字求，古今少人知』等話頭，而以按桐鶴全集，却不盡然也。」〇頃見熙甫門人，多有未出書房學生，輒云「業背于時，世莫己知」者，真是可笑也。吾故謂廉夫是文壇宿將、詩門功臣。

曰：敬之問：「作古詩苦無進境，其病安在？」予曰：「語句太妥適，章法太完全處，便是病。」又問：「然則不妥、不完，可乎？」曰：「韓退之、黄魯直詩，無一字不是攧撲不破，然讀去卻不同世俗之所謂『妥適』。老杜、蘇子瞻詩，無一篇不是格法天成，然讀去卻不同世俗之所謂『完全』也。此中鎚煉裁翦，總以求古則進，求今則退。」

曰：敬之寄熙甫詩云：「相慕不相識，惟應夢見之。」有二人共讀，其一曰：「既不相識，如何得夢？」其一曰：「孔子夢周公，亦舊相識耶？」此人頗穎捷，惜未見其詩耳。

曰：《韋廬集》除石桐評選外，五言如《贈李桂山》云：「寧拚五斗米，不換一船書。」《和雲谷》云：「暮雲揮手易，遠道寄書難。」《送人歸武昌》云：「遠水連空闊，孤帆入杳冥。」《早發襄陽》云：「猿聲初到枕，客夢未離鄉。」《晚眺》云：「風笛不知處，沙鷗相與閑。」《過徐灌湖所居》云：「書聲當午静，秋色隔簾明。」《秋日訪廖孝廉》云：「野田收晚稻，老樹雜秋花。」《春興》云：「池添一夜雨，緑過小橋西。」《南樓》云：「一水到門静，兩山終日閑。」《中秋夕》云：「烟空秋在野，夜静水明樓。」《登補陀岩》云：「亂紅烟外樹，浮緑雨餘山。」《聞蛩》云：「一燈昏夜雨，四壁亂秋心。」七言如《春江贈周太史》云：「晴江天遠孤篷杳，漁浦風來水氣腥。」《池塘》云：「春從細雨聲中盡，蝶向餘花落處飛。」《登定粤寺》云：「曲崦人家秋色裏，西風臺樹翠微間。」《和張江亭》云：「千里月明横笛夜，一樓山色卷簾時。」《登疊采山風洞》云：「紅樹人家秋瑟瑟，夕陽亭榭烟濛濛。」《見燕子有感》云：「嶺外不堪人久别，天涯争羡爾先歸。」《楊溪别墅》云：「對月莫辭深夜酒，還鄉猶是暫時人。」《夜坐呈王竹塘》云：「鴉聲翻樹月卓午，燈影隔簾人讀書。」《和石壚先生》云：「壯心猶在空看劍，鄉思方深莫倚樓。」《九日登棲霞寺》云：「秋盡湘南無雁到，菊開籬落幾人還。」皆澄浄遠曠，不失唐賢風格。

曰：高響山延樞知詩，甚有見解，超於俗人時習。自吟《全州山谷閒》句：「路外無曠土，山中多老人。」殊得《篋中集》意。又言詩格清超推松圃，因誦其句：「明月忽在水，荷香生我衣。」又稱時賢非無佳句，但不能自擇自知珍愛耳。因吟朱心池句：「扶我下山去，江風吹不醒。」是吹醒乃妙。紀小癡句：

「乞米得五斗，種花開幾枝。」深味。趙式曾句「有客坐層閣，看人行遠林。」行字呆板。數語果清疎可喜。余謂此諸子之好處，不若響山眼力之真處。再除響山二句及松圃二句擷撲不破外，餘尚未能到家。然視其平時所作，已較然如出兩手矣，且氣格漸近唐人《主客》，固亦似爲韋盧點化使然。癡、池二子果從此皈依，尚不至終作野狐禪也。

曰：響山論袁才子詩，亦極確。正同小癡指摘歸愚，亦確。

曰：響山又有七言云：「吾家飽食元過分，一百年來不種田。一日一餐唯薄粥，三朝三度見炊烟。官廚乏食猶如此，茆屋啼飢更可憐。欲仰天閽呼上帝，與民來歲乞豐年。」雖俚淺，卻得詩義。

曰：余有《戲答北海》詩：「豈有清詩同孟浩，灞橋風雪總相隨。」北海以爲疑。蓋考浩然本傳，並作浩然字浩然，無孟浩之説也。後乃查得一本，其集叙乃宣城王士源撰，撰時在天寶年間。傳首即云：「孟浩，字浩然。」以下編次並云：「《孟浩然集》，襄陽孟浩撰。」即其爲一字之諱，無疑也。特初盛間，朋友酬贈多稱名，而李、杜集中，並云浩然，無孟浩字，則豈本一字諱而後乃以字行歟？既以字行，而史遂據爲諱某字某乎？要之，《唐書》成于宋時，而此集叙去浩然未遠，則必非傳聞之訛矣。

曰：或問予：「『松枯久絶烟』，此句有出否？」曰：「王建詩云：『荒松老柏不生烟。』前人多如此説。」

曰：或問：「石桐《除日》句云：『正欲安排原命定，不曾防備又年來。』似非本體。」曰：「石桐律詩，總出張、王。王建詩云：『一向破除愁不盡，百方回避老須來。』正是本體也，然當時卻非有意憮擬。」

曰：予舊有《題海廟》詩云：「慘澹長空暮，時聞叫海鷗。」或疑鷗鷺不聞鳴叫，予無以徵之。後見《禽經》：「鷗，水鳥也。」張華注：「其鳴嗜嗜。」則知謂鷗鷺不能叫者，非也。

曰：予嘗有詩贈松圃云：「勿聽我語自作活。」取佛經「有須自作活」之語。每見世上有一種高興人，見人作詩，也隨作詩，見人作字，也隨作字。亦不無可觀，無奈才辨得路徑，便已淡興，或見無人提掇，輒便丟棄。此即屬無志之輩，不能賢於醉生夢死者也。

曰：石桐先生論「俗」字最爲篤確。東坡叱徐凝爲惡詩，而以「賽不得」三字斷爲非樂天語，真千秋巨眼。人試思天地間同此六書之文，而有雅有俗，正以用之不同耳。不然，古人詩中豈遂廢「賽」字耶？金正希作制藝，所論奇字，正如是索解。若劉棻所學之奇字，未必不正是俗處。

曰：予贈胡茂甫進士句：「學在登科後，書求識面前。」敬之擊節不已。或遇時下詩人，敬之輒爲誦之，而其人每悵然不得其佳處安在。

曰：或言李子喬集中如《送蔣侍郎》云：「聖主教歸里，門生送出城。」二句直致，有何好處？敬之云：「好處正在阿堵。」

曰：余兄叔白曰：「彈琴不難聽琴難。」余亦曰：「作詩不難讀詩難。」大概讀書能知味，則庶幾思過半矣。近見人往往不肯細心咀嚼，祇辨一攬丹黄，急捷判語，若如此而遂得其妙處，則其爲詩可知矣。

曰：讀詩譬之食味，平心定神，從容咀嚼，曰此鹹也，酸也，或曰此鹹多於酸，酸多於鹹也，此雖鹹與酸，而未爲極致也，此鹹酸之極致也。然後辨其品爲姜桂，爲櫻筍，爲駝峰、象白。久之，則能知此爲某庖之作法，此爲某庖之變法，此學某庖而未至，此雖學某庖而或過之。嘗之津津，辨之歷歷，其樂真有符節之合，塤篪之應。今人往往一物未到口，恐人誚其不知味，輒曰此自某庖來也，此不如某庖也，其實於此味之酸鹹尚屬茫然，尚安問其品目乎？

曰：欲讀書而先慮何時讀盡天下之書，此必不能讀書。欲學字而先慮何時見盡天下之帖，此必不能學字也。行萬里者，必自一里起。一日百里，百日亦可到。若舉步即先有萬里之憂在胸中，恐啓程日期亦遲疑難定矣。仆老矣，不能更讀書。每有暇，輒温習舊書，比小時所讀益親切有味，始悟向時鹵莽涉獵之無用，即學字亦然。臨淵羨魚，則不如退而結網，同一義也。然其志必蘄至乎古人之所至，不以得少自足，淺近自畫，方可有成。不然，亦只爲窑頭坯耳。所行一里，所止亦一里，則與不出户庭者何異？此説既常以告童正一等，更出之以示學者。

曰：憶予年十八時，在灤源書院，同學于古芬告以陳賢良讀書法，每日只讀一百二十字，後遂無書不讀，意頗笑之不信。迄今回思平生，捨業以嬉之時居多，方思前輩爲閱歷之言，可勝悔耶！

曰：作詩如造酒，然平日所讀之書與詩，即秫稻也，秫稻必齊。平日所講求之格法，即麴蘖也，麴蘖必時。然後即當前所值之景、所感之情，入以和之，釀以成之，乃水泉也。水泉必香，香無穢氣也。然後即當前所發之機、所得之興，急以追之，煉以出之，乃湛熾也。湛熾必潔，無穢跡也。若無書與詩積蓄於胸中，而但空講格法，猶無秫稻而專存麴糵，止有苦耳，豈成酒耶？有書而不求格法，猶秫稻多而麴糵少，酒必不釅，且有酸薄甜臭之弊矣。有書有法，而無真性情、真意興，猶秫稻、麴糵合放一甕而不加水泉，經湛熾，豈能成酒而可飲耶？但專恃自己性情、意興，而不本之古書、古法，猶無秫稻、麴糵而單著水，翻來倒去，止是水耳，亦豈能成酒而可醉人耶？

曰：凡作詩文，急圖人道好，先怕説不好，此即可決其無成。但須知人字中亦有分別，若遇同志合道之人，自不廢講習攻磋。惟于世俗泛常之人，則或臧或否，均不足介意耳。

曰：予初讀歸愚《别裁集》，意大不喜之，曰：「何其靡也。其所謂温柔敦厚者，皆糟粕耳。」及見袁子才《詩話》所載，乃多鄙悖猥瑣，於是轉歎是尚不如歸愚之爲愈也。可知文章千古事，不容自爲成見，必需秤稱後，然後可以定其分兩輕重耳。每見時下人一味耳食，於衆所共推者，開卷便蓍蔡，適適然驚之；於衆所共詆者，開卷便雌黄，望望然輕之。試問其何以驚之、輕之？當自啞然也。吾友有求真子者，長往來天台、鴈宕間，平生不好著述，而喜爲道情小曲，每過闤市，輒放聲歌之，群小兒笑和而逐其後，求真子亦不知也。猶記其二曲，詞雖俚，可以砭俗也。其一曰：「或説豹胎勝於紫駝峰，或道猩唇不如鯉魚尾。隨人亂幫幫，幾曾得人嘴。勸君聽了且莫忙，作個商量。真個是臭還是香，嘗嘗。」其二曰：「或説象耳酷似蓮花葉，或道象牙酷似蘿葡根。隨人瞎摸摸，何曾見全身。勸君聽了且慢贊，作個打算。真個是長還是短，看看。」遇物到口，真正嘗過才説話者，單廉夫也。遇物到眼，真正看過才説話者，潘蘭公也。凡二子所評點，雖筆墨不加處，都有他眼耳鼻舌在。或云廉夫能嘗者，以其嘗于古者，口中滋味已多也。蘭公能看者，以其看于古者，眼中光景已多也。若時下人口中本無正味，眼中本無正色，叫他如何去嘗，如何去看？曰：此言誠是也。然既不能嘗得真，看得真，可且漫去瞎讚歎，胡評論。

曰：「『清晨登隴首』，羌無故實」，言好詩不在用典也。要知即用典，亦必取與自己意思相發，質言之則無味，借古事言之乃有味，此用典之妙也。此等須于蘇、黄集中體貼。近今人所用故實，率皆貪常嗜瑣，徒自滯累。如有好女子，用土粉塗抹，幾如花面逢迎，何如頭光面浄之得本色耶？

曰：爲學以志爲主，志之所至，氣必赴焉。嚴滄浪云：「學詩以識爲主，入門須正，立志須高。」無識不知門徑，志無所向。既識得正路，而悠悠忽忽，不思造到第一詣，乃志之不立。志不立，與懵然無識者，相去不能一寸。

曰：待文王而後興者，凡民也。若夫豪傑之士，雖無文王猶興。爲詩亦然。古人派别自我眼覷出，一一認證，自然真切。若止隨人作活，難免目論耳食。近來學生，有見大家作詩高興，便爾孳孳講求，大家興闌，遂都棄歇了。此亦詩中之凡民，何以能有成立，以垂不朽耶？

曰：余兄十桐先生作詩，專攻五言。嘗謂古體柏梁以前皆五言，近體則唐以五言試士，學者肆力所在。若七言非才長而學裕者，不易工也。余自知才鈍，故不敢强作。然初學入手者，亦當准此例。兄言如是，知其於爲詩守約而法嚴矣。憲喬初從先生學五言詩，後始稍稍爲長句。兹以吾家松圃員外，訪先生近作，敬録一本，計古體十首，近體二十首。宗承所主，借質高明。其古詩或疑學《選》體，擬三謝，近體或疑擬王、孟，擬錢、劉，皆非也。李憲喬識。

曰：周松幹謂十桐先生五言古已超張、王，一間即至三謝矣。其有所聞耶？其真有所見耶？要之松幹才識非塵中所有也，故時人多不能知之。

曰：阮亭尚書云：「若解無聲弦指妙，柳州那得並蘇州。」知言哉！柳州之妙易知，蘇州之妙難言。蓋非真性恬澹，能無外物累者，莫得造也。

曰：韋郎少爲倜儻不羈人，後乃折節向學，故所得最堅衛卓犖。若第以清遠閑曠目之，尚貌取耳。松圃深于韋者，故敢以爲質。

曰：李、杜優劣論，《唐書》以爲不易，而韓退之極斥之。僕謂初學爲詩，易慕虛浮，未見得杜之優於李，則所見終欠切實，所詣不到沈著。洎涉歷既多，卻知二子固同心事而一才力。其必讀「三吏」、「三別」始爲憂國，讀《北征》、「二哀」始爲不忘君者，陋矣。李陽冰序白集云：「不讀非義之書，恥爲鄭衛之作。」東坡詩云：「開元有道爲少留，縻之不可矧肯求。」「平生不識高將軍，手汙吾足乃敢瞋。」似此真氣骨，真肝膽，何嘗是如世俗所傳之謫仙耶？憲喬近與人論古飲者，或稱太白，因作《太白詩》云云。

曰：太白七古，出於鮑明遠，故特工長句。老杜云：「爾來海内爲長句，汝與山東李白好。」蓋自云弗如也。後來如貫休，任筆溢濫汰，不足道。才大如蘇、黄，每到長句，輒形拙躓。

曰：七古當以老杜爲初祖，韓爲正字，梅、歐、蘇、黄次之，陸務觀、裕之又次之。其餘若王右丞、劉文房、高、岑、元、白、石徂徠、孔毅父、秦、晁之屬，只須涉獵及之。薩天錫以下，可暫勿讀。所謂取法乎上，僅得乎中也。有明前七子，非不氣盛詞華，然學之便易鄙淺，何況後來。

曰：僕常謂讀古人詩，當如蒸地黄然。須用上等好酒，蒸極透，暴向日中，曬極乾，如此算一次，比及九次，自然堅實，力充味足。若初次蒸不透，曬不乾，到底不免離生。僕讀蘇、黄詩亦然，僕教單菱浦亦然。萬勿瞥見古人幽光古色，自己不了亮處，便思一步跳上去也。薪亭兄第一等聰明，定知僕不是亂道。

曰：單菱浦嘗云：「從兄教讀山谷詩，篇篇都有味。」僕云：「不消如此説，且先去讀《演雅》、《聽琴》等篇看。」

曰：都下談詩者，曰紀曉嵐、翁覃溪、錢籜石三人而已。然曉嵐博，而詩俗不可耐。覃溪有志而無實得，亦不能免于俗尚。籜石文尚不如其人。是所謂晨星者，不過爾爾，未足一探求也。江南走名者，又有七才子之目。時從予遊者，有南通州錢生、巢縣許生、無錫秦舍人，則皆知鄙之爲不足傳矣，不待北人言也。

曰：朝鮮人學詩，取徑都在晚唐、北宋以下，然確求其心得，非漫然而爲者。中國人開口便講漢、魏、盛唐，早知非真心有志之士。

曰：《隋書》謂：「南北異尚，江左宫商發越，貴於清綺；河朔詞義貞剛，重乎氣質。氣質則理勝其詞，清綺則文過其意。」若徂徠先生，可謂不失北人本色也。

曰：居山須煉得出門人情，出遊須留的還山面目。

曰：聽言聞過，只取其長，益於我，不可有高下賢愚分别之念，尤不可計較進言者品行何如。

曰：真好名者，必不好勝。真好勝者，必不惡人攻其短，必不事事求勝於人。

曰：凡言語舉動太盡情，則易失實。

曰：立意説謊人亦少，多回一時要説得好聽，便生出無數虚誕。

曰：聽人談論，於吾所謂是者，不可遽爾讚歎，所謂非者，不可遽爾辯駁，要須仔細體認一番。

曰：人稱其好時，便欣欣有喜色，便是好諛之根。

曰：作古詩須得古題，古題須得古人。求田問舍之侶，貪常嗜瑣之輩，豈能觸發清興？

曰：朱子稱淵明是負性帶氣人，千秋隻眼。故學陶、韋詩，須看其凜然不可犯處。後來江文通擬陶詩，絶似樂天。子瞻擬陶詩，皆不似。靖節有知，所取當不在似者，而在不似者。石桐詩：「天臨大江曉，峰出小孤寒。」正得淵明骨力，不惟能寫雪意也。有一南士，問作詩法于子喬。子喬云：「恥讀非聖之書，乃有天仙之作。乞君飛霞之佩，坐我凝寒之閣。」蓋前二語，本李陽冰贊太白詩。凝寒閣，子喬取右軍《積雪凝寒帖》以名其書閣也。

曰：孟東野以掐擢鉤棘酸寒僻苦之作，而昌黎推本於天，謂將和其聲，以鳴國家之盛。此李元賓謂爲平處，下視二謝，非虚語也。彼二謝者，其能免爲天醜其德，而爲不善鳴者乎？二謝尚如此，況其下者乎？

曰：學劍南者，多樂其淺易，遂忘其爲嶔崎之骨，輪囷之胸也。卑卑常瑣，所在皆然。

曰：真能得古人之意，而規橅逼肖者，同社之中無過王子和。但有一點向外，所以每到著實處，便立不住脚跟。若五星，則全是鞭辟向裏，即尋常語句，都有一幅真心臟、真骨力。古人云：「作詩須有自家安身立命處。」又曰：「詩中有人在。」五星可語此也。

曰：五星嘗取元道州所選《篋中集》及東野詩讀之。

曰：侯朝宗傳馬伶奏《鳴鳳記》，自恥扮嚴嵩相國不如華林部，遂走京師，求爲顧秉謙門卒。三年，盡得其舉止言語，復歸奏，其技天下無比。論曰：「崑山，今之分宜也，以分宜教分宜，安得不工哉？」某謂近代以來作詩者，皆自托高人逸士者也，然只能演其形似耳，若華林部之嚴相是也。至吾五星，則高逸其本性也，嚴潔其素履也，一身即孟東野也。以東野學東野，安得不工哉？此其所以夐然灍然，而不可及也歟？

曰：詩骨聳東野，這便是他安身立命處，但又當推《唐書》所言韓賞孟詩有理致。理致深一分，詩便也高一分。看得到，信得確，低視二謝，何足詫哉？

曰：諸同學讀五星詩者，當看其個個字是現成的，卻個個字是他自己鑄出來的。其中逼古處，無一字不是尋常，無一字不是驚心動魄。

曰：每見五星詩，喜其有書。試看五星作，句句是白話，而所讀《史》、《漢》，暗地裏爲他用力，即本人亦不覺也。

曰：每思倩人作一貞曜小像，題曰「清峭養高閑」。近來更思以贈吾家五星。

曰：讀文昌集，爲平和恬静、不露圭角人，而東野稱以志士壯懷，正與退之「腦脂遮眼卧壯士」語相應，意文昌爲人，必極伉直冷峭。觀與退之二書，亦可見矣。

曰：六義中興最難識，似比而不盡是比，似賦而不盡是賦。如雲之忽合，風之偶過。若黏，若不黏。若有意，若無意。乃爲人心之真感，自然之天籟。唐人中惟東野集中多，須細審之。

曰：作詩須以古人爲準的，亦不可説得來太輕易，太輕易便是學現成話。韓子云：「歸愚識夷塗，汲古得脩綆。」要尋他脩綆在那裏，然後鞭以古心可耳。

曰：子和、熙甫、丹柱學古詩，才識亦好。前見所作，似讀韓集，自非漫然，而排場聲韵尚不入格者，仔細想來，還少得前一步工夫。學古詩，須先取《十九首》、蘇、李、三謝、淵明詩，選出熟讀，再取張、王樂府時時諷誦，使古味盎然在胸，古調朗然在口，然後以次去看杜、韓、歐、蘇，方有著落，真正把鼻。

曰：每見邑中後生，開手便要學杜，到底弄得來混沌支離，不成形質，只算他不曾見過。問：「漢魏樂府及《文選》，不宜先讀耶？」曰：「所謂《十九首》、蘇、李等，即取《選》體中之簡而易致功者耳。若精神有餘，多讀全覽，更妙。漢魏樂府，李天生評本最善。初唐及陳子昂、李太白古詩，且莫動。」

曰：石桐先生《主客圖》，例屏除温、李，其實亦視其性之所近，不妨參閲。但具正法眼藏，自不至吹墮羅刹鬼國。

曰：陳鴻贊樂天「深於詩，多於情」者也。故古今詩人皆古今情之所結，此所以能深耳。僕嘗有贈王穎叔詩，中云「當春花自發，欲語淚光垂。我看如張祜，人言似項斯」云云，並可移贈單子固。

曰：或問游移與真卓之辨。曰：「譬如賈兒開鋪，真卓須是自己本錢，自己開張，立意要發大財，不論傍人。游移須似替人看管，若在鋪人多，一時高興幫手，假使本主不在，便各自溜回家去睡覺，到底做不成買賣。」

曰：吾邑中如後四靈之才學者，尚不乏人，而不免讓四子之有成者，信不篤而業不專也，則終不免爲鄉人而已矣。

曰：宋少武做人卻好，真真不怕被古人哄了，自能卓拔於流俗之中。文章小技也，須恁般方得不磨。若隨緣逐對，將就得過，便誤了大事。

曰：丹柱英妙，江夏無雙。桂舟風流，靈和第一。然光景近易，未得獨當一面者，正坐少讀書耳。

曰：嚴滄浪論詩曰：詩不關學，不關理，然非多讀書窮理，不足以極其至。若但從五字搜求，雖日拈千章，亦不能别開境界。須于古人之作，自己有些體會，方得日出日新。再誦詩之餘，尤要多涉古書。若史鑒，若諸子，若漢、魏、唐、宋各叢書，見多則識不陋，深習則意不客氣。或問：「宋簡齋好讀書，而迄無成就，豈才有欠耶？」曰：「才甚高可用，正坐不肯讀書耳。所讀書，如江湖客人看小説篇子，隨看隨唱，算得什麽學問。」

曰：《史記》、兩《漢》，家家攊在案頭，當酒散欲眠時，任扯一本來遮眼。旁人説起，亦略能記述一一，而中實茫然，無獨見真得者，不得謂之讀。讀書若希江、蜀子、茭浦三君者，可法也。須知古來也没有逸居飽食，無所用心，便做得神仙底。諺云：「神仙還得神仙做。」此不學無志者之飾詞耳。

曰：石桐先生本張爲主客之説，衡凖中晚唐五律爲兩派，各有承受。末學後生，多不能心喻其解，以爲添設。即嗜古如于惠翁，且致疑焉。頃讀韓維持國贈梅宛陵詩云：「唐之衆詩人，區别各異派。一經君子評，斂鑿棄秕稗。」始知宛陵得力處，全在辨認派别，故宛陵律格，在宋最爲翹出。宋初汩於西崑，幾泯唐賢真諦，宛陵發之，所謂二百年無此者，嘉其爲正派也。鄙薄之子，矢口吐音，輒擬古人，亦漫無宗主，何其淺陋可笑耶！懷集令宗人鳴壎論詩，謂予曰：「或言五七言古詩亦衡平仄，此好事者爲之耳。其果信耶？」予曰：「不多見古人之作，不能不疑。既多讀古人之作，不得不信。此固難以懸空置喙也。」古詩之聲調，世且多疑之，況派别哉？

曰：予初持石桐主客之説，語菱浦，菱浦憬然以爲誠然。因舉其平日所讀詩區分之，某當屬某派，皎然不爽。復舉以語蕘谷，蕘谷徘徊，笑而不信。後强附之，以媚菱浦，間爲擬作，亦終不似也。

曰：於唐律中求得無可諸人，菱浦之功也。于宋律中求得四靈諸人，子和之功也。慧業之與鈍根，相遠如此。

曰：宛陵云：「發難顯之景，留不盡之意。」可謂發唐賢之藴，即發千古詩人之藴。

曰：或謂任子千書學鶴翁，子千瞋目曰：「吾自學涪帖耳。」鶴翁聞而善之，舉語學者曰：「此之謂善學。」以人望人則易，然學人而不求其宗主，則於真處無所見，而所得只其病耳。以近言之，吾邑如寒香老人、紹公、愚溪諸先生，書法並重于時，而子弟之規模形似者，予概不許，正遺其美，而受其病者也。何若求寒香于鍾、索，求紹於《十七帖》，求愚于《寶晉》、《戲鴻》諸刻？久之自識其妙矣。右論一段，可通於學詩。

曰：杜贈李云：「李侯有佳句，往往似陰鏗。」又云：「清新庾開府，俊逸鮑參軍。」皆明所學也。

曰：阮亭尚書論詩有云：「元白張王皆古意，不曾辛苦學妃豨。」知音哉，此翁！此之謂善學。

曰：世皆知東野所長在詩，而昌黎與浪仙皆贊其行，所以爲深知，而詩之高又不待言。

曰：古人詩寫景，必有情在。故即其詩，可以想見其生平，想見其時世。孟子曰：「是以論其世也，是尚友也。」可謂善讀矣。亦必其中原有感寓。若近今人作詩，只圖眼前塗抹點綴，人人可以通用，何足爲後來之追想哉？此不惟唐詩也，自《三百篇》後，若漢魏、六朝、唐之後，若五代、宋、南宋，無不皆然，故皆不可滅没。金、元以後，或離或合矣。然其卓卓者，亦必主乎此。聊於此發凡云。

曰：浪仙句：「遥峰出微草。」此礙而通也。《文心雕龍》有云：「礙而實通。」故凡詩句中，有乍看似無理，細思確妙者，乃謂之礙而通。

曰：浪仙句：「鶴似君無事，風吹雨遍山。」不曰君似鶴，而曰「鶴似君」，加一倍寫，乃逾高。上句奇妙，得未曾有，下句卻止以極尋常語對之。試去合看，無非奇也。後來李洞詩「千年松繞屋」，止對以「半夜雨連溪」，正得此訣。

曰：李才江句：「天定着常新。」到家語。凡於人情物理，透闢確不可易者，乃到家語也。其不到家者，擷撲易破，理不足故也。嚴滄浪云：「不多窮理，不足以極其至。」正此之謂也。

曰：裴説詩：「投人言去易，開口到貧難。」此所謂有個安生立命處。若後人感遇，不過自道窮苦耳。

曰：老杜云：「不廢江河萬古流。」王逢原云：「不信吾無萬古名。」惟有詩人真氣骨、真精神，則可以決之《大雅》。

曰：唐賢志趣，本自不同，所慕者，非浮世之榮也。老杜説「儒冠多誤身」，老韓悲二鳥，多少淒淒嗟嗟。然已得拾遺，反生曲江之感喟；才擢侍郎，便甘潮陽之謫遷。則其向日之歎老嗟卑者，豈俗人所得知哉？

曰：水部《酬韓庶子》詩，此皇皇泰山之韓夫子也，乃只用家常閒話，淡淡酬之，更不作意。不知不作意處，正是高處。一時之胸次交情，莫真切於此矣。在後人，反不知添多少矜持張皇，都成客氣。

曰：送行詩，將以道彼美而樂乎往也。雖題類不一，要以此意爲主。省親爲人子之常情，故凡唐人送歸覲、歸寧之作，不過或起，或結，或中間一點便是，而其餘則仍言到家載之景物，其體例應如是也。在後人，則有許多贊孝贊悌，至仁至性膚語，不知反成闊泛。試執此以考之，定古今之分。

曰：長江《早行》句：「主人燈下别，羸馬暗中行。」唐隱居求《曉發》詩云：「幾處曉鐘斷，半橋殘月明。」二詩合看，極淡極常語，卻有深味。若温飛卿：「雞聲茅店月，人跡板橋霜。」非不佳也，然有意渲染，不免俗人悦矣。譬之近代畫品，此如麓臺，而飛卿則王石谷耳。此中色味分寸，能辨者只數人。

若廉夫、穎叔及吾家松圃、五星，其庶幾乎？

曰：退之同時，若裴中令之勳業，李涼公之勇略，白太傅之歌辭，李習之之文筆，皆卓越不可磨滅。然高明如盧仝，狷直如張籍，鎮定如孟郊，尤世所難得者，故退之尤愛重之。時冬夜讀退之詩，有感如三子者，不可得覯，聊書以寄五星。

曰：五星邇來，所用何功？所讀何書？阿叔雖不廢批讀，然老不能入，獨稍異於少時者，讀少而有感悟。雖不能如程子之讀《論語》，然若趙中令輩，間以所讀舉而用之，亦有一二之合焉。趙中令佐宋太祖，以文臣代藩鎮，以轉運掌財賦，奪諸將兵柄，大槩皆用權術，殊見小樣，《論語》未必爾也。所以讀書人不可迂，迂則愚矣，尤其不可華，華則詐矣。愚不過固執不通，詐則流於市儈之小人。其不讀書者無論，往往見有讀書者，以權詐爲權變，其所行事，亦破敗決裂，皆不察於此也。或謂以實心待人，必上當，以實話告人，必受欺。我意卻不以爲然，畢竟實心、實話佔便宜。此爲他們說。試看孔明之待孟獲，羊祜之待陸抗，何嘗不能成功？我此時雖日與世俗之人交接，亦不肯爲虛情，作誑語，後來亦無所致悔。此向來試之而信益堅者，敢以告同志。陸宣公告唐德宗之言，字字金石，某嘗謂此即後來《論》、《孟》。

曰：步武憶九仙舊遊見寄、丹柱送我南行詩皆極得古意，未及和之，興未動也。步武詩尚有欠翦裁處，已爲節之。熙甫應已赴部，光景若何？見蘭公、書昌、宋小坡、秦小峴若何？蘭公已改御史，小坡亦保舉御史矣。

曰：桂舟若何？倘所謂吾過矣。吾離群而索居，亦已久矣。所以爲學，要打得底子結實。結實，則風雨亦不能摇得。

曰：作古詩，結構散緩，鋪叙繁冗，總是讀古人詩不熟。

曰：淵明《詠貧士》七首中多頭巾語，卻非頭巾語，正是真真見得如此，所以難得。

曰：我向來作詩，多不去安排，止意之所動，直直寫出便罷。正如世俗人所謂我自有性情，何苦學古人之説。然這話卻不許他們説，諸君以爲然否？要之亦多率處，不可盡存，去取告我。

曰：施晉進之云：「少鶴先生學韓，要於穩妥質實處觀之。」四字似泛常，然予甚許爲知言。黄山谷云：「韓、杜無一字無來處。」無來處，則不妥。張文昌云：「獨以雄直氣，止是質實進之。」又云：「先生《歸順書感》是學『峨峨進賢冠』篇，《龔生行》是學《劉生》、《區弘》諸作。」亦煞有見。然當作此詩時，卻無意。

曰：一向在桂省，以詩來求政者甚衆。一戴舍人，湖北人。一胡進士，江西人。一關孝廉，臨桂人。其餘零星未成家數者，不勝紀也。大概追逐時好，苦乏人格之什，雖略爲指授，未審能變化否也。歸舟覽吾姪約言《鷺鷥》二詩，乃不禁叫絶。可以知學詩全在性靈，渠等胸中各有數千卷書，而難一句合者，不得竅也。約言胸中無一卷書，而通首無一字不合者，得竅也。前與松圃共評其詩，松老亦言約言清媿於兄。

曰：約言詩所以勝於諸人處，約好吟諷，潛玩其意味，不似他人逐日不用功，臨時卻要强捉來。

然用功，須知亦不專在詩也。其餘古書也，該讀得些子，識見方有定準，吐屬方有根柢，方可以參諸古人，方可以示天下後世之人，無疑無慚。不然，所事不過在山水月露，幾個清字上翻弄。才一沾著議論情事，便陋矣，鄙矣，孱弱而支離矣，此終是不成之器也。但讀書亂來也不中用，不如從我來，我指與你讀書法。其是非得失離合，全要翻盡一向眼孔心孔，乃覺別有天地也，而詩亦自益矣。

曰：穎叔前讀蘇詩，何不下手一爲之？吾輩皆老矣，此中正有樂趣，不可以眼前人之或贊或笑爲意也。照顧眼前人，誤了生平大事。詒璋向於作詩，頗見熱腸盛氣，然要一邊做一邊讀，讀了又做，方有進境。不可貪圖與眼前人熱鬧道好，最是没幹。須于古人中討出滋味，好之不可懈，則命題、設意、措詞，都不肯苟且漫然自欺矣。看蘇、黃用典處，每令人心花都開。若朱竹垞、王阮亭之鋪叙逞博，已無味矣。乃向來所謂廣東派、書稟體，止借古典來作替身字眼，如直言不識面可矣，必曰「不識荆」，奉來書可矣，必曰「奉還雲」之類，在詩文中最爲可厭，又朱、王之所不屑也。不但用故事，即下一字亦然，務求直達，使心口了然，乃可曰進于古也。向來九皋在此作詩，頗有不恤眼前人之意。大概當講論古人時，忽發興作一首。有傍人道好，而我不許者，力即去之。有我極賞贊，而傍人殊不解其好處者，九皋乃自謂有得也。昨晚我已倦卧，九皋忽然朗吟《十九首》數過，即續和一首，甚覺天妙。予謂作詩得興，必是如此乃佳。

曰：世人笑吾輩做不朽事業者，恐朽不朽不可必，不知存此一念，是合下已拚得朽了，後日卻如何得不朽？

曰：石桐先生云：「世所謂率真，只是率俗。」妙絶。

曰：余《道中感懷寄約言》詩云：「人時各殊味，及子共初心。」石或變而玉不變，鉛錫可變而金不變。故凡天下久而不變者，皆質之美者也。約言從吾遊二年，嶔嶇萬里，而質性了然不變，外習一點不沾，知愛之意，久而彌篤。此其所以能爲五星之弟，爲世所難也。故於行役感念，寄贈此詩。

曰：九皋立志擬古題，擬古詩，誠可嘉矣。然亦必時刻誦讀古人之詩，又細解、細參、細思、細講過，有會悟感動處，自不能不模擬。或即同其題，或另用一題，其擬一也。若平時不去講讀，猝然捉住，要强模擬也，不能有入處。

曰：王閒雲句：「遠聲夜灘静，孤焰冷螢微。」「遠」字生「静」字，「孤」字生「微」字，此即唐人格物之學，所謂理明而詞達也。

曰：梅宛陵云：「發難顯之景，如在目前。」難顯須顯出乃佳，故又加「如在目前」四字。若深入而不能顯出，畢竟是隔壁障。

曰：鄙俚至《土歌》、《木魚歌》，有何文理？但其吐屬，必須一氣説話，且必有入情之語，結意之處，則殊勝今之士子爲詩者，既無情，又無意，榛梗充塞，泥塗汩没，皆《土歌》、《木魚》之不如也。

曰：明之歷下派、公安派、竟陵派，國初之漁洋、竹垞、初白等，非已有十分定見，十分定力，切不可即寓目雜看，致便淆惑。且不能得其底裏，用其功夫，而僅浮慕虚襲，亦必不能相及也。歸根到底，是無所成就。滄浪謂正法眼識第一義，正是這個説話。

曰：凡作詩，布局、煉句、下字、押韻先求老妥，攧撲不破，然後再生變化。

曰：詒珩讀杜工部《北征》詩、《感懷》詩。小子開章第一作古詩，便能卓犖如此，正似大家兒墮地，不作寒乞聲也。坡云：「此咄咄來逼老夫矣。」胸次槎枒有物，最爲可喜。闒茸鄙猥者，雖讀盡萬卷，不能吐得一字，其氣餒故也。勉進之。

曰：詒璋《畫馬》詩，才筆犀利俶儻，當亦不減小坡。惟胸次更加光明，眼界更加高闊，則可以讀老坡矣。老坡詩妙處，不要但賞其妙于語言，令人解頤，須能識得其光明灑落，於人世俗情瑣態，超之高萬萬丈。故隨其嬉笑遊戲，無不爲不朽而可傳。昔人言東坡胸中有萬卷書，筆下無一點塵。須思其所以無塵者若何。近時世俗人作詩，直是泥裏洗土塊，那有光明境耶？○東坡云：「能了然于心，又了然於口與手之間，而文之能事畢矣。」此説最好。故學蘇詩也，須看其了然心與口處。至其用典，皆有恰妙處。不然，則語直而少味，非借古典以騁奇也。初學萬萬不可張皇其用典而强效之，反使言語不得清醒。最忌，最忌！讀黄詩亦然。蘇詩中如「汲黯少戇寬饒猛」、「張禹雖賢非骨鯁」，以之評茶，絶倒千古。此等皆不得不用，非强用也。他如「佳人未肯回秋波，幼輿欲語防飛梭」，止可押「梭」字成趣耳，若不押「梭」字，此事便可不用。

曰：詒璠作詩，皆能清妥，詒瑍詩更清泠可愛也。然向後作詩，卻以心思、才氣、筆力、光焰爲尚。在少年須具攀龍附鳳之志，上下千古之概，驚才絶艷之觀。若學《主客圖》，而但得清漿。此敦測輩所以無成，而菱浦表叔所以笑橋東諸子拘而未化也，此不可不知。○張桂舟之清才，不若宋步武之實功。

文中子論詩

李百藥見子而論詩，子不答。百藥退曰：「吾上陳應、劉，下述沈、謝，四聲八病，剛柔清濁，各有端緒。音若塤篪，而夫子不應，何也？」說來可憐，詩止此乎？須知自沈約以來，所見所尚，亦不過爾爾。薛收曰：吾嘗聞夫子之論詩矣，上明三綱，下達五常，於是徵存亡，辨得失。小人歌之，以貢其俗。君子賦之，以見其志。聖人采之，以觀其變。今子營營，馳騁乎末流，是夫子之所痛也，不答則有由矣。所論是已，然尚是膚廓，未有以見其親切處。即觀其評定後來之詩，亦可見矣。子謂文士之行可見，謝靈運，小人哉，其文傲，君子則謹。謝詩如云「彭澤裁知恥，貢公未遺榮。或可優貪競，豈足稱達生。伊予秉微尚，拙訥謝浮名。戰勝臞者肥，止監流歸停」云云，豈有傲哉？止是忸怩掩飾處多耳。沈休文，小人哉，其文冶，君子則典。鮑照、江淹，古之狷者也，其文急以怨。吴筠、孔珪，古之狂者也，其文怪以怒。謝莊、王融，古之纖人也，其文碎。徐陵、庾信，古之誇人也，其文誕。問孝綽兄弟。曰：鄙人也，其文淫。問湘東王兄弟。曰：貪人也，其文繁。謝朓，淺人也，其文捷。江總，詭人也，其文虛。皆言之不利人也。子謂顔延之、王儉、任昉，有君子心焉，其文約以則。顔詩除《五君詠》、《贈王僧達》、《呈從兄敬宗》、《答鄭鮮之》、《和謝監》等，皆不免於煩，亦未見有則處。君子哉，陳思王也！其文深以典。

按：所論寥闊若河漢，如鼓無絃之琴，如定無法之律，使人茫然，莫知所循也。○謝靈運之病，在曖昧而不光明。沈休文之病，在纖近而失遠大。曰傲、曰治，尚其貌耳。顏延之與謝同蹊徑，而悶滯可厭，尤不如謝，乃獨取之，以爲則耶？以陳思爲詩之周、孔，自是鍾嶸之見如是，亦當時之崇推有然也。仲淹似不免仍其緒。若李太白，則云：「自從建安來，綺麗不足珍。前聖如有立，絶筆於獲麟。」此是何等見識。

問陶元亮，曰：放人也。《歸去來》有避地之地焉，未論陶詩，而論其人。《五柳先生傳》則幾於閉關矣。

按：以淵明爲隱逸，夫人而知之也，其實淵明不止於隱。朱子云：「淵明是負性帶氣人，乃欲有爲而不得者也。」知言哉！是以觀之，仲淹尚衆人之見耳。《法言》：「或問：『公孫弘、董仲舒孰邇？』曰：『仲舒，欲爲而不可得。弘，客而已矣。』」朱子評陶，亦用《法言》語義。

又問：「劉伶何人也？」曰：「古之閉關人也。」曰：「可乎？」曰：「兼忌天下，其亦可乎？」按：然則仲淹視淵明，與伯倫類也，豈不淺乎？

陶淵明詩甲子辨

明人潘璁編次陶集，有言：《文選》五臣注云：「淵明詩晉所作者，皆題年號。入宋所作，但題甲子而已。意者恥事二姓，故以異之。」嘗考淵明詩，有題甲子者，始庚子，距丙辰凡十七年間，只十二首耳，皆晉安帝時所作也。按其詩中書甲子者，《遊斜川》序内辛丑正月五日、晉安帝隆安五年。《庚子歲五月中從都還阻風於規林二首》、隆安四年。《辛丑歲七月赴假夜行塗中還江陵》、隆安五年。《癸卯歲始春懷古田舍》、安帝元興二年。《癸卯歲十二月中作與從弟敬遠》、元興二年。《乙巳歲三月爲建威參軍使都經錢溪》、安帝義熙元年。《戊申歲六月中遇火》、義熙四年。《己酉歲九月九日》、義熙五年。《庚戌歲九月中西田穫早稻》、義熙六年。《丙辰歲八月中於下潠田舍穫》，義熙二年。以上十題，十二首詩。淵明以乙巳秋爲彭澤令，在官八十餘日，即解印綬。後一十六年庚申，晉禪宋，晉恭帝元熙二年也。寧容癡勸。鶴謂只一容字可勸，餘須辨明，乃可責之。（天頭批語：戴爾癡，湖南人。）晉禪宋前二十年，輒恥事二姓，所以作詩，但題甲子以自取異哉？矧詩中又無標晉年號者，其所題甲子，蓋偶犯一時之事耳。癡勸。後人類而次之，亦非淵明本意。按宋武帝代晉，永初改元，共四年：庚申、辛酉、壬戌、癸亥。又廢帝景平一年：甲子。仍算文帝。又文帝元嘉改元，共在位三十年：甲子、乙丑、丙寅、丁卯。淵明以此年卒。是晉禪宋後，淵明身歷者，僅八年耳，而八年中甲子無入詩題者。秦少游嘗云：「宋初受命，陶潛自以祖侃晉世宰輔，恥復屈身，投劾而歸，耕於潯陽。其所著書，自義熙以前，題晉年號。永初以後，但題甲子而已。」黄魯直詩，亦有「甲子不數義熙前」之句。然則少游、魯直，尚惑於五臣之説，他可知矣。故著於三卷之首，以袪來者之惑云。右潘璁之言止此。癡評：縱惑何礙？（鶴勸。）此所以到底不明白。又評：《傳》曰：「君子成人之美。」（鶴勸，開口先鶻突。）又伊尹割烹事，孟子辯其誣，所以明古賢出處之正也。辯方得明，不辯如何爲斷。其餘古賢之盛事，豈少傳聞過實者，無論可也。（此便是心地不明。）兹靖節恥事二姓之心，千秋已共信之矣。（也必明其事，方可信。）試問劉裕受禪以後，淵明不以甲子紀，當用如何紀之耶？縱令無其事，亦必有此情理。況明明五臣、秦、魯，（姓黄，粗心至此。）鄙儒每每自矜考據精細，於古人之大經大法，爾能一一定之耶？即「春王正月」一筆，議累千萬，爾又將斷誰是耶？（且須就事論事，以其昏昏昭昭，如何斷得倒。）

按：靖節不肯屈於劉宋，故不稱其年號，但記甲子，此説世間相傳已久，但耳食耳。新都潘子玉據史以證陶詩所紀甲子，皆在晉時，並非入宋後始然，所辯未爲無理。乃戴爾凝並不細心參考，輒以武斷謾駡之。正所謂不得於言，勿求於心，告子之學也。持此以爲詩文，必多自欺之弊，難求真得矣。予嘗謂天下惟粗心浮氣人，最是没幹，當先爲爾凝箴之。○問：潘璁所辯既是，則五臣、秦、黄，豈皆未見陶集，而慢然爲是妄言耶？曰：其説本是。璁卻有不細心處，特非爾凝所能駁之耳。璁止引五臣之注，其注實本於沈約《宋書》。按：陶本傳云：「潛自以曾祖晉世宰輔，不復屈身後代。自高祖劉裕王業漸隆，不復肯仕，所著文章，皆題年月。義熙以前，則書晉年號。自永初以來，惟云甲子而已。」記廿年前，曾與先叔白論此事，即同《宋書》之説，惜今無檢處。按約之去潛未久，所傳必真，蓋其不屈之意，自在晉安帝時，見劉裕自加中外大都督，又受宋公、九錫之命，已早知有不臣之志，篡逆之事矣。故以乙巳解印，時則晉也，勢已宋也，不屈於安帝也，正不屈於裕也。晉史中「王業漸隆，不復肯仕」八字，已了然矣。明此，則知潘璁所謂「寧容於晉未禪宋二十年前，輒恥事二姓」之説，真不達時勢也。再史中止言「所著文章，皆題年月」，未嘗專言詩也。即五臣注《文選》，亦如此。而璁臆改爲「淵明詩」三字，遂專於詩中求之，不思詩中從無書年號者，文中乃有之耳。應有而不書，所以明志也。今試取陶文按之，如《桃花源記》首云「晉太元中」，《祭程氏妹文》首云「維晉義熙三年」。此所謂義熙以前書晉年號也。後《自祭文》首云「丁卯」。丁卯，宋文帝之四年，而不書元嘉字。即凡集内文與詩，亦絶無宋年號，此所謂「永初以後，惟云甲子」也。是淵明之志本明，即五臣、秦、黄所傳，亦本不謬。因瑰妄爲臆改，遂致自棼耳。即所引秦少游語，亦止言所著書，非云所存詩也。且即所存詩，當時必尚不止此。不然，庚申以後，豈遂無一篇耶？○集中《於王撫軍座送客》詩，據《年譜》言，此於宋武帝永初二年所作，撫軍爲王弘，亦難以定爲必然，且題中固無年號也，無甲子也。

四家古詩選叙

諸生求學爲古詩之法，曰：「當得樂府之意。」問：「樂府尚矣多矣，安所從？」曰：「先從其易明者。吾鄉王新城尚書，爲詩不盡合古，而其云：『元、白、張、王，皆古意有味乎。』知言哉！予惡元相心跡，亦不喜其詩，故改以東野冠之，次樂天，次張，次王。諸生試習其詞，繹其意，度其格，嘗其味，無論五言、七言，長句、短句，皆可有得焉。以合乎《三百篇》、二十五《騷》、《十九首》之遺意。」或有病其質淺者，曰：「質以受文，淺以入深。無質而文，非文也，乃污穢也。不能淺而求深，非深也，乃汩晦也。汩晦，自欺也。污穢，自辱也。自欺自辱，無可自愉，安能感人？當時之人已輕之，安能見重於後之人？吾見此蓋多矣。吁，可憐哉！」鸖翁書。

選孟東野詩評

東野之詩，退之、元賓贊之盡矣。他如白樂天爲廣大教化主，而平生服膺，尤推東野及張文昌。世人於樂天之詩，類皆好之，至於東野，則目爲酸苦，避之惟恐不遠，豈不爲樂天所笑駡哉？且於此知其所好樂天之詩，亦第取其俚淺，或耳食口熟，正如樂天所謂時之所重，己之所輕。時俗人之所愛者，不過雜律詩與《長恨歌》以下耳。宜乎其於東野詩，不免衆誚虢虢也。近有一朝士某，最好石桐、子喬五言詩，因叩僕所宗主，授以張、賈《主客圖》。某攜入直廬，讀之三日，既出，乃曰：「吾觀兩君所取唐人五律殊平平，不如兩君之自作也。」如此識見，一何可笑。故必有超乎此識者，乃可與讀東野詩矣。

退之之稱東野曰：「古貌又古心，嘗讀古人書。」謂言古猶今，其性情可知。「作詩三百首，窅然《咸池》音」。其詣力可知。又《薦士》詩云：「冥觀洞古今，象外逐幽好。橫空盤硬語，妥貼力排奡。敷柔肆紆餘，奮猛卷海潦。榮華肖天秀，捷疾逾響報。」所以推其學與才者至矣。「行身踐規矩，甘辱恥媚竈。孟軻分邪正，眸子看瞭眊。杳然粹而清，可以鎮浮躁」。所以推其品者至矣。細繹退之之言，親切堅實，豈漫爲貢諛者比？而蘇東坡、嚴滄浪等顧若未能深信者，得非才大心粗，未嘗一歷此言耶？

唐張爲以東野爲清奇僻苦主，其奇處、苦處尚可及也，其清處、僻處不可能也。東野詩中有云：

「惟予心中鏡，不語光歷歷。」吾謂學孟詩者，勿徒張惶其鑱削奇辟，而當静求其歷歷不語鏡也。

選韓昌黎詩評

王荆公選詩例：杜詩須全讀。予謂韓詩亦須全讀。然欲約取而熟讀之，則此六十首者，亦可見韓之真面目矣。《元和聖德詩》當與《平淮西碑》並讀。五古中不選《送靈惠》諸作，七古中不選《石鼓》、《青龍寺》諸作，皆别有意。亦有素所心賞，而可不選者，如五古之《送元協律》、《南溪始泛》，七古之《感春》是也。

李習之譏昌黎歎老嗟卑，後人總不免以老卑爲嗟歎，不知自《十九首》已開之矣。其云：「所遇無故物，焉得不速老。」又云：「人生非金石，豈能長壽考。」但所嗟歎者，期有爲於當世，立名於萬世，故可尚也。若僅庸庸無志，則貧與賤以至衰老，正其宜耳，可勝嗟歎哉？孔子曰：「疾没世而名不稱。」與《楚詞》所謂「恐修名之不立」，正是一樣意志。此名即德業之不朽，非世俗之浮名也。李習之譏昌黎，後人亦多襲其説，以詆中晚唐詩人大概以老卑自傷，不知所感，實有如此，亦正不必自諱，而作吉祥怡愉語也。况《十九首》中，如此等非皆歎老嗟卑之言乎，世人何以不敢譏之。

黄涪翁亟贊退之《宿龍宫灘》詩，所謂「浩浩復湯湯，灘聲抑更揚」者，非諳客裏夜卧飽聞此聲，安能周旋妙處如此。又《和張侍郎馬尚書祇召途中見寄》之作：「暖風抽宿麥，清雨卷歸旗。」張文潛歎爲警句，是集中第一。按：數句並無佳處，二子强解事耳。退之律詩如老杜絶句，别存一體可也。若欲與張、王、賈島等較工拙，則不必矣。格律之工，自屬張、賈諸人。絶句之妙，自歸李供奉、王龍標輩。然韓、杜豈以此貶損哉？

凡公贊東野皆到至處，真實不虚，是真巨眼，是真相知。公詩多用叠韵，古詩不許用叠韵，自明季七子始有此等論説，在前固不聞有此禁忌也。

平韵柏梁體，入後仍轉平韵，唯公多有之。

千古遊山詩，五言以謝客爲祖，七言以公《山石》詩爲祖。後蘇子瞻極力擬之，終莫能及也。李、杜如《登太山》、《夢天姥》、《望岱》、《西嶽》等篇皆渾言之，不盡遊山之趣也，故不可一例論。子瞻遊山諸作非不快妙，然與此比，並便覺小了，此惟子瞻自知之。

公《縣齋有懷詩》前云：「肯學樊遲稼。」後云：「間愛老農愚。」語意似相矛盾，何耶？曰：此正可見古人用心處。如陶靖節多田家之作，而朱文公謂「是欲有爲而不得者也」。靖節於先師憂道不憂貧之旨，亦每及之，是豈真心作田舍翁者？田舍乃其寓耳。故凡讀古人田家詩者，皆當作如是觀。然則公此詩中所言，可並行而不悖也。

退之七律只十一首，吾獨取《答張十一功曹》一篇爲能真得杜意。

韓派屏棄常熟，翻新見奇，往往有似過情語。然必過情，乃發得其情出也，如公《鄭群贈簟》詩之「卻願天日恒炎曦」之類是已。後來歐、蘇以下多主此，王逢原《原蝗》詩云：「兒童跳躍仰面笑，卻愛甚密嫌疏稀」云云，即用此法也。

文之與詩，義自各別，故公於《原道》、《原性》諸作皆正言之，以垂教也，而於詩中則多諧言之，以寫情也。即如公《謁衡嶽廟遂宿嶽寺題門樓》詩，於陰雲暫開則曰：「此獨非吾正直之所感乎？」所感僅此，則平日之不能感者多矣。於廟祝禱則曰：「我已無志神，安能福我乎？」神且不能强我，則平日之不能轉移於人可明矣。然前則托之開雲，後則以謝廟祝，皆跌宕遊戲之詞，非正言也。假如作言志詩云：「我之正直，可感天地。世之勳名，我所不屑。」則闊膚而無味矣。讀韓詩，與讀韓文迥別。試按之，然否？

白戰之令，雖出於歐，盛於蘇，不知公已先發之，《詠雪》諸作可按也。

貞曜詩須是公論定，次則李元賓耳。文昌詩須是公論定，次則白樂天耳。餘子多不能識之。東坡直是粗心亂道，而後人又啜其醉醨也。

聯句不必盡讀，然不可不觀玩。蓋韓、孟奇變處於此見之。若《城南鬥雞》等尤卓犖，與正集相發也。

王荆公絶句一派，即從公《池上絮》等篇脱出。

盧仝、劉叉非退之斷不能識之。

公《李花》詩：「清寒瑩骨肝膽醒，一生思慮無由邪。」問古今如此詠李花者，更有第二首否？中間似有意學玉川語，皆遊戲耳，而公一生浩氣大節不覺流露。

《石鼓歌》，自國初以來，諸公爲七古者，多模此篇。其實此殊無甚深義，非韓詩之至者，特取其體勢宏敞、音韻鏗訇耳。

《石鼎聯句》侯喜句「直柄未當權，塞口且吞聲」、「在冷足自安，遭焚意彌貞」云云，其剛果之概亦似與韓同趨，而公重鄙之，一曰「竟不能奇」，再曰「此皆不足與語」，何也？曰：張文昌其知之矣。文昌之贊公曰：「獨以雄直氣，發爲古文章。」蓋所重者，雄直之氣，即孟子所養者也。有此氣，則有此言矣。若僅學爲方正嚴厲之言，將内多慾而外施仁義者，皆得以僞爲矣。故苟得其氣，則正言之可也，如「豈非正直能感通」、「一生思慮無由邪」之類是也。慢言之可也，如「往取將相酬恩讎」、「二雅褊迫無委蛇」、「周公不爲公，孔丘不爲丘」之類是也。苟不得其氣，則所言者皆膚闊也、虚驕也、陳言也、客氣也，何足算哉？阮翁尚書所師奉之人，其學杜、韓處正坐此病。近來又有以風雅自任者，開口便言《三百篇》温柔敦厚之旨，及觀所作，不異土苴，皆無其氣，而强爲言者也。若使遇有彌明其人者，豈僅如劉侯之醜態耶？

自蘇子瞻有「郊寒島瘦」之謔，嚴滄浪有「蟲吟草間」之誚，世上寡識之流，遂奉爲典要，綫薄二子不值一錢，宜乎風雅之衰靡日下也。試看韓、歐集中推崇二子如何，豈其識見反出蘇、嚴下耶？再子瞻詆樂天爲俗，而其一生學問，專尊一樂天。此等處須是善會，黄泥摶成人，多是被古人瞞了。

五絶，王、李之外，端推裴、王，老杜已非擅長。至昌黎諸作，多率意爲之，實不足以見公本領。讀者當學孔門弟子，汙不至阿其所好也。即求其好處，亦只平實説去，不矜張作意。後來文湖州與蘇潁濱倡和詩，似祖此種。中惟《鏡潭》一首，非公莫能爲也。

公《寄崔二十六立之》詩。按：立之學雖不醇，然亦嶔崎磊落之士，又與公同所感，故公實深契之。其中若贈彩緋、酬銀觥，皆常瑣事也。女助綐縭，男守家規，皆常瑣情也。正欲使千載下見之，知與崔親切如此，慨然增友誼之重，則常瑣處皆不朽也。後人非公之交，無公之感，泛然投贈，動摭常瑣情事堆填滿紙，但覺人爲時人，語爲時語而已，其不朽可立而待也。於此而猶曰：吾宗老杜也，吾法昌黎也。不值識者一唾矣。杜詩中亦多有入常瑣處，愈常愈妙，愈瑣愈妙，故並言之，以告世之不善學杜、韓者。杜詩如《北征》中嬌兒勝雪、垢膩不襪、小女補綴、顛倒紫鳳、粉黛衾裯、學母畫眉、問事挽須等常瑣極矣，然前則云：「恐君有遺失，臣甫憤所切。」結則云：「煌煌太宗業，樹立甚宏達。」可知憂國忠忱與室家恩愛都是一樣真摯，一腔熱血流出，所以能上追風雅。試看《七月》、《東山》詩中，何嘗不曲盡俗情？餘可類推也。

陸子静云：「陶淵明、李白、杜甫皆有志於吾道。」然真能明道，接孔孟之傳者，昌黎一人而已。

李元賓稱東野詩「高處在古無上」，韓退之稱張籍「詩文齊六經」，皆非過量之褒，只是見得真切。

《琴操》十首皆勝原詞，皆能得聖賢心事，有漢魏樂府所不能及處。惟《越裳》、《岐山》二操不逮周公《雅》、《頌》耳。

彼讀韓詩，專取「傍砌看紅藥」等句以爲善學《選》體者，真摸象之見也。

《六一詩話》：「退之筆力，無施不可，而嘗以詩爲文章末事，故曰：『多情懷酒伴，餘事作詩人。』」

然其資談笑，助諧謔，叙人情，狀物態，一寓於詩，而曲盡其妙。」按：自宋以來，多學韓體，然無逾歐、梅。梅得其骨，歐得其神也。即如此所言「資談笑，助諧謔，叙人情，狀物態，一寓於詩，曲盡其妙」數語，非學昌黎之詩而識其用意之所在者，不能道得如此親切。

櫻桃詩，摩詰最工，亦最得體，杜次之，公詩又次之。

選蘇長公詩評

公以至大至剛之氣，發爲海闊天空之文，掠風繪水之妙，金玉琳琅之音，謂非李太白後一人不可也。然欲學其文，須先求其氣。得其氣一分，便有一分殊絶。俗子不識，只摭其三杯軟飽，一枕黑甜，及真一酒、玄修菜之類一切遊戲瑣細之作，自詡爲得蘇派，何啻蟻視六鼇耶？

玉樓銀海，坡云：「惟荆公知此出處。」此亦戲語耳。若以人不知出處爲公見長，真群瞽摸象矣。公詩喜用事，固以才富學博，抑有必須借古以發其妙耳。若後人生吞活剥，自詡博奥，正不值作者一嗤。

既讀公詩，便宜將其一時酬和之作，若次公、豫章、太虚、無咎、文潛、方叔、述古、毅義、參寥之屬取來比對，便可得其品第高下。

凡古人詩，無不可歌，歌必有聲有調，不惟樂府樂章，始可被之管絃也。若七言歌行，尤以聲調爲先。看坡公諸作，才一入手，便高唱而起，何嘗是將白話填上韵脚，便算一首古詩耶？趙秋谷《聲調譜》特取《石鼓歌》、《韓碑》二詩爲七古正律，即知蘇、陸諸公聲調所從出也。

嚴滄浪論詩先辯體，如陳子昂體、李體、杜體、大曆十子體、元白體、皮陸體、韓體、孟東野體、蘇體、黄體。格意既别，聲調各判，惟時諷吟，當自得之，難以臆説。

于古芬傳其祖秋溟先生論云：「看時人詩，他病不消講，先是鶻鶻突突，不知是何腔調。」知言哉！蓋秋溟爲秋史先生高弟，而秋史即阮亭集中所謂「王黄葉」也。

古人云：「作詩須有個安身立命處」，試求公安身立命處安在？不得其解，即無論詩也，即公之治跡、奏疏皆不免爲玩物喪志。苟得其解，即亦不但詩也，並戲播爲詞曲、書畫，小技皆有關於世道人心。

《鳳翔》八詩，爲公出山象，無一篇不精悍卓犖，洵巨觀也。

《百步洪》詩，當與老杜《渼陂行》並讀。

《登州海市》詩，非有真骨、真氣、真學、真力，豈能假得一字？此詩及韓文公《衡嶽廟》詩，當與《北海》、《南山》並峙人寰。

《鶴歎》詩，或言題中原有一「病」字，以「三尺長脛閣瘦軀」句爲證，真小兒强作解事。

《古纏頭曲》，此詩所感，與白樂天同。至叙筆之工，則不如也，亦有意讓之，不肯樹下種樹耳。

《贈寫真何充秀才》詩，就寫真生出感慨，覺視老杜《丹青引》結處尤爲深情無限。

《大雪青州道上有懷東武園亭寄交代孔周翰》詩「城郭山川兩奇絶」句，絶世才筆，王阮亭竊之，爲「緑楊城郭是揚州」，便亦風流一時。竊非取其字眼，取其句意耳。不然，「城郭山川」何必是雪，「緑楊城郭」何必是揚州耶？學詩者知此，自當無「春江水暖鵝先知」之疑。此詩之工不及《聚星堂》作多矣，好是能寫得出。古今所謂才子，正此之謂也。若杜、韓、歐、梅、山谷，格力俱高於此種，亦須知能有此詣，然後得造彼境。不然，只爲曾子固耳。

《聚星堂雪》詩，余於雪詩中最愛許用晦「珠翠發寒光」，及公「衆賓起舞風竹亂，老守先醉霜松折」二句，擬倩好畫手，若錢舜舉、劉松年輩，作二圖，不遣周昉、趙千里著手也。禁體物語，此令雖發於歐，其實鼻祖於韓，韓、歐氣魄皆大於此。至思之鋭，才之捷，筆之工，則公乃空前絶後，一人而已。曾南豐非不有慕於此，無奈思遲才鈍而筆拙，寫來都覺隔一層障，令人意思不慁快。世言子固不能詩，有以哉！

選陸放翁詩評

放翁詩，博大不及東坡，奇險不及魯直，親切不及聖俞，瘦硬不及介甫，雄直不及石徂徠，豪縱不及蘇子美，然其胸中自具一段滃滃勃勃之氣，筆下自有一副轟轟烈烈之才，言中自得一番不可阏折、不可方物之妙，前輩推爲南宋一大宗，洵非范石湖、楊誠齋、王梅溪諸君可與比肩也。

放翁自題詩卷稿有云：「剪裁妙處非刀尺。」須知惟運刀尺成熟後有此境界，善學柳下惠，無過魯男子。若無偭規改錯爲之，日見其遠矣。

《長歌行》，此詩在劍南七古中當爲第一篇。

《風雨中望峽口諸山奇甚戲作短歌》「平日乃與常人同」句，或言此從李太白《梁甫吟》「當年頗似尋常人」句來，陋哉！須知學人説話者，必不能挺然自樹。

《錦州録參廳觀姜楚公畫鷹少陵爲作詩者》詩結句「詩成肝膽空輪囷」，正與「王師北定中原日，家祭無忘告乃翁」相同，可知此老一生心事全在此。

《岳陽樓》詩，坡公氣骨純類太白，獨其詩之擬太白者皆不似也。放翁氣骨不逮坡公，然詩純得太白之神采，如此詩起處是也，此固有近、不近耳。坡題李太白，真能贊得太白出，然詩仍其自體，非太白詩也。若歐公以太白自負，去之尤遠。

《隴頭水》詩結句云：「夜視太白收光芒，報國欲死無戰場。」一食不忘君，老杜所獨也。一食不忘恢復中原，放翁所獨也。此謂有個安身立命處。

《夜聞松聲有感》詩，此詩如杜之《渼陂行》、蘇之《百步洪》二篇，平排在那裏秤量，便見一格降一格。至本朝王阮亭「登高丘而望遠海」之什，直下堆若培塿矣。

《樓上醉書》：「三更撫枕忽大叫，夢中奪得松亭關」二句，真心、真血、真氣，如何假得來？

《送張野夫寺丞牧滁州》詩，要寫滁州戰事，先提筆「憂九州裂」四字，可想此老無限悲憤。蓋作詩時，南北分據，中原破碎，視國初時何如也？〇送人官滁州，遂及當時太祖擒暉鳳平滁之始，此人人能道者也。妙在才提開國之模，蕩平之業，便將平日北定中原一腔義憤，鬱鬱勃勃激發起來，與老杜每詩皆關君民，元遺山開口便悲故國一也，此便是他安身立命處。讀放翁詩於此著眼，方免爲尋花問柳，求田問舍伎倆。

七言古聲調

七古平韵到底者，自以《石鼓》、《韓碑》以後聲調爲正。吾鄉秋谷先生發之，而不知者尚多。即前校公復集，亦有乖錯。及看外間所作，大都皆合，可知吾鄉之僻也。偶即所見録數首，有意聲調者，可參焉。

關瑛奈原《李敬之郎中屬予補繪普陀寺雅集横卷書後》：「七星巖背西南峰，普陀鬱起堆巄嵸。青藤翠篠倚絶壁，磴道拗折盤虚空。東有邃穴洞山腹，鬼怪恍惚無由窮。梵聲飄出古蘭若，樹杪金碧青濛濛。桂林之勝此第一，石湖已去留遺蹤。破壁嵌空數大字，七人姓字烟霞中。臨川比部謫仙後，招攜同志追高風。酒酣賦詩互贈答，更指絹素圖其容。圖者誰與朱布衣，意匠早與山靈通。幅巾野服各有態，清臞髯碩殊纖穠。松間一鶴向空立，遠唳磔磔連蒼穹。詩成畫就玉爲軸，鶴飛銜去山之東。時移境換忘不得，命我更試描摹功。龍眠無人畫手拙，才短自覺雖爲傭。諸公此遊儻可再，青鞋布襪吾當從。」柰原筆亦老重，而每失之平板。時從予問詩法，予使去讀《離騷》、《莊子》、《史記》後再來告予。

施晉雪颿《讀少鶴集書後》：「桂林諸峰絶倚傍，拔地直上青巉巉。正如君詩空諸所有出奇峭，搜卻剔竅成空嵌。君家住東海，泰山古岩岩。不知高處去天幾尋尺，其上乃有七十二代金泥函。靈壇夜聞吟轉苦，鐵壁畫裂歌方酣。乾坤萬古此元氣，那堪旦夕窮鐫劖。倏忽二帝敕六甲，長風送置天之南。天南銅柱折垂盡，魯公遺跡荒松杉。愚溪石湖又已遠，瘴茆露菌誰爲芟。地祇上愬辟荒穢，請君健筆爲長鑱。君家第五好身手，謂敬之。日夜霍霍磨刀鐮。我手無斧柯，縋幽怯孤探。待君抉剔刻露真面目，坐看千峰破曉清氣生虛檐。」（天頭批語云：敘所以補繪之故，頗奇警，筆亦簡老。）雪颿亦黃仲則之友也，故在江南詩人中最爲矯矯。獨惜其從高青丘入手，將筆放低了，後雖極力騰踔，而故習尚在。故予教人學詩，耳目不可令雜，志趣須求其上。五古不究陶、謝，七古不究韓、蘇，便不成地道。藥材半路轉販，難得真貨。此詩前投贈時，予意頗嫌其冗而不遒，須更節之。後一年，忽翻故篋得其原書，復閱之，其中亦自有軒拔之句，且見沈歸愚所選《國朝別裁集》中，七古除數大家外，不能盡高於此。此若在爾時，亦必入選無疑也。其爲長句，亦有累贅處，而聲調卻不錯。

施晉《爲黃仲則題馬負圖山水》：「黃子朝來得名畫，直起是。掛向雪壁寒光生。畫中山色慘不晴，雨脚欲垂雲欲興，一氣上下紛鬥爭。龍潭陰森洞府黑，金支翠旃動杳冥。誰其畫者馬氏子，當日關門爲老兵。想見枕戈卧壘下，殺氣夜壓咸陽城。終南西走接劍閣，戍樓一望荒烟平。黑龍卧地爪甲動，陰火燒木秋磷明。胸中鬱律閉百怪，筆底幻變無全形。但恐已作飛龍騰，黄子寶此慎勿輕，誰其論者無李成。」（天頭批語云：坡公作長句，如「山中故人應有招我歸來篇」，又如「獨於維也斂衽無間言」，皆不免孱弱。予幼學太白樂府，擬作長句，頗能遒勁。今其詩雖多已芟去，然每一思之，其中長句，殊不似坡公之出醜也。長句自是鮑照、李白擅長，須以逸氣貫之，不然則堆叠可厭。）此較前篇尤排傲淩厲，在國初時與諸公騁逐，亦未知鹿死誰手。原篇尚長，予爲節去四五句，乃益遒緊。雪騆又有《憶兒》五律，中云：「書至知能語，家貧定不嬌。」《吊馬伏波》七律句中：「本甘馬革寧辭死，不爲犀珠也見猜。」

彭元瑞雲楣《寄萬蘅皋》：「清和上浣稽山道，烏篷七尺張孤帆。君來別我縣西郭，驪珠出袖詩開緘。別君荒雞正膠角，菰蒲柔櫓波涵涵。舟輿三易厭煩雜，此等盡可省。到及落景高峰銜。虎丘草樹排隱隱，金山樓觀雄眈眈。涉江浮淮渡河北，四瀆十日經其三。板篷低首展詩卷，風清日美高興酣。武陵九驛八百里，達於淮海君所諳。真詩真境兩對勘，一一似向喉中探。君於作詩有深嗜，務得不笑貪夫貪。篋中舊藏一千首，六丁收拾歸琅函。到眼忽復得此帙，速成有似入繭蠶。摹山繪水掞天藻，寬泛腴詞。金鏞大呂聲韽韽。詩雖小技古所重，寸心有疾徐苦甘。韓句。後世誰定吾文者，子桓之語非虚談。顧我弁陋益荒落，執筆未下中懷慚。蛟螭蚯蚓莫相雜，美竹欲上繁枝芟。還君此卷付急脚，劫劫明日駕兩驂。作詩藉口報仲氏，心送客子排郵籤。」近見士子學作古詩，多是填砌汩没，並不能達其意所欲言，而句孱韵閡，竟不能得妥當。因誡學詩者先求明白，先求妥帖，然後可進於古也。此老詩卻甚有規矩，不敢亂道，詞足以發其意，韵足以載其詞，皆無支撑骫杌之病，可爲後學標則也。無奈其體格不能高，意境不能闊。眼前局面，家常茶飯，可以待常客，而不可以享大賓也。此豈盡時代壓之哉？當亦師古不肯十分認真故耳。

聽汪太守述衡山之遊

天下山之高者，無過衡嶽。衡嶽峰之高者，無過祝融。至祝融而天下無山矣，非謂衆山小也。祝融峰上有鐵瓦殿，内像祝融之神，以其地高風罡，使土木爲之必即潰裂漂散，故瓦以鐵也。昔歲庚子，與兄叔白夜遊衡山，平明至天門，望此尚在霄漢，鼓氣而登之，盡失七十二峰所在，因共歎爲稀有。作詩笑退之云：「仰見孤撑何足喜，吾今已在孤撑中。」即此祝融是也。然其地太高，風太罡，僧不能舍，樵不能留，求水火無所得，凜凜乎其不可久留也。遂還天門，此心猶慄慄然。春田太守乃於庚戌八月杪來，遊至上封寺，不已，遂乘祝融峰鐵瓦殿而宿焉。是時秋霖晦冥，陰飆獰攪，颾淙悽愴，毛髮森竦，一夜窘束幾凍死。次日暫旋上封寺具食，乃復往宿於鐵瓦之殿。既夕，晦昧如故，屏氣斂息，不敢闆且怠焉。時將夜半，劃然開爣，上下澄澈光明，若日月、五曜同懸，並綴玻璃、珊瑚、火齊之屬争迸炫於前，而不可迫視也。神少定，俯視其底，則雲之奔也，風之驅也，電之掣也，霆之砯也，鬱鬱魂魂、陷陷隆隆於數千萬仞之下也。然則道家所謂「珠宫貝闕，五城十二樓」者，果其有之，不過如此，而又不能如此之親切而神妙。惟太守堅志定力，必求有得乎如此，此予所以歎息而爲之詩也。予詩所傳，尚不能及其自述百一之妙，然已非太白《天姥》、杜陵《渼陂》所曾歷矣，則其所得愈可想矣。彼世之知有衡嶽而不能遊，遊衡嶽而不見祝融，見矣而不能登，登矣而不能留，留矣而不能有所得以去者，皆唯阿也，可勝道哉，可勝道哉！

凡爲學，宜若登山然。所謂遊者，非克至之之謂也。藏焉，修焉，息焉，遊焉。不持之以急，而持之以緩。不應之以躁，而應之以静。使其精神氣脈，與吾相親浹，欲去而不能，斯所謂遊矣。往時與新、穎諸子遊山，新則頹然不蘄一到極處。若予與穎老，遇其峰巒之好者、奇者、峻而險者，必盡力登之。然亦一登之而已，不更玩索也。又每見人之遊山者，訪名勝於衆口，亦必一一身造之。既至，則曰是已，可遄歸而會飲矣。其於此山之精神氣脈，漠然如秦越人之不關痛癢，是得謂之遊哉？故予亦深悔前跡，更與吾友爲遊山之約，令奇有不必盡探，險有不必盡搜，世之所傳名勝古跡亦不必盡爲按索，但於興之所會吾心以爲佳處，便優遊泰定，往復饜飫，以領其早暮霽晦之氣候，與夫烟雲月露之變態，不限以期，不攖以事，即尋常皆可有得。每遊過一山，如讀熟一卷書，其意味長在胸次，歷久而不能忘也。此則能得山之真精神、真氣脈，而不僅一至之爲談柄耳。因感吾鄉之爲詩者，若趙玉文、張陽扶，其學識皆卓絶也。若方叔駒、封魯山，其才志皆横絶也。近如綦洛吟、王東野，其學與才亦豈易得。後乃有五子，所謂新亭之才筆，蜀子之識力，希江之刻思，穎叔之深情，子和之善學，駸駸乎視諸老輩又欲過之矣。乃自數年來，内除洛吟、希江已往，不必言矣，即現在之數子，且復如何？勿亦如遊山者，遄歸而會飲耶？不然，何更無一山間跡耶？五星、熙甫、丹柱，志尤堅强，力能復古。然石桐先生書來，言五星近不多作詩，而丹柱亦云作詩無題。然則崛强未退者，尚有熙甫，而其餘皆恐不免有遊山歸飲之漸矣，豈不重可惜哉？故因汪太守之遊衡山而附記，以俟吾友之見之而致思焉。

摘汪春田句寄隨園韋廬

《秋夜舟中聞雁》云：「秋月一江白，蘆花滿釣磯。誰家砧杵急，何處稻苗肥。我本無兄弟，天涯久未歸。鄉心寄湘水，迢遞到庭闈。」五六不對，意是學盛唐，然其氣味卻正似《主客圖》，吾愛其淺直而有味。《秋烟》云：「寂寂江村暮，蕭蕭落葉繁。隔溪人語近，畫。高樹鳥聲喧。鼓角動荒戍，瓜花生斷垣。畫。秋心寄篇什，獨立向黄昏。」中間乃四幅秋烟圖。《蛩》云：「易入愁人耳，難禁少婦情。園林秋草遍，字妙。燈火夜窗清。隔院聞刀尺，中天正月明。此時那能寐，孤立向前楹。」五六句中蛩聲令人深感。《紀事》起四句：「瘴嶺雄風在，將軍功業新。初聞洗兵甲，猶有未歸人。」蓋指安南之役。《螢火》句：「生憐腐草同三徑，死有餘光在六經。」《蚊》句：「薄質惟依草，虚名説負山。」《雪》句：「當户亂垂珠落索，隔簾齊掛玉丫叉。」又云：「一年往事隨流水，十日餘寒在鳳城。」予最喜此第二句，而嫌首句不甚對，此當時在郎邸時作。《楊花》句：「紛紛半引春歸路，漠漠還沾水際扉。」《蘆花》句：「曾看解籜抽烟浦，幾見成簾上竹鉤。」《紅藥當階翻》句：「無多春影殘陽裏，不定離魂玉鏡中。」《鸛》句：「遼海三秋月，青蒼萬古雲。」《舟行苦熱》結句：「記得十年從豹尾，分冰賜果侍山莊。」《蝶》句：「芳草斜陽春寂寂，玉鞭珠勒馬遲遲。」又散句《懷思恩》云：「竹屋如舟吹欲去。」《將之鎮安留别查厚之》云：「載得圖書去守邊。」又：「收拾烟霞政自成。」《釣絲》云：「蜻蜓欲立驚還起。」

《書春田太守詩卷後寄子才翁》云：「曾聞如命重憐才，收拾奇珍入海來。尚有一編公未見，道山已云定須回。」太守云：「吾爲詩，苦乏師授，不敢自信，故從未出以示人。年十八九時，曾拜子才先生於虎丘山下。後又奉太夫人命，乞子才序先子《東皋集》，今其文已刊《小倉山房文集》中矣，但未敢以詩贊獻也。今吾詩乃可爲子才見哉？」予曰：「若論詩之典博縱横，則閣下當輸子才。若論清質幽詣，則子才尚當避舍，何畏彼哉？」太守遂屬代作一札致之，而呈其詩。○太守蓋真得詩中滋味，而喉齒間天然清越之韵，若肯竟學，吴蓮洋、洪昉思未足以當之也。○太守屬予討論其集，予亟賞其才筆，太守皇然不敢占，且曰：「吾以實求君，勿以虚應。吾久知少鶴，豈復存世故見哉？」予笑曰：「若論上官，則郡守之上有司道，司道之上有督撫。假於一本府前，即違心妄贊，以爲貢諛，儻督撫使論其詩，尊無二上，又當何如推奉？乃喬於當時之歇後宰相、龍袖將軍經亦多矣，固未敢一言妄許也。即前如孫春臺撫軍，於喬有知己之感，而其詩則不敢阿好。故喬有寄劉正孚詩云：『遂如列大夫，謬致當途敬。察吏公所專，考詩我爲政。』蓋爲春臺言之也。公詩於此地，祗讓李松圃一頭地，餘子則莫與争先。儻以其言不信，請質國門。周旋世故，詩道中斷然不容也。」太守亦笑。○太守問：「吾詩之病安在？」予曰：「在不成。如得雋語，而對有不稱；如得妙聯，而上下安置未善，皆不成之故也。遠習於時彥，求格於古人，則無此矣。」太守曰：「誠然，誠然。當謹奉之。」太守又嘗自覽其詩，蹙蹙曰：「吾詩可恨，只是一味滑，不能澀耳。」予曰：「此言卻高妙。澀者，世人之所嫌病者也，而公乃以不能恨，則其度越時人不已遠哉。」○袁子才深惡黄山谷詩，而子喬最好之，時以一編自隨。或問：「端的有何好處？」曰：「吾衹愛其澀。」○太守自言素無師友講習，予不信，曰：「資性本於天成。然其吐屬不入浮囂，此必所與往還者孤潔自好，不肯走熟路者也。公何欺予？」固問之，乃曰：「在都門時，惟與吴穀人最相善，以詩相質云。」

與桂未谷書

前與未谷談及詩中聲律，未及畢詞，寒夜無事，敢竟陳之。論詩之得失，不關聲律，然律不諧則無以成音節，故亦不可不明。詩之有律，雖云起於沈休文，然其時與唐所用尚多有不同。律之定制斷自初唐始，歷盛中晚而益變益精，即今所奉平起正調、仄起正調者，此夫人而知之也。唐律之變，變以拗；唐律之精，亦精以拗。故有單拗者，如明皇之「鳴鑾下蒲阪」，老杜之「君王自神武」是已。有雙拗者，如老杜之「斫卻月中桂，清光應更多」，李白之「此地一爲别，孤蓬千里征」是已。有下句中一平字，拗上句全仄者，如高適之「漸與骨肉遠，轉於僮僕親」，李商隱之「高閣客竟去，小園花亂飛」是已。此漁洋、秋谷已略言之，亦人所易知也。尚有所謂大拗者，若孟浩然「掛席幾千里」，李白「我來竟何事」

之類。又有平起而下三字可全仄者，若王維「樓開萬户上，輦過百花中」，李商隱「池光不受月，野氣欲沈山」之類。又有上句不拗，而下句中字自用平者，若常建「曲徑通幽處，禪房花木深」，許渾「曬藥山齋暖，搗茶松院深」之類。又有首句拗，而次句不以中平字應之者，若孟浩然「户外一峰秀，階前衆壑深」，王建「避雨拾黄葉，遮風下黑簾」之類。又有平起一三四五皆仄，只第二字是平，而不爲單平者，若宋之問「漢皇未息戰，蕭相乃營宫」，賈島「鳥從井口出，人自岳陽過」之類。又有仄起只中一平字，一二四五皆仄，此謂拗中拗，亦只用下句中一平字救之者，若李白「八月枚乘筆，三吴張翰杯」，張籍「夜静江水白，路回山月斜」之類。又有首句同此拗中拗，而下句並不用一平字救之者，若賈島「身愛無一事，心期往四明」，張籍「失意還獨語，多愁只自知」之類。凡此數者，並是唐人拗法，而音節出其中。宋元人皆因之，七言亦由此推出，若梅、歐、蘇、黄、陳無己、陸放翁、趙子昂輩，皆精於唐人拗法。今人多不知耳。惟次句仄平仄仄平，乃爲單平落調矣，諸名家集中所必不用。即檢全唐之詩，亦只有一兩句犯者，然或一時錯簡，未可爲訓。賈島單平落調句：「瀑布五千仞，草堂瀑布邊。」又：「風宿驪山下，月斜灞水流。」又有以仄平仄仄，平平仄平平爲雙拗者，乃大謬也，古無此説。又或妄爲矯正，謂三平字不可連，三仄字不可連，平字不可對平，仄字不可對仄者，皆强作解事，不本於古，荒陋之談也。近聞學使委未谷訓正諸生詩中平仄，故即平時所考證者敬進左右。若但以作今時應制詩，只用正律，無事拗也。然諸生既諷誦唐、宋人詩，似亦不可不知，且即正調中，亦不必如前荒陋者之拘也。未谷云：「林汲先生近有《聲律考》，至都當一政之。然果爲真知音，亦不能易吾言也。」

愧恨示志南書

喬少薄怙，伯兄殁又在前，離經以來惟從仲兄石桐、叔兄叔白學。石桐爲人高伉疏豁，叔白嚴切沈毅，蓋皆非常人也。故其爲學，皆能求得古人之所得，鄙棄凡近，磊落而光明。喬日夜黽勉趨赴，即不得與之參並，亦庶幾同其臭味嗜好者矣。獨是從二子遊者，雖以平日不知好學之人，皆勃勃有進取志，吐爲文詞，斐然可觀。從喬遊者，雖以平日志高質美之士，寖就頽散，了無所表見。語云：「近朱者赤，近墨者黑。」夫其頽然無所表見者，豈非職予不好學之故，無以倡之耶？否則，見予之所學者，浮薄不實，闊疏無用，始悦而終棄之也。不然，何以志高質美如某某，而頽然無表見若斯耶？則喬之不及吾兩兄，又可勝計哉！每念及此，輒閉目自撾，愧恨無已。雖然，幸吾之年方在壯與强之間，其從吾遊者，尤在弱與壯之間，翻然興起，猶可及也。儻共勵其志，以成其學，而使喬得無愧吾兩兄焉，其樂何如？故既書此自砭，更以進諸所從吾遊者。

與秦希文書

足下來詩中論詩之旨，與僕外符而内歧。僕所謂以古爲法，法古人之氣骨，非必侈言漢魏、盛唐也。謂詩必學漢魏、盛唐，不可落中晚、宋元者，此世俗掎摭道塗之言，僕不敢爲是言也。即本朝詩最推阮亭，乃其詩云：「元白張王皆古意，不曾辛苦學妃豨。」是不以漢魏薄中晚也。又云：「耳食紛紛説開寶，幾人眼見宋元詩。」是不以盛唐薄宋元也。近來能詩者，僕謂蔣心畬頗爲傑出，其詩亦云：「唐宋皆偉人，各成一代詩。奈何愚賤子，唐宋分藩籬。哆口崇唐音，羊質蒙虎皮。習爲廓落語，死氣蒸伏屍。」袁子才與沈確士論詩，亦力辟門户之説。僕謂二子皆不無所見，至其所造之淺深，各隨所得耳。夫必學漢魏、盛唐，不可落中晚、宋元之説，此自有明前後七子倡之，崆峒樂府吞剥漢餘，王、李舉口便是「萬里」、「九天」，以規模盛唐闊壯，重自標引，故其言不得不爾。若足下既未嘗吞剥漢魏，又未嘗規橅盛唐，而取此已焚之芻狗而更陳之，尤無謂矣。足下年方盛壯，學贍而才穎，果能虚心篤志，即僕之所言而審思之，不難爲嶺表維持正風，與中原諸公相騁逐也。幸勿以道塗之言而聽熒焉。是否，候指喻。

再答秦希文書

反覆來書，具見深至，徵諸重言，核求至是，勤勤切切，不爲世俗面從强附之習，此僕所亟望也。幸甚，幸甚。惟其中引嚴羽之論詩，似知其言而不知其所以言。羽所謂以識爲主，入門正而立志高者，正時下切砭耳。時下人作詩，志先卑靡，識已瞀眩，雖言入門，何有於正？若不作開元、天寶以下人物，乃極言抗志之高，取法之上，猶言不讓第一等與人做耳，豈謂自至德、寶應以還，便等諸自鄶也哉？果爾，則羽之列叙詩體，斷自李、杜、王、孟諸人止矣，何復及大曆十子，復及元、白、張、王，復及盧仝、李賀、孟郊、賈島之屬，並蘇、黄等各派耶？且梅聖俞自謂詩追二《雅》，豈楚《騷》、《十九首》皆不足法歟？李太白謂：「自從建安來，綺麗不足珍。」而其詩多擬鮑照、謝朓、陰鏗、庾信，非自攻其盾歟？韓退之言：「逶迤逮晉宋，氣象日凋耗。」豈陶淵明亦在凋耗中耶？凡此，皆不當以詞害意，羽之言豈可以辭害意乎？大要詩之爲道貴虚，忌下死語；又貴實，忌落空語。羽言如：「水中之月，鏡中之花，羚羊掛角，無跡可尋。」此貴虚之説也。又言如：「哪吒太子析骨還父，析肉還母。」此貴實之説也。羽之旨實如此，後人不深思其故，而漫以漢魏、盛唐紛嚣張皇，遂欲抹倒中晚、宋元以下，過矣！若明季王、李諸人，在國初已極詆之，不俟予辯也。足下精思博覽，當不肯爲道塗之説，然其流弊不可不鑒。一或聽熒於彼，則必無卓識正嚮，入無門矣。來書又云：「度某之才，量某之力，當以何者爲楷模？」昔人云：「未知古人心，且求性所悦。」足下亦即素所玩者，深思而橅擬之，其有不能至，或未盡釋然，然後就師友講求討論之，此所以學也。若在傍人，空空泛泛，謂足下宜學某家某派，則安知其心之好否耶？不好而强攝者必無功，足下其留意。

李松圃書

得松圃書，書中所言皆懇切深至，可觀可感。中論隨園翁一段尤精確。略云：「隨園惟不講義法，故受病在一淺字。子才博衍而詭辯，易於震動庸妄之人。即有知其失者，但議其滑稽亂道耳，斷無敢以淺字目之。韋廬獨指爲淺，真巨眼也。要亦無難，惟能觀其深者，故見爲淺耳。若見有一分不到，亦不能爲此言。觀往返辯論諸條，支離牽合，真如鼯鼠五技而窮。夫人不可自聖，切磋嚴憚，所以輔德也。此公護前而見理不透，批郤導窾，真論詩中之庖丁也。其前後論説，不但以矛攻盾，兼有猥瑣齷齪之語，抉摘真透乃爾。萬不可以示人者。若夫我輩心事，本自磊磊落落，不以標榜名高，不以沽弋取譽，摘其瑕正以惜其瑜也，裁其僞正以判其真也。真正學人。自滄溟、鳳洲、竹垞、阮亭以來，此義不明久矣。若執子莫之中，據模棱之見，斤斤焉唯耳食是貴，則幾何不爲蝦之水母所竊笑也耶？此一層尤妙，妙，從前人從未抉發到此。然欲明詩教，不根究到此終是隔壁障。○抉摘真透乃爾。嚴滄浪云：「最忌隔靴搔癢。」必如此，乃真能道其所以然。古人異同，如朱、陸，可謂攻訐無餘力矣，而於公是公非之地，卒亦無所增損，何也？象山以徑路達大道，及其至之則一。子静心境光明，學力强毅，固是聖人之徒也。然謂至之則一，尚似未允，蓋由徑斷不能達大道也。故二句尚須一商。第後之宗其學者，往往墮入歧趨，其流弊遂至於不可挽。此則子朱子所深懼者，是以君子貴遵道也。」此一段不但有功詩教，即以講學，亦是拔本塞源之論，擷撲不破。時俗豈惟不能説到此地位，即得聞此能真解此者，已是豪傑之士。

書韋廬續集後

門人吕錞問曰：「每見先生閲《曝書亭集》，不數頁輒屏去，歎曰：『没個安身立命處。』及得韋盧寄到篇什，則讀之忘倦，且於擬陶之作云：『此是敬之安身立命處。』然則韋盧之詩，豈勝於竹垞耶？」答曰：「竹垞學富而才雄鶩，辭華而調鏗鏘，攀謝援沈，規橅盛唐，爲一代作手，夫豈韋盧所能逮？雖然，古所謂詩言志者，非僅鑄爲偉詞，揚詡盛氣已也。必將有生平心力之所注，至真至確，不肯以庸靡自待者，宣寫流露於吟詠之間，乃所謂志也。試問竹垞之志，何志乎？自《村居》、《感遇》而下八九卷，類皆疾貧傷困之作。甫一通籍，但有頌謝，中情快足，略無表見之處，報稱之志。官既去，則又疾貧傷困如故。夫晚以薦徵入翰林，事非希奇，而竹垞之志量已爾爾。若韋盧之所處，弱冠爲郎，年未五十，兒子已如竹垞之遇。乃觀其詩，超遥蕭散，舉世俗所爲驚喜誇張者，渺然不介於其胸中。且以學未聞道，跡未離俗，自視欿然，重有不自得者，此吾所以愛之重之，許其詩可進於古也。」又問：「詩中何以爲安身立命處？」曰：「難言也，姑即所易明者。世有恒言曰：李、杜、韓、蘇。夫杜之嗟歎卑老似與竹垞無異，乃官爲拾遺，貴矣，而曲江諸作鬱鬱不得志，以不能行其道也。許身稷、契，救天下之饑溺，雖不能至，志則有然，此少陵安身立命處。李之激昂不遇，亦似與竹垞無異。乃受明皇厚知隆禮，爲朝士傾仰，而密疏奸邪，如楊、李之輩，睨視嬖幸，如貴妃、力士之類，以致終身坎軻不得一官。卒以流離佯狂，傲然而不悔，風雲屠釣，大人楻杌，此太白安身立命處。若韓《悲二鳥賦》、三上時相書，啼饑號寒，大聲疾呼，竹垞似猶未至於此，乃甫爲近侍，即激切諫争，患難死生，不爲移變，及後還朝，而峨冠玉佩，反引爲愧。然後知昔之皇皇無君，今之鑿枘不入，皆與孟子同揆，即能志孟子之志者也，此昌黎之安身立命處。若蘇則進身最早，得遇甚隆，是與三子不同，故初無抑鬱憂幽之感。然當召入爲翰林學士時，兩宫述先帝之旨，嗚咽纏綿，歎爲奇才，許以宰相。使他人當之，不知若何慶慰，以蘄保全。而至大至剛之氣，不以少屈，嬉笑怒罵之態，不以少斂，萬死投荒，甘之若飴，乃與韓子同揆，即能志韓子之志者也，此東坡之安身立命處。」又問：「唐、宋迄今，詩人多矣。必如四子，然後爲有安身立命處乎？」曰：「亦不必然。人之所處有不同。若元道州之志在存恤，恥與躁進。韋蘇州之志在恬淡，不爲物牽。姚武功之輕心塵爵，爲文致功。司空表聖之亮執高節，深究詩味。林和靖之追琢小詩，傲睨葛謝。陳後山之矢音酸苦，鄙夷權貴。是皆不渝其志者，餘可以此推之。即我朝，如施愚山之愷悌，高念東之真率，陳恭尹之貞毅，趙秋谷之清刻，查初白之坦易，厲樊榭之沖静，吴野人之幽冷，馮大木之孤峭，其志亦皆有足尚者，餘亦可以此推之。」又問：「韋廬集中何所見？」曰：「在性情，不可以章尋句摘。然如《書懷詩》、《雜詩》，及云：『雪中有高士，蕭然自怡悦。』『愛此衆喧歇，脈脈懷古哲。』『披襟足怡暢，接物無新故。』『祇娱凡目畢今生，千古才人同一淚。』『只解承迎工折腰，寧惜疲勞逼暮齒。』『獨夜不成寐，經時同此心。』『從教歲月閒吟過，不逐紛華睡味清。』『定知冷味無人領，移向齋頭獨自看。』『勘破世情堪一笑，相親只有讀書燈。』亦可以見其志矣。」又問：「前如阮亭尚書，近若歸愚侍郎，其安身立命處安在？」先生笑而不答。

辯俗韻通轉

上平聲

一東古通冬，轉江，《韻略》通冬、江。　二冬古通東。　三江古通陽。　四支古通微、齊、灰，轉佳，《韻略》通微、齊、灰、佳。　五微古通支。　六魚古通虞，《韻略》同。　七虞古通魚。　八齊古通支。　十一真古通庚、青、蒸，轉文、元，《韻略》通文、元、寒、删、先。　十二文古轉真。　十三元古通真。　十四寒古通先。　十五删古通覃、咸、先。

下平聲

一先古通鹽，轉寒、删。　二蕭古通肴、豪，《韻略》同。　三肴古通蕭。　四豪古通蕭。（天頭批云：蕭、肴、豪三韻通用，古間有入歌、麻者，不可漫用。）　五歌古通麻，《韻略》通麻。　六麻古通歌。　七陽古通江、庚，《韻略》獨用。　八庚古通真，《韻略》通青、蒸。　九青古通真。　十蒸古通真。《韻略》通青、蒸。十一尤古獨用。（天頭批云：尤韻古體間入魚、虞，亦不可漫用。）　十二侵古通真，《韻略》通覃、鹽、咸。　十三覃古通删。　十四鹽古通先。　十五咸古通删。

上聲上、去通轉，皆同平聲。

一董古通腫，轉講，《韵略》通腫、講。　二腫古通董。　三講古通養，轉董。　四紙古通尾、薺、賄，轉蟹，《韵略》通尾、薺、蟹、賄。　五尾古通紙。　六語古通麌，《韵略》同。　七麌古通語。　八薺古通紙。　九蟹古通紙。　十賄古通紙。　十一軫古通梗、迥、寢，轉吻，《韵略》通吻、阮、旱、潸、銑。　十二吻古轉軫。　十三阮古通銑。　十四旱古轉銑。　十五潸古通銑。　十六銑古通阮、琰、豏，轉旱、潸、感。　十七篠古通巧、皓，《韵略》同。　十八巧古通篠。　十九皓古通篠。　二十哿古通馬，《韵略》同。　二十一馬古通哿。　二十二養古通講，《韵略》獨用。　二十三梗古通軫，《韵略》通迥。　二十四迥古通軫。　二十五有古獨用，《韵略》同。　二十六寢古通軫，《韵略》通感、琰、豏。　二十七感古通銑。　二十八琰古通銑。　二十九豏古通銑。

去聲

一送古通宋，轉絳，《韵略》通宋、絳。　二宋古通送。　三絳古通漾，轉宋。　四寘古通未、霽、隊，轉泰，《韵略》通未、霽、泰、卦、隊。　五未古通寘。　六御古通遇，《韵略》同。　七遇古通御。　八霽古通寘。　九泰古通寘。　十卦古通寘。　十一隊古通寘。　十二震古通敬、徑、沁，轉問，《韵略》通問、願。　十三問古轉震。　十四願古通霰。　十五翰古通勘。　十六諫古通陷，轉霰。　十七霰古通願、艷，轉諫。　十八嘯古通效、號。　十九效古通嘯。　二十號古通嘯。　二十一箇古通禡，《韵略》同。　二十二禡古通箇。　二十三漾古通絳，《韵略》

獨用。　二十四敬古通震，《韵略》通徑。　二十五徑古通震。　二十六宥古通震，《韵略》通徑。　二十七沁古通震，《韵略》通勘、艷、陷。　二十八勘古通翰。　二十九艷古通霰。　三十陷古通諫。

入聲

天頭批云：前輩有入聲十七韵皆通之説，雖似無理，亦有所據而言。

一屋古通沃，轉覺，《韵略》通沃、覺。　二沃古通屋。　三覺古通藥，轉屋。　四質古通職、緝，轉物，《韵略》通物、月、曷、黠、屑。　五物古通質。　六月古通屑、葉、陌，轉曷。　七曷古轉月。　八黠古轉月。　九屑古通月。　十藥古通覺。　十一陌古通月，《韵略》通錫、職。　十二錫古通職、緝。　十三職古通質。　十四緝古通質，《韵略》通合、葉、洽。　十五合古獨用，《韵略》通葉、洽。　十六葉古通月，《韵略》通合、洽。　十七洽古獨用，《韵略》通合、葉。

此俗韵混通，不可依從，但其中亦有本。吴才老之説者，要亦不可從也。如侵之不可通真、文，覃、鹽、咸之不可通寒、删、先，歷考漢魏以來詩，無參用者，即《三百篇》亦無參用者。可知所謂通者，乃後人審音不精之故，故即才老亦不精也。孔子曰：「無徵不信。」試即古來徵之，則爽然矣。吾於此確信邵子湘，其説不可易也。至以真而通庚、青，則吴下時人之誤，非古人之誤也。

凡上、去之通轉，皆依平聲，江、陽可通。子才翁多爲引據以駁子湘，予終未之敢信。不若依子湘，仍作叶可也。

尋常作古詩，只宜用通，不宜用叶，即偶用之，亦不過二三字。其餘若銘、誄、贊、誌、祭文、哀詞、碑版、雅、頌、騷、七以及雜文之有韵者，通叶皆可用，無害也。詞有詞韵，視詩韵較寬。然如珍、針，言、嚴，山、梭，亦決不可通也。

曲但遵《中原韵》，其中多從土音，視詞韵又寬矣。然亦不得亂用，以詞韵而作詩，以曲韵而作詩詞，皆是荒傖。歌、麻通用，古詩與古曲合，今近多不用矣。沁、勘以下四韵，皆閉口字，所以不與開口字通，平、上亦然。入聲之通，其説不一。子湘以老杜爲證，亦不無有見。東坡、山谷又是一様用法。詞韵上聲與去聲相通，惟中間一定之字俱照詞律填之。本朝韵學以顧亭林爲第一，然其説頗迂遠。愚意不如即主子湘，《韵略》之所遺漏者，吾亦可用古人用過者補之。若從此俗韵通轉，必見笑於大方之家。

壬子二月十七日三鼓，鶴道人識於寧明之畫鶴軒。

家書摘録 都中

四哥家書中述在濟南呈吕仙詩，及到辛置道中感傷之語，時弟正在煩鬱。自注：包羅甚廣，大概時人不解，所謂爲無與同志，而已又無確之操，卓然之識也。適於案頭取過，重讀三四遍，不覺泫然欲涕。後復閲五哥醉語，雖雜嘲鬧，而言外之意，則固大丈夫不得志於時者之所作也。自注：此他人不知，惟喬知之。以此慨然與兩兄約，時文竟不必作了，科場也不必下了。這官看來没什麽做頭，爲母親期望，不得不上上場。草草一二年，便重修花果山，再整水簾洞，照他們易堂體例，招幾個閒散朋友，或在荒村，或更卜居荒山墅。幸逢太平有道之世，吾母康健之時，正好逍遥受用，也不出門，也不結交，也不求名，也不求利，任他們説好也罷，説歹也罷，千秋事業，不朽文章，你們信也罷，不信也罷。于中堂加了十錫，也不管他；戴衢亨中了狀元，也不羡他；揚同、任大頭記得三部《念一史》、五部《十三經》，也不理他。但守這個本分學問，實落心得，此爲兄弟三人無上等等咒。是日讀《易・履》之初爻，孔子曰：「素履之往，獨行願也。」孔子解得真真好，蓋素履而往，則可獨行其所願也。我願做詩就做詩，願彈琴就彈琴，願學聖學賢就學聖學賢，孰得而禁我哉？才一不素履，便有多少不如願處。即如考試，能如你願麽？如求官，能如你願麽？此無他，在人故也。即出門教書，也不免招些是非，惹些閒氣。即招徒會客，也不免招些是非，惹些閒氣。總喫虧，不免有借於人，總算不得素履，所以總不得獨行其願也。假如閉門修養，彈琴賦詩，喬之所需，惟兩兄，兩兄之所用者，惟喬。外此，於你們世上一無所需，一無所用，看你們又待奈咱們何？二爻：「履道坦坦，幽人貞吉。」孔子曰：「幽人貞吉，中不自亂也。」此二句又解得真真好。惟其履坦坦，所以能不去張皇，做個幽人。惟不厭此幽貞，則中心定静，任你説天論地，百般叫呼，他都不管，此乃真有得也。石桐家書及呈吕祖詩，子喬家書及野鶴賦，皆不免於自亂也。吾志決矣，夫何疑哉！

《榕村詩選》於陶詩《示周續之祖企謝景夷三郎》一首所謂「周生述孔業，祖謝響然臻。馬隊非講肆，校書亦已勤」也。評云：「譏苟就也，公之學行志節，見於此矣。」《戊申歲六月中遇火》一首評云：「『形跡憑化往，靈府長獨閒』即形骸已化，心在忘言之意，而加警策。」此不惟不得陶公詩中意，語亦甚不著痛癢，不能不疑相公之圓通也。於《古詩十九首》不下評語，卻高老。

五哥所説静動之不相爲用，弟時下所苦正坐此。故爲銘於窗上曰：「慎爾動，定爾性。淑爾止，免爾悔。動不保，須返考。式愔愔，作爾心。」次日晨起，即見希江，得家字，亦奇矣，遂舉以示揚扶。

有甘州趙生雲鴻，與弟比屋而居月餘。或導謁時相，趙謝不往，而以二詩相示。詩未能工，然歎其遠方少年，有志如此，故與爲吟四十字以勉成之：「寶劍未出匣，精氣已可識。期爲吾輩人，海上釣鼇客。舉舉韓詩，好容止也。遠方子，求名來京華。一枝看獨秀，恥爲没骨花。徐熙不畫没骨花。」

趙生年二十許，見四哥畫及吾輩所爲詩，欣然企向，惜學有不逮耳。每燈下促膝，談娓娓至夜半。趙所居處，即古居延城也。伊言青海、榆關、天山、祁連山、黑水、弱水，凡前人詩中西北邊塞之地，皆如吾家説文陵，易湯見大鵬，及沙漠荒涼，亦差不以爲怪耳。頗覺有趣，打算爲一詩贈之，未屬也。

又一書都中

虞翻云：「得一知己，可以不恨。」又云：「死則以青蠅爲吊客。」憤時無知己也。甚矣知己之難也。若喬者，時人雖以冒以浮譽，而知己幾何？東皋翁許爲狂狷者流，可謂隻眼，而於其詩文，或未能深知之也。前以二詩呈翁，翁方較館中元、白詩，遂以長慶目之，豈知子喬詩者哉？方叔駒可謂愛之篤，好之至者矣，然或疑所守之太狹，所執之太固，而不能無摇於浮沉圓通之説，則知之亦未盡耳。其餘若羅中丞、韋方伯、德尚書不過賞其字畫端好，經笥博洽。夫經笥博洽、字畫端好，是豈喬之所長哉？要而論之，能真知確見喬之所短長者，兩兄之外，無一人焉。故爾來名心甚淡，甚務爲韜晦，一檄五斗，不過藉以報吾之望。一年半載，便當收拾歸山。上奉慈顔，下與吾兩兄讀書論詩，益勵其志而懋其學，逍遥斯世，寤寐無恨。神鑒斯語，不敢昧心。

四哥來書中一段，五哥所謂當書座右者，弟讀之怦怦心動。蓋弟之心事，不惟母親不及知，即在都之人皆不能知。所以不能知者，不同趨也，不同志也。所以目下行事舉止，多不免爲同輩僕屬所疑，坐此常鬱悶不快意。又或不得已，從若輩一二事，亦過而輒悔，益鬱悶不快意也。嘗一夕訪李儀曹，聽其一談，與吾三人之見，不啻乳合印符，兼之樸質平實，絶無一矜張客氣語。因及作令之法，有不必與時人異者，有確不可與時人同者云云。又云：「目下吾輩所自效者，唯有立心求濟於人，而無害於民。再則自喫苦三字而已。」弟感斯人言，是夕始覺豁然心開，向之鬱悶者全去矣。何以故？向時怕人者多，怕妻子，怕童僕，怕親戚，怕外路朋友，怕時道人，怕其私地竊議也。只此都不怕了，只怕四個人。天之下，地之上，只有四個人可怕，豈不寬闊哉？若我他日千萬人都説好，這四個人鄙而笑之，死有餘恨矣。若千萬人都説不好，這四個人知聞之而喜，榮於華衮矣。同人揣此四個人爲誰？其見大抵相同，且不必説破，待千載後共知爲誰如何？便令先生怕，方是真正四個人也。若常得李儀曹在弟之旁，則弟之氣常揚而心常泰矣。不然，則亦何有濟耶！豈惟無濟，且恐病心矣。弟之欲與兩兄俱者，非第爲椿津之觀、兒女之情也，亦猶之欲得儀曹之意也。弟性窄而少斷制，然有一信而可恃之人在前，則無所疑阻而心寬綽矣。不然，豈非苦海耶？

寧焯按：觀此數則，先生在都中，蓋李儀曹外，無一人可共語也。先生所常往還者，周書昌、方叔駒、趙志南、祝厚臣、秦小峴、侯素軒，而皆不能與於此，安得不動歸山之思乎？李儀曹當即諱漱芳者。

桂林家書摘録 四月南行。兄石桐注。

松圃相重愛之情久而彌篤。弟到，松圃即來舟中言：「吾爲兄定鶴巢矣。」趣即搬入，乃其宅之後身。房舍高涼，而潔淨寬敞，供給無不盡心。此樓舊名凝翠樓，後聞子喬將至，除左右廊舍居家人，以此樓居子喬，更名棲鶴樓。樓下爲湖，樓後爲獨秀山伏波岩。蓋松圃於吾兩人，乃真心傾服者。弟未到之前，時時盼望。凡在省之官員幕友等無不盼望者，皆松圃之故也。乃少鶴竟以詩名傾動上官，到省未彌月，即委署大州。酸呻五字，竟成仕宦捷徑耶？呵呵。然此亦可驗篤功致效之報。四哥爲評詩，松圃奉爲金石，逢人誇示。前梧州太守、今陞山東按察使陸公友仁此即岑溪本府，與子喬共事最久而最相契，當時殊不知少鶴之能詩也。見之歎曰：「必如此，乃真作家。似吾輩所作詩，真門外戲耳。」劉松嵐名大觀，東昌人，好作詩，並好爲古文詞。現任廣中州縣，近不知調何處，想因公在省耳。與子喬最相善。亦求評其詩，如石桐先生改定松圃詩。松圃私語人曰：「松嵐言何易也。」蓋謂其詩可改，而松嵐詩難改也。故詩中所改删，心悦之至。將來弟在嶺外不至困頓者，賴此友也。松圃有言：歸語四哥，少鶴在南，有松圃在。外此寅僚，亦相好者多。大概此時，廣西官吏如查太守、孟臨桂，孟君好爲詩，自言石桐先生門人。雖時人貲郎，皆有士人風氣，此其可喜幸者也。再此地自松圃好吟，遂多吟人。自袁子才哄動以後，桂林輒尚詩詠，不獨因松圃也。借此筆墨，消遣羈懷，亦正不惡。石桐云：「此家報中二紙，抽出寄同人，使知子喬在南中安便，並悉松圃緇衣之誠也。」

評兄石桐先生詩

別後詩話一卷，讀之中懷振觸，申旦不寐者。

《宿南山贈新亭兄弟》：感傷極矣，諸君能無作田家泣耶？

《過雨蒼舅故居》：看似尋常懷舊語，而最深感，正與李東川同。

《熙甫曉雨寄丹柱詩見示因感子喬南行》：此景此情，何人識得？

《哭子庸詩》：所以壽之矣。五星作亦不朽，皆不得以腐論。〇讀之如身到家，思歸轉深者。

《雪中喜子喬書至》：村寄時，想是如此。寫來宛然，然此前後無限感矣。

《攜兒輩遊村市寄子喬》：此詩果甚佳，敘處結處皆不尋常，皆極可感念。潘蘭公賞予新年詩，歎爲特識，廉夫更能識此詩，以爲絶作，真不易得也。予故謂蘭公、廉夫二子，識力精卓相類。

《與五星丹柱東亭會飲懷子喬南行》：此學韋蘇州之淺顯者。

《送熙甫之官吏部》：必是如此，他語都説不着。

《孤山憶昔行》：正以淺而可感。

此卷擬寄示松圃，又恐不能盡領，須相見時一指喻之乃得也。然松圃邇來學術果進矣。

評兄蓮塘先生詩

兄於爲詩，從《選》入。他如庾信、徐陵、杜審言、沈佺期、陳子昂、李白、王維、白居易、韓愈、李賀，皆嘗究涉，獨不喜規模形似。故張、賈門下人無以定其專主，不知意興之超，骨力之卓，古人本自相入。喬及兄石桐每詩成，輒就兄推勘之，然後定則。能好二子之詩者，必能好二子之所好者也。

戲題袁子才來書後二絶句

來書云：「泰嶽居五嶽之首，一登而可以小天下矣。然有人焉，終其身，結茅棚於泰山之頂。而其餘武夷之幽深，羅浮之奥妙，至死不知。豈得謂之善游者乎？」蓋譏僕專法杜、韓，狹而不廣，不能俯仰近代時賢之詩也。時賢如查他山輩，尤恨予詆其詩話。子才駡我我不怪，下走他山真不能。便好寫作道人像，泰山頂上一茅棚。《集韵》音朋。

書又云：「足下少時用力於杜、韓，而精思大力又足以副之，遂至能入而不能出。以爲取法乎上，僅得其中，此外可一切決舍。且上之一字，亦頗難言。杜初學庾、鮑，後取法乎二《雅》。韓初學李、杜，後得力於三《頌》。此又取法乎上之上者也。足下如悍將用兵，又何以姑舍是，而不窮追之哉？」

明季文章已劫灰，淫哇紛逐格尤頹。正思往問孑才子，還我三《頌》二《雅》來。「頌」依揚子雲《河東賦》讀作墻容切。

與紀小癡論詩

往時，有持沈歸愚詩集者質於予，予使小癡論之，批郤導窾，皆能得其膏肓。予因語人，小癡於歸愚，可謂太真然犀炬也。小癡遂以此自負，於國初諸公多所詆訾，而不得其當。偶閱予《歸順示父老》詩，小癡潸然斂拜曰：「此真韓子矣。」予曰：「吾兄石桐及單廉夫皆以爲似元次山，而某自揣尚未能逮施愚山之氣量，特均爲次山一路耳。」小癡因復痛詆愚山一錢不值，奚足以當少鶴而希次山耶？其論殊浮妄，不中繩理。

小癡於明詩推尊徐青藤，强予和之。予曰：「青藤之詩與吴小仙之畫，某皆量褊，喫不下，不敢附同。」於本朝詩，最稱吴蓮洋、馮大木，謂可涵蓋一切。又雜及高念東、趙秋谷、明之楊升庵，皆可懾服也。然所以取之者，亦不確實。大概欲翻衆人之耳目，而無所折衷者耳。

小癡極詆李松甫之詩，且曰：「少鶴欲以待松甫者一例視之，小癡不甘也。」予曰：「松甫詩清，貴有法承，故嘗取之。若近來作詩者，多是亂道，豈敢濫許盡如松甫耶？足下勿過疑。」

又云：「松圃藐視小癡，竟似絶無所解。其意欲使小癡執贄爲弟子，豈不屈耶？」予笑曰：「松圃嘗言之矣，小姐何用張生爲兄，小生乃真不用小姐爲妹。足下果有志，各自尊所聞、行所知可也，何用取不同道、不同術之人？如松圃者，與相掔競門墻，呶呶不已，豈非自苦耶？且小癡談詩，力攻松圃。而松圃談詩，從未及小癡，則其分量已可見矣。」

小癡又論韋蘇州詩，以爲其妙在寬。柳子厚詩妙在厚，黄魯直詩妙在麗。予曰：「此正相反。韋之得力在仄，柳之得力在削，黄之得力在浄。」小癡揚目曰：「倔强哉此翁！僕一肚皮狂論，嘗歎世俗人不能知之，故特進於少鶴之前，期一吐氣耳。乃屢見困，何耶？」予曰：「某一生不敢作違心語，若少鶴而隨人俛仰，則亦不足爲少鶴，足下安用求之。」

因翻得桐鶴古詩卷，曰：「必如石桐先生，乃現世羅漢，三千威儀，是真韋蘇州，群輩何敢異言？」予因問：「石桐詩佳處安在？」小癡云：「即如『罷耕牛自鳴，田夫負耒歸』、『始見水禽集，或鳴沙草中』，皆無上等等咒，即朱子詩亦遠不逮，何論松圃？松圃若能爲此一句，我便五體投地。松圃之學，得石桐『緩步躡石蹬，倚杖聽澗泉。時見山中人，動作亦蕭閒。豈無人事勞，幽興此中偏』此等語耳。」予曰：「足下於石桐詩，去取乃爾爾耶？」

又稱《義堂集・水車行》一篇曰：「若得如此三二十篇，便可充一代，韓、蘇皆當避之。」予聞之，慨然曰：「此詩用心處，友人潘蘭公、韓公復皆不及見之，先兄叔白乃真切指出。今又得小癡一知己，可無恨矣。」再問：「此詩好處安在？」小癡但摇首，長吟「引水周舍插秧荷，間以其餘溉黍禾」數句，細察其意旨，似於叔白之所論者，亦尚未能有會也。

小癡與朱心池倡和甚相得，而不肯明言。予因問：「現今西粤之爲詩者，足下獨無所取乎？」小癡曰：「高廷樞、楊懋珩、李傳燮三子，皆予所心服也。」予曰：「高集未見，若楊、李作，固不及松圃。再如心池之詩若何？」小癡曰：「大概亦與松圃比肩耳。」予曰：「足下知石桐爲正法眼藏，請以石桐決之。松圃之詩，石桐取入選者十之四五，而心池之作，石桐一字不能收，則足下之辨二子疏矣。」

小癡忽自言曰：「松圃之所以輕我者，因少鶴謂我詩雜，遂衆爲咻之。夫我之雜，只可少鶴砭之，他人則何足知？且吾詩固未嘗雜也。」予曰：「桀紂之飾非拒諫，因不自知其惡，尚屬可恕。若小癡明明自知其病在雜，正可勉而改之，何反預爲拒諫之地，豈非桀紂之不若耶？」小癡亦不覺大笑。

小癡記醜而不擇，才高而粗莽，多與任子昇相似。子昇後來漸有進處，惜乎不永年也。

癡又云：「世人讀少鶴詩，豈能知之？吾有一字，評曰『律』。」予曰：「此評誠高，然予則何敢當？請以移之山谷，替君前『麗』字之失可也。」「少鶴豈無短處乎？」癡曰亦一字，評曰『隘』。」予云：「此評誠當，謹受教。然亦幸遇此隘者，不惜與阿癡折辯。若所遇不恭者，則於小癡之言如響矣，足下安所聞其失耶？」小癡於是始微有憮然之意。

小癡亦書《詠鶴道人占四明山事》詩，囑寄阮樹南，使同書於卷内。此事見《續粵西叢載》。道人、阮君、蘄翁、朱、農二秀才皆有詩，阮擬書一卷傳示浙中。詩云：「東海有一鶴，翻然向四明。化爲臞道士，貌似楊容城。《鶴道人圖》酷似容城椒山先生塑像。徑來此山住，主者不敢争。袖中出一紙，得之阮刺史。老鶴預乘軒，遊戲偶然耳。阮來與交替，醉後强書此。何以椒山翁，亦有此詼詭。道士笑不顧，一去九千里。結茅晏坐四明顛，住山不費買山錢。上天下天鶴一隻，一一鶴聲飛上天。」即此詩便是徐文長支流，其中亦有雜處。如楊容城一節，雖紀實語，然在此終覺無著，使加節制，小癡未能也。此題本屬遊戲，姑且聽之，其才氣亦非時下詞手所能。

與袁子才論詩教

簡齋來書

胡甥從桂林歸，接詩册，恍如面晤。見和生挽詩、告存諸作，如異樂仙音，來自海外，迥非人間凡響。所説春田太守，乃僕世交，十年前在姑蘇相遇，猶以清門公子目之。不料去年寄詩一册，獨抒懷抱，自寫性靈，真後來作手也。且有「先生宗白我宗袁，尤古心香此一源」之句，沈休文遲暮之年，忽得王元禮出而張之，可勝欣喜。其佳句久已梓入《詩話》，得足下從而附益之，固所願也。來札憂近今詩教，有以温柔敦厚四字訓人者，遂致流爲卑靡庸瑣，屬老人起而共挽之。此言誤矣。夫温柔敦厚，聖人之言也，非持教者之言也。學聖人之言而至庸瑣卑靡，是學者之過，非聖人之過也。足下必欲反此四字以立教，將教之以北鄙殺伐之音乎？毋乃由之瑟，奚爲於某之門矣。嚴滄浪論詩，笑坡、谷二人如子路侍夫子，未免有行行之氣，此語殊解人頤。才如坡、谷尚不免人譏彈，而況於不如坡、谷者乎？夫温柔之與卑靡，剛健之與粗硬，似是而非，差之毫釐，失之千里，不可不察也。然而天下物，未有不以柔爲貴者。金銀銅鐵、綢羅紗絹，觸目皆然，雖太阿、純鉤，天下之至剛者也，亦以能屈能伸爲貴，而況於聲詩一道，將含商嚼徵，播之管弦者耶？大凡人之於詩，如口之於味，嗜各不同，或嗜羊棗，或嗜菖蒲菹，仁者見之謂之仁，智者見之謂之智。杜少陵不喜陶詩，歐公不喜杜詩，竟陵、公安、七子，互相詆毁，王阮亭痛訾元、白，專主中唐，蔣心餘、錢嶼沙痛詆阮亭，專主他山。僕以爲皆是也，皆非也。是者，是其獨得之見，不隨人爲步趨。非者，非其所見之偏，不平心而察理。范蔚宗所謂「能識同體之善，而忘異量之美」，莊子所謂「蔽於古而不知今」，此學者之大病也。足下不喜查他山，以爲卑靡之習自他山開之，此言又誤矣。夫他山以前，詩之卑靡者，無慮萬萬數，不過不傳於世，故足下未見耳，非自他山濫觴。他山是白描高手，一片性靈，痛洗阮亭敷衍之病，未可菲薄。若以流弊而論，則槎枒粗硬之弊，亦何嘗不自老杜開之？韓昌黎之「蔓涎蝸出殼，角縮頭敲鏗」，與《笑林》中所云「蛙翻白出闊，蚓死紫之長」又何以異乎？足下之詩酷摹韓、杜，故縱筆及之，爲思患預防之戒焉。近今詩教之壞，莫甚於以注疏誇高，以填砌矜博，捃摭瑣碎，死氣滿紙，一句七字必小注十餘行，令人舌舉口呿而不敢下，於性情二字，幾乎喪盡天良。此則二千年來所未有之詩教也，足下何不起而共挽之？

又一書

再白者：足下又嘗疑我議論，似乎三教皆不歸依，到底歸依何處？此言亦非知我者。我輩墜地後，舍周孔何歸？但歷來歸周孔者，荀、孟、朱、程，俱有流弊，有習氣，我不以爲然。譬之到人家，敬重一長者丈人而已，其旁子弟、侍從之煩言贅語，我不能隨聲附和也。至於佛、老二家，何嘗無可取處？奈其習氣更重，流弊更多，故不得不淡漠視之，而有「彼哉彼哉」之歎。曾自嘲云：「鄭馬門前不掉頭，程朱席上懶回眸。一鞭直造尼山下，文學班中訪子游。」此是我歸依處。老鶴行將飛矣，不得不留此一詩，望君爲作傳。

再與袁翁子才書

某之爲文也，性僻守狹，不敢與當代鉅公聞人馳騁而角逐，沾沾自好而已。前歲奉書，偶肆狂喙，遂遭先生棒喝，示以第一義，於此見先正古直之風，雖於所好者不相徇暱，俾淺學者自鏡其失，愚得砭而頑得針，此感當且不朽。惟是鄙人之臆有未能達，不得不覆白於廣大教主之前。向所謂以温柔敦厚訓人爲詩者，某即無學，寧不知此出《經解》耶？獨是神農之教天下，夫子以之贊《易》，而有爲神農之言之許行，孟子則力辟之，擯爲荆舒蠻夷。聖人之教人唯忠信，又曰「古之矜也廉」，而取不屑不潔之士。忠信廉潔，本當尚也。而居之似忠信，行之似廉潔，則目之爲鄉愿，深惡而痛絶之，何也？惡其妄附假託，而非真也。來書云：「學聖人之言，而至於庸瑣卑靡，是學者之過，非聖人之過也。」正同此旨，非有他歧。不然，許行之教，亦神農之過，而忠信廉潔，爲不當法與？某論近來學詩之弊，必懲乎此者，因見有一大老，負當世重望，觀其所著，庸瑣卑靡，而其選詩與持論也，必曰温柔敦厚。夫其所謂温柔者，乃涊淟也；敦厚者，乃媕娿也。後生小子既震乎其名，又見其稱述之不謬於聖人也，遂翕然奉之，相率而成庸瑣卑靡之習，而詩幾亡矣。此其爲詩害，尤甚於許行之亂治，鄉愿之賊德也，故不可以不辯。若先生之爲詩也，獨主言情，不肯循跡。鄙儒小拘，踔厲古今，其與此老正如甘遂、甘草之相反。即觀《倉山詩話》中，亦似不以此老爲韙，乃反爲攘臂而争之，不亦過乎？至援嚴羽之論，謂坡、谷二子，如子路行行氣象，此視陶淵明、張曲江、韋左司輩，固不免發揚蹈厲矣。然其骨力則正足相扶，似乎世風日靡，興頑立懦，尚賴有剛鯁之氣。善乎陸務觀之言曰：「氣骨真當勉，規模不必同。」前次若陳子昂、李白、杜甫、元結、韓愈、孟郊皆然也，何必二子哉！先生以某嘗從事韓、杜，而預戒其槎枒粗硬之病，是則學問不能變化氣質處，謹受教矣。某於諸前輩不敢妄訾，亦不能隨人俯仰。其有來學詩者，問及歷下、公安、竟陵及新城、秀水諸公，則概云姑舍是，取法乎上，不敢以近自囿故也。鄙性若後來詩老之甚。後來之卑靡，莊子所謂況愈下矣，此所以亟望大雅之起衰也。若以考據爲詩，以疏注誇高，以填砌矜博，誠如明訓，無關於性靈，無當於風雅，雖日著萬言，不值一吹吷也。《書》云：「詩言志。」此本無志。《大序》云：「詩發乎情。」此本無情。「觚不觚，觚哉！觚哉！」即其人自珍如《太玄》，亦決後世必無更有揚子雲肯好之者也。此如野磷，不待撲而自滅矣。先生以爲何如？某待罪下吏，遠滯南交，每承書問，經歲始能往返，不勝耿耿。附候紿祺，爲詩教自愛。不宣。

又一書

自揚子雲論性後，世間學術流弊常苦一混字。近如周林汲輩，動稱三教歸一，正是混處，某意甚不取也。先生獨能灑然脱棄常習，若戴晉人之鄙二子，若釋家所謂即心即佛，非心非佛，未始不足以相印耳。來書及詩，乃自明小拘之旨，仍爲大德不踰之教，南吴、東魯同一淵源，命不肖異日爲作傳。野賤小生，安敢任史事？即將來史臣亦恐難爲定論。此段公案，須質百世後之聖人，看其惑不惑耳。呵呵。奉和小詩，可再發一哂。詩云：「每見鄙儒如漆園，因疑佛外别稱尊。小生敢道前言戲，好待尼山是偃言。」

又一書

《書》所謂「詩言志」者，非開口便講孔孟，下筆便引忠孝。此現成説話，不得爲志也。然如小説所云「腰纏十萬貫，騎鶴上揚州」，此等妄想，亦不得爲志也。志者，平生心意之所向，而力求必赴。人之志，亦有不同，若陳伯玉之志在復古，太白之志在删述，少陵之志比稷契，陸放翁之志存恢復中原，元遺山之志不忘故國。即足下之窮研山水，志謝監，怡適性情，志陶令，皆是也。鄙人初取汪春田太守與吴穀人之詩，皆以其清雋，而兩君之志事尤卓然可觀。穀人當轉御史，力辭。或問其故，曰：「某今具官，後世不過目爲不通之翰林而已。若在言路，而碌碌隨衆，使後人指出某朝某年間，某爲御史，真愧死矣。」僕在柳州時，或傳太守上制府書，力抉廣西之蠹弊，民生之困苦，皆由於上之作不順而施不恕也。其言峻切，犯時怒而不顧，皆可謂今之有志者，故有芻言紀之。因藉以發明古今爲詩之解，寄呈左右，未審河漢否也。

簡齋復書

冬至前七日，汪太守役來。接手書，知起居平善爲慰。且知在邊方與春田太守以吏術相推崇，以風雅相砥礪，可謂古之人與？古之人也。《讀秋水篇》鋪序曲折，昌黎以文爲詩，少陵以詩爲史，兼而有之。僕所最愛者，痛斥三教同源四字，罵爲蒙混，真乃探鄙人心中所欲説之言，而爲之代出諸口，能無距躍三百，曲踴三百耶？僕常云：夫道，一而已矣。凡有所慕於彼者，皆無所得於此故也。然而宋之大儒，亦往往暗通彼教，其初心所以讀佛書者，蓋入虎穴得虎子故耳。久之竟作牛哀之化而不自知，此韓、歐二公之所以到底不錯也。繼之者，其在明府乎？至於論詩一節，各有入手處，亦自有得力處，正無妨君子和而不同也。故别有荒言，教兒子録之，奉呈台教。

來札談論風騷，洋洋千言，將所藴蓄於胸者傾蓋出之。仕途中，足下奇男子哉！但莊子云：「辯生於末學。」孟子好辯，鄙意尚覺其多事。以秦始皇之威力，焚書坑儒，卒不能損周孔之教於萬分之一，況區區之楊、墨哉？使當時無孟子，楊、墨之教，亦至今不行也。所指譎詩教卑靡，爲後學累者，初讀之竟有杯弓蛇影之疑。今蒙明教，方知爲歸愚一翁，則尤不必矣。當歸愚尚書極盛時，宗之者止吴門七子耳。不過一時藉以成名，而隨後旋即叛去。此外南方風氣柔弱，偶有依草附木之人，稱説一一，人多鄙之。刻下如雪後寒蟬，聲響俱寂矣。何勞足下以摩天巨刃，斬此枯木朽株哉？老人與歸愚鄉會同年、鴻博同年，最爲交好。然平時論詩，向彼嘿無一語，知其迂拘自是，而不可與言也。然深知其居心忠厚，行己端方。未發之前，《竹嘯軒集》中頗有佳篇，亦未可一齊抹殺。況此時墓木已拱，家無負床之孫，往澆一盂麥飯者，言之傷心。足下何忍射死虎而慮其咆哮，斥奄人而禁其生育哉？亦可謂私憂過計，而用心於無益之地矣。此論雖似與僕異旨，然卻有見仇者快意，蓋袁翁與此老本不相入也。

《禮記》一書，漢人所述，未必皆聖人之言。即如温柔敦厚四字，亦不過詩教之一端，豈有此理。不必篇篇如是。二《雅》中之「上帝板板，下民卒癉」、「投畀豺虎」、「投畀有北」，未嘗不裂眥攘臂而呼，何敦厚之有？故僕以爲，孔子論詩，可信者，興、觀、群、怨也。不可信者，温柔敦厚也。亂道。或者夫子有爲言之也。夫言豈一端而已，亦各有所當也。前書因恐以此譏己，遂云：「温柔敦厚，聖人之言也。」此知非以譏己，乃云：「不可信者，温柔敦厚也。」顛倒若此，夫子得毋耄乎？

元遺山論詩，有「詩到蘇黄盡」之語，似不滿此二人者。然則謂遺山之詩，勝於蘇、黄，可乎？不可。然東坡天才超邁，落筆成趣，不過工夫淺耳。此八字已道不著東坡。至謂工夫淺，比之陶、謝、李、杜、韓，工力則誠遜矣，然以較餘子，何以見淺？豈可與山谷並稱？山谷詩佳處，老人至今茫然。肯直説，卻見胸懷坦白。然未便因不解遂罵。《世説》云：「張茂先我所不解。」此之謂也。宋人詩話，説東坡如宦家女，大脚步便出；涪翁詩如小家女，拗項折頸，有許多做作扭搦處。元人《就日録》比之驢夫脚板，鐵匠火鉗。僕則以爲如食刀豆，嚼芋皮，始終無味。然嗜好不同，蔣心餘好山谷而不好楊誠齋，僕好誠齋而不好山谷，猶之足下不喜他山詩。所謂人心不同，各如其面。食肉不食馬肝，未爲不知味也。若夫阮亭之不喜少陵、香山，則又有説。阮亭一味修容飾貌，此實有之，怪不得説。所謂假詩是也。惟其假，故不喜杜、白兩家之真。以己之短，妬人之長，甚至罵杜甫爲無恥，以其獻《三大禮表》，稱楊國忠爲司空元老故也。殊不知考之唐史，杜上表時，首相並非楊國忠耶。宋時譏詆山谷，大概魏泰之輩。不知泰以無賴門客，附倚王荆公、章惇，其品最爲下下，其所言豈止蜉蝣撼大樹已哉？後來王若虚等毁之亦不遺餘力。乃觀所自作，直糞土耳，又何必拾其唾餘以取憎耶？

足下論詩，講氣體二字固佳。僕意神韵二字，尤爲緊要。蓋氣體是空架子，可學而能；神韵是真性情，不可强而至。前明何大復言，古人詩皆可歌之賓宴。杜詩只《錦城》一絶可歌，餘皆不入律，此正宋人習爲靡曼之音，故有此説。故宋人稱爲村夫子。此言亦係偏見，《三百篇》變風、變雅原不入笙歌也。然於情韵二字卻有見到處，而今人不知。神韵二字又取阮亭語，何耶？〇「其爲氣也，至大至剛，以直養而無害」，亦空架子乎？

來札所講「詩言志」三字，歷舉李、杜、放翁之志是矣，然亦不可太拘。詩人有終身之志，有一日之志，有詩外之志，事外之志，有偶然興到，流連光影，即事成詩之志，志字不可看殺也。謝傅之遊山，韓熙載之縱妓，此中有掩蓋自占地步處。豈其本志哉？多識於鳥獸草木之名，此等如何可以志論？亦夫子餘語及之，而夫子之志豈在是哉？

足下少時用力在杜、韓兩家，而精思大力，又足以副之，遂至能入而不能出。以取法乎上，僅得其中，此外可一切決舍。不知此二語，是學究常談，乃所願則學孔子也。不許乎？不可奉爲定論。當時燕噲取法乎堯舜，王莽取法乎周公，亦可謂上之至矣，不圖求爲下下而不可得者，何也？且上之一字，亦頗難言。杜初學庾、鮑，後取法乎二《雅》；昌黎以文爲詩，初學李、杜，後得力於三《頌》，此又取法乎上之上者也。足下如悍將用兵，又何以姑舍是而不窮追之哉？今夫泰岳居五嶽之首，一登而可以小天下矣。然有人焉，終其身結茅棚於泰山之頂，而其餘武夷之幽深，羅浮之奥妙，至死不知，豈得謂之善游者乎？僕道取法者，師之之意也。師豈有一定哉？孔子曰：「三人行，必有我師焉。」此則言各有當也。《尚書》云：「德無常師，主善爲師。」杜少陵云：「轉益多師是我師。」孔子有取乎滄浪孺子之歌，則孺子即孔子之師也。孟子有取乎夏諺齊言，則夏諺齊言即孟子之師也。甚至聖人師螻蟻而立戰陣，師蜘蛛而制網罟，螻蟻、蜘蛛可謂下之下矣，而聖人不曰姑舍是者，何也？取其有益於人，而不計其物之微細也。以故僕之論詩，豈特不敢薄古人哉，即足下有一篇之善、一句之佳，僕必師之，而終身不敢忘也，夫豈特如足下之大賢哉！即後生小子、女流末學，有一言之善，一句之佳，僕必師之，而亦終身不敢忘也。自苦衰老，不能省記，此《詩話》之所以作也。及到落筆時，卻要處處有我在，不肯爲古人所囿。孟子曰：「待文王而後興者，凡民也。若夫豪傑之士，雖無文王猶興。」須要對得文王才是。祖孝徵曰：「大丈夫當自出機杼，不可寄人籬下。」韓文公曰：「惟古於詞必己出。」陸放翁曰：「文章切忌隨人後。」顧寧人規一友云：「足下作詩，胸中總放不過一個杜少陵，此詩之所以不至也。」僕《詩話》云：

「抱杜尊韓，托足權門。苦守陶韋，貧賤驕人。」二語當與敬之分任之。亦是此意。總之善爲詩文者，平日讀書，不可一日離古人；臨期著作，不可一念仿古人。偶有無心而暗合者，則又不在剿說雷同之例。

終其身結茅棚一段，卻説得妙。在先生意極砭之，而僕乃甚自得也。因題一絶云：「子才罵我我不怪，下走他山實不能。便好爲寫道人像，泰山頂上一茅棚。」○時人於他山輩，未必足爲武夷、羅浮也。我乃以梅聖俞爲武夷，黄魯直爲羅浮，不亦可乎？其如足下，年已及耄而不知何。○直吐出《詩話》之所以作句，然後知才翁之動毛髮來酣戰者，以僕嘗評謫所著之《小倉詩話》也。不知此正可爲翁功臣，不然，若待身後後人之誚詆，豈僅如僕所云耶？

凡作詩，尤貴相題行事。古人剛克柔克，清奇濃淡，各成一家而去。我輩生於今世，則十八般武藝，不得不抱負齊全。有宜剛者，有宜柔者，有宜濃者，宜淡者，總須認準題目而爲之，不可徒抱一副本事，狹而不廣，拘而不變。此又《春秋》責備賢者之意，不敢不望之於足下。寧可丹蜂釀蜜，采百卉以成甘；不必節婦含貞，此卻心樂之。抱一夫而不嫁。蔣心餘見贈云：「古來只此筆數枝，怪哉公以一手持。」僕雖有不及，不敢不勉。一題到手，如選將出兵，方能制勝。遇應制，則遣沈、宋；誇力量，則遣杜、韓；入山林，則遣王、孟；叙情事，則遣元、白；作綺語，則遣温、李、冬郎；鬥險怪，則遣盧仝、長吉。此其大概也。然又必自出心裁，不襲其皮殼，方爲大家。説得自快，但恐杜、韓、王、孟不受調遣何。

嚴滄浪笑坡、谷詩，如「子路侍聖人，有行行之氣」。此言未嘗不是，然子路亦是聖門高弟，聖人亦不必强之以誾誾。及讀「由也，不得其死」，然則行行之弊，卻有不妙處。前奉寄札中，論天下物一切貴柔，豈特黍稷稻粱、綾羅綢緞、羽毛皆柔者價貴，硬者價賤哉？人活便柔，人死便硬，此尤明效大驗也。故光武云：「朕治天下，亦欲以柔道行之。」真悟道之言。然而剛是剛，硬是硬，柔是柔，弱是弱，四字不可蒙混。柔在三德中，弱在六極中。漢文帝是柔也，元帝是弱也。詩文亦然，韓、杜是剛也，山谷是硬也；元、白是柔也，歸愚是弱也；梅聖俞亦有弱病，不能以歐公之欣賞而附和之。歸愚之弊，亦不止於弱，且與元、白、山谷並衡，亦太不倫。○聖俞不到二雅不肯捐，子才言今如此，所以不能入於古也。

書家學書，亦須取法乎上。故歐、蘇、褚、薛、顔、柳、趙、董皆從二王入，然其風格氣味，都自成一家，不襲二王面貌。唐人李義山、杜牧之、韓昌黎、白香山都是學杜，俱能脱盡藩籬，自樹一幟，此四人詩之所以傳也。歐公學韓文，而所作絶不似韓，此八家之所以自成一家也。學韓詩，而集中詩竟似韓詩，此詩之所以無人讀也。莊子曰：「循跡者，非能生跡者也。」足下之詩太似韓、杜，何不獨樹李岑溪一幟乎？惜乎，我二人相見之遲也。歐公詩，當時有聖俞、蘇子美讀之，後有東坡、山谷讀之，今有少鶴讀之，何以言無人讀？其人之不讀者，不過庸奴飯豎。此等但知讀《千家詩》，俗明易上口耳，豈足爲定論哉？○僕又題一絶附寄云：「明季文章已劫灰，淫哇紛逐格尤頹。正思往問子才子，還我三《頌》二《雅》來。」頌字從揚子，讀作平音。

書稟幕友詩

奉上官

姘幪仁宇荷栽培，得遂鳧趨燕賀來。恭仰大人韓范績，竊爲卑職櫟樗才。多承提命慈雲蔭。幸察微忱德鑑開。□□自合加勉勵，酬恩萬一效涓埃。

贈寅僚

久幕芳型未識韓，辱叨雲朵幸先頒。菲材謬荷訂蘭譜，雅望遥欽重斗山。争羡鶯遷指顧事，早聞器重上遊間。定知一一符心祝，不盡馳依望覆還。

學究先生詩

誠意根源在致知，知猶未至意多欺。爲仁端屬無私者，力學惟當時習之。須識異端非聖教，共遵達道本天彝。五經《論》《孟》書真好，誦讀功夫是所宜。

荒傖詩

作詩莫要等閒論，詩要温柔厚且敦。常把孝心酬父母，獨留忠義在乾坤。松筠難比真貞節，花蕚相聯好弟昆。人品五倫稱首重，誰能及此便爲尊。

（劉奕、李德强點校）

拗法譜

拗法譜提要

《拗法譜》一卷，據清末刻本點校。撰者李憲喬生平見《凝寒閣詩話》提要。此譜與《三李詩話》久湮無聞，清末忽并出，由好之者分别刊行，原委見單步青叙及侄孫德運跋。譜前有少鶴原叙，署嘉慶丙辰（原訛爲乾隆丙辰），當爲卒前絶筆也。所謂「拗法」者，即平仄不合律調之常而施以補救之法，此在詩人作詩爲求變化，乃不能不用之，「唐宋人集中拗句不可枚舉」，少鶴自叙固已言之。此譜則摘出李杜王孟四家之句，列成十餘例，皆屬一般拗救之法，其中稍不同者如「拗中拗」，乃是「雙拗」基礎上之再拗，故名。又有「大拗」者，乃是以「古氣行律」者，則平仄更不必求其合轍。門人童葆元、曾傳敬二跋，謂少鶴視律、拗皆爲「天籟」，故主寬，並不拘泥。譜後附一《通轉韵考》，則改主嚴格。各韻下頗列邵長蘅（子湘）《古今韵略》者，以正俗説之不可信從。此篇後署乾隆壬子年，略早於前篇。

叙

吾鄉王阮亭、趙秋谷《聲調譜》，其字旁標識，歷久多譌。予嘗再三玩索，終蓄積疑，恨不得善本而刊其誤也。去歲見李少鶴先生祕本《拗法譜》一册，根據精確，言簡而法詳，用證王、趙舊《譜》，無不豁然貫通，兼能自抒心得，補《聲調譜》所未備。因思祕本一出，争以先覩爲快，恐傳寫者衆，標識失真，後之學詩者無由見廬山面目，爲可慮也。此譜係李石農先生家藏，與傅心泉先生所存《三李詩話》同時並出。其《詩話》已求邑侯葛子周先生爲之譔序矣，此《譜》可聽其湮没不傳歟？幸同志傅墨卿、張漢文、綦允升、傅抱經、張康侯、傅景文諸公，並族姪醴泉，共願合錢付梓，傳之無窮，俾從事聲調譜者藉爲嚆矢，而袪其積疑，此亦好古者考證之助也。《譜》中標識拗韵處平用○，仄用●，悉放《聲調譜》之舊，以便參觀，且不敢創例也。

光緒二十四年歲在戊戌，同里後學單步青叙。

原叙

詩之有聲調，天籟也。聲調有古有律，亦天籟也。即齊梁以後，唐律未起，而平仄已半相合，可證已。其有未盡合者，乃古律未盡分，唐人謂之齊梁體云。至於唐初，則有律矣。律之有平仄，天籟也。平仄有拗法，亦天籟也。即初盛迄中晚，以及宋元人，所用不待轉相告諭而自無弗合者，可證已。近來學詩者不知古人拗法，每見有不同常律，遂以爲隨意可差。於時有俗子創爲「一三五不論，二四六分明」之説，誤天下人子弟不淺也。然其惑總由不明拗法之故。門人輩多有來問者，請爲譜以明之。余按，唐宋人集中拗句不可枚舉，而世俗習聞而共信者無如李、杜、王、孟，因即四家詩略爲指之，亦可曉然。試執以證他家，鮮不合矣。

乾隆丙辰〔一〕八月二十二日晚少鶴自叙。

【校勘記】

〔一〕「乾隆丙辰」即乾隆六年（一七三六），作者李憲喬生於乾隆十一年（一七四六）。或係傳鈔、刊刻者之誤。

拗法譜

高密李憲喬箸

正律調。

平平平仄仄 第一平字仄亦可。

仄仄仄平平 第一仄字平亦可。◯以下挨次粘去。

仄仄平平仄 第一仄字平亦可。

平平仄仄平 第一平字必不可仄，仄則爲單平落調。◯以下挨次粘去。

右當世所共知共由也，然單平多犯。

單拗法。

平平仄平仄 二字倒。

仄仄仄平平 次句照常。◯第一仄字平亦可。

紅顔棄軒冕，白首卧松雲。李白

蛟龍得雲雨，雕鶚在秋天。杜甫

秋風正蕭索，客散孟嘗門。王維

何如石巖趣，自入户庭閒。孟浩然

雙拗法。

仄仄仄平仄　第一仄字平亦可。○二句中一字倒。

平平平仄平　第一平字仄亦可。阮亭云：仄更妙。

揮手自兹去，蕭蕭班馬鳴。李

黄鵠翅垂雨，蒼鷹飢啄泥。杜

落日鳥邊下，秋原人外閒。王

鄖國稻苗秀，楚人菰米肥。王

樵子暗相失，草蟲寒不聞。孟

一平字拗五仄法。

仄仄仄仄仄　第一仄字平亦可。

平平平仄平　第一平字仄更妙。○此一平字拗上。

對酒不覺瞑，落花盈我衣。李

孤雁不飲啄，飛鳴聲念群。杜

積水不可極，安知滄海東。王

人事有代謝，往來成古今。孟

右拗法，吾鄉王阮亭、趙秋谷二先生嘗列爲《聲調譜》，亦當世所共知共由矣。阮亭於五仄拗引義山「高閣客竟去，小園花亂飛」，調尤響。

此外又有三仄下不用拗法。次句照常，第一仄字平亦可。

平平仄仄仄　第一平字仄亦可。

仄仄仄平平　第三字不得拗作平，平則爲古句。大拗又別論。

碧雲斂海色，流水折江心。李

親朋盡一哭，鞍馬去孤城。杜

山中一夜雨，樹杪百重泉。王

以吾一日長，念爾聚星稀。孟

或云：既三仄矣，則上應二平，若起字用仄，即單平落調。此妄説也。看李、孟二句可證。友人周林汲、桂未谷前亦未明此解。今林汲亡矣，待寄未谷可耳。

又有拗中拗下中一字救法。問：何以爲拗中拗？曰：將首句三四字倒來方成雙拗也，故曰拗中拗。

仄仄平仄仄　第一仄字平亦可。

平平平仄平　第一平字仄亦可，仄更妙。

白鷺拳一足，月明秋水寒。李

光細弦欲上，影斜輪未安。杜

貧賤人事略，經過霖潦妨。杜

促織鳴已急，輕衣行向重。王

流水如有意，暮禽相與還。王

左右林野曠，不聞朝市喧。孟

又有拗中拗下中一字不救法。

仄仄平仄仄　第一仄字平亦可。

平平仄仄平　次句照常。○第一平字必不可仄。

與爾情不淺，忘筌已得魚。李

細草偏稱坐，香醪嬾再沽。杜

按：此拗法初盛已間有之，中晚尤多。若賈長江「身愛無一事，心期往四明」等，不可枚舉。惟國初時，此拗法未甚明耳。

又有上句同雙拗下句不拗法。

仄仄仄平仄第一仄字平亦可。

平平仄仄平次句照常。○第一平字必不可仄。

興罷各分袂，何須醉別顏。李

老去一栖足，誰憐屢舞長。杜

鳥道一千里，猿聲十二時。王

户外一峰秀，階前衆壑深。孟

又有下句同雙拗上句不拗法。

仄仄平平仄首句照常。○第一仄字平亦可。

平平平仄平第一平字仄亦可，仄更妙。

試發清秋興，因爲吴會吟。李

寒食江村路，風花高下飛。杜

日落江湖白，潮來天地青。王

時倚檐前樹，遠看原上村。王。次句一三字自爲拗。

我愛陶家趣，園林無俗情。孟

又有上句五仄下不用以平字拗者。

仄仄仄仄仄　第一平字可仄。

平平仄仄平　次句照常。

朱亥已擊晉，侯嬴尚隱身。　李

吾友太乙子，餐霞卧赤城。　孟

此法杜、王少見，中晚以後多不敢用，要亦拗法之一也。特初學不可輕用。

又有首句拗中拗次句中字或救或不救者。

仄仄平仄平　平平仄仄平

楚水清若空，遥將碧海通。

八月湖水平，涵虚混太清。

仄仄平仄平　平平平仄平

二月湖水清，家家春鳥鳴。

北闕休上書，南山歸敝廬。

此法襄陽疊用，自爲拗體之一。然他家亦少見，初學不可輕用。

又有大拗體。其聲調初無一定，大要以古氣行律，故每參以古句，而其氣體自是律而非古也。且亦與齊梁體不同。此惟可意會耳，難定印板平仄。略指數首，可類推之。

李詩

我來竟何事，單拗。高卧沙丘城。三平古句。城邊有古樹，三仄拗句。日夕連秋聲。三平古句。魯酒不可醉，五仄拗句。齊歌空復情。中一平字拗。思君若汶水，三仄拗句。浩蕩寄南征。律句。

杜全用大拗者七律多五律少，故不載。

王詩

中歲頗好道，五仄拗句。晚家南山陲。四平古句。興來每獨往，三仄拗句。勝事空自知。二四仄古句。行到水窮處，坐看雲起時。二句雙拗。偶然值鄰叟，單拗。談笑無還期。三平古句。

孟詩

挂席幾千里，名山都未逢。二句雙拗。泊舟潯陽郭，中三平古句。始見香爐峰。三平古句。嘗讀遠公傳，永懷塵外蹤。二句雙拗。東林精舍近，日暮但聞鐘。二句律。

凡稱古句者，古詩中正調，若在尋常律詩中，皆落調也。又有仄平仄仄平句，亦必當禁在古詩中可矣。此乃謂之單平，古人集中絶少。即間一有之，如李云「斗酒勿爲薄，寸心貴不忘」，孟云「出谷未亭午，到家日已曛」，或出入古體，或字有錯簡，未可據之以滋誤也。

又有仄韵排律。唐人試律有官限仄韵者。其首句落字或平或仄，不盡同平韵律詩出句必仄字也。其句中平仄，每參拗句，或參古句，略如唐人仄韵五絶之有對句者，可以意領其聲調也。趙秋谷所作仄韵排律，不過將一首平韵排律倒轉來，呆呆板板，豈是唐人聲律？即秋谷《聲調譜》中亦未及此，可知竟是粗心，未嘗理會得也。今試隨便取二首來證之，昭然若發蒙矣。

張謂詩 日落山照曜

徘徊空山下，四平古句。晼晚殘陽落。律句。圓影過峰巒，半規入林薄。拗句。餘光徹群岫，拗句。亂彩分重壑。律句。石鏡共澄明，律句。巖潭佐昭灼。拗句。棲禽去杳杳，三仄拗句。晚烟生漠漠。律句。此意誰復知，古句。獨懷謝康樂。拗句。

出句押字平仄相間，宫商方諧。若依秋谷所作定用平字，聲調反不協矣。推之古詩、絶句亦然。此爲排律者，以當時應試之作中間皆對，格韵緊嚴，故與古詩微有别也。○謂爲天寶二年進士，尚在盛唐，故其氣格高迥如此。

裴夷直詩 亞父碎玉斗

雄謀竟不決，三仄拗句。寶玉將何愛。律句。倏爾霜刃揮，古句。雰若春冰碎。律句。○「雰若」或作「颯然」，非是。飛光動旌旗，古句。○或作「動旌幟」，拗句，亦可。雜響震環佩。拗句。○「震」字或作「驚」字，非是。霜摧繡帳前，律句。○「摧」字或作「灑」字，非是。星流錦筵内。拗句。圖王業已失，三仄拗句。○或作「霸主業已虚」，非。爲鹵語空悔。拗句。○「語」字或作「言」字，非。獨有青史中，古句。英風冠千載。拗句。

此參用古句，與前詩略同。其出句錯落押字，亦可證也。○夷直登第在文宗朝，與樂天同時，是爲中唐，律法益嚴，而入試所作如此，可知唐人聲調決非如秋谷所擬。

他如七律拗法，大概與五律相通，而杜集中尤多，即專取杜句，略爲證之，亦可矣。

單拗。

蜀主窺吴向三峽，崩年亦在永安宫。

雙拗。

江天漠漠鳥雙去，風雨時時龍一吟。

一平字拗五仄法。

年過半百不稱意，明日看雲還杖藜。

右亦當世所共知共由。惟第三條引證阮亭未及。

亦有三仄下不用拗法。

悵望千秋一灑淚，蕭條異代不同時。

拗中拗下中一字救法。

今朝臘月春意動，雲安縣前江可憐。

第二句二四連用平字，仍大拗也。

故鄉門巷荆棘底，中原君臣豺虎邊。

第二句二四連用平字，仍大拗也。

鄰雞野哭如昨日，物色生態能幾時。

第二句二四連用仄字，仍大拗也。

拗中拗下中一字不救法。杜集少此，總歸於大拗。

上句同雙拗下句不拗法。

一聲何處送書雁，百丈誰家上瀨船。

下句同雙拗上句不拗法。

舊來好事今能否，老去新詩誰與傳。

上句五仄下句不用一平字拗法。

桃花氣暖眼自醉，春渚日落夢相牽。

第二句二四皆仄，仍大拗也。

首句拗中拗而入韵，次句中或救或不救者。

暮春三月巫峽長，皛皛行雲浮日光。「浮」字拗。巫山秋夜螢火飛，疏簾巧入坐人衣。「坐」字不拗。

杜集七言大拗體，其聲調亦無一定，大要以古氣行律，故每參以古句，而其氣體自是律而非古也。自唐初《龍池篇》以及崔顥《黄鶴樓》、李白《鸚鵡洲》等，皆屬大拗體，而杜集其成，故隨舉二首證之。王、孟七律無大拗，故不及。

城尖徑仄旌旆愁，同五言拗中拗句。獨立縹渺之飛樓。三平古句。峽坼雲霾龍虎卧，律句。江清日抱黿鼉游。三平古句。扶桑西枝樹斷石，上四平句。弱水東影隨長流。三平古句。杖藜嘆世者誰子，泣血迸空回白頭。二句雙拗。趙秋谷《聲調譜》大拗下即引此詩。

霜黄碧梧白鶴棲，城上擊柝復烏啼。二句在律中皆不合，即古詩亦宜酌用之，在大拗卻宜。他如「拄到玉女洗頭盆」，正相同。客子入門月皎皎，同五律三仄句。誰家搗練風凄凄。三平古句。南渡桂水闕舟楫，古句。北歸秦川多鼓鼙。古句。二句亦同雙拗，而首加二字，累平累仄，非尋常律法，故爲古句。年過半百不稱意，明日看雲還杖藜。一平拗五仄。

二詩不盡同，亦大概相近。喜用三平，否則次句下五字多平以諧古也。抑有不盡然者，再附一首參看。

江草日日喚愁生，古句酌用。巫峽泠泠非世情。拗句。盤渦鷺浴底心性，拗句。獨樹花發自分明。古句酌用。十年戎馬暗萬國，同五言五仄句。異域賓客老孤城。古句酌用。渭水秦山得見否，同五言三仄句。人經罷病虎縱横。律句。

此詩一、四、六句在尋常律中爲失調，即在今通平韵古詩内亦爲失調也。或可酌用之，乃獨於此拗律三見焉，題中原注「戲爲吴體」，或吴體有如是耳。後來黄山谷拗體多仿此種，亦未便以爲錯，但初學不可輕用耳。

吾邑胡君大千，名萬年，乾隆甲戌進士，除江西萬安令，卒於官。先子門人也，高才博學，嘗語僕以唐宋詩全集參考，疑當時拗體正多，必不僅如王、趙《聲調譜》所載也。擬共編集爲書，以廣來學之耳目。後宦遊各阻，書未及成，而大千殁矣。兹僕刺歸順，時將北上，暫罷州事，齋居多暇，因門人輩問業及之，遂於杯酒閒舉示此《譜》，令繕成册。雖所引載不多，然於大千之所疑者已無遺漏，惜大千不及見爾。後二日，將游太極洞，不果，雨窗獨坐，鶴翁跋。

葆元嘗問：「作詩貴聲調乎？」先生曰：「詩貴發情止義，不貴聲調。」又問：「聲調即在平仄乎？」曰：「聲調各隨其派，亦各隨其人。即有唐諸家所用平仄非有異也，而聲調各别。」「聲調不在平仄，然則聲調無關於詩耶？」曰：「情以顯義，聲以達情，然後足以興起而感人深也。《書》云：『歌永言，聲依永，律和聲。』無聲調則不可歌，而情無由達矣，何以爲詩？」又問：「聲調不論平仄耶？」曰：「平仄即宫商也。《樂記》所謂『聲相應，故生變；變成方，謂之音』，不知聲者，不可與言者，不知音者，不可與言樂。無平仄是無宫商也，何以成聲調？」於是乃究問平仄之法，並拗體之變。先生既一一指授之，又曰：「抑末也，然不可以不知，故著爲譜如右。」門人童葆元記。

傳敬嘗問：「《三百篇》《楚騷》之後，止有古詩，無所謂律詩。律詩創於唐，而曰亦天籟，何也？」曰：「子且言古詩起於何人？」曰：「蘇、李。」曰：「試看李詩如：『屏營衢路側，執手野踟躕。長當從此別，且復立斯須。』蘇詩如：『誰念當離別，恩情日以新。鹿鳴思野草，可以喻嘉賓。』不皆律詩平仄乎？特非律詩聲調耳。」又問：「聲律爲沈休文所尚，大概自休文以後，寖成律格。陳隋相沿，至唐而定，以粘連對偶，遂全爲律。若唐律之有拗體，又其變者矣，而曰亦天籟，何也？」曰：「且試看沈詩，如『平生少年日，分手易前期』，非單拗乎？『麗日屬元巳，年芳具在斯』，非上同雙拗下句不拗乎？『伐罪芒山曲，弔民伊水潯』，非下句同雙拗上句不拗乎？『長袂屢以拂，雕胡方自炊』，非上同五仄句下用一字拗乎？『懸飛竟不下，亂起忽成行』，非上同三仄下句不拗乎？特無正雙拗句耳。適其全集不在案頭，無從細檢。而如蘇、李詩『握手一長嘆，淚爲生別滋』，即雙拗矣。況如『良時不再至，離別在須臾』，『四海皆兄弟，誰爲行路人』，『歡娱在今夕，燕婉及良時』，不皆爲拗句乎？何以言自唐始創之乎？吾故曰皆天籟也。」「然則古詩之變爲律者，僅以粘連對偶乎？」曰：「古詩中亦有對偶，唐律中亦有通首不對者，自不礙爲古、爲律也。至於粘連，初唐尚有不盡拘，中晚以後失粘者少矣，要亦非古、律之分也。古律之分，惟在氣格，而聲調依之。是古詩雖通首合平仄，而非律也。是律詩雖通首不合平仄，自非古也。

吾前云聲調不在平仄，即此説爾。但此必於各家諷玩已熟，自能得之，非可以口舌詁也。近來論者甚謂作古詩必不可使一句合律，亦無此情理，大概皆不明聲調之故耳。」按此問答與此《譜》有相發明處，故書附於此。門人曾傳敬記。

平聲 以下《通轉韻考》

上平。一東　古通冬，轉江。《韻略》通冬、江。

二冬　古通東。

三江　古通陽。　昌黎因江並入陽、庚、青、蒸，他人罕用，可不遵也。

四支　古通微、齊、灰，轉佳。《韻略》通微、齊、灰、佳。

五微　古通支。

六魚　古通虞。《韻略》同。

七虞　古通魚。

八齊　古通支。

九佳　古通支。

十灰　古通支。

十一真　古通庚、青、蒸，轉文、元。《韻略》通文、元、寒、删、先。

十二文　古轉真。

十三元　古轉真。

十四寒古轉先。

十五刪　古通覃、咸，轉先。

下平。一先古通鹽，轉寒、刪。

二蕭　古通肴、豪。《韵略》同。

三肴　古通蕭。

四豪　古通蕭。　蕭、肴、豪三韵通用。古間有入歌、麻者，不可漫用。

五歌　古通麻。《韵略》通麻。

六麻　古轉歌。

七陽　古通江，轉庚。《韵略》獨用。

八庚　古通真。《韵略》通青、蒸。

九青　古通真。

十蒸　古通真。《韵略》通青、蒸。

十一尤　古獨用。　尤韵古體間入魚、虞，亦不可漫用。

十二侵　古通真。《韵略》通覃、鹽、咸。

十三覃　古通刪。

十四鹽　古通先。

十五咸　古通刪。

上聲 上、去通轉皆同平聲。

一董 古通腫，轉講。《韵略》通腫、講。

二腫 古通董。

三講 古通養，轉董。

四紙 古通尾、薺、賄，轉蟹。《韵略》通尾、薺、蟹、賄。

五尾 古通紙。

六語 古通麌。《韵略》同。

七麌 古通語。

八薺 古通紙。

九蟹 古通紙。

十賄 古通紙。

十一軫 古通梗、迥、寑，轉吻。《韵略》通吻、阮、旱、潸、銑。

十二吻 古轉軫。

十三阮 古通銑。

十四旱 古轉銑。

十五潸　古轉銑。

十六銑　古通阮、琰、豏，轉旱、潸、感。

十七篠　古通巧、皓。《韵略》同。

十八巧　古通篠。

十九皓　古通篠。

二十哿　古通馬。《韵略》同。

二十一馬　古通哿。

二十二養　古通講。《韵略》獨用。

二十三梗　古通軫。《韵略》通迥。

二十四迥　古通軫。

二十五有　古獨用。《韵略》同。

二十六寢　古通軫。《韵略》通感、琰、豏。

二十七感　古通銑。

二十八琰　古通銑。

二十九豏　古通銑。

去聲

一送　古通宋，轉絳。《韵略》通宋、絳。

二宋　古通送。

三絳　古通漾，轉宋。

四寘　古通未、霽、隊，轉泰。《韵略》通未、霽、泰、卦、隊。

五未　古通寘。

六御　古通遇。《韵略》同。

七遇　古通御。

八霽　古通寘。

九泰　古通寘。

十卦　古通寘。

十一隊　古通寘。

十二震　古通敬、徑、沁，轉問。《韵略》通問、願。

十三問　古轉震。

十四願　古通霰。

十五翰　古通勘。
十六諫　古通陷，轉霰。
十七霰　古通願、艷，轉諫。
十八嘯　古通效、號。
十九效　古通嘯。
二十號　古通嘯。
二十一箇　古通禡。《韵略》同。
二十二禡　古通箇。
二十三漾　古通絳。《韵略》獨用。
二十四敬　古通震。《韵略》通徑。
二十五徑　古通震。
二十六宥　古獨用。《韵略》同。
二十七沁　古通震。《韵略》通勘、艷、陷。
二十八勘　古通翰。
二十九艷　古通霰。
三十陷　古通諫。

入聲

前輩有入聲十七韵皆通之説，雖似無理，亦有所據而言。

一屋　古通沃，轉覺。《韵略》通沃、覺。

二沃　古通屋。

三覺　古通藥，轉屋。

四質　古通職、緝，轉物。《韵略》通物、月、曷、黠、屑。

五物　古通質。

六月　古通屑、葉、陌，轉曷。

七曷　古轉月。

八黠　古轉月。

九屑　古通月。

十藥　古通覺。

十一陌　古通月。《韵略》通錫、職。

十二錫　古通職、緝。

十三職　古通質。

十四緝　古通質。《韵略》通合、葉、洽。

十五合　古獨用。《韻略》通葉、洽。

十六葉　古通月。《韻略》通合、洽。

十七洽　古獨用。《韻略》通合、葉。

此俗韻混通，不可依從。但其中亦有本吴才老之説者，要亦不可從也。如侵之不可通真、文，覃、鹽、咸之不可通寒、删、先。歷考漢魏以來詩，無叅用者。即《三百篇》，亦無叅用者。可知所謂通者，乃後人審音不精之故，故即才老亦不精也。孔子曰：「無徵不信。」試即古來徵之，則爽然矣。吾於此確信邵子湘其説不可易也。至以真而通庚、青，則吴下時人之誤，非古人之誤也。

凡上、去之通轉皆依平聲，江、陽可通。子才翁多爲引據，以駁子湘，予終未之敢信。不若依子湘，仍作叶可也。

尋常作古詩，只宜用通，不宜用叶，即偶用之，亦不過二、三字。其餘若銘、誄、贊、誌、祭文、哀詞、碑版、雅、頌、騷、七，以及雜文之有韻者，通叶皆可用，無害也。詞有詞韻，視詩韻較寬。然如珍、鍼，言、嚴，山、杉，亦決不可通也。

曲但遵《中原韻》，其中多從土音，視詞韻又寬矣。然亦不得亂用，以詞韻而作詩，以曲韻而作詩、詞，皆是荒傖。歌、麻通用，古詩與古曲合，今近多不用矣。沁、勘以下四韻皆閉口字，所以不與開口字通。平、上亦然。入聲之通，其説不一。子湘以老杜爲證，亦不無有見。東坡、山谷又是一樣用法。詞韻上聲與去聲相通，惟中間一定之字，俱照詞律填之。本朝韻學以顧亭林爲第一，然其説頗迂遠。愚意不如即主子湘,《韵略》之所遺漏者,吾亦可用古人用過者補之。若從此俗韵通轉,必見笑於大方之家。

乾隆壬子二月十七日三鼓,鶴道人識於寧明之畫鶴軒。

後叙

吾家《三李詩稾》久已刊行海内，惟《三李詩話》並先高叔祖少鶴《拗法譜》，自經兵燹以後，家藏原稾，盡歸散佚，外間偶有存本，亦視爲枕中祕寶，不輕示人。單君輝廷，與余有姻表之誼，兼係同門，邑中好古士也。授經之暇，婉轉假得《詩話》，旋又假得《拗法譜》，璧合珠聯，一時并出，誠數十年來未有之盛也。余家議刻《三李詩話》，甫定剞劂，而輝廷與同志諸君已將《拗法譜》及附《通轉韵攷》校讐付梓，及余聞知，工告竣矣。古人有言：物之顯晦，自有其時。《拗法譜》久失存稾，今幸藉諸君之力，得以永傳不朽，《譜》之幸也，其即余家之幸也夫。

光緒戊戌小至後三日，姪元孫德運謹識。

五橋說詩

五橋説詩提要

《五橋説詩》一卷，據乾隆間稿鈔本點校。撰者何一碧，字涵青，號五橋，江蘇奉賢人。乾隆四十年歲貢生。有《四友堂文稿》。何氏少工詞章，後研經術，故論詩文有根柢。此書無序跋，觀其《論文》卷首有乾隆四十年一序，或作於此前不久。首爲「學詩大法」，推一「理」字，亦不廢情，尚中正平和，與沈德潛爲近。其次爲詩體、詩家「源流得失」，從《詩三百》至本朝乾隆初，逐一論及，其中如《三百篇》近半，唐人名家亦幾無孑遺，極爲整飭。本朝則僅列漁洋、愚山、荔裳、竹垞、秋谷、初白、歸愚等家，又屢及陳祚明《采菽堂古詩選》。其説大抵平正，然亦有自家心得，尤以説《三百》而篇篇析其章法，頗見功力。論宋詩則不循故常，如謂梅堯臣遥開西江派、楊誠齋爲白體等，雖非首創，如《石洲詩話》即有誠齋上規白傅之説，終可見其論平中亦有奇也。而本朝特列趙秋谷、吴陋軒（嘉紀）等爲「質勝文者」一派，亦屬有見。故書中屢以沈德潛爲比，實較歸愚之説深入。其亦有明言不滿歸愚者，如以爲謝不能與陶并等。至以唐無四言爲缺，阮籍、李白爲「猖狂」，諸論則嫌過「正」而不及矣。此本藏上海圖書館，「源流得失」後僅存一則，論摘句之弊，全書似未完。

五橋説詩

學詩一事，未嘗不與爲人、讀書相表裏。人品端，則詩品亦正，讀書明理，詩意乃醇，非但取材之有藉也。亦有未嘗讀書，而天籟自鳴，妙絶千古者，歌謡之類是也。

做人、做文、做詩，皆須做乃成，惟上智之姿能從容，而中下此未有不用心用力做就者。驟言自然，未生先熟，庸妄焉而已。

詩與文各别，而亦相通。文言理，理生情。詩言情，情準理。但文多暢達，詩多含蓄耳。

詩家忌説理字，恐其腐也。然萬事莫逃乎理，詩何獨不然。該應處便是理，使得處便是理，非填聖賢語句之謂理也。

千古一有情之宇宙，有情則活，無情則死矣，但當辨其中正與不中正耳。故情至而詞工者皆活，情不至而詞工者皆死。詩與文皆當以是觀之。

聖人博學明理以躬行，後人博學爲詩文地步，要亦期于明理以達其意，則爲人之道，未嘗不隱隱相關也。文之用書，貴領大意，包涵一切。即有宜數典者，亦須親切不浮，其取材務衷經史，不可龐雜，所謂辭尚體要也。詩則不拘何書，皆可引用，荒唐不經之説，亦所不廢。然而大雅之士，必加裁酌，若乃絺章繪句，弔詭矜奇，浮游雜亂，堆垛襞積，則意愈晦、理愈蒙矣。

徒誇典博，恐掩性靈。專以布帛菽粟爲真，反使胸無書卷者得以藏拙。故須詞意雙美，文質得中。

《三百篇》、《離騷》尚矣。漢魏至今，作者代興，精選熟讀，潛心玩味，源流、高下，俱可見也。昭明選後有《詩紀》、《詩所》、《詩乘》、《詩歸》。乾隆十三年，陳允倩《古詩選》本于北海馮公《詩紀》，而于陶公特表而出之，此其勝于《文選》處也。至「不論理」一條，則謬矣。夫情辭而不準乎理，猶無星之尺、無權之秤也，而可乎？

發乎情，止乎禮義，詩之準則也。以情意爲主，而氣骨、筆力輔焉。歸愚言詩，先審宗旨，次論體格，次論音節，次論神韻，而一歸于中正和平，宗旨即情意也。言體格，則氣骨、筆力在其中矣，辭采又不待言也。音節亦詩之所不可失者。神韻即情意之含蘊者耳。中正和平，詩之聖境，學者用力之方，則在乎精渾雄健。精渾所以造于中正，雄健然後進于和平。精渾雄健，力量過人，句句用心，漸近自然，其于詩也庶幾矣。

詩之大要約有四種：曰陶寫胸情，曰叙述事跡，曰議論古今，曰就題鎔鍊。歸愚選詩，取其有關風化，此意足千古矣。選詩如此，讀詩、作詩亦然。風雲月露，雕蟲篆刻，偶焉寄托則有之，耽精研思則不可。

詩以不着議論爲高，然亦不廢議論。不即不離，中和之則，不獨咏物詩宜然也。

貧也，賤也，老也，死也，身後名亦空虚也。詩人所慨，往往止於此。故阮步兵、李謫仙輩，多以曠達而流于猖狂。

鄙俗諸病宜戒之。草草應酬，全無義藴，一病也。自歌自遣，毫無精意，二病也。專務近體，不學古詩，三病也。但知琢句，不講氣體，四病也。小題鬥巧，有乖大雅，五病也。次韻聯句，自取束縛，六病也。集陶集杜，枉費心思，七病也。奇格創格，妄思效顰，八病也。

高明諸病亦宜戒之。逞才炫博，未歸雅正，一病也。清空幽渺，墮入禪宗，二病也。胸無寔得，徒襲腐語，三病也。諷刺尖薄，干名犯義，四病也。香奩柔媚，有類婦人，五病也。牛鬼蛇神，狂怪無理，六病也。

相似而不同者，宜辨之。真樸可也，俚俗不可也。典則可也，浮華不可也。自然可也，草率不可也。沉鍊可也，僻澀不可也。雄健可也，粗豪不可也。雅淡可也，枯弱不可也。

自揣性之所近，力所能勉，不必强以太難。然步趨須落家數。如五古，則或曹，或阮、或左、或陶、或鮑、或謝，或李、或杜，或王、孟，或韋、柳，或次山，或東野之類。七古，則或四傑，或高、岑，或李，或杜，或韓，或元、白，或張、王，或長吉之類。近體亦然。大抵五律、七律、長律，皆以少陵爲最，次則右丞、襄陽、隨州之五律，右丞、東川、義山之七律，太白、右丞之長律。七絶以龍標爲最，次則太白、夢得、義山、牧之之類。即宋以下諸名家亦可師法。才大者能兼綜數家，才小者宜專精一路。成功後能融會貫通，初學時宜分門别户。取法乎上，僅得乎中，未有自適己意，隨手拈弄，而能成立者。以上言學詩大法。

《三百篇》詩法附韵法

《關雎》：首章爲綱，下二章爲目，此體往往有之。二章一氣滚説，極淋漓之致。三章興體，又變爲兩層，由淺入深，有流連不盡之致。〇首章首句入韵，下二章隔句爲韵，皆韵之常也。

《葛覃》：此詩本是追叙，末章乃入正意。「曷澣」二句，文法跌宕。〇首章「谷」、「木」、「飛」、「萋」、「喈」，隔韵叶。

《卷耳》：首章是作詩大意。「嗟我」二句，莊雅深厚。下三章憑空結撰，詩家托言之祖。末章又變爲急叠之調。〇下三章是句句叶。

《樛木》：此種乃是風雅常格，所謂一篇之中，三致意焉。大約由淺入深者居多，亦有不必拘者。

《螽斯》：此長短句之祖也。一字至九字，詩中皆有之矣。

《兔罝》：此雙叶。

《漢廣》：諸「不可」皆是斬釘截鐵之辭。

《汝墳》：末章闊大明達，殊有丈夫氣概。前二章正説，末章拓開，視《關雎》詩體一變。

《麟之趾》：「麟之趾」，一句兩層，「吁嗟」句，神味無窮，即以麟指點，靈妙極矣。〇「吁嗟」句同句不入叶。

《采蘩》：末章摹寫誠敬之神，莊雅簡潔，詩體與《汝墳》相似。

《草蟲》：添一句「亦既覯止」，句法之變，節奏之詩，更覺餘情縷縷。〇此三句爲韵。

《采蘋》：一路敘其有齊，却于末句點出其人，此畫龍點睛法也。

《甘棠》：語簡情長，第三句如玉磬戛然，與《麟趾》篇均爲三句詩祖。

《行露》：首章亦三句，末句仍就「行露」添一「謂」字、「多」字，以成節奏，殊覺繚繞有餘韵。後二章，五言之祖，詩體與《關雎》相似。〇首章重韵。

《江有汜》：與《麟趾》同一興法。用疊句作轉筆，節奏一新。此與《小星》均爲五句詩祖，而詩體又變。

《終風》：「顧我則笑」、「惠然肯來」，俱作一折，不惟節奏之妙，亦見忠厚之情。

《擊鼓》：逐章變換，而一氣啣接，詩體又變。後二章寔是一章。

《雄雉》：末章忽説德行，與《汝墳》忽説王室同一奇傑，不惟詩體相似。

《匏有苦葉》：此于第三章忽作莊語，節奏甚妙，詩法又變。末章仍以比體收，却又别出一意，若相應，若不相應，妙甚。

《谷風》：委曲周至，長篇之祖。「誰謂荼苦」二句，沉痛而飄逸。古人詩亦有襲用舊句者，「毋逝我梁」四句，與《小弁》同，《出車》末二章語句與《草蟲》、《七月》同，未知孰先孰後。若《閟宫》末章，明是模倣《殷武》。

《旄丘》：第二章不惟忠厚之情，亦見節奏之妙。

《簡兮》：末章節奏之妙，顯而易見。

《静女》：末章平上去通叶。

《定之方中》：「匪直」三句，筆法靈活，二句爲一句。

《載馳》：此詩跌宕悠揚，備極情文之妙。衛女多才，此其首選矣。二章兩翻停頓歇拍，最妙。三章「陟彼」二句，忽然飈開，節奏亦好。「亦各有行」句，不激不阿。「衆穉且狂」句，不嫌太過。「控于」二句，示以圖存之法，語亦爽朗。結處情真語摯，餘音繞梁。

《碩人》：此種略涉鋪排，與《小戎》、《韓奕》、《閟宫》等篇俱爲古賦之祖。

《君子于役》：添「曷至哉」一句，神情宕漾。「雞棲」一句，「羊牛」則用二句，又回應起句作結，參差錯落，爲長短句之祖。〇首章隔韵參差叶。

《兔爰》此隔韵叶。

《緇衣》：以一字句爲節奏，輕佻新穎，詩家創格。

《鷄鳴》：起調警絶，問答無痕迹，樂府之祖。〇「贈」原與「順」、「問」叶，不必拘定。兩句自爲叶也。

《狡童》：此與《褰裳》，洵爲《子夜》、《讀曲》之祖。

《風雨》：「風雨如晦」二句，名言可味。

《齊・鷄鳴》：詩近正風，語甚俊逸。

《還》：此與下篇節奏皆新，樂府之祖。

《南山》：齊、秦詩雄勁，魏、唐詩清勁，俱異靡靡之響。

《猗嗟》：神味只在「猗嗟」二字中，詩體超妙。

《園有桃》：清折古奥，中有含蓄，詩中另闢一體。

《陟岵》：用代法，一氣清折。○此以句中字叶，「子」叶「巳」、「止」，「季」叶「寐」、「棄」，「弟」叶「偕」、「死」。此又叶法之變。

《蟋蟀》：謹嚴肅穆，近于正風、正雅。

《山樞》：此篇詞意褊迫，與前篇迥異。○二章朱子以四叶一，何如以一叶四。

《蒹葭》：空靈超妙，不意秦人有此絶調。此騷人之祖。

《素冠》：神情在「庶見」二字中。

《鳲鳩》：此詩和平雅正，立言有序，疑是正風、正雅。

《七月》：摹寫休風，歷歷如繪，章法變化不拘，一種清淳古樸之氣流溢行間，具見周公才美。「五月斯螽」六句爲一句。

《鴟鴞》：急管哀絃，至誠悱惻，千古至文，却從患難逼出。

《東山》：恤下之情，固已至矣。抑揚反覆，曲折頓宕，隨手比興，藻采葩流。其爲詩亦復工絶，代言一法，《四牡》、《采薇》皆宗之，遂爲詩文家之祖。首章「東歸」而反「西悲」，確有此情，二語已入人深處。「悁悁」四句，忽然感觸。「亦在車下」四字，極頓宕之致。二章「果臝」六句，乃是空中想像，倍覺有情。三章纔以「鸛鳴」興「婦嘆」，即接「洒掃」二句，「聿」字神妙極矣。「有敦」四句，曲盡始至之情。四章「倉庚」六句，設色布景，預爲摹擬，結處餘味曲包。通篇無意不精，無語不工，合《七月》、《鴟鴞》觀之，又合《雅》、《頌》中周公所作觀之，各體無不造極。周公固聖人，即以詩論，又可云詩聖。○首二句似不入叶，寔以「東」字與「東」、「濛」叶。「蜎蜎」四句雙叶。三章「垤」、「室」、「窒」、「至」，去入通叶。

《破斧》：以下四篇俱以簡淡勝。「四國是皇」，一語道盡。

《九罭》：周公好處，莫可名言，但言其衣裳，反覺含蘊無窮。末章依舊説不出，但曰「衮衣」而已。

《鹿鳴》：此詩和而莊。

《常棣》：至情寔理。及通篇章法，《集傳》已詳之矣。今以詩法論，章多句少，唐人絶句之祖也。每章各自爲體，而又一氣相生。《四牡》連用「王事靡盬」，《皇華》連用「載馳載驅」，重章之常格也。而此篇則脱盡窠臼，戛戛生新，周公之才可以斗石量哉！○此與《常武》首章，「戎」字竟叶作「汝」，想是周人土音。

《伐木》：二章兩疊之法，與「既不我嘉」相似。「臨衝閑閑」、「敦弓既堅」、「天之降罔」亦然。

《采薇》：三章「疚」、「來」與《杕杜》末章《大東》二章同，必有一土音焉。觀《出車》首章之「棘」，《杕杜》末章之「恤」，則「來」字六直之叶良是。

《杕杜》：七句詩多矣，此篇結句俱峭勁，四章逐層摹寫，但寫望歸之情，不寫既至之樂，與《東山》

詩相變。

《蓼蕭》、《湛露》、《彤弓》：此種詩寓規于頌，莊重和厚，臺閣體之祖。

《六月》：《六月》逐章變换，研錬精嚴，《采芑》則涉鋪張矣，似非出于一手。飲至策勳而以「張仲」句作結，穆然淳古之風。

《車攻》：詩體與《常棣》相似，《四月》、《白華》、《棫樸》、《旱麓》亦然。〇五章隔韵叶。

《沔水》：「嗟我」以下三句爲一句，末以一句惕之。

《鶴鳴》：此與《齊・甫田》俱是道學，而此篇尤似《易》。奇情至理，另成一格，千古獨絶。〇「樂彼」三句爲義，而第三句爲韵，叶法又變。

《祈父》：以二字爲起句，峭異而響亮。

《白駒》：于《緇衣》、《杕杜》、《蒹葭》而外，另出一種情思，另成一種詩格。《蒹葭》神之遠，此則想之癡。繫維之法，公侯之誘，金玉之餘望，皆癡絶。

《斯干》：宣王時詩，大抵紆徐委備，非復周初之渾厚矣。此與《無羊》篇末俱托之于夢，亦復標新領異。

《無羊》：體物之工，具有畫意。「以薪」二句，烘雲托月之法。「麾肱」二句，摹寫入神。

《節南山》：此與《正月》、《桑柔》等作，忠愛迫切，詞繁不殺，蒼茫百感，恍惚迷離，意無端緒，語無倫次，並是《離騷》之祖。〇六章平仄通叶。

《正月》：十二章「殽」字宕句不入叶，如《江漢》五章之類。

《小旻》：《小旻》、《小宛》皆多理語，其卒章亦相類，疑出一手。

《谷風》：末章「怨」字宕句不入韵。

《蓼莪》：至情悱惻，足以感人。詩之節奏亦妙。「匪我伊蒿」，語便警絶。三章乃是正意。四章急管哀絃，連用「我」字，與《鴟鴞》連用「予」字同。後二章餘情不盡。

《大東》：前二章略叙大意，詞不迫而神已傷。三章自況堪憐。四章相形見困，節奏迤邐，已入妙矣。後三章因西人之不情，而忽及于星，愈轉愈奇，淋漓恣肆，遂爲詩中特創之格。「憚」是土音。

《北山》：二章以自譽者自憐，三章以人之譽我者自憐，俱含蓄忠厚。以下三章十二句，兩兩相形，哀音怨亂，如凄風急雨之驟至，亦創格也。可與《陟岵》、《蓼莪》鼎足而立。

《無將大車》：自爲寬解，而憂乃彌甚。此于《兔爰》、《苕華》、《萇楚》而外，别出一意，亦復妙于立言。劉氏曰：「疷」當作「痻」。

《楚茨》：博大昌明，嚴整肅穆，洵乎高文典册，其爲正雅無疑。○五章「備」、「位」上句叶，朱子費力矣。

《信南山》：「執其」三句爲一句。

《甫田》：以下二篇穆然淳古之風。○三章隔韵參差叶。

《瞻彼洛矣》：「泱」字同句不入叶。

《車舝》：首章雙叶，「舝」叶「渴」、「括」，「逝」叶「友」、「喜」。

《賓筵》：首章「秩」、「設」、「逸」隔韻叶。二章「鼓」、「祖」上句叶。三章「筵」、「反」上句隔句叶。四章「呶」、「俄」隔韻叶。

《角弓》：「相怨一方」，名言也。五章平上去通叶。六章「木」、「蜀」隔句叶。

《菀柳》：「彼人之心」二句，淡語含蓄。〇末章「天」、「真」、「矜」古韻皆通。

《采緑》：後二章空中預想，故覺有致。

《黍苗》：二三章見始事之勤、終事之速，四句如一句。「原隰既平」二句，平淡語，想見成功氣象。

《緜蠻》：「飲之」以下，四句如一句，癡話妙甚。

《文王》：導君法祖，其意至深切矣。詩體抑揚反覆，感人尤易入也。八章蟬聯，固是創格，而每章四句，又自蟬聯。此篇高渾凝鍊，端莊流麗，與下二篇之叙事者不同。

《大明》：起二句爽甚，末章只一句結，包括許多。〇六章「天」、「莘」隔韻叶。

《緜》：只一句起，邈然意遠。「肆不」二句，頓宕。末章以四臣勒住，勁甚。〇末章隔韻叶。

《思齊》：四章宕句不入叶，末章上句叶。

《皇矣》：洋洋大篇，却不涉于鋪張。〇四章「音」、「君」三句叶。

《靈臺》：首章「臺」、「來」隔韻叶。

《下武》：短章亦用蟬聯體。

《文王有聲》：「詒厥」二句，妙語獨闢。此篇另成一體。○同句不入叶。

《生民》：樸寔雅健，與《七月》相似。○三章「字」、「翼」隔韻叶。五章「栗」字連上句爲義，而與下句爲叶。末章「歆」、「今」隔韻叶。

《既醉》：亦是蟬聯，而又略變。

《假樂》：「自天」句起下。「子孫」以下三章，俱就子孫一氣説下，回環掩映，理足詞充。

《公劉》：此詩亦與《七月》相匹，嚴重而不板，浩蕩而不流，如古鼎寶光，不可褻視。○起筆同句不入叶。四章末兩「之」字叶。

《卷阿》：此與《公劉》詩體不同，而各極其妙。首章領起大意。二、三、四章極言福禄之盛，然總不脱「豈弟」，連下「爾」字，則親愛之至也。五章亟進之以任賢，婉轉之聲，忽變莊嚴之調。六章承任賢而遂及德成之效，莊嚴中又帶婉轉。七章、八章忽以興體咏嘆得人之善。九章、十章，二章如一章，節奏之妙，神化不測，反覆開導，可謂善于納誨矣。召公詩亞于周公，惜其不多見耳。

《民勞》：詩體嚴整，五章結語各有意味。

《板》：此篇疏散之體，與前篇不同。「靡聖」二句古拙。

《抑》：理寔氣空，開合動盪，隨手比興，跌宕不羈，好詩亦是好文。「修爾車馬」、「惠于朋友」，皆四句如一句。「無曰不顯」，二句如一句。

《桑柔》：首章至七章雙叶，九章亦雙叶，後二章隔韻叶。

《雲漢》：此亦是代法。「藴隆蟲蟲」、「滌滌山川」，善畫者畫不出。○四章、五章、六章、八章俱是平仄參差叶。

《崧高》：此篇意味不及《烝民》，由于申伯之德不及山甫耳。○七章前四句上句叶，後四句隔句叶。

《烝民》：意義精深，氣機活潑。○三章隔韵叶，六章平仄通叶。

《江漢》：五章起二句宕句不入叶。「命」、「命」重叶，「田」、「年」隔句叶，然古韵通也。後五句寔是平仄參差叶。

《常武》：首章「戎」叶「汝」，土音也。三章「業」、「作」上句叶。

《瞻仰》：此與《召旻》俱極剴切，雖雜以聱牙之語，而意緒可尋，得味于回。二章清快。三章「哲夫成城」二句，名言也。「懿」字、「哲」字、「教」、「誨」字，婉而多風。四章足三章之意。君子以位言之。○二章雙叶。

《召旻》：「靖夷」句極微婉。四章一喻，而連用如彼，雜沓之辭也。五章富善也，「維昔」四句，説不盡許多惡狀，只以淡語包之。○此篇叶法逐章變化。首章二、四、五句叶，二、三、五句叶。三章後三句叶。四章前三句叶，「苴」、「止」古韵通也。五章前四句雙叶，後三句上句叶，「粺」、「替」古韵通也。六章前四句雙叶，後三句下句叶。七章首二句不入叶，「命」、「公」古韵本通也，今作宕句，節奏亦妙，中二句重叶，後三句三句叶。

《清廟》：《商頌》反繁于《周頌》，蓋周公制作，另自成體，不襲前朝也。《周頌》大抵高渾精深，簡重肅穆。此篇但言「顯相多士」，而主祭者可知，但言「秉文之德」，而文之德可想。結亦悠然不盡，真所謂一唱三嘆，有遺音者矣。○此與下篇及《般》皆無韵。

《烈文》：「公」、「疆」上句叶，古韵本通，非兩韵也。「訓」自與「人」叶。

《天作》：「之」與「岐」叶，「之」字非皆不入叶也。《公劉》四章、《我將》、《時邁》「保之」亦然。

《昊天有成命》：「命」、「康」上句叶，「靖」字三句叶。

《時邁》：「子」、「后」隔韵叶，「震」、「神」叶，「位」、「矢」、「之」叶。

《思文》：「稷」「極」隔韵叶，「界」與「夏」叶。

《臣工》：「公」、「明」叶，「茹」、「畬」、「艾」叶，「春」、「年」、「人」叶，參差古韵也。

《噫嘻》：「穀」字宕句不入叶。

《有瞽》：雙叶如《車舝》之類。

《雝》：雙叶如《兔罝》之類。

《有客》：中節「宿」、「信」宕句不入叶。

《武》：「王」與「功」叶，「劉」與「後」叶。

《訪落》：疑是「止」、「哉」、「下」、「考」上句叶。

《小毖》：疑是「懲」、「蜂」上句叶。

《載芟》：末節「且」讀爲此，與「玆」叶。

《良耜》：末節中句叶。

《絲衣》：雙叶。

《桓》：雙叶。

《賚》：隔韵叶。

《駉》：魯不應有頌，《魯頌》不離乎風，注已明矣。即風詩如此，亦涉夸張，且嫌説盡。蓋僖公以後，風氣去古漸遠矣。

《閟宫》：《詩》莫長于此，後人長篇之祖，亦賦之祖。○七章「邦」、「從」隔句叶。

《那》：《商頌》自有駿厲嚴肅之氣，與《周頌》不同，讀者得其駿肅之氣，尤須得其淡遠之神。○五篇句句用韵，其不入韵者無幾。

《玄鳥》：末節雙叶。

《長發》：五篇却是二體，前三篇猶與《周頌》相去不遠，此下二篇則迥異矣。分章成體，其即周《雅》之先聲乎？此篇叙法井井，雖古質奇崛，而意緒可尋。二章「視」字與「示」同。○五章平仄通叶。

《殷武》：廉鋭峭勁，啣接有神。《商頌》另有一種滋味，而此篇尤易見。○四章雙叶。

歸愚云：樂府、古詩，較然兩體。蘇李贈答、無名氏《十九首》，古詩體也。《廬江小吏妻》、《羽林郎》、《陌上桑》之類，樂府體也。樂府中具有三體：《安世房中歌》，雅也。漢武《郊祀》等歌，頌也。

《廬江小吏妻》等作，風也。愚意古詩亦有三體：韋孟《諷諫》，雅也。班固《明堂》、《辟雝》等詩，頌也。《十九首》等作，風也。

有古樂府題不脱本意者，有古樂府題自出新意者，有自出新意另爲新樂府題者，有以樂府題爲古詩者，有以樂府題爲近體者，故附入各體中，不必另標名目。

陳思、步兵、太冲、元亮，古詩之大宗也。謝、鮑壞古詩之體，開排律之先，後人多效之，亦爲一宗。唐五言古，陳伯玉、張曲江、李供奉皆原本阮公，而李供奉自爲大宗。若祖述淵明者，王右丞、孟山人、儲太祝、韋蘇州、柳柳州，杜少陵自爲大宗。

七言古，王、楊、盧、駱爲一體，王、李、高、岑爲一體，李供奉爲一體，杜少陵爲一體，韓昌黎爲一體，李、杜、韓皆大宗也。其餘五言、七言古體、近體自爲小宗者，各有可採，獨少陵五律、七律、五言長律，亦推獨步。

漢人詩蒼蒼莽莽，樸直古厚，魏武純是漢音，後人罕能追蹤。華腴之中，自能矯健，所謂建安骨也，往往以情至語見長。陳思《吁嗟》、《聖皇》等作，或隱或顯，千載如見其心。

阮步兵爲司馬氏所制，不欲附之，而又不能脱去，故佯狂縱酒以自免。述懷八十餘首，幽愁憂思，可以續《騷》。惜其學本老莊，歸于曠達而止。

左太冲清思健筆，獨出冠時，然亦未爲見道，至以宣尼與相如並稱。

陶公詩有含蓄者，有直截者。含蓄有含蓄之妙，直截有直截之妙。亦有曠達之言，而與衆自别。

陶公詩不但忠義之氣時露言表，并須識其不忘天下之初心。

陶公人品學問非晉宋間人物可比，儲、王輩徒學其詩，而不得其所以爲詩者，故皆不能及也。

陶公詩鮮有不槩于理者，即少陵亦難言伯仲。

士衡開排偶之習，顔、謝加以鎚鍊雕琢，自宋至陳，皆祖述焉，而元氣日削，唐人律體導源于此。

謝之與顔，魯、衛耳，特其氣力較大。乃歸愚抑顔尊謝，至欲以陶謝並稱。夫謝之與陶，豈可同日而道耶？

鮑有雄健之氣，于樂府特開門户，小謝以後，日以衰矣。庾子山父子仕梁，嘗聘東魏。及元帝即位，又聘西魏，西魏留之。梁亡無所歸，周代魏，强之仕，至開府儀同三司。遭遇之苦，與元亮異。其詩非古非律，蒼茫百感，氣清力厚，即有率筆，要不害爲名家，故少陵亦往往稱道之。而陳允倩遂以匹休少陵，則過矣。

顔、謝固五排之祖，至陰、何而後，五七律絶皆已開其端矣。唐人判作近體，而另爲古詩，遂爲初唐體。

七言古，前代偶作，尚不多見。王、楊、盧、駱本屬浮華之士，故所作如此，然此體亦不能廢也。

四言古在得《三百》之神，不在襲《三百》之貌。漢韋孟、唐山夫人等作，洵是雅音。曹氏父子，孟德蒼雄，子建腴健，若子桓之便娟，則近婦人矣。叔夜、茂先，亦是弱體。廣微《補亡》，太涉摹擬。劉越石沈鬱頓宕，另開一境。陶元亮《停雲》諸作，意義精醇，筆力雄健，《三百》後獨擅四言之美。自是而後，罕有繼者。唐詩稱盛，而于四言或缺焉。

六言難作古詩，只成近體。右丞偶作，亦未爲絶妙。

高、岑、王、李七言古，規模不及李、杜之大，然而清雄朗健，不廢隊仗，氣味渾厚，允推七古正聲。

太白五古本于阮，樂府本于鮑，七古本于《騷》。少陵奄有諸家，五古亦有從謝出者。然太白天性絶高，少陵氣力絶大，故能不局前人，而自樹千古。

七言長短句，至太白而變化已極，高情遠神，酣嬉淋漓，有龍跳虎卧之觀，有浴日浮天之概，後人無從追踪，略得其意，便可藥庸鈍而擴拘墟。至若盧仝、馬異之倫，畫虎不成，只成荒怪耳。

太白五古，循循醇醇，而自挾飛仙之氣。

少陵句句用心沉思，毅力千古無兩，闔闢變化，諸體各臻聖境。惟絶句亦以厚力行之，反非正聲耳。

少陵五古，如《北征》、《奉先咏懷》，長篇固已空前絶後，其餘諸作，往往可續風騷，可備國史，《三吏》、《三别》其尤也。至若入蜀紀行諸什，接武康樂，錘鍊刻琢，非無化工之筆，然在少陵，尚屬次乘，而歸愚盛稱之，何也？

少陵七古，筆意沉重，不若太白之飛行絶迹，然而縱横馳驟，步步脚踏實地，間有體近高、岑者，其力量自不同也。

唐五言古，自闢門仞者，少陵爲最大，其次則元次山、孟東野。七言古自闢門仞者，太白爲最大，其次則韓昌黎，若李長吉、白香山以及張、王樂府，又其次也。

李、杜之外，即推右丞，各體皆正聲也，然非自闢門仞，五古宗陶，七古肩隨高、岑。善學陶者無如右丞，然人品不逮陶公，又往往涉禪，故終不能繼美。五古清淡而渾厚，視諸家固爲傑出。

詩家王、孟並稱，然襄陽五古意味淺薄，非王匹也。特以清氣絶塵，體格亦高，故右丞愛重之。其五律特開異境。儲太祝亦非王匹，徒以《田家》擬陶質樸，然猶未得其一體。

韋蘇州人品高潔，與陶相近。詩不專學陶，時出小謝，五古精神所聚，意味較厚，或可肩隨右丞。柳柳州五古品亦清峻，上擬陶公則未也。東坡以駕左司，毋乃過乎？

元次山憂國愛民，忠厚悱惻，固與少陵相似，性情品格高潔而淳寔，又與陶公相近。其爲五古，矯矯獨出，自闢畦逕，與趙徽明等唱和爲《篋中集》，超越流俗，洵推豪傑之士。阮亭謂《谷音》一卷，可以嗣音。

孟東野終身坎壈，其爲五古，沉刻峭拔，戛戛獨造，幾于石破天驚，昌黎深許而力薦之，良有以也。東坡以「寒」擬「瘦」，遺山訶爲「詩囚」，皆非平允之論。

昌黎五古學謝，亦自成家，攻險押强，以矜氣力，是其偏處。七古不須换韵，不必用長短句，而層層用意，脱换無迹，清矯雄健，氣力甚大，特立于李、杜之外，自爲大宗。蓋其人其文俱足千古，而詩亦如之。

李長吉語出嘔心，穠麗奇崛，亦爲七古力開生面。有李長吉之難，又有白香山之易。香山五七言樂府清新流便，往往有關風教，體格與少陵異，心事與少陵同，固非微之可及。

律體而以古體行之，其品最高。凡對法，須活變，不可板滯，又須嚴重，不可率易。以少陵爲宗，則有兩美，無兩傷。蓋一意相生，而貫以雄渾之氣，則有十字成句者矣，有二十字成句者矣，有通首如一句者矣。七律亦如之。

劉隨州自謂「五言長城」，然格律精嚴，而渾厚之氣衰矣。

律體須沉重典寔，而以浩氣行之。七律如開硬弓，尤不可一字鬆綽。少陵至矣，雖有清利一種，開宋人法門，然畢竟渾厚。右丞亦是高格，東川次之。

三十六體，義山爲冠。其七律婉麗類飛卿，沉厚則宗少陵。楊、錢效之，無其沉厚而師其婉麗，遂爲「西崑體」，亦曰「玉臺體」。

五排尤須大氣包舉，渾浩流轉，少陵之外，太白、右丞亦可師法。七排自元、白始見。

五絶須餘味曲包，間有天籟一種。

詩太幽絶，恐涉鬼氣，又似絶人逃世。右丞《鹿柴》、柳州《江雪》等作是也。

七絶盛唐多高唱，龍標意味深厚，神韵悠遠，故應獨步，太白則稍直矣。中晚李庶子、劉賓客、杜樊川、李義山，皆雅音也。

七絶亦有天籟一種。

岑嘉州《酒泉太守席上作》有云：「胡笳一曲斷人腸，坐客相看淚如雨。」善言哀者，淡淡着筆，而神理慘然，有使人腸斷者矣，有使人淚如雨者矣；今自説「斷人腸」、「淚如雨」，恐讀此詩者，腸不能斷，淚不能落也。太白《烏夜啼》亦云：「停梭悵然憶遠人，獨宿空房淚如雨。」此種詩率直説破，了無意味。《燕燕》詩亦説「泣涕如雨」，却自有含蓄。

李義山七絶，辭清麗而意深長，間涉議論，開咏史一法，于絶句中亦能自樹立者。

宋詩蘇東坡爲大家，金元詩元遺山爲大家，明詩劉青田、李西涯、李空同爲大家。

宋五古推蘇、朱，七古則推歐、蘇。

歐、梅首變崑體。但歐公七古學韓，清明和潤，而或失之弱，梅則力爲矯異，獨開澀體，爲西江所自出。人知西江之肇自山谷，而不知梅導其源也。

朱子以醇儒爲詩，五古《齋居感興》等作，以雅健之筆，達清真之理，是合陶、杜、周、程爲一人也。

東坡學術未醇，而天分高、才力大，五七古出入于李、杜、韓三家，律詩則多拗體率筆。

涪翁造意造詞以生硬爲宗，但意未醇厚，詞多拗僻，氣脉不甚融貫，學者多師之。西江一派，瓣香縷縷不斷。

楊誠齋爲白體，是宗梅、黄之清而出之以率易者，即有明公安之濫觴。

四靈五律，力矯時弊，略近中唐，亦可云錚錚者。

宋詩近腐，然不可概以腐棄之。程、邵之詩，作理書讀，自當別觀。朱子之詩，不皆言理，即其言理之作，筆意古雅，與程、邵自不同也。諸家之詩，有言理而腐者，有不言理而亦腐者，固當去之，然不皆腐者也。且宋詩之失，又非獨一腐字也，言腐者，特其大略焉耳。

宋詩之弊有三，而腐不與焉。西崑也，西江也，白體也。

金詩沿西江餘習，多失之粗薄。元詩沿西崑餘習，多失之纖穠。然非可截然分也，金詩中亦有纖穠者，元詩中亦有粗薄者。

劉無黨五七古及七律俱學少陵，可云能自振拔。

元遺山學贍才雄，當流離之際，不仕于元，其爲詩沉雄鬱勃，得之杜者居多，且各體兼擅，力量甚大，爲金元兩朝之冠。劉迎、李汾、虞、楊、范、揭，皆不及也。

遺山以史事自任，亦中原文獻之所係也。詩雖哀時傷亂，而不涉譏刺，猶見古人忠厚之遺。

伯生老鍊，曼碩清麗，仲弘近體尚有可觀，德機庸劣，語多蒙滯，絕少清氣，亦得厠名其間，未可解也。

趙松雪詩不染纖穠之習，但清秀而薄弱，尚少渾厚雄健之氣。

學長吉一派者，宋則謝皋羽，元則宋子虚。

鐵體靡靡然，咏史樂府特開一格。玉笥爲鐵崖門人，樂府諸作，青勝于藍矣。

劉青田五七古蒼勁樸厚，元氣渾淪，爲明代之冠，即近體亦高。

高青丘七古，長慶體耳，七律高渾，近少陵。

李西涯鋭意學杜，咏史樂府出乎鐵崖，展成之上。

空同七古足以憲章少陵，律體亦有沉雄之槩。

信陽風流秀逸，五古略近小謝，七古出入四傑、高、岑。

徐昌穀《談藝》一編，專講氣骨，不講意理，故其所作亦止于此，五律逼近襄陽。

王、李古體，摹擬有迹，不逮前七子。于鱗七絶，頗近盛唐。陳卧子才力雄健，然學從《文選》出，遂開幾社之習。

謝茂秦、屈翁山五律俱近盛唐。

明之學陶者，高忠憲、歸季思。國朝學陶者，秦雒生也。雖非具體，各有自得之趣，勝于專以田園擬陶者。若東坡和陶諸作，則刻舟求劍矣。和陶以韵，豈復有陶乎？可以悟宋人次韵之失。

公安淺率，竟陵幽僻，其弊易見，故不久自廢。

阮亭才大學富，以博雅爲宗。其所謂博者，不遺瑣屑也；其所謂雅者，不着痕迹也。然亦有清裁，不專誇博，五律、七絶尤近盛唐。

愚山温柔敦厚，步步脚踏寔地，尤注意于五言。五古尚未深渾，學未粹也。五律力追少陵。

茘裳清新俊爽，七古摹韓，遭際多艱，故多鬱勃之作。

竹垞學博筆健，長于考古，與顧寧人相似。七古亦摹韓。趙秋谷、吴陋軒、劉太山，意味清真，皆質勝文者。查初白學東坡，其律體却近放翁，其七古亦有學韓者。歸愚持論高卓，所作或未克副。古樂府、新樂府，一片清鏘，金石聲也。五古味淺，七古豪放而自協繩尺，五律有高格，七律近放翁，七絶太率，有類楊誠齋者。以上言源流得失。

續説

選詩者，採其人律體警句載諸姓名之下，謂之摘句，此陋習也。詩貴觀其通體，豈在一二句耶？即以句論，古詩中豈無絶妙者，何必沾沾于律體之工警者耶？

學詩尺木

學詩尺木提要

《學詩尺木》一卷，據乾隆四十年詒谷堂刊《艾香吟草》本點校。撰者吴翀，字在揚，號艾香，江蘇吴縣人。乾隆十五年舉人。有《艾香吟草》。《尺木》置於《吟草》卷首，有乾隆四十年乙未張壽祺跋，略謂此書乃由門弟子録成。尺木者，乃初學之尺度階梯也。大抵皆作詩常規，然以甘苦有得，又師從沈歸愚，故寫來平易有識，如「詩眼勿尖」、「虚字作勢」等則，竟可用作唐賢三昧、宋人字句法之入手處也。然其每則之題如「詠物忽開」、「咏古已在」等，則過率、過俗，稍擬於不倫矣。

學詩尺木

艾香吴翀在揚纂　婿硯亭張壽祺校

詩始分體

詩始於《三百篇》，無五言、七言分體之式。「鱨鯊」二言，「麟之趾」三言，「宅殷土芒芒」五言，「我姑酌彼金罍」六言，「自今以始歲其有」七言，「我不敢傚我友自逸」八言，「泂酌彼行潦挹彼注兹」九言，大抵錯雜於四言之中。自漢李陵有河梁五言之作，武帝有柏梁七言之體，然音猶近古也。逮唐約句研聲，限爲律詩，而不依律者，則別標古體，而非今體矣。

詩忌平頭

賈島：「恠禽啼曠野，落日恐行人。初月未終夕，邊烽不過秦。」「初月」與「落日」犯平頭之病。若沈約所論八病，犯即失粘。今既限律，概可勿虞。

詩戒香奩

詩發乎情，止乎禮義。長於諷諭者，或借思婦閨情，隱懷君友也。「天寒翠袖薄，日暮倚脩竹。」少陵又以喻君子守道潔身之概，豈涉褻狎語耶？初學入手，戒作香奩，妖艷誇工，最壞心術。

詩病粘痕

作詩過於雕琢，有斧鑿痕、粘皮骨二病。李商隱《柳》詩云：「動春何限葉，撼曉幾多枝。」此斧鑿痕也。石曼卿《梅》詩云：「認桃無緑葉，辨杏有青枝。」此粘皮骨也。東坡論詩曰：「論畫以形似，見與兒童鄰。作詩必此詩，定知非詩人。」世有《青衿集》，《天》詩云：「戴盆徒仰止，測管詎知之。」《席》詩云：「孔堂曾子避，漢殿戴重憑。」太着題矣，乃坡公所嗤「作詩必此詩」也。

逐句喚起

「打起黄鶯兒」，突然而起，不知何故打起。接云「莫教枝上啼」，又不知何故莫啼。接云「啼時驚妾夢」，又不知何以驚不得。接云「不得到遼西」。若從妾夢遼西順説起，便平直無味矣。

逐句曲折

「松下問童子」，下應接如何問語矣，却反接童子語云「言師採藥去」。下應接所去之處矣。却云「只在此山中」。山中可尋得師踪矣，又接云「雲深不知處」。筆筆曲折，句句瓏瓏。

美刺無痕

《詩》頌美是人也，不言其所爲之善而言其容服之盛，「服其命服，朱芾斯皇」是也。其刺譏是人也，不言其所爲之惡，而言其車服之美，「君子偕老，副笄六珈」是也。《麗人行》之「繡羅衣裳照暮春，蹙金孔雀銀麒麟」，老杜全學此法。

怨而不露

《緑衣》，傷己之詩也，曰：「我思古人，俾無訧兮。」《擊鼓》，怨上之詩也，曰：「我獨南行。」軍旅數起，大夫久役，曰：「自貽伊戚。」所謂可以怨也。歸愚師《明君怨》「無金償畫手，妾自誤平生」，最得《三百篇》之旨。

聞者自愧

温柔敦厚，詩教也，烏可作劉四罵人語？暴公譖蘇公，蘇公刺之，曰：「二人同行，誰爲此禍？」未嘗明指暴公，而聞者自愧矣。唐人「朦朧樹色隱昭陽」，「鸚鵡前頭不敢言」，脱胎於此。

字句對法

詩有正名對，天地、日月是也。同類對，花葉、草芽是也。連珠對，蕭蕭、赫赫是也。雙聲對，黄槐、緑柳是也。疊韵對，彷徨、放曠是也。雙擬對，春樹、秋池是也。回文對，「情親因意得，意得逐情親」是也。隔句對，「相思復相憶，夜夜淚沾衣。空歎復空歎，朝朝君未歸」是也。又有借對法，荆公詩「自喜田園歸五柳，最嫌尸祝擾庚桑」，「柳」對「桑」爲的對，「庚」對「五」作「午」乃是借對。賈島句：「卷簾黄葉落，開户子作『紫』。規啼。」崔峒句：「因尋樵子徑，得到葛洪作『紅』。家。」「黄」對「子」、「子」對「洪」，假其色也。若「閒聽一夜雨，更對柏作『百』。巖僧」，「一」對「百」，假其數也。「根非生下作『夏』。土，葉不墜秋風」，「下」對「秋」，假其時也。荆公詩有「黄耈作『狗』日」對「白雞年」，假其物也。韓退之句：「眼穿長訝雙魚斷，耳熱何辭數爵頻。」以「爵」對「魚」，又假物之相類而實非者以巧對矣。

詩争起手

起手無勢，通體委薾矣，唐人全於此着力。襄陽之「木落雁南渡」、右丞之「萬壑樹參天」、少陵之「帶甲滿天地」、「莽莽萬重山」，俱有壁立萬仞之勢。明人謝茂秦「朝暉開衆山」、「北斗挂城頭」，得此秘鑰。七律起手亦然，少陵「群山萬壑赴荆門」、柳州「城上高樓接大荒」、夢得「王濬樓船下益州」，皆是。

鑄句用逆

詩意切實處用順寫，摹景處須用逆，如「花妥鶯捎蝶，溪喧獺趁魚」，以下三字申解上二字意也。「雞聲茅店月，人跡板橋霜」，若率筆順寫，則「茅店月上聞雞聲，板橋霜落見人跡」，有何意味耶？少陵七律句，妙亦用逆筆，即倒裝法。「香稻啄餘鸚鵡粒，碧梧棲老鳳凰枝。」

字活則響

潘邠老曰：七言第五字要響，如「返照入江翻石壁，歸雲擁樹失山村」，用「翻」字、「失」字也。五言第三字要響，如「圓荷浮小葉，細麥落輕花」，用「浮」字、「落」字也。所謂響者，致力處也，此處用字活則響。

鍊常成奇

江中日早，客冬立春，本尋常意，王灣鍊作奇語，曰：「海日生殘夜，江春入舊年。」唐賢多同此一副筆墨。「山從人面起，雲傍馬頭生」、「無風雲出塞，不夜月臨關」、「地盤山入海，河繞國連天」、「怪禽啼曠野，落日恐行人」等語，皆以鍊而成奇。

景勿落閒

禽鳥花木，何地非景，泛作好句，不切題關合，則落閒套矣。少陵《禹廟》句：「荒庭垂橘柚，古屋畫龍蛇。」《隨州過賈誼宅》：「秋草獨尋人去後，寒林空見日斜時。」「橘柚」、「龍蛇」切禹，「人去」、「日斜」切賈，點染善於關合也。

真語入情

情真則着語刻摯。「孤客親僮僕，途窮仗友生」，皆十分真切也。戴石屏句：「客遊兒廢學，身拙婦持家。」切中情事，那得不傳？

逆挽不平

李義山《馬嵬》詩「此日六軍同駐馬，當時七夕笑牽牛」，先寫此日，還憶當時，用逆挽法。律詩得此，化板滯爲跳脱矣。温蜚卿《蘇武廟》句「回日樓臺非甲帳，去時冠劍是丁年」，亦是逆挽。

語簡味深

一句可衍作兩句，便無意味。《復齋漫録》謂樂天「野火燒不盡，春風吹又生」，顧况極賞之，然不若劉長卿「春入燒痕青」一語簡而有味。

詩貴得體

爲尊者諱，爲親者諱，此大體也。七子之母不安其室，而曰「母氏聖善」，《拘幽操》得此旨，曰「天王聖明」。少陵「不聞夏殷衰，中自誅褒妲」，何等尊崇得體。義山「如何四紀爲天子，不及盧家有莫愁」，近於訕上矣。

一句四層

少陵《登高》詩：「萬里悲秋常作客，百年多病獨登臺。」「萬里」、「百年」一層，「悲秋」、「多病」又一層。「作客」、「登臺」又一層，「常作客」、「獨登臺」又一層。學此句法，汁漿自厚。

疏密相間

「吴楚東南坼，乾坤日夜浮。」二語切景實寫。「親朋無一字，老病有孤舟。」二語不粘題而空寫情。

此疏密相間法也。「氣蒸雲夢澤，波撼岳陽城。欲濟無舟楫，端居耻聖明。」襄陽與少陵格意從同。

一字鐵索

「微雲淡河漢，疏雨滴梧桐。」「淡」字、「疏」字，爲上下四字之鐵索，昔人比之鐵門限也。山谷「坐分黄犢草，眠占白鷗沙」，又於第二字着力，法同而參變。

警句鉥目

東坡詩「我携此石歸，袖中有東海」，新警奪目。近人詩忘其姓字，送友布衣某還鄉云：「從此乾坤有荷蓑。」善學此種句法。

語删無益

山谷云：有一士人携詩相示，首篇第一句云「十月寒」者，此爲陳言，乃無益之語也。杜詩「因驚四月雨聲寒」、「五月江聲草閣寒」，蓋不當寒而寒也，十月則當寒矣。凡無益之語，一例可删，勿浪費筆墨。

勿殺風景

義山《雜纂》品目，其一曰殺風景，謂清泉濯足、背山起樓、花下啜茶等類。荆公《寄茶與平甫》詩，有「金谷看花莫漫煎」之句。余謂凡詠人物而翻論貶駁者，易犯此病。如露筋廟，五代時將軍路金之誤。然流傳貞女已久，漁洋所以詠「翠羽明璫尚儼然」。乃見壁間題句「埋没將軍作女郎」，余爲抹去。

用字入妙

老杜「江山有巴蜀，棟宇自齊梁」，遠近數千里，上下數百年，只在「有」與「自」兩字間。詠《滕王閣亭子》：「粉墻猶竹色，虚閣自松聲。」「猶」、「自」二字，有無限神情。

翻出有情

老杜《潭州》詩：「岸花飛送客，檣燕語留人。」見人無樂善喜士之心，曾不若岸花檣燕也。此乃無情翻出有情法。余有《寓中栽花》句:「料爾多情應笑我,如何不向故園看。」

送行含意

送行説破離情,便直率無味。許渾「日暮酒醒人已遠,滿天風雨下西樓」,令人黯然魂消。左經臣《送許少伊》句:「水邊人獨立,沙上月黄昏。」最得唐人三昧。

寫景傳政

方謂《贈邑令》詩云:「彈琴永日得古意,印鏁經秋生蘚痕。」非佳句。印亦不是生蘚處。不若前輩詩云:「雨後有人耕緑野,月明無犬吠花村。」思清句雅,見令之教化仁愛,民樂於耕耨,且無盜賊之警也。歸愚師選某詩有句云:「青草暗生公座上,白鷗時到縣門前。」極賞其寫景而令之清廉自見。

連珠繪影

「楊柳依依」,「依依」二字,寫柳之柔情綽態,真化工之筆也。「無邊落木蕭蕭下,不盡長江滚滚來」、「漠漠水田飛白鷺，陰陰夏木囀黄鸝」，俱用此繪影之法。若「梨花院落溶溶月，柳絮池塘淡淡風」，於風月上寫出梨花柳絮，倍有精神，要妙在「溶溶」、「淡淡」四字。

襯古避直

直寫事實，易落粗淺，須用古比襯貼切，乃隱而不露，自見典雅。「竇融表已來關右，陶侃軍宜在石頭」、「知愛魯連歸海上，肯令王翦在頻陽」，唐人都用此法。顧寧人《贈故將軍爲醫》：「入楚廉頗猶未老，過秦扁鵲更能工。」點染最妙。余作《精忠墓》頸聯：「快敵竟同檀道濟，忘讐無奈魯莊公。」《忠宣祠》頷聯：「汲黯面彈忘戇直，陳琳手檄感文章。」李丈客山評：典切乃見作手。

立言高妙

以文章著名，以論事罷官。少陵云：「名豈文章著，官應老病休。」何立言之高也。余謂自寫身分，妙於不矜；論人身分，妙於不戇。如《贈花卿》絶句本斥其恃功而僭用天子之樂，却云：「此曲祇應天上有，人間能得幾回聞。」只贊其曲，而意自見。

字見品格

「霄漢瞻佳士，泥塗任此身。」只一「任」字，即人不能到處。他手必曰嘆、曰愧，品低而語卑矣。兹獨無心任之，所謂視如浮雲，不易其介者也。繼云：「秋天正摇落，回首大江濱。」

翻空出新

用故事須反其意而遣之，劉勰所謂徵實難巧也。李義山「可憐夜半虚前席，不問蒼生問鬼神」，雖説賈生，然不問蒼生，乃反其意而見持論之新也。「侍臣最有相如渴，不賜金莖露一杯」等語，皆是翻新。牧之「東風不與周郎便，銅雀春深鎖二喬」，雖翻論近刻，然齒牙伶俐，足爲鈍根人益智粽耳。

用事無迹

杜少陵云：作詩用事，要如禪家語，水中着鹽，飲水乃知鹽味。此説詩家秘密藏也。如「五更鼓角聲悲壯，三峽星辰影動摇」，用《禰衡傳》：「撾《漁陽操》，聲悲壯。」漢武時，星辰動摇，東方朔曰：

「民勞之應。」如此用事，豈有迹耶？

含意有神

詩意一直説破，便無神韻。「勳業頻看鏡，行藏獨倚樓。」「倚樓」、「看鏡」，含意未申。「思家步月清宵立，憶弟看雲白日眠。」「步月」「看雲」，懷情不露，令讀者於言外領取，神韻何窮。

語近情深

七言絶句，不可雕琢板滯，只眼前景，口頭語，而情致自深，耐人咀味。供奉「桃花潭水深千尺，不及汪倫送我情」、右丞「勸君更盡一杯酒，西出陽關無故人」、少陵「正是江南好風景，落花時節又逢君」，讀此可悟作法。明人徐昌穀句：「忽見黄花倍惆悵，故園明日又重陽。」近許竹素有佳句：「如雪梨花如綫柳，當年容易過清明。」

詩眼勿尖

五言詩眼在第三字，七言詩眼在第五字。岑嘉州「檻外低秦嶺，窗中小渭川」。「低」字、「小」字最爲新警。「澗水吞樵路，山花醉藥欄」，「吞」字、「醉」字，捶鍊過火，新而近尖矣。先祖《山居》詩：「鳥啼方夢覺，酒熟正梅花。」歸愚師《别裁》選評：「方」字、「正」字，不鍊而鍊，是爲真詩眼。

十字成句

馬戴《楚江懷友》：「猿啼洞庭樹，人在木蘭舟。」二語連讀，乃見標格。然「洞庭樹」、「木蘭舟」，兩語同屬楚江。余有《楚遊録别》句：「鳥歸吴苑樹，人上楚江船。」歸愚師云：「佳在分兩地寫景，仍作一句連讀。」若費此度「大江流漢水，孤艇接殘春」，王漁洋擊節，真所謂十字成句也。

咏物忽開

老杜《野人送櫻桃》，頸聯忽推開云：「憶昨賜霑門下省，退朝擎出大明宫。金盤玉筯無消息。此日嘗新任轉蓬。」格法矯變。明人韓洽《鐵馬》五律下半首云：「當世正多事，吾儕方苦兵。那堪檐宇下，又作戰場聲。」善摹此法。

一字爲師

鄭谷見齊己《早梅》詩「前村深雪裏，昨夜數枝開」，曰：「數枝非早矣。未若『一枝』。」齊己下拜。士林以爲一字師。甘薷才改張公乖厓詩「獨恨太平無一事，江南閒煞老尚書」，「恨」易「幸」字，公曰：「一字之師也。」

結意別出

杜牧之《題桃花夫人》詩：「空憶息亡成底事，可憐金谷墜樓人。」凡詠古結句，當於題外別出一意，乃不猶人。王漁洋《豫讓國士橋》詩：「似聞柱厲叔，死報莒敖公。」即用此法。

避熟旁託

少陵作詩，丈夫勉以忠義，女子表其貞潔，而貞潔久著，徵實則熟徑不新矣。王新城《露筋廟》詩：「行人繫纜月初墮，門外野風開白蓮。」借白蓮烘託貞潔，極幽澹，乃極鮮新。

離題接喻

「淘米少汲水」、「刈葵莫放手」，老杜效《飲馬長城窟行》「枯桑知天風，海水知大寒」一聯，離題接喻，奇趣横生。

着字穎異

詩句工於下字，自見穎異不凡。「輕燕受風斜」，妙在「受」字。「暝色赴春愁」，妙在「赴」字。陳舍人幼得舊杜集，至《送蔡都尉》云「身輕一鳥」，下脱一字，因與數友各用一字補之，或云「疾」，或云「下」，或云「起」，或云「落」，莫能定。後得善本，乃是「身輕一鳥過」，所擬補四字，俱庸矣。

奇想窮形

題當刻劃者，須以奇想作奇語。「得非玄圃裂，毋乃瀟湘翻」，不必實有此事也。曾見咏舞劍句「二十八宿皆離垣」，最爲奇警。余咏跑突泉云：「吾恐千里之齊成江湖，又恐四海之水皆焦枯。」《咏千尺雪》曰：「祝融燒斷峩眉嶺，盡消積雪奔瞿塘。」尚覺平易。

題畫突起

少陵《題山水障歌》起句「堂上不合生楓樹」，何等警動。所謂警動者，妙在突兀不平也。《題松樹障子歌》「老夫清晨梳白頭，玄都道士來相訪」，未免平衍無色矣。五律「素練風霜起」、五排「沲水臨中座，岷山對北堂」，起法俱突，而訣在竟以爲真。

虛字作勢

陳子昂「獨有宦遊人」、杜甫「亦知戍不返」、于鵠「若到并州去」，一起便作飄忽勢，以避平塌。李空同《得何大復消息》首句「及遇荆門信，洞庭秋已凄」，以「及」字作勢，即唐賢三昧也。

切姓用事

東坡《和李公擇》詩：「自笑餐氊典屬國，來看换酒謫仙人。」分切蘇、李也。先子《柬同年王虛舟》

句：「季子路窮無佩劍，右軍書硬不貪鵝。」朱竹垞評：「切姓固佳，而用事更活。」

借人詠物

山谷《猩猩毛筆》詩：「平生幾兩屐，身後五車書。」着屐用阮孚事，因猩猩喜着屐也。其毛作筆，用之抄書，故用惠施事。誠齋曰：「二事皆借人以詠物，初非猩猩毛筆事也。」

苦思得句

唐人苦思得句，所謂「安得一箇字，撚斷數莖鬚」、「句向夜深得，心從天外歸」、「蟾蜍影裏清吟苦，舴艋舟中白髮生」也，故造語皆工。老杜云：「語不驚人死不休。」若猝然與景相遇，即成妙語。如「池塘生春草」，思苦言艱，轉不能到。然初學未可藉口，便思率易。

學杜入手

老杜神渾格變，未易領會。唐人宗杜而得其籓籬者，惟義山一人而已。如「永憶江湖歸白髮，欲回天地入扁舟」、「池光不受月，野氣欲沉山」、「江海三年客，乾坤百戰場」之類，雖老杜無以過。能學義山，則漸登浣花之堂矣。至其用事之僻澁，時稱西崑體，自是所短，俗手反以爲奇而效之。

學陶自然

樂天《效淵明》詩云：「時傾一樽酒，坐望東南山。」以「見」爲「望」，失之有意矣，便欠自然。惟韋蘇州云：「採菊露未晞，舉頭見秋山。」乃真得陶詩意。

無入理語

詩以陶冶性靈，隨物觀化，有理趣而無理語爲妙。「水流心不競，雲在意俱遲」、「江山如有意，花柳更無私」，自饒理趣。宋人粘理語入詩，遂有「太極圈兒大，先生帽子高」之句。至於詩通禪學，亦勿入禪語，乃不蹈僧彌酸餡氣，「山光悦鳥性，潭影空人心」，何曾攔入《法華》、《楞嚴》佛偈？

咏古己在

黄野鴻《太白樓》詩「爲君天特開青嶂，題壁人今亦白頭」，歸愚師許如崔顥題詩，以其詠古人而有自己在也。余遊赤壁句：「石榻草堂人去冷，清風明月我來眠。」《謁文待詔祠》句：「清風我謁斜陽裏，猶似相攜上野航。」偶然得之。

脱去窠臼

題有極熟，難於出色者，如梅花、落花等題，用典則入陳因，鋪寫則成蹈襲，須以生辣新警之句，別見面目，所謂脱窠臼也。嘗見近人詠梅句：「於人疏落如無意，寫爾高空正自難。」真能洗浄宿垢。

翻進一層

少陵《述懷》「自寄一封書，今已十月後」，俗手必接曰「不見消息來」，乃云「反畏消息來」，此翻進一層法也。趙微明《回軍跛者》一首中云：「所願死鄉里，到日不願生。」歸愚師評：「少陵每如此用筆。」

問答剪截

詩作問答語，本於古樂府，而問答辭煩，往往收拾不得。子美《贈衛處士》詩云：「怡然敬父執，問我來何方。」俗筆到此，下須答數語，而甫便接云：「問答未及已，兒女羅酒漿。」有坏土障黄流氣象。

隱語宗騷

有讀杜「坡陀金蝦蟇，化作長黄虬」、「楊花雪落覆白蘋，青鳥飛去銜紅巾」，訝涉荒誕。不知此宗《離騷》鴆鳥爲媒，託物寄諷之體。事難顯言者，詩當以隱語出之。

詠琴寫理

常建《江上琴興篇》「能使江月白，又令江水深」，只寫琴理，不形容琴聲。齊己《秋夜聽琴》句「人心盡如此，天下自和平」，亦極寫其理。龍標《江上聞笛》詩參用此法。

一氣旋折

李白「牛渚西江夜」，通首一氣旋折，不用對偶。孟浩然「挂席幾千里，名山都未逢」，略用對偶，仍作一氣旋折。所謂篇法之妙，不見句法，是律詩中高格。

欹側化板

賈至《南州有贈》頸聯云：「忽與朝中舊，同爲澤畔吟。」此欹側體也。七律中亦當用此以化板滯。

即物寓意

「自是衆木亂紛紛，海棕焉知身出群。」讀此便見少陵身分矣。凡賦物寫景，當寓意於不即不離間。

拗體備格

拗體乃古風歌行變格入律也。杜詩《白帝城最高樓》一首、《暮歸》一首，通首不作律句，可偶一學之，以備家數。

駕空洗腐

題中切入事實，乃不泛設。然人所共曉，搬填成腐，須以駕空語見超脱。如玄宗「夫子何爲者，棲棲一代中」、隨州《弔賈誼》「憐君何事到天涯」，轉作不解語，最妙。

烘託加倍

「兩岸猿聲啼不住，輕舟已過萬重山。」只詠舟過之飛捷耳，却加猿聲一層託之，愈覺其速。近人《啼猿》句：「明朝莫聽灘聲險，只是猿聲已白頭。」加灘聲襯猿啼，即用此法。余作《隴頭水》云：「馬嘶月冷吹羌笛，迸作凄聲淚不收。」乃加二倍矣。

結忌率易

唐人《晦日昆明池應制》，沈佺期結云：「微臣雕朽質，羞覩豫章材。」只自謙而已，全不切題，流於率易矣。宋之問「不愁明月盡，自有夜珠來」，巧思警切，昭容所以評賞也。張祜金山詩結句「終日醉醺醺」，真爲强弩之末。若「曲終人不見，江上數峰青」，結有遠神。與「注目寒江倚山閣」，更令人於言外領取。

七古作法

突兀起，用平語接，如「堂上不合生楓樹」，下接「聞君掃却赤縣圖」是也。平調起，用警語接，如「天下幾人畫古松」，下接「絶筆長風起纖末」是也。中間須叠湧波瀾，縱横排宕，最忌平薄易盡。《觀曹將軍畫馬圖》，因畫馬説到真馬，因真馬説到龍媒去盡，悲感惓惓，此又題後開拓法。

五古體别

五古寫景以淡遠爲妙品，寫情以質樸爲上乘。須於極淡極樸中，有真趣耐人咀味，乃不藉口王、孟，誤入庸枯。若整密雅奥，圭臬顔、謝，如明詩中王履吉之宗《選》體，亦獨成家數。

擬古樂府

樂府當宗漢，宋以下但擬其詞，與徒詩無别，不可被之管絃矣。然欲宗漢，而真傳已失，惟是句調之音節，須一一規摹合拍而已。至於命題，皆有主意，擬古樂府爲題者，當代其人措辭。如《公無渡河》宜作妻止其夫之詞，他題可類推。惟退之《琴操》最得體，若白香山新樂府，竟自命題，乃是古風也。

排律定式

唐集百韵總曰律詩，明高棅選《唐詩品彙》，乃創立排律之名，以敷陳流麗，屬對精工爲尚。然篇法不講，則詩多雜亂，終非佳製也。初學當以杜工部《贈哥舒》一首爲式。起手「當代麒麟閣，何人第一功」，有氣象，有主腦。中間鋪叙功業後，「勳業青冥上，交親氣概中」二語，一句束上，一句起下，轉接有力，叙入自己，徑路分明。結云：「防身一長劍，將欲倚崆峒。」何等雄勁。唐人長律中超前軼後之極軌。

試帖式略

試帖六韵、八韵，起點題，中實寫，結寓意。而點題即當押出得字爲醒目，如《風光草際浮押官限風字》於第一韵「秀發王孫草，春生君子風」是也。實寫須精切沉雄，如《白雲向空盡》四韵：「乘化隨舒卷，無心任始終。欲銷仍帶日，將斷或因風。勢薄飛難定，天高色易窮。影收元氣表，光滅太虚中。」句句刻劃「向空盡」是也。寓意作結勿率陋，如《海上生明月》末韵：「此時堯砌下，蓂莢正敷榮。」頌揚婉妙是也。舉一可以類推。而不襲排偶之浮詞，兼通格律之全旨，方許到家。

詩以性靈爲變化，格律爲尺度。離尺度而求變化，猶舍規矩而欲成方圓也。自《三百篇》、《離騷》逮漢、魏六朝，唐、宋以及金、元、明諸家，沿流討源，宗風合軌，一篇一句一字之間，三昧可尋，在善學者之細心體會於咀嚼涵泳時也。余小子侍緇帷中，側聞先生之緒論如是。見有攜所著就正者，輒指示一二語，俾爲尺度。及門録之册子，都爲一集，傳鈔遍矣。爰付梓以廣其傳。志曰：「龍欲升騰，先階尺木。」學詩者之先階於是焉在。

乾隆乙未仲冬子壻張壽祺百拜謹識。

消寒詩話

消寒詩話提要

《消寒詩話》一卷，據《昭代叢書》（癸集萃編）本點校。撰者秦朝釪（一七二二—一七九四），字大樽，號岵齋，晚號蓉湖居士，江蘇金匱人。乾隆十三年進士，以部郎外放，歷官至楚雄知府。有《岵齋詩文稿》。此書多記本人之詩與事，中有一則稱乾隆四十年正月十九日由武漢抵家爲今年事，而記事亦無晚於此年者，或即作於是年冬。秦氏循吏中之擅風雅者，故記詩酒文宴外，亦頗留意於表彰古今賢者之事功，如歐陽修、王陽明等，記宋犖江西平亂事尤詳，幾如小説，然終以涉詩者爲主。友人中與陳繩祖（絚橋）最爲相契，記其行迹甚詳，兩人唱酬亦最密，足可補陳氏行狀。其友如馮浩箋注李義山詩，詩話記曾與切磋，亦關詩學。説詩亦切實，如以張衡《四愁詩》之「三思曰」釋王維《送丘爲往唐州》「四愁連漢水」一句，即其例也。秦氏識甚正，叙事不無章法，實是詩話正體，不必以詩評之體視之也。

消寒詩話

金匱秦朝釪大樽著

北地花事比南方爲劣而芍藥特妙，天下無雙。余在京時，取所作詩及同人詩合寫之，爲《芍藥吟卷》。今見皋蘭《芍藥》詩，不勝見獵心喜，輒題數絶句：「豐臺千頃出瓊姿，玉水銀瓶好護持。曾笑吴王少風韵，炎風烈日葬西施。紅橋初至京師，甚愛芍藥，插瓶以百計。乃盡敞軒窗，花爲風日所逼，半日盡萎。余哂其不好事，乃始垂幃下簾矣。」「廣陵腰帶詫圍黄，又道看花到洛陽。争比鳳城春似海，玉盤盂襯口脂香。京師芍藥奇麗，香比牡丹更藴藉，花容細膩，又復過之。白者更佳，玉瓣千層，紅絲一縷，艷絶。而北人呼曰『抓破臉』。余每聞，輒爲絶倒。」「曾涉炎荒控百蠻，春風猶見佩珊珊。翻增遷客無窮恨，卻似紅顔出漢關。余在滇時，曾一置酒于芍藥花前。花既遠不如京洛，徒增望闕之思耳。」「北海樽開露未乾，鼠姑風細麥秋寒。崆峒山畔群仙集，底事邀靈黑牡丹？諸公在皋蘭盛賞牡丹，令人生妬。又有『牛』字韵詩往復唱和，故戲及之。」「翡翠屏開别樣嬌，清樽佳月費春宵。似聞深院花枝罵，辜負香衾不早朝。」

黔中黄平州，有游觀之處曰飛雲洞，石勢飛揚，突兀如雲然，故以名。苦爲過客塗汙殆徧。余曾有詩曰：「兹山落蠻荒，靈秀天所作。涓涓清澗流，巉巉鬼工鑿。自非王孟子，摹擬安得著？乃有冠蓋徒，題詩滿雲壑。寄語後來人，善謔無爲虐。」詩自存，不書于石，懼若輩反脣也。

古語云：「濟南似江南。」余過之，殊不見得。城外鵲、華二山頗蒼翠，又有山曰匡山，即杜工部寄李太白所云「匡山讀書處」是也。明湖幾浸半城，中有亭，即李北海歷下亭。山水清佳，而齊人不工于結束點綴，太覺荒荒耳。學使署倚明湖邊，流泉屈曲，循除下南北屋相過，履石橋而後通。有樓曰「四照」，施愚山所書。濟南有七十二泉，余所見者，真珠、趵突二泉而已。珍珠在民間廢園中。趵突梵宇宏敞，有石橋，匯爲大池，泉于池中鶴躍而起，高可三尺許。蓋濟水伏流，至此而現。或曰：中有磯焉，激之乃奮耳。殿廊廡有趙子昂詩。臨池試茶，水甘冽無比。

京師法源寺海棠最盛。余與絙橋退食數往，值休沐，晨餐後即往游焉。恐主僧詫頻來，乃不見主僧，徑赴外圃，坐海棠花下。曾有詩曰：「歲唤狂朋三十度，春風欲放海棠顛。」狂態可想也。

余一日邀絙橋看海棠，絙橋云：「今日赴朱門宴集，不能去。」余悵然獨坐。日卓午，湯祠郎修來過，余强同至花下，小語而别，意甚不暢。絙橋歸，余亟走筆遺以詩云：「酒炙淋浪倒玉尊，何如騎馬海棠園？今朝北海空惆悵，不得中郎得虎賁。」絙橋欲和詩，而「賁」字難押，遂已。笑曰：「子以韵窘我，我必有以報君。」翼日同宴某所，絙橋貽余詩，韵脚有「鯿」字，而「槎頭鯿」已爲渠用去，亦閣筆。然余前詩實出無心也。

前明徐有貞本名珵。正統帝爲也先擄去，景泰帝以郕王監國，舉朝洶洶，莫知所措。而有貞勸南遷，景泰意不决，問于少保謙。少保痛哭曰：「如此大事去矣！舍宗廟社稷而去，也先以鐵騎躡我，百官衛士星散，南都可得至邪？請斬建南遷議者，而後戰守可講也。」景泰亦悟，獨任少保，選將厲兵，然後國威振。也先挾空質無所冀幸，而正統以太上皇歸矣。後景泰大漸，有貞與石亨約，私入奪南宫門，迎正統復位。執少保于獄，誣以迎立襄藩，訊無左驗。正統改元天順，決少保獄，遲疑曰：「于謙功實大。」意欲宥之。有貞與石亨進曰：「不殺謙，今日之舉爲無名。」而少保陷極刑矣。小人無忌憚，以私憾害社稷臣，雖寸斬有貞，未足蔽厥罪。鄭端簡曉著《皇明雜記》，列有貞于名臣，何哉？

楚雄在滇南，爲迤西首郡。土厚民淳，不産珍異，惟梨絶佳。故時梨熟，郡縣輒將境内梨樹封禁，以官價取百數十萬顆，送會城饋上官。吏緣爲奸，小民失業多矣。余至郡，革之，且誌以詩：「使君公暇偶吟詩，不學君謨譜荔枝。但願吾民勤且儉，只栽桑棗莫栽梨。」

陶淵明云：「性喜飲酒，家貧不能常得。」余在家亦然。今來武昌，每夕旨酒佳客相對。今夕偶獨飲，取案上《陽明集》觀之。左執卷，右把杯，酒至輒盡，其樂陶陶不可言喻。夫陽明之言，掊擊者不遺餘力，而專奉者又必正襟莊誦。一盞相看，會心不遠，陽明復起，豈必麾之門牆外乎？

陽明先生無所不高明，無所不真切，蓋代豪傑。然見門人留意詩文者，輒規之，猶是道學習氣。大《易》不云乎：「修詞立其誠。」孔子亦曰：「言之無文，行之不遠。」人真有志于詩文傳世，便是有志之士，須于根柢立脚矣。

孫文定相國嘉淦三朝骨鯁，望重當朝，而和平温克，絶不以意氣加人。其治事有可否，無喜怒，憂國愛民，孜孜奉公，仿佛司馬文正。余在工部，曾爲屬吏，窺見一二如此。

組橋與余同官京師，未學射也。監司西寧，遂能射。暇日招余同往射圃，發十餘矢而三中，意頗自得。余贈以詩曰：「一線長江繞郭回，胭脂嶺畔射堂開。抨弓落鵰空惆悵，争得如臯射雉來。」組橋自京師，其姝麗皆在蘭州，頗有遠望之意，因戲惱之。胭脂嶺，撫署後山也。

絚橋在蘭州，一日出袖川門，循龍尾山麓行數里。梨花極盛，垂楊掩映，青帘飄搖，流泉屈注，間以古寺，頗壯麗。悠然會心，得詩六。今録其三：「一宵春雨長溪痕，龍尾山光曉尚昏。萬樹梨花五泉水，東風吹出袖川門。」一「略彴横溪小徑斜，孤村楊柳可藏鴉。山腰路轉紅泉隔，不見居人衹見花。」二「梨雲春夢遠迷茫，金碧莊嚴擁法王。山店酒旂風細細，畫樓遥在水中央。」三

余壬辰春游晉，莫春自晉入都，乘馬輿行正定道中，山塢桃李盛開，夾道緑楊如畫，如此數十里不絶。得句云：「輕雷小雨漲山泉，浄洗桃花徹骨妍。一枕軟輿蝴蝶夢，春魂飛繞緑楊烟。」孰謂北方風景遽遜江南也？

亡友楊念中侍御立方，少負才名。爲諸生，受知于趙廷尉大鯨，有國士之目。入翰林時，年三十許，詩已成集矣。由翰林改御史，轉掌科，再主滇南鄉試。得疾歸，未久而卒。念中詩長于性情，與人交，情誼篤摯。詩文不妄許可。余一日質以小詩，念中曰：「子看《范石湖集》邪？古人各有根本，自能成家。吾輩率意相學，益脆薄。奈何？」嗟乎！此意當求之古人矣。

桐城姚繼傳樞部鼐，由翰林改部曹，詩沉鬱有體裁，才思縱横，無不入律，比興往復，得風人之遺。余在長安時，久慕之，未識面。壬辰以事牽率至滇，及秋而事白。從兄禮堂鑅以待闕住京師，作二首憶余，繼傳問而和之。時鄭前村忬以永順守入覲，改比部，繼傳贈以詩，有「江山來助莫年詩」之句，余見之擊節。而前村頗不喜，謂余曰：「吾年未六十，而謂莫年邪？」余笑曰：「人生二十年爲少，中三

十年爲中，後三十年爲莫。足下期頤，正未有艾。」一笑而意解。乃前村不二年歿于京師。念中、前村，皆余同年也，書此不勝山陽聞笛之感云。

貴州天多陰多雨，山多嵯枒而深阻，水多湍悍，其土多沮洳。雲南天多晴多風，山多坦易多高原，水多清冷，其土皆黄壤。自黔入滇，第一縣曰平夷。平夷者，言山坦平而夷易也。

温泉，余所試者三處。離京五十里曰湯山，有泉甚熱，必放水一時許而後可浴。江南和州曰香泉。二泉皆琉璜氣。雲南安寧州有温泉，水清而和，浴有浄垢，轉瞬即流去。楊升庵題曰「域外華清」。去泉百許步，有古寺曰雲濤，頗宏敞，室宇精潔，士夫浴温泉者宿焉。山茶二株，高二三十丈，花時紅照天半。紅梅二株，唐宋物也，大合抱，香聞十里。余曾有詩：「水暖自然滋草木，山空都作好樓臺。」余每至會城，輒枉道三十里一過焉。

雲南府禄豐縣，于府爲極西，過縣則楚雄境矣。有阸塞曰老鴉關，兩山倚雲，中通一徑。騎不並，輿不雙，往來相遇一人，急趣巖畔貼巖立，讓來者過，然後可行。如此六七里，抵關。關有居民百餘家。過關，乘高而下，行隴畝中里許，復升高崖巔，鳥道縈紆，一線百折。如此十餘里，曰獅子口，蓋在昔用兵所必争之險。過此二險，地漸坦夷，山石秀麗，如小李將軍畫。水聲潺潺，石橋横跨，曰啓明橋。橋畔多紫薇，花開粲粲如錦綺。余曾作小詞，今僅記其半：「鸞鶴飄飄無處所，絳雲飛下層霄。玲瓏石畔紫薇嬌。便應攜玉笛，吹過啓明橋。」萬里蠻荒，亦自有洞天福地。

自黔入滇，多山少水，即有溪渡，亦廣不容刀。求其烟水空明、渺如江湖者，了不可得。近滇會城百餘里曰楊林。山闢地開，豁然平曠，衆山萬壑，迢遞奔赴，匯爲湖泊數千頃，傅以平巒，孤岫映帶，竹樹蕭森，土人呼曰楊林海。是日，心目明快，賓客僮僕皆有喜色。余坐小樓置酒，偶得一絶句，謂幕客宋君曰：「今日逢勝地，不可無詩。然苦吟亦復不耐，請成詩侑以一觴，後者沃以巨觥。」宋恃其才思敏捷，曰：「請如約。」于是筵前各具紙筆。宋君方擬議，得一句，余詩已成，示之曰：「君應罰否？」領之，沃以巨觥，余以蕉葉侑。宋且飲且吟，余不相促，恐亂其詩思。然其詩成，而余第二首腹藁已具。徐曰：「盍更賦？」宋點首，方得一句，而余詩又成。凡得五絶句，而宋君得五巨觥焉。明日，宋謂余：「公何得爾許敏捷？」余曰：「非也。昨日實已得一絶句，以狡獪誤君。君若稍從容入席，眺賞閒暇，默創一詩，則予雖奮筆疾書，已相當矣。今君已後余，君創一，余創二矣。至三四五，君益遽，益欲速，而愈不可速，余益暇，乃其所以先子也。」宋大笑，爲絶倒。詩皆急就，無可觀，亦忘之矣。猶憶眺覽時宋以爲似西湖，余以爲似楚南之浯溪，得一絶云：「君憐千頃澄湖面，我憶雙旌使粵西。八面望衡湘水曲，停橈三日爲浯溪。」余辛巳使粵西，過浯溪也。浯溪在湖南祁陽縣，有顏魯公所書《中興頌》，山川清美無比。

吾邑楊處士令貽，工八法，能詩，詩在中晚唐間。姿采如玉，終日無鄙言。晚苦貧且病。歲甲午，年六十矣。好友能詩者，莫肯爲壽言。余怪問之，皆曰：「爲壽詩即不似楊君，似楊君又非壽詩矣。」余曰：「楊君名士，殆未可以世俗拘也。」即以一詩贈之：「先生甲子初周日，玉樹臨風望若仙。標格總超塵俗外，襟期遥憶晉唐年。長貧不礙臨池樂，小病何妨坐榻穿。何處門生能好事，練裠書乞筍輿邊。」令貽少年時，酷愛古名人遺跡，東坡、襄陽皆致其墨寶，苟一得當，典衣負債，如恐不及。雖以此重困，相其風格，真如藐姑射仙人，去世俗何止億千萬里！

裘文達曰修高明疏朗，閱史牘十行俱下，而仁心爲質，洞見大體。爲少司農時，户部塵案山積，猾吏巧構形似，拘牽文義，與外吏堅相持，而陰與之市，至有十餘年不結者。至其人已去或死亡，而核減追賠，及于子孫，弊累不可勝言。文達自具奏清塵案，櫛垢爬癢，酌定例，揆情理，疏決壅滯，年餘而塵案一清。即狡黠小人欲陰相難者，公色和而語妙，片言冰解，無不俛首順從。余嘗謂公識時達變似姚崇，官止司寇，不及相，可惜也。

雨亭中丞爲民部郎，值隨駕南巡。余忝同署，以詩贈行：「仙郎扈蹕上青霄，親切曹司接斗杓。時值軍機房。走馬曉封行殿敕，揚帆平壓廣陵濤。」一「過江三日筍初萌，立馬溪橋雨乍晴。忽憶吾家山墅裏，梅花如雪打簾旌。」二「師門十載慙無補，送子南行感慨生。曾是相公旌節地，先師文肅公曾撫江蘇。棠陰猶繞闔閭城。」三事隔十餘年，明燈夜話，尚一一誦之，非篤于故舊，能如此乎？

臘月八日曉起，庭除浩然，夜已得雪。因憶宋仁宗時，冬月得雪，諸臣入賀。朝退，晏元獻招集諸名士擁爐賞雪，飲酒賦詩。歐陽公在座，得句云：「應念西征十萬師，鐵衣寒重骨欲折。」晏公視之，不喜。歐退，元獻謂人曰：「好好晏集，歐九輒喜作鬧。」時正值元昊鴟張，西夏用兵也。晏公爲宰相，當佐天子，擇將帥，恤士卒，念及用兵，惻然傷心，天下有一夫不免飢寒，引爲己罪，方得大臣體。乃已不能然，而人言之，而復惡之，斥曰「作鬧」，是何心也？豈所謂清客宰相乎？嗚呼，後樂先憂，范希文真人傑矣！

錢思公留守西京，歐、梅及謝希深等皆在幕下。冬日，諸公游嵩高。薄莫微雪，抵龍門。遠望車馬人徒自雪中渡伊水而來，問之，曰：「相公傳語且勿歸，留賞雪。」酒肴伎樂旋至矣。于是諸公爲盡歡，明日而返。錢公爾許風致，固是可人。

前明弘治、成化年間，風俗敦龐，人心古處。人士從官歸者，鄉人視其宦橐爲輕重，若資裝纍纍，則群鄙薄之。章楓山游宦歸，有數十簏。鄉人怪其改操，雖戚友無往來者。楓山一日置酒，召諸故人，或至或不至。客既登席，楓山曰：「此歸薄有所攜，願與客共賞之。」命負數十簏，發之，皆書也。客出，共相語。然後鄉人喜，無親疏遠近咸造焉。嗚呼！風俗人心之美至于如此，非數十年醖釀漸磨，未之能也。

前明張江陵居正相萬曆朝，操切爲政，不能容氣節士。御史劉臺以疏糾之，至斥謫以死。吳、趙、艾、沈、鄒言其奪情，皆奪官予杖，錮之。江陵殁，然後起用。此其罪也。乃其當國之日，兵强國富，吏治整肅，功亦有不可掩者。身死家籍，長子縊死，至老母流離，待之亦少恩矣。其廢宅既爲茂草，有人題詩云：「恩怨盡時歸論定，封疆危日見才難。」有所慨也。

京師外城西偏多閒曠地，其可以供登眺者，曰陶然亭。近臨睥睨，遠望西山，左右多積水，蘆葦生焉，渺然有江湖意。亭故漢陽江工部藻所創。江君自滇南守入爲工部郎，提督窑廠，往來于此，創數楹以供休憩。高明疏朗，人登之，意豁然。江君有記，有長古詩，刻石陷壁。詩如初唐體，文學歐陽永叔，書法甚似吾鄉嚴宫允繩孫，或即嚴所書。江君仕康熙時，其時士大夫從容有餘力，風流好事如此，可羡也。

余于辛巳年使粤西，十一月自桂林起程，臘月過中州，遇薄雪，黄河有冰，打凌而渡。于黄河中流見太行出地如碧玉數寸，過河漸北，則太行漸高。後數年在京師，值大雪，作憶舊詩，内一首云：「掩户臨池十指僵，舊游如夢五年强。一鞭殘雪梁園路，右顧洪河左太行。」記中州遇雪時也。居官以游宴廢事固不可，若或因公，或按部，輕騎減從，登臨眺賞，且可以訪民情、廉疾苦，其于政事，亦非無益。若東坡日日于西湖了公事，則不可爲訓，亦其時法綱寬大耳。余于西湖偶憶及之，戲爲詩曰：「挾妓尋僧自一時，沙河燈火夜何其？烏臺御史冬烘甚，不劾游山劾賦詩。」若今杭州爲省會，爲守者奔走伺候不暇，欲如東坡，豈可得乎？

宋范石湖成大作《桂海虞衡志》，謂粤西千峰特立，玉筍瑶簪，森列無際，其奇勝甲天下。余曾至桂林，泊船灕江，望城中諸山，如羊如鹿如獅如象如馬，環于闤牆，而參差舉頭若出牆外者然，誠奇矣。然其山皆有骨無肉，不免枯峭。余同年方七懋禄由江西縣令陟粤西司馬，余曾以詞送之，中有句云：「月滿珠江風笛亮，烟銷銅柱奇峰出。看桂林游宦似驂鸞，吾能説。」亦可想見大概矣。

游宦滇、黔，至湖南常德府武陵，輒易小舟。舟之大者曰觚船，其小者麻陽船，以上皆灘河，外河船不可行也。由常德而辰而沅，過思州府，屬貴州。至貴州鎮遠府登陸，其地高于武陵幾千丈矣。由鎮遠至貴陽府，其高更幾千丈。由貴陽至雲南府會城，其高更萬丈。故滇南視天若稍近，星辰皆較大，光茫煜煜逼人。更可異者，滇省一交冬至，地氣全温煦如春和時，梅花盡放。至正月，桃李滿山，爛如雲錦。且中原冬至日景最短，而滇南冬至日景長，與春分後仿彿。此非身歷者不知，語中原人，或未之信也。

王丈玉裁瑛曾舉甲子孝廉，屢赴公車不第，遂援例得閩清令。出都日，余與薛璞庵田玉、王錫公宫送之郊。既登車，與錫公握手痛哭。余怪之，私問璞庵曰：「王公何悲之甚？」薛曰：「是殆以終不一第爲介介耳。」旋轡與璞庵至蓮花寺謁客，璞庵不識路，屢問蓮花寺何在。余口占答之：「憑君欲問蓮花寺，此寺西南第二灣。行到寺門齊下馬，緑陰深處鳥緡蠻。」一時朋友游從之樂，氣意洒然。不數年，璞庵從翰林出爲容城令。余出守滇中，二年以憂歸。錫公栖栖江上爲廣文。回憶京華，渺如天漢，可勝慨與。

昔王阮亭與汪苕文論詩，汪問：「王摩詰、孟襄陽同一時，何以人稱王孟，豈有低昂邪？」阮亭曰：「孟詩細味之，似不免俗。」此論亦微矣。然阮亭不喜儲太祝何也？太祝詩雄直渾古，如良玉在璞，光氣騰上，若必待剖璞出玉而後知，則無貴卞和矣。阮亭喜風調，尚標格，爲詩家一代宗工，恐尚有楚王識見在。

余官京師十八年，居停不一其處，最後居横街之朋來胡同，與組橋居相鄰。余屋僅可容身，而組橋居頗華焕，中有樓曰朝爽。啓後窗，俯臨平野，遠對西山，花月晨夕，輒于此流連觴詠。一日薄雪，午後遣人邀余看雪，分韵賦詩。余飲少輒醉，醉後詩成，頹然假寐。風雪洒面，驚起，則雪深數寸，几案飄屑俱滿。而絙橋尚據案苦吟，所謂語必驚人者，將毋是邪？

王介子太岳在翰林，余曾見其詩，心賞之，以爲非唐人不能。今猶記其五律一首，題爲《秋日卧疴復上人見過》：注：上人舊居西上蘭若。「藜杖不在手，勝游空遠情。西山有佳色，往往片雲生。似與支公約，秋風舍衛城。願聞無住義，扶病一逢迎。」字字高脱，乃不似食烟火人語，豈近代詩人所可企及？寒夜秉燭觀書，絙橋以《夜坐詩》見示，中有句云：「玉蝶横斜樹，金泥小畫屏。祇憐遥夜客，相對一燈青。」絙橋以介弟登膴仕，性既豪華，奴僕解事。其來撫署也，斗室中盆梅四列，爐香茗椀，繡幙珠簾，陳設珍麗，過中丞遠甚。而絙橋轉以姬侍莫從，含思悵惋。余走筆和之曰：「空庭織月下，羈客酒初醒。松竹自吟嘯，江山入杳冥。金樽憐錦幄，湘瑟怨銀屏。我意猶師古，明燈照汗青。」令宋子京見之，當爲啞然一笑。

江西蔣翰林士銓，詩筆奇秀，語必驚人。在京與顧侍御光旭爲鄰，詩詞唱和，一韵至十數往復，僮奴遞送，晨夕疲于奔命。曹庶常錫寶室宇相對，亦與焉。未幾，蔣請急奉母歸，而侍御出守寧夏。勝事不常，然其一時筆墨揮洒，穎竪飈發，可稱佳話。

向于端文顧先生集見有與鄒孚如吏部書，不知其人之詳。今來閱楚中遺書，得鄒孚如集十本。鄒名□□，雲夢人。在吏部極留意人材，與顧端文、趙夢白南星、鄒南皋元標等同心整飭吏治，京察群吏，竭盡心力。與同僚約：得所灼見，則署曰真知，得之于人者署曰傳聞。真知者必黜，不當則任其咎。自士夫至儒生里老輿臺隸卒，無所不咨詢切問，計典出而人心大服，至太宰欲庇其姻私而不得，則乎如誠豪傑之士哉！有《銓事記》十則。

王文成守仁以南贛巡撫平宸濠。聞信時，卻以勘事至豐城，麾下無一兵也。急趨吉安，與知府伍文定合謀起兵，其實義兵聚集不過萬餘，而逆濠之徒且六七倍。亦以威名久著，賊未敢相逼，乃從長江順流而下，破九江、南康，園安慶。文成得以其閒攻破南昌，傾其巢穴，宸濠反旆，上下氣索，乃就擒。是非忠勇天植，忘身殉國，孰能如此？而忌其功者，欲害之，至誣以先通宸濠，復取之以自贖，可爲毫無心肝者矣。

尹廷尉嘉銓旬宣甘肅，春日出游，徧訪郊原，至駱處士園林，牡丹盛開，欣賞備至，作三詩示僚友，咸賡和之，白傅風流，可爲佳話。異日作《西陲賞心三絶句》，比組橋于駱園花，以其才情富艷，似牡丹也。然比擬稍不倫，余意組橋當微愠。而組橋乃深自抑損，且若自幸然者，至作詩酬之曰：「勞動我公兼賞識，自慙裁句不如花。」余戲贈以詩曰：「寒垣春色粲成霞，才子妍詞滴露華。昔日身依温室樹，新來人唤駱園花。」應不許鄭鷓鴣等專美于前矣。

京華法源寺有牡丹數株，頗繁艷。余在京時，與組橋常往看。主僧戒律甚嚴，游人不得攜酒，組橋常以爲恨。余笑曰：「遠公置酒，佛印燒猪，真正名士，佛亦當少恕。我輩薄劣，不得發此妄想。」今見組橋詩，自注：「十年來在京都，法源寺牡丹開時，必攜尊游賞。不知此僧幾時開戒？」抑組橋誑語邪？法源寺即憫忠寺。

李義山詩文爲吾友馮侍御孟亭浩箋釋，頗費苦心，中多可採者。義山少依令狐楚，楚之子綯爲補缺，義山登第時，綯有力焉，然在唐人乃常事耳。後義山爲王茂元壻，綯乃深恨之，以爲負恩。蓋茂元，李德裕之黨，而令狐父子，牛僧儒黨也。李黨多君子，牛黨多小人。義山果能背牛向李，可謂出谷遷喬。而綯深怨之，終身不解。夫綯爲相，其君至謂之曰：「卿除吏未已？吾亦欲除吏。」如此權奸，那可與之作緣？馮箋雖稍辨之，未及朱長孺爲暢。余曾有札致孟亭，未知孟亭以爲何如也。

義山詩如《無題》、《碧城》、《燕臺》等詩，且放空著，即以爲如《離騷》之美人香草，猶有味也。要其人風情，固自不淺。乃其上柳仲郢啓曰：「可使國人盡保展禽，酒肆無疑阮籍。」蓋此時義山在柳幕，方失偶，而柳欲以樂籍伎張懿仙賜之，此其辭啓也。恐一時傷悼之餘，無心及此耳，其言則太誇矣。

温柔敦厚，詩教也。《國風》、《小雅》皆是時君子憂衰念亂，無可如何，而託詞以諷，冀其萬一有益焉。所謂聞之者足以戒，是亦冀幸萬一之詞也。義山《馬嵬》等篇，尚有戒意，至云「未免被他褒女笑，只教天子暫蒙塵」，直不啻倖災樂禍矣，成何語邪？杜牧之「東風不假周郎便，銅雀春深鎖二喬」，亦如吴門市上惡少年語。此等詩不作可也。

義山《韓碑》，在其詩中另自一體，直擬退之，殆復過之。

東坡云：「歲行盡矣，風雨淒然，紙窗竹屋，燈火熒熒，時于此中，得少佳趣。」王阮亭甚愛此語，而云苦不能多得。夫阮亭終身富貴，不知此中之苦，安能多得此中之樂？此境惟不遇之文士飽嘗之，有時感慨牢騷，則佳趣減矣。無所雜于中，而能全其樂者，其惟學道之士與？

縆橋在皋蘭，與尹方伯等宴于酒樓，不知酒樓者何地也，因過駱秀才園林，尋白雪樓故址。駱秀才即前所云駱處士也。得記游詩十四章，今録其最勝者數首：「溪上棠梨小徑通，晴絲飛絮暖融融。緑楊烟重榆錢碧，略見桃花幾樹紅。」一「信馬沙隄得得來，柴門豈爲俗人開。板輿奉母花前老，慙愧今時駱秀才。」二「洗盡春衫十斛塵，一枝消得海棠春。爐香茗椀娱長日，滿院花光不似貧。」三「石炭青埋小徑幽，疏花老樹尚勾留。夕陽一片蘼蕪緑，惆悵當年白雪樓。」四作者頗衆，覺回頭一笑，百媚頓生，無如此君也。

顧端文公嘗自言平生有二癖，一爲好善癖，一爲憂世癖。此兩種癖所謂爲天地立心，爲生民立命。

前明安我素希范官行人，以直言去官。歸而與顧、高諸公講學東林，爲吾邑大儒。其生母側室也，曰吴太孺人。父名國故素封，而正室奇妬，諸姬稍艾者輒虐之，孺人能以婉順得其歡。既姙大行，而太翁以就醫入城，不相聞者數月。比翁歸，孺人耳語之，屈指某月當産。翁爲治産室，覓乳媪。正室聞而大怒曰：「若女也則生之，男也必殺之。」翁謀曰：「彼欲殺兒，以將分嫡子産也。吾弟早卒而未有子，弟婦且苦節半生，以是子與之，庶幾兩便。」既生大行，五十日而出後于叔氏，依叔母以長。方其未免于母懷，吴孺人晝夜抱持不釋，即一飲食溲便，未嘗去于懷，禁婢女不使得近，恐人之害也。數歲，孺人復得一女。又數年，而翁與正室相繼而卒，所後母亦卒。而其嫡兄甚賢，曰：「固吾弟也，可令無依乎？」與之歸，分之田宅，令讀書，與母相聚。又數年，而兄卒。姪復曰：「叔既出繼，何以産爲？」孺人令大行悉還之，不受絲毫産。而大行則既有立，成進士矣。嗚呼，所謂非是母不能生此子者哉！

孺人固一小家女也，賢于衣冠之裔多矣。吴太孺人墓誌，楚中一名士所作，余閲楚書得之，記其梗概如此。

余于甲午臘月十九日，自武昌登舟，意謂順流而下，歲内可以抵家。乃值北風之日多，至九江已小除矣。過關行三十里餘，即艤舟。除夕，大風雪。元旦，甚晴霽，且得順風揚帆，一日至東流。明日復大風雪，守風三日乃得前。至江寧，已上元矣。正月十九日乃得抵家。上水時正行二十日，下水乃正得一月，江行之不可期如此。

余庚寅自滇南奉先慈櫬回，觸目傷心，更爲索逋者所迫，刻無好懷，屏居微雲書屋。是年庭梅于臘月已作花，私怪滇南物候乃移至江南。今年正月十九日到家，梅始得一花。余日夕令人澆灌，而梅蕊舒放，乃先于别家園墅，花亦爛熳異常。草木尚如此，況士之勤于學問者乎？況居高而呼，能培養人材者乎？乾隆甲子年七月，余方居先嗣祖承重憂，不應試，伯叔諸兄皆就試金陵。一日浴後，涼颸徐動，稍有秋意，得一詩：「簾捲碧天高，驚蟬擁樹號。晚涼歸小院，秋意逼絺袍。節序驚心過，飛騰入夢豪。夜來雙桂樹，葉葉起波濤。」明年余補諸生，下科丁卯與從兄禮堂鏶同舉于鄉。雙桂之謡，殆若先兆。

偶讀王摩詰詩「四愁連漢水」，意以「四愁」即張平子《四愁詩》也，何以謂之「連漢水」？偶以問吾友吴黼仙峻曰：「四愁何等四種也？」黼仙漫應曰：「殆四時也。」今來武昌，買得《文選》一部，出《四愁詩》觀之，其三章曰：「我所思兮在漢陽，欲往從之隴坂長，側身西望涕沾裳。」蓋以東西南北分也。

東泰山，南桂林，西漢陽，北雁門。時東漢天下漸亂，其以四方分四愁，即詩人「我瞻四方蹙蹙靡所騁」之意。所爲「四愁連漢水」，始有著落。此詩吾輩所曾見者，而漫不經心，故書之以自警。

《論語》「歲寒」章緊接「緼袍不恥」章，甚有意思。人必有緼袍不恥心胸作根基，而後可爲歲寒松柏。范文正公身爲將相，俸入所給，三族俱沾，愛士如施，意豁如也，而妻子僅免飢寒，自奉亦無長物。柳公綽三爲大鎮，衣不薰香，廐無良馬。有志之士，未有不清嚴簡素。若和身倒入繁華靡麗中，那得更有工夫憂國憂民？其柔筋脆骨，決不能任天下事。

向在京師見俞令君鴻慶詩稿，有《青霞歌》，其小序云：「青霞，嵇留山先生侍妾也。留山以諸生應閩制府范成謨之聘，留妻與子于吴，子即相國曾筠，俞即相國壻。而攜青霞入閩。未幾，閩逆藩耿精忠叛，范公罵賊被執。賊更欲脅降留山，亦不屈。同被拘，囚三年，范公死難，嵇亦隨殉。青霞是日聞信，自經于庭樹。」范公忠臣，留山義士，既廟食褒崇，光昭日月。若青霞者，豈非烈女哉？非俞君幾湮没不彰矣。君子表微，俞君有焉。

俞君鴻慶令河南之蘭陽。乾隆辛巳，河決陽橋，蘭陽水驟漲，出地丈餘。俞君緣樹以免，其愛妾顧氏從之。神魂稍定，視其妾有所攜，曰：「若奩具邪？」曰：「盡委洪流矣。所攜者，主詩稿與手寫《金剛經》也。」乃大喜，水退自刻其詩，并序其詩所以得存如此。俞君詩絶佳，不媿名士，其妾亦可謂有心者。

宋太宰牧仲犖巡撫三吴，大興風雅，其所賞識者十五人，刻其詩曰「江左十五子」，士論翕然歸之。

不知其初任江西撫軍，經濟固絶人也。牧仲自藩司陟江西巡撫時，湖北有夏逢龍之變，西江與接境，人或危之，曰：「試循例請入覲，無蹈危疆也。」或傳江西會城已爲夏賊所陷，公曰：「不然，江西現無撫臣，吾至則衆心定矣。倘更遷延，賊將生心，或伏莽與相呼應，則江西誠危矣。吾爲大臣，豈可以身爲先而後國事？」即冒風濤前行。至九江，印信旂牌不至。或曰：「南昌殆不保矣。」公曰：「非也，是因渡湖阻風耳。」明日迓者果來，即馳入省城。申軍令，選將士，遠偵候，民心小定。而富室尚有遷而之他者，或請禁之，公曰：「一禁則人以我爲畏懼，百姓走散矣。」幕下士惶懼涕泣請去，固留之不可。公曰：「人恃巡撫，撫署人一出，則人心散矣。君必欲去，吾且請旂牌斬君以令衆。」客乃不敢言。是時，三藩始平，下令裁軍，故失業之卒無聊思變。江西亦有裁軍三千人，期以月朔，諸官集撫署，圍而殺之，因以城應楚賊。公先聞，欲擒其首兩人，而將吏無可任使者，惟丁憂游擊某可任。密召而使之，問須兵幾何。曰：「用衆生得失，以家丁七人足矣。」賊首已獲，而外人不知。是夕親書文告百數十，告賊黨以渠魁已殲，脅從散者不治，如仍伏匿，殺無赦。明日，召總兵及三司官同訊，或請搜捕黨羽，公曰：「是激變也。」或曰：「奴罪族無赦，速奏請正法。」公曰：「此大變也。國家設旂牌，原使封疆得便宜從事。則既服，吾以旂牌斬之而後奏，有不合，吾任之，不以累諸君也。」于是列卒鳴鼓震炮，斬之轅門，梟其首于城門，而速以文告張于遠近。是日薄莫，城門報無籍之潛出者二千餘人，其黨立散矣。其定變倉卒，卓有膽識，非烈丈夫之所爲哉？方其訊賊首也，賊指總兵之奴，曰：「是亦吾黨也。」公急命伍伯批其頰曰：「爾欲汙問官邪？」異日，密謂總兵可去此人。總兵憤曰：「公真謂我通賊邪？」

曰：「豈有此哉！日者訊賊，賊纔發口，而奴佩刀已出鞘數寸。吾急命笞賊，彼乃徐納刀。彼立君後，君不見耳。吾非此急智，且與君并命矣。」總兵歸，笞殺其奴。

乾隆甲午夏五，家小阮以試士抵滁州。徹棘後，約游醉翁亭。出滁西門，遥望青山逶迤。行二里許，溝塍水汩汩鳴。更三里，兩山回環，中壤平曠。入門得一小亭，四面竹樹明秀，泉流交注，匯爲平地，即讓泉分流也。拾級登山，其平處爲廣庭，有老梅，半樹枯死，大如柱，守者以欄楯圍之，云歐公所手植。升階則醉翁亭矣。拜歐公像，歐公秀眉鳳目，高顴豐頤，風骨森竦非常，而神情夷澹，性忠義，能文章，略可想其梗概。旁一僧侍坐，則智仙也。上有今皇上御筆：「蓋大臣過滁，購以獻。錫予宸翰，仍歸于滁，永爲山亭光燿。」昔歐陽氏以直節敢言立于朝，群小恨之切齒，宋仁宗獨喜之，曰：「如歐陽修者，何處得來？」賢君聖主，千載同心，不其然與？歐公亭記，蘇子瞻所書，自稱老門生，字如椀大，極佳。是日，不攜酒，與山僧茶話而别。暑氣早涼，清風洒然，蟲鳴樹顛，如風箏摇曳，如琴聲吟繞。時于疏林竹影外，見農老驅犢，稚子跨蹇驢纍纍行，蓋出門回首，猶眷戀不置云。同游者，錢塘吴進士霽、魏秀才成憲、從姪學使潮也。

同年王奉齋廷璋以高才爲應山令，陟荆門守，不合于大吏，去官。僑居漢上，性不能飲而好客。余至楚，奉齋約同年四五人，飲于大别山之晴川樓。酒酣各分韵賦詩，奉齋得五首，内一首：「極目招提境，天光接水光。隔江望黄鶴，烟樹正蒼茫。芳草思狂客，雄風憶大王。不堪譚往事，回首渺滄桑。」余以爲絶似樊川。至其《清明》詩，有「花柳簇春墳，明月嬉新鬼」之句，則又不減長吉矣。

明朝有士夫，年長矣，無子。婦奇妬，不容蓄妾，乃爲别館置妾，生一子。有門生某，誠信士也，夫人又賢，乃以妾與子屬之。未幾，士夫殁，門生乃迎其妾與子，養之于家，視唯謹。士夫殁，家漸落，妬婦鬱鬱無聊，亦病甚。將死，聞其夫有子，亟使人召其妾與子，門生不遣行。乃請門生至，好謝之，曰：「吾行就木，行一見此子，死不恨。吾已自悔，寧有惡意，且君忍間人母子邪？」門生不得已，許自攜來，一見即仍去。許之。歸而商之夫人。夫人曰：「先師唯此一脉，脱有不測，奈何？」門生曰：「彼以大義相逼，不容辭也。」曰：「然則嚴備之。」以厚氈裹夫之右臂，外更縛以犀革。前朝人例廣袖，不覺也。曰：「自以左手攜兒至牀前，而以右臂防不測。」乃攜兒往，婦甚喜。兒至牀前，始得一拜。婦右手忽挾白刃斫之，門生以右臂捍之，刃墜于牀，而婦已氣絶矣。吁！此婦之妬，所謂至死不變者邪？蔣景韶説。

蔣景韶𰂅，余舅氏子，小余五歲，與余同補諸生。余官京師，景韶入太學，館于余所。時作小畫及詩文，皆有致。余嘗戲謂，吾弟畫勝詩，詩勝文，景韶輒面赤發嗔。余更揶揄之，一笑而解，淳厚人也。兩弟出後兩叔氏，舅氏卒，母夫人愛憐少子，更各授五十畝，景韶奉命唯謹。或不諒，更侵削之，反愬于余以景韶不直，而景韶曾未向余一言，可謂賢矣。

景韶初入都，謁吾師吴易堂先生。先生諱鼎。先生是時官學士，而景韶衣冠不甚修飾，先生心不善也。未幾嵇司馬璜喪其夫人，同邑將製文公奠，莫適爲也。或曰：「盍倩蔣景韶乎？」景韶援筆得駢體七八百字，詞筆華贍，音韵諧暢。先生驚喜，曰：「吾不知蔣景韶才情如此。」遂大愛重之。景韶固佳，先生之愛才好士而無成心，豈今人所及哉？景韶後以乾隆壬午舉順天鄉試，年未五十而卒。

今年三月朔，自芙蓉湖登舟赴楚。同行鄧君翀雲少年雋才，春江島嶼，柳色花光，時復不絶。偶泊舟蕪湖，余曰：「蕪湖，古鳩兹地也。楚子重伐吴，克鳩兹，至于衡山。即此。此間聞尚有鳩兹里。」鄧君雅好學，每泊舟輒假余李義山集手鈔之，故余有詩曰：「細雨清樽譚左癖，畫船紅燭寫唐詩。」

王陽明《傳習録》中多是門人所記，亦有傳寫失真者。余愛所録内一條云：門人問：「《春秋》若無《左傳》，恐亦難曉？」先生曰：「《春秋》必待《左傳》而復明，是歇後謎語矣。」或又舉伊川説云：「傳是案，經是斷。」陽明亦以爲不然，曰：「如書弑某君，即弑君便是罪。如云伐某國，則伐國便是罪。何必問其詳？」此言恐是一時口快。譬如有司，決罪問盜，須辨其如何强劫，傷人與？不贓與？供詞俱確，然後可以定罪。豈得曰既是盜，便殺之乎？人命亦必審其曲直，或謀、或故、或誤，可定罪之輕重。逢赦宥，亦分原、不原，豈得曰既是人命，便抵償乎？且如魯國隱、桓二君，俱不得正其終。若徒觀《春秋》，不觀《左傳》，則羽父爲大賊，齊襄爲深仇，何從知之？異日陽明答何孟春論日食，徵引《左傳》，卻又爛熟。可知前此議論，自是口快。學者慎無據陽明之言，束書不觀也。

烈女王氏，鳳陽定遠人，諸生倫炳女。少失父母，鞠于祖母，及笄字陳槐。槐肄業國學，病卒。女聞，不哭，神傷，越幾日自縊，時年十九矣。平生有至性，痛父母早亡，事祖母婉約孝謹。女工餘暇，喜讀書，勉兄弟于學，偶有所作，不示人也。死後，家人得遺稿數章，輯而録之，名曰《芝堂焚餘》。芝堂，其所居室也。猶記其《詠梅花》兩句：「林間傲骨須珍重，不到寒時不肯香。」可想其志節。又有《送姊》詩云：「欲別頻攜手，斯時倍搶神。那堪堂上坐，只有白頭人。謂祖母。捧杖孫俱弱，承歡我亦貧。相違纔咫尺，早晚莫辭頻。」一氣清空如話，真可謂才節雙清矣。

元微之有絶句云：「曾經滄海難爲水，除卻巫山不是雲。取次花叢懶回顧，半緣修道半緣君。」或以爲風情詩，或以爲悼亡也。夫風情固傷雅道，悼亡而曰「半緣君」，亦可見其性情之薄矣。微之始爲諫官，號敢言。後晚節不終，由中人薦爲宰相，至與裴晉公爲難，阻撓其兵機，使元勳重望無功，而河北遂不可問，則微之亦適成爲半截人矣。若白樂天性情便厚，故能始終一節。言爲心聲，信夫。

烈婦郭陳氏，楚雄南安州人。其夫從軍，中瘴而死。喪歸，婦與家人迎之于路，遇大風雨，人皆避入古廟，亦挽烈婦。烈婦曰：「吾夫柩在此，吾安往乎？」乃守之不去。雨過，往視之，縊死于柩旁矣，年止二十。婦平居事舅姑及夫婉順，柔弱人也，而卒能死其志也。余聞之，驚悼嗟歎，自製文檄南安人往祭，具上其事，欲請旌于朝。藩司某公僅委之胥吏，令給匾獎賞而已。余昔備員儀曹，竊見祖宗及今上凡有烈婦具題，無不隨旌。諭曰：「婦能守節已佳，何必殉？此後輕身一死者，必不旌也。」然後有具題者，又旌也。蓋戒之者重人命也，旌之者矜節烈也。聖人天地父母之心，俗吏何足以知之？余慨然謂僚屬曰：「昔召穆公爲方伯，化及行露之女。今有現成烈節，乃不肯請旌邪？」刀筆期會之閒，幾不知風化爲何事，余不能力爭，深用自愧，書之以志余過。

偶閲《明史》，見嘉、隆間一名臣以清節著。守廬州時，以公事入省垣，與蘇州守某公相遇京口，雅同志，乃約游金山。攜酒一壺，菜數束，肉一觔，米數升。蘇守曰：「所攜止此乎？」笑曰：「吾兩人食之，足矣。」嘯咏終日，盡歡而返，此似過儉矣。然士大夫侈汰爲心，每一宴集，奴隸饜酒肉，巡行所部，騷擾不勝。或遇暑熱，海錯山珍，俱歸臭腐。而小民至不厭糟糠，偶遇歲祲，掘草根樹皮而食，曾漠然不動于心。嗚呼！安得起清吏如廬州守者，與之勤修吏治乎？

陶淵明《贈羊長史》自注云：「長史銜使秦川，作此與之。」蓋宋武帝劉裕取關中時也。時裕尚爲晉臣，功業日盛，有篡奪之勢，才智之士爭趨之。此詩「愚生三季後，慨然念黄虞」，即夷、齊《采薇歌》也。下半：「路若經商山，爲我少躊躇。多謝綺與甪，精爽今何如。」漢祖得天下以正，而四皓尚不臣之。晉宋之交，權臣竊柄，顧可出乎？其意微而顯矣。韓退之《送董邵南序》意亦同。

跋

宛平王奉齋云：秦岵齋由部郎出守楚雄，以古循吏自期。後丁内艱，遂不復出山。著有《消寒詩話》一卷，筆力簡括，性情肫摯，至於酌古準今，間有不涉於詩，而議論一歸於正，不失維持人心，崇獎風化之旨，其得以詩話概之耶？愚謂凡作詩而僅吟風弄月，自詡才華，絕無關於人心風化者，皆不必作。況詩話所以明古今作者寓言託諷之微意乎？即此可見《消寒詩話》之足存矣。壬寅秋日，吴江沈楙悳識。

廣聲調譜

廣聲調譜提要

《廣聲調譜》二卷，據乾隆間易簡堂刊本點校。撰者李汝襄，字滄崖，直隸祁州人。生平未詳。此譜有乾隆四十二年丁酉薛田玉序，謂李氏昔年在蓮池書院受汪師韓（上湖）教授趙秋谷《聲調譜》，遂承而廣之。然云「廣」者，乃大不同於趙譜之謂。如由近體溯古體、專以唐詩爲式、五言詳於七言等，所列譜式、例詩亦數倍於原譜，五律列至二十一式，頗爲詳備，可作分析認識律詩體式發展之用。惟七律較五律後世變化爲多，此譜欲藉五律以説明七律，以至七律體式反較五律爲少，稍嫌捨近就遠。論古詩似更失衡，僅及平韵、仄韵、轉韵等基本式，七古偏於杜、韓一體，初唐體僅列《春江花月夜》一首，下又不及元白長慶體，乃至尚不到薛田玉序之識矣。顧薛序已言之：「唐人之詩，不特近體有平仄，即古體亦有平仄。如王楊盧駱四家流麗婉轉，宫徵和諧，是以律調之平仄爲樂府者也。李杜則雄渾排奡，盤曲離奇，是以拗調之平仄爲樂府者也。作四家體者間有拗調，而拗調多則不稱。作李杜體者間有律調，而律調多則亦不稱。自初盛迄中晚，無不各成體製，歸於自然。」此是承何大復《明月篇序》之説而來者，較之清初王漁洋等之取捨不定，已趨於認同，惜李氏譜中反未得申論之也。

聲律發於天籟。葛天氏操牛尾而歌八闋，以及「靈夔吼」、「鵰鶚争」等曲尚矣，賡颺具載《虞書》。而「詩言志，歌永言，聲依永，律和聲」，所謂聲律者，悉本天籟之自然，抑揚高下，可被筦弦。所以《三百》爲詩之祖，一變而騷，再變而漢魏樂府，皆無所爲平仄，而平仄之義寓焉。沿及徐、庾，漸近律調。至唐初沈、宋輩出，近體遂與古體並稱。而唐人之詩，不特近體有平仄，即古體亦有平仄。如王、楊、盧、駱四家，流麗婉轉，宫徵和諧，是以律調之平仄爲樂府者也。李、杜則雄渾排奡，盤曲離奇，是以拗調之平仄爲樂府者也。作四家體者間有拗調，而拗調多則不稱。作李、杜體者間有律調，而律調多則亦不稱。自初盛迄中晚，無不各成體製，歸於自然。至近體亦有拗律，要必上下相配，通首渾成，動與法合。楊載嘗言詩當取材漢魏，而音節則以唐爲宗，誠以古今體平仄之式莫備於唐也。我國家自己卯以來，兼以詩取士，士之習爲詩者，雖熟聞平仄、粘聯之法，而神明變化，或有未悉焉。李君滄崖，爲安國世族，家學淵源，文章醇雅，能肆力於詩。昔年汪上湖前輩掌教蓮池，曾以趙飴山《聲調譜》指示學者，李君面承指授，退而精研之，廣爲是編。今將付梨棗，請序於余。余惟本朝山左詩家，阮亭而外，即推飴山。當時論詩者奉阮亭爲山斗，而飴山與相齟齬，詩中時加諷刺。要之，阮亭詩以雄厚勝，飴山詩以清勁勝，同工異曲，其聲律皆出以自然，而駸駸入古者。余觀飴山《聲調譜》，可爲詩學指南。今李君復詳加推闡，視昔尤爲該備，以是津梁藝苑，其有助於詩教，豈淺鮮哉？乾隆丁酉夏五，梁溪薛田玉題於上谷之蓮池書院。

廣聲調譜例言

唐詩聲調，新城獨探其微。執以律人，人皆自失。趙飴山得其意，而作譜，參選唐、宋詩，詳加注釋，誠詩壇秘本也。但倚模既久，舛訛遂多，古詩尤甚，恐非飴山原本。余向從上湖先生遊，敬請重加筆削，補其缺，正其誤。因竊取先生之意，廣爲是編，欲以公世，爲初學發軔之一助焉。

詩至有唐，體裁大備。是集專選唐詩，使學者奉爲正軌，既可讀詩知譜，兼可按譜學詩。漢魏六朝由此溯源可耳。

選詩之序，自當先古後今。但古詩音節，原無定體，以此發端，讀者未免茫如。此由近體而溯古體，令讀者如尋深林，如登峻嶺，進得一層，識得一層境地。

書有變體，詩有拗體，皆化板爲活之法。必依正粘，便無生趣。歸愚云：詩不學古，謂之野體。良有以也。識得此意，乃可脱去凡骨。

各種拗律，皆因古詩變化而出。正粘之外，總名拗體，原無補法、救法等名。但相沿既久，遂有以某法名某句者。兹於有名拗句，概從其俗。無名者以古句名之，以便識别。

樂府聲調，自唐人以後漸失其傳。所作樂府題，或近體，或古詩，或短章，或長幅，不過借古人體製，自寫胸臆耳。此於樂府題，俱雜録各體中，不復另列一體。學者欲探源流，當於郭茂倩編内求之，庶無遺義。

凡原譜所載之詩，俱於題下注明。原選原譜小注，以「原注」二字別之。後附鄙意者，以「按此」二字別之。其原本字句之訛者，概從删却。

原注或一二字一注，或三四字一注，或全句一注，未免參差。集中近體，皆總注詩後，取其清整易觀。古詩難以總注，則分注於全句之下，詩後仍用總注，以資參考。

七言詩不過於五言上加平平仄仄耳，原可類推。故所注五律詳，七律略，五古詳，七古略。

五古中無名古句難以識别，故每句用注。其易知之句，或兩見，或三見，不復多注，以省簡編。七古略同。

凡平韵古上句落字用平者，必注明某字平。仄韵古上句落字用仄者，必注明某字仄。凡用律句者，亦必注明律句，使學者易於注力，且辨體裁。至所注或詳或略，頗具微意，讀者參之。

原本取其别於律者，平用圈，仄用點，着筆字旁，未免混於句讀。集中於此不分平仄，統用方圈，周於字外，令讀者自裁，似較清晰。

是集爲初學説法，反復引證，務祈詳晰，不復於筆墨求工。敬俟博雅君子汰其煩冗，匡所不逮，俾學者知所折衷，用以遞親風雅，鼓吹休明，是固上湖先生之遺澤也。而新城發微之旨，亦藉以永著也夫。

滄崖李汝襄識

廣聲調譜卷上

五言律詩

平起入韵正式。王維《送趙都督赴代州》詩：「天官動將星，漢地柳條青。萬里鳴刁斗，三軍出井陘。忘身辭鳳闕，報國取龍庭。豈學書生輩，窗間老一經。」

仄起入韵正式。秦系《贈烏程楊苹明府》詩：「策杖政成時，清溪弄釣絲。當年潘子貌，避病沈侯詩。漉酒迎賓急，看花署字遲。楊梅今熟未，與我兩三枝。」

平起不入韵正式。杜甫《秦州雜詩》：「山頭南郭寺，水號北流泉。老樹空庭得，清渠一邑傳。秋花危石底，晚景卧鐘邊。俯仰悲身世，溪風爲颯然。」

仄起不入韵正式。元淳《寄洛中諸妹》詩：「舊國經年别，關河萬里思。題書憑雁翼，望月想蛾眉。白髮愁偏覺，歸心夢獨知。誰堪離亂處，掩淚向南枝。」

正式，謂依平仄板式，不易一字也。

平起入韵通融式。杜甫《夔州别王十二判官》詩：「依沙宿舸船，石瀨月涓涓。風起春燈亂，江鳴夜雨懸。晨鐘雲外濕，勝地石堂偏。柔艪輕鷗外，含悽覺汝賢。」

仄起入韵通融式。王維《終南山》詩：「太乙近天都，連山到海隅。白雲迴望合，青靄入看無。分野中峰變，陰晴衆壑殊。欲投人處宿，隔水問樵夫。」

平起不入韵通融式。王維《山居秋暝》詩：「空山新雨後，天氣晚來秋。明月松間照，清泉石上流。竹喧歸浣女，蓮動下漁舟。隨意春芳歇，王孫自可留。」

仄起不入韵通融式。杜甫《送翰林張司馬南海勒碑》詩：「冠冕通南極，文章落上台。詔從三殿去，碑到百蠻開。野館濃花發，春帆細雨來。不知滄海上，天遣幾時回。」

通融式，亦正式也。但第一字有可平仄兩用者，不拘拘於板式耳。如「空山新雨後」「空」字，本宜平，亦可用仄。「天氣晚來秋」「天」字，本宜仄，可換爲平。「明月松間照」「明」字，本宜仄，可換爲平。至「清泉石上流」「清」字，則斷不可用仄，所謂平不單行者此也。下截同此。「冠冕通南極」「冠」字，本宜仄，可換爲平。「文章落上台」「文」字，則斷不可用仄，與前首「清泉石上流」「清」字、「王孫自可留」「王」字同。「詔從三殿去」「詔」字，本宜平，可換爲仄。「碑到百蠻開」「碑」字，本宜仄，可換爲平。下截同此。總之，五律不入韵者，平起之四句、八句，仄起之二句、六句，第一字斷不宜仄，其餘第一字俱可通融。仄起入韵與不入韵者同。如「太乙近天都」「太」字，與「冠冕通南極」「冠」字，俱可平仄兩用。餘亦同。惟平起入韵者，其首句第一字必不可仄，不與「空山新雨後」「空」字同。如「依沙宿舸船」「船」字入韵，「宿」字用仄，使將「依」字亦換爲仄，則「沙」字爲平字單行而不叶矣。餘俱同。

用拗句式。鄭谷《書村叟壁》詩：「(草)肥(朝)牧牛，桑緑晚鳴鳩。列岫簷前見，清泉碓下流。春蔬和雨割，社酒帶花篘。引我南陂去，籬邊有小舟。」又鄭谷《蝴蝶》詩：「尋艷復尋香，(似)閒(還)似忙。煖烟沉蕙逕，微雨宿花房。書幌輕隨夢，歌樓誤採妝。王孫深屬意，繡入舞衣裳。」又王維《輞川閒居》詩：「一從歸白社，不復到青門。時倚簷前樹，(遠)看(原)上村。青菰臨水映，白鳥向山翻。寂寞於陵子，(桔)槔(方)灌園。」

凡遇平平仄仄平之句，其第一字斷不宜仄。然亦有第一字用仄者，第三字必用平，謂之拗句。如「草肥朝牧牛」「草」字用仄，使「朝」字亦用仄，則「肥」字爲平字單行而不叶矣。此將「朝」字用平，則「肥」字不得於上，猶得於下，仍不單行，故名拗句而可用也。

雙換詩眼式。杜甫《咏竹》詩：「緑竹(半)含籜，新梢(纔)出墻。色侵書帙晚，陰過酒尊涼。雨洗娟娟凈，風吹細細香。但令無剪伐，會見拂雲長。」又李白《秋思》詩：「燕支黄葉落，妾望自登臺。海上(碧)雲斷，單于(秋)色來。胡兵沙塞合，漢使玉關回。征客無歸日，空悲蕙草摧。」又杜甫《重過何氏》詩：「山雨樽仍在，沙沉榻未移。犬迎曾宿客，鴉護落巢兒。雲薄(翠)微寺，天清(皇)子陂。向來幽興極，步屧過東籬。」又杜甫《暮春題瀼西草屋》詩：「綵雲陰復白，錦樹曉來青。身世雙蓬鬢，乾坤一草亭。哀歌時自惜，醉舞爲誰醒。細雨荷鋤立，江猿吟翠屏。」又杜甫《送韋書記》詩：「夫子(欻)通貴，雲泥(相)望懸。白頭無藉在，朱紱有哀憐。書記(赴)三捷，公車(留)二年。欲浮江海去，此別意茫然。」又杜甫《巳上人茅齋》詩：「巳公茅屋下，可以賦新詩。枕簟(入)林僻，茶瓜(留)客遲。江蓮摇白羽，天棘蔓青絲。空忝(許)詢輩，難酧(支)遁詞。」

詩眼者何？五言第三字、七言第五字是也。蓋每聯詩眼，無論平起仄起，俱用平仄兩字相遞而下，不比二四用粘也。惟首句入韻者，則無論平起仄起，第三字必用仄，下七句皆不换也。外此，非拗句，即换眼，即三仄三平，皆名拗體矣。上數詩名雙换詩眼者，謂出句詩眼本宜平而换仄，對句詩眼本宜仄而换平也。

雙换詩眼拗句式。高適《送魏八》詩：「更沽淇上酒，還泛驛前舟。爲惜故人去，復憐嘶馬愁。雲山行處合，風雨興中秋。此路無知己，明珠莫暗投。」又孟浩然《早寒有懷》詩：「木落雁南渡，北風江上寒。我家襄水曲，遥隔楚雲端。鄉淚客中盡，孤帆天際看。迷津欲有問，平海夕漫漫。」又韋莊《章臺夜思》詩：「清瑟怨遥夜，繞絃風雨哀。孤燈聞楚角，殘月下章臺。芳草已云暮，故人殊未來。鄉書不可寄，秋雁又南迴。」「爲惜故人去，復憐嘶馬愁」，如「復」字用平，爲雙换詩眼。此用仄，則雙换中帶拗句也。

單换詩眼式。司空曙《送鄭明府》詩：「青楓江色晚，楚客獨傷春。共對一樽酒，相看萬里人。猜嫌成謫宦，正直不防身。莫畏炎光久，年年雨露新。」此出句單换，對句不换也。又盧綸《送李端》詩：「故關衰草偏，離别正堪悲。路出寒雲外，人歸暮雨時。少孤爲客早，多難識君遲。掩泣空相向，風塵何所期。」此對句單换，出句不换也。

三仄式。王昌齡《胡笳》詩：「城南虜已合，一夜幾重圍。自有金笳引，能令出塞飛。聽臨關月苦，清入海風微。三奏高樓曉，胡人掩淚歸。」

三仄句，凡起句、聯句、結句皆可用。如此詩與王績《野望》詩：「東皋薄暮望，徙倚欲何依。」王維《登小臺詩》：「端居不出户，滿目望雲山。」皆用於起句者也。杜審言《早春》詩：「雲霞出海曙，梅柳渡江春。」崔湜《折楊柳》詩：「年華妾自惜，楊柳爲君攀。」皆用於前聯者也。元宗《送賀知章》詩：「寰中得秘要，方外散幽襟。」崔顥《題潼關樓》詩：「川從陜路去，河繞華陰流。」皆用於後聯者也。盧照鄰《山莊》詩：「年華已可樂，高興復留人。」王維《送賀遂員外》詩：「猿聲不可聽，莫待楚山秋。」皆用於結句者也。凡用三仄句，大要第一字必用平，此其常也。然亦偶有第一字用仄者。如李白《温泉宫》詩：「羽林十二將，羅列應星文。」孟浩然《梅道士水亭》詩：「隱居不可見，高論莫能酧。」此又三仄中之變格也。不宜輕用。

三仄三平對用式。杜甫《秦州雜詩》：「蕭蕭古塞冷，漠漠秋雲低。黄鵠翅垂雨，蒼鷹饑啄泥。薊門誰自北，漢將獨征西。不意書生耳，臨衰厭鼓鼙。」又常建《破山寺》詩：「清晨入古寺，初日照高林。曲徑通幽處，禪房花木深。山光悦鳥性，潭影空人心。萬籟此俱寂，惟聞鐘磬音。」

三平句則近於古矣。三仄句可以單用，若三平則多與三仄並用。而且通體中必有一二處拗體，以配其氣。如正式之外，各種拗體是也。若一句單用三平，餘七句皆用正式，則不成體矣。用互換法式。韋承慶《凌朝浮江旅思》詩：「天晴上初日，春水送孤舟。山遠疑無樹，潮平似不流。岸花開且落，江鳥没還浮。羈望傷千里，長歌遺四愁。」又張九齡《望月懷遠》詩：「海上生明月，天涯共此時。情人怨遥夜，竟夕起相思。滅燭憐光滿，披衣覺露滋。不堪盈手贈，還寢夢佳期。」又沈佺期《隴頭水》詩：「隴山飛落葉，隴雁度寒天。愁見三秋水，分爲兩地泉。西流（入）（羌）郡，東下向秦川。征客重回首，肝腸空自憐。」又宗楚客《清暉樓遇雪》詩：「窈窕神仙閣，參差雲漢間。九重中禁啓，七日早春還。太液天爲水，蓬萊雪作山。今朝（上）（林）樹，無處不堪攀。」又孟浩然《過故人莊》詩：「故人（具）（雞）黍，邀我至田家。緑樹村邊合，青山郭外斜。開軒（面）（場）圃，把酒話桑麻。待到重陽日，還來就菊花。」又陳子昂《登九華觀》詩：「白玉仙臺古，丹丘別望遥。山川（亂）（雲）日，樓榭入烟霄。鶴舞千年樹，虹飛百尺橋。還逢（赤）（松）子，天路坐相邀。」

互换法，謂平平仄仄之句，换爲平平仄平仄之句，三四字交互更换也。又名補法，謂第三字本宜平而用仄，第四字本宜仄而用平，以下平字補上仄字也。亦名拗句。大要互换句，第一字必用平乃爲合格。如「天晴（上）（初）日」「天」字，「情人（怨）（遥）夜」「情」字是也。然亦偶有用仄者，又爲互换中之變格，如「（故）人（具）（雞）黍」是也，不宜輕用。

仄起入韵三四换字式。李白《江夏別宋之悌》詩：「楚水（清）（若）空，遥將碧海通。人分千里外，興在一杯中。谷鳥吟晴日，江猿嘯晚風。平生不下淚，於此泣無窮。」又孫逖《送裴參軍入京》詩：「日落（川）（徑）寒，離心苦未安。客愁西向盡，鄉夢北歸難。霜果林中變，秋花水上殘。明朝江渡後，雲物向南看。」三四换字式，惟首句用之，餘句皆不可用。如孟浩然《臨洞庭》詩：「八月（湖）（水）平，涵虚混太清。」又《歸終南山》詩：「北闕（休）（上）書，南山歸敝廬。」皆此體也。

用救法式。孟浩然《裴司士見尋》詩：「府僚能枉駕，家醖復新開。落日池（上）酌，清風（松）下來。

厨人具雞黍，稚子摘楊梅。誰道山翁醉，猶能騎馬回。」又孟浩然《送友東歸》詩（原選）：「士有不得志，棲棲吳楚間。廣陵相遇罷，彭蠡泛舟還。檣出江中樹，波連海上山。風帆明日遠，何處更追攀。」又杜甫送遠詩（原選）：「帶甲滿天地，胡爲君遠行。親朋盡一哭，鞍馬去孤城。草木歲月晚，關河霜雪清。別離已昨日，因見古人情。」又杜甫《新月》詩：「光細絃欲上，影斜輪未安。微升古塞外，已隱暮雲端。河漢不改色，關山空自寒。庭前有白露，暗滿菊花團。」又孟浩然《與諸子登峴山》詩（原選）：「人事有代謝，往來成古今。江山留勝跡，我輩復登臨。水落魚梁淺，天寒夢澤深。羊公碑尚在，讀罷淚沾襟。」救法，無論起句、聯句、結句皆可用。凡遇仄仄平平仄之句，將第四字或三四字平換爲仄，對句平平仄仄平之句，將第三字仄換爲平，則能救轉來也。如「落日池上酌，清風松下來」，「上」字用仄，「松」字爲救。「池」字用仄亦可，如「士有不得志，草木歲月晚」是也。「清」字用仄亦可，如「影斜輪未安，往來成古今」是也。

用古句式。孟浩然《尋天台山》詩：「吾愛太乙子，飡霞臥赤城。欲尋華頂去，不憚惡溪名。歇馬憑雲宿，揚帆截海行。高高翠微裏，遥見石梁横。」又釋齋己《早梅》詩：「萬木凍欲折，孤根煖獨回。前村深雪裏，昨夜一枝開。風遞幽香出，禽窺素艶來。明年如應律，先發望春臺。」「吾愛太乙子」爲四仄句，「萬木凍欲折」爲五仄句，即「人事有代謝」、「士有不得志」等句也。四仄五仄，下不用救，故名古句。然此惟首句用之，三五七句俱不可用。亦必句法渾老，無能改移者乃爲合體，不得故爲失粘也。且用五仄句，必有一二入聲字參乎其中，始爲古節古音，若四仄句則可不拘耳。

拗體雜用式。李白《太原早秋》詩：「歲落衆芳歇，時當大火流。霜威出塞早，雲色渡河秋。夢繞邊城月，心飛故國樓。思歸若汾水，無日不悠悠。」又劉昚虛《寄江滔求孟六遺文》詩：「南望襄陽路，思君情轉親。偏知漢水廣，應與孟家鄰。在日貪爲善，昨來聞更貧。相如有遺草，爲一問家人。」又孟浩然《晚春》詩：「二月湖水清，家家春鳥鳴。林花掃更落，逕草踏還生。酒伴來相命，開樽共解醒。當杯已入手，歌妓莫停聲。」又張藉《寄遠客》詩：「野橋春水清，橋上送君行。去去人應老，年年草自生。出門看遠道，無路向邊城。楊柳別離處，秋蟬今復鳴。」又常建《宿王昌齡隱居》詩：「清溪深不測，隱處惟孤雲。松際露微月，清光猶爲君。茅亭宿花影，藥院滋苔紋。余亦謝時去，西山鸞鶴群。」又李嶷《林園秋夜》詩：「林臥避殘暑，白雲長在天。賞心既如此，對酒非徒然。月色徧秋露，竹聲兼夜泉。涼風懷袖裏，兹意與誰傳。」又岑參《陝州月城樓送辛判官入秦》詩：「送客飛鳥外，城頭樓最高。樽前遇風雨，窗裏動波濤。謁帝向金殿，隨身惟寶刀。相思灞陵月，祇有夢偏勞。」又岑參《送杜佐歸陸渾別業》詩：「正月今欲半，陸渾花未開。出關見青草，春色正東來。夫子且歸去，明時方愛才。還須及秋賦，莫即隱蒿萊。」又杜甫《蕃劍》詩：「致此自僻遠，又非珠玉裝。如何有奇怪，每夜吐光芒。虎氣必騰上，龍身寧久藏。風塵苦未息，持汝奉明王。」又李商隱《落花詩》（原選）：「高閣客竟去，小園花亂飛。參差連曲陌，迢遞送斜暉。腸斷未忍掃，眼穿仍欲歸。芳心向春盡，所得是沾衣。」又張藉《宿溪中驛》詩：「楚驛南渡口，夜深來客稀。月明見潮上，江静覺鷗飛。旅宿今已遠，此行仍未歸。離家久無信，又見搗寒衣。」又馬戴《落日悵望》詩：「孤雲與飛鳥，千里片時間。念我何留滯，辭家久未還。微陽下喬木，遠色隱秋山。臨水不敢照，恐驚平昔顏。」

各種拗體，前已注明。茲復彙於一處，令學者知各種拗體既可單用，兼可參用也。

孤平式。杜甫《翫月呈漢中王》詩：「夜深露氣清，江月滿孤城。浮客轉危坐，歸舟應獨行。關山同一照，烏鵲自多驚。欲得淮王術，風吹暈已生。」又李白《南陽送客》詩：「斗酒勿爲薄，寸心貴不忘。坐惜故人去，偏令遊子傷。離顏怨芳草，春思結垂楊。揮手再三別，臨岐空斷腸。」又戴叔倫《送友人東歸》詩：「萬里楊柳色，出關送故人。輕烟拂流水，落日照行塵。積夢江湖闊，憶家兄弟貧。徘徊灞亭上，不語自傷春。」孤平爲近體之大忌，以其不叶也。但五律近古，與七律不同，故唐詩全帙中，不無一二用者，然必借拗體以配之。此在古人故作放筆，非無心也。若不察而誤用，失之遠矣。

失粘式。王勃《春日還郊》詩：「閑情兼默語，携杖赴巖泉。草緑縈新帶，榆青綴古錢。魚牀侵岸水，鳥路入山烟。還題平子賦，花樹滿春田。」又陳子昂《晚次樂鄉縣》詩：「故鄉杳無際，日暮且孤征。川原迷舊國，道路入邊城。野戍荒烟斷，深山古木平。如何此時恨，噭噭夜猿鳴。」

今不宜學。

以古行律式。劉眘虛《闕題》詩：「道由白雲盡，春與青溪長。時有落花至，遠隨流水香。閒門向山路，深柳讀書堂。幽映每白日，清輝照衣裳。」又孟浩然《晚泊潯陽望廬山》詩：「挂席幾千里，名山都未逢。泊舟潯陽郭，始見香爐峰。嘗讀遠公傳，永懷塵外踪。東林精舍近，日暮坐聞鐘。」又王維《終南別業》詩：「中歲頗好道，晚家南山陲。興來每獨往，勝事空自知。行到水窮處，坐看雲起時。偶然值鄰叟，談笑無還期。」又高適《淇上別業》詩：「依依西山下，別業桑林邊。庭鴨喜多雨，鄰雞知暮天。野人種秋菜，古老開原田。且向世情遠，吾今聊自然。」

以古行律，謂律詩體裁、古詩音節也。以上四式，其他已雜見於拗體諸式之中，惟「清輝照衣裳」、「泊舟潯陽郭」、「晚家南山陲」、「勝事空自知」、「依依西山下」，其音節爲律詩所無，故名以古行律也。此無定體，務諧於古，姑置四詩爲式。

五言長律附

平起入韵式。劉公興《日暮山河清》詩：「天高爽氣晶，馳景忽西傾。山列千重静，河流一帶明。想同金鏡徹，寧讓玉壺清。纖翳無由出，浮埃不復生。縈紆分漢苑，表裏見秦城。逸興終難繫，抽毫仰此情。」

仄起入韵式。公乘億《郎官上應列宿》詩：「北極伫文昌，南宫早拜郎。紫泥乘帝澤，銀印佩天光。緯結三台側，鉤連四輔傍。佐商依傅説，仕漢笑馮唐。委佩摇秋色，峨冠帶曉霜。自然符列象，千古耀巖廊。」

平起不入韵式。焦郁《白雲向空盡》詩：「白雲生遠岫，摇曳入晴空。乘化隨舒卷，無心任始終。欲銷仍向日，將斷不因風。勢薄飛難定，天高色易窮。影收元氣表，光滅太虚中。倘若從龍去，還施潤物功。」

仄起不入韵式。高適《送柴司户充劉鄉判官之嶺外》詩：「嶺外資雄鎮，朝端寵節旄。月卿臨幕府，星使出詞曹。海對羊城闊，山連象郡高。風霜驅瘴癘，忠信涉波濤。别恨隨流水，交情脱寶刀。有才無不適，行矣莫徒勞。」

以上四式，與五律通融式同。作記述、酬答諸體，除三平不用外，其各種拗句亦與五言律同。如應制詩首句不必入韵，當以後二式爲凖。

仄韵式。豆盧榮《春風扇微和》詩：「春晴生縹緲，軟吹和初遍。池影動波瀾，山容發蔥蒨。遲遲入綺閣，習習披芳甸。樹杪颺鶯啼，堦前落花片。韶光恐閑放，旭日宜游晏。文客拂塵衣，仁風顧迴扇。」又張謂《日落山照耀》詩：「徘徊空山下，晼晚殘陽落。圓影過峰巒，半規入林薄。餘光徹群岫，亂彩布幽壑。石鏡共澄明，巖潭佐昭灼。棲禽去杳杳，晚烟生漠漠。此意誰復知，獨懷謝康樂。」又郭邕《洛出書》詩：「德合天貺呈，龍飛聖人作。光宅被寰區，圖書出河洛。象登四氣順，文闢九疇錯。氤氲瑞彩浮，左右靈儀廓。微造功不宰，神行利攸博。一見皇國華，方知禹功薄。」又裴夷直《亞父碎玉斗》詩：「雄謀竟不決，寶玉將何愛。倏爾霜刃揮，霎若春冰碎。飛光動旌旗，雜響震環珮。霜摧繡帳前，星流錦筵内。伯主業已虚，爲鹵語空悔。獨有青史中，英風㊀冠㊀千載。」作仄韵長律，或粘或不粘，必用古詩音節，乃爲合格。其音節詳後五古注中。

七言律詩

平起入韵式。李白《送賀監歸四明》詩：「久辭榮禄遂初衣，曾向長生説息機。真訣自從茅氏得，恩波應許洞庭歸。瑶臺含霧星辰滿，仙嶠浮空島嶼微。借問欲棲珠樹鶴，何年却向帝城飛？」

仄起入韵式。張謂《杜侍御送貢物》詩：「銅柱珠崖道路難，伏波横海舊登壇。越人自貢珊瑚樹，漢使何勞獬豸冠。疲馬山中愁日晚，孤舟江上畏春寒。由來此貨稱難得，多恐君王不忍看。」

平起不入韵式。杜甫《野望》詩：「西山白雪三城戍，南浦清江萬里橋。海内風塵諸弟隔，天涯涕淚一身遥。惟將遲暮供多病，未有涓埃答聖朝。跨馬出郊時極目，不堪人事日蕭條。」

仄起不入韵式。蘇頲《興慶池侍晏應制》詩：「降鶴池前迴步輦，栖鸞樹杪出行宫。山光積翠遥疑逼，水態含青近若空。直視天河垂象外，俯窺京室畫圖中。皇歡未使恩波極，日暮樓船更起風。」

以上四式，雖字有通融，其粘聯皆正式也。七言第一字爲閒字，與五言不同。無論平起、仄起，入韵、不入韵，每句第一字俱可平仄兩用。第二字爲粘。以下五字，皆與五言律同。第三字即五言第一字也。第五字爲詩眼，即五言第三字也。其可通不可通，當换不當换，皆與五言律同。至於各種拗句亦如之。惟是七律既增二字，則聲調各别，其用拗句亦有與五律不同處。如互换法可以常用，雙换詩眼之拗句可以偶用。其餘如救法、古句、三仄句與出句單换詩眼之類，非句法十分渾成者，不宜輕用，且在唐人亦不多見。蓋此種拗句，用之於五言則易於鍊格，用之於七言則易於傷氣。此爲千古不傳之秘，學詩者不可不知也。

用錯綜句式。王維《奉和聖製春望》詩：「渭水自縈秦塞曲，黄山舊繞漢宫斜。鑾輿迥出千門柳，閣道迴看上苑花。雲裏帝城雙鳳闕，雨中春樹萬人家。爲乘陽氣行時令，不是宸遊玩物華。」又杜甫《九日藍田崔氏莊》詩：「老去悲秋强自寬，興來今日盡君歡。羞將短髪還吹帽，笑倩旁人爲整冠。藍水遠從千澗落，玉山高並兩峰寒。明年此會知誰健？醉把茱萸仔細看。」此亦正粘式也。「雲裏帝城雙鳳闕」，「雲」字用平，「帝」字换仄。「雨中春樹萬人家」，「雨」字用仄，「春」字换平。使一三字錯綜變换，則音節益響也。宜細參之。

用拗句式。杜甫《九日》詩：「重陽獨酌盃中酒，抱病起登江上臺。竹葉於人既無分，菊花從此不須開。殊方日落玄猿哭，舊國霜前白雁來。弟妹蕭條各何在？干戈衰謝兩相催。」

雙换詩眼式。杜甫《蜀相》詩：「丞相祠堂何處尋，錦官城外柏森森。映階碧草自春色，隔葉黄鸝空好音。三顧頻煩天下計，兩朝開濟老臣心。出師未捷身先死，長使英雄淚滿襟。」

雙换詩眼拗句式。許渾《咸陽城東樓》詩：「一上高城萬里愁，蒹葭楊柳似汀洲。溪雲初起日沉閣，山雨欲來風滿樓。鳥下緑蕪秦苑夕，蟬鳴黄葉漢宫秋。行人莫問當年事，故國東來渭水流。」又趙嘏《長安秋望》詩：「雲物凄凉拂曙流，漢家宫闕動高秋。殘星幾點雁横塞，長笛一聲人倚樓。紫艷半開籬菊静，紅衣落盡渚蓮愁。鱸魚正美不歸去，空戴南冠學楚囚。」

單换詩眼式。杜甫《恨别》詩：「洛城一别㊃千里，胡騎長驅五六年。草木變衰行劒外，兵戈阻絶老江邊。思家步月清宵立，憶弟看雲白日眠。聞道河陽近乘勝，司徒急爲破幽燕。」又杜甫《夜》詩：「露下天高(秋)氣清，空山獨夜旅魂驚。疎燈自照孤帆宿，新月猶懸(雙)杵鳴。南菊再逢人卧病，北書不至雁無情。步簷倚杖看牛斗，銀漢遥應接鳳城。」

三仄式。杜甫《南鄰》詩：「錦里先生烏角巾，園收芋栗未全貧。慣看賓客兒童喜，得食階除鳥雀馴。秋水纔添㊃㊄(尺)，野航恰受兩三人。白沙翠竹江邨暮，相送柴門月色新。」

三平式。李頎《題璿公山池》詩：「遠公遁跡(廬)(山)(岑)，開士幽居祇樹林。片石孤雲窺色相，清池皓月照禪心。指揮如意天花落，坐卧閑房(春)草深。此外俗塵都不染，惟餘玄度得相尋。」起用三平，餘皆正粘。雖六句單换詩眼，亦不足以配其體。今人不宜學也。

用互换法式。杜甫《題張氏隱居》詩：「春山無伴獨相求，伐木丁丁山更幽。澗道餘寒(歷)(冰)雪，石門斜日到林丘。不貪夜識金銀氣，遠害朝看麋鹿遊。乘興杳然迷出處，對君疑是泛虚舟。」又賈曾《奉和春日出苑矚目應令》詩：「銅龍曉闢問安迴，金輅春遊博望開。渭北晴光摇草樹，終南佳氣入樓臺。招賢已從商山老，託乘還徵鄴下才。臣在東周(獨)(留)滯，忻逢睿藻日邊來。」

平起入韵五六换字式。杜甫《見螢火》詩：「巫山秋夜(螢)(火)飛，疎簾巧入坐人衣。忽驚屋裏琴書冷，復亂簷前星宿稀。却繞井欄添箇箇，偶經花蘂弄輝輝。滄江白髮愁看汝，來歲如今歸未歸。」此與五律中「八月湖水平」等句同。李白《少年行》絶句：「五陵年少金市東，銀鞍白馬度春風。」亦此體也。不宜輕用。

用救法式。李商隱《復至裴明府新居》詩：「伊人卜築自幽深，桂巷杉籬不可尋。柱上雕蟲書對字，槽中秣馬仰聽琴。求之流輩豈易得，行矣關山方獨吟。賒取松醪一斗酒，與君相伴灑煩襟。」又許渾《凌歊臺送韋秀才》詩：「雲起高臺日未沉，數村殘照半岩陰。野蠶成繭桑柘盡，溪鳥引雛蒲稗深。帆勢依依投極浦，鐘聲杳杳隔前林。故山迢遞故人去，一夜月明千里心。」

用古句式。杜甫《題鄭縣亭子》詩：「鄭縣亭子澗之濱，户牖憑高發興新。雲斷岳連臨大路，天清宫柳暗長春。巢邊野雀群欺燕，花底山蜂遠趁人。更欲題詩滿青竹，晚來幽獨恐傷神。」又杜甫《送王十五判官》詩：「大家東征逐子回，風生洲渚錦帆開。青青竹笋迎船出，白白江魚入饌來。離別不堪無限意，艱危深仗濟時才。黔陽信使應稀少，莫怪頻頻勸酒盃。」「鄭縣」「縣」字，本宜平而用仄。「大家」「家」字，本宜仄而用平。七言第一句有此體，然必係地名，或人名，或成語，不能倒置，無可改移，信筆直書，天然古老者，方可用之。其下或用拗體，或用正式，無不可者。如沈佺期《龍池篇》：「龍池躍龍龍已飛，龍德先天天不違。」李白《題東溪公幽居》詩：「杜陵賢人清且廉，東溪卜築歲將淹。」王勃《九日登高》絶句：「九月九日望鄉臺，他席他鄉送客杯。」又李白《横江詞》：「横江館前津吏迎，向余東指海雲生。」皆此體也。若不得其解，故將首句第二字平换爲仄，仄换爲平，以爲古有此體，則不謂之古句，直謂之失粘，必爲方家所笑矣。

失粘式。徐安貞《聞鄰家理箏》詩：「北斗横天夜欲闌，愁人倚月思無端。忽聞畫閣秦箏逸，知是鄰家趙女彈。曲成虛憶青蛾斂，調急遥憐玉指寒。銀鑰重關聽未闢，不如眠去夢中看。」又李白《寄崔侍御》詩：「宛溪霜夜聽猿愁，去國長如不繫舟。獨憐一雁飛南渡，却羡雙溪解北流。高人屢解陳蕃榻，過客難登謝朓樓。此處别離同落葉，朝朝分散敬亭秋。」

今不宜學。

變調式。李山甫《寒食》詩：「柳礙東風一向斜，春陰淡淡野人家。有時三點兩點雨，到處十枝五枝花。萬井樓臺疑繡畫，九原松柏似烟霞。年年今日誰相問，獨卧長安泣歲華。」三、四不叶。此偶成巧句耳，正律中無此體也。

以古行律式。崔顥《黄鶴樓》詩：「昔人已乘白雲去，此地空餘黄鶴樓。黄鶴一去不復返，白雲千載空悠悠。晴川歷歷漢陽樹，芳草萋萋鸚鵡洲。日暮鄉關何處是，烟波江上使人愁。」又吕巖《贈人》詩：「羅浮道士誰同流？草衣木食輕王侯。世間甲子管不得，壺裏乾坤只自由。數着殘棋江月曉，一聲長嘯海山秋。飲餘回首話歸路，遥指碧雲天際頭。」又杜甫《白帝城樓》詩：「城尖徑仄旌旆愁，獨立縹緲之飛樓。峽坼雲霾龍虎卧，江清日抱黿鼉遊。扶桑西枝封斷石，弱水東影隨長流。杖藜嘆世者誰子？泣血迸空迴白頭。」又杜甫《暮歸》詩：「霜黄碧梧白鶴栖，城上擊柝復烏啼。客子入門月皎皎，誰家擣練風凄凄。南渡桂水闕舟楫，北歸秦川多鼓鼙。年過半百不稱意，明日看雲還杖藜。」此無定體，音節務諧於古，與五言以古行律者同。

七言長律附

長律正粘式。白居易《寄元微之》詩：「海内聲華併在身，篋中文字絶無倫。遥知獨對封章草，忽憶同爲獻納臣。走筆往來盈卷軸，除官遞互掌絲綸。制從長慶詞高古，詩到元和體變新。各有文姬才稚齒，俱無通子繼餘塵。琴書何必求王粲，與女猶勝與外人。」又白居易《泛太湖寄微之》詩：「烟渚雲帆處處通，飄然舟似入虚空。玉杯淺酌巡初匝，金管徐吹曲未終。黄夾纈林寒有葉，碧琉璃水浄無風。避旗飛鷺翩翻白，驚鼓跳魚跋刺紅。澗雪壓多松偃蹇，巖泉滴久石玲瓏。書爲故事留湖上，吟作新詩寄浙東。軍府威容從道盛，江山氣色定知同。報君一事君應羨，五宿澄波皓月中。」皆正粘也。其各種拗句，與七律同。如作試詩，當以正式爲準。

五言絶句

平起入韵式。王涯《閨人贈遠》詩：「花明綺陌春，楊柳御溝新。爲報遼陽客，流光不待人。」

仄起入韵式。盧綸《塞下》曲：「月黑雁飛高，單于遠遁逃。欲將輕騎逐，大雪滿弓刀。」

平起不入韵式。蘇頲《題小園壁》詩：「歲窮將益老，春至却辭家。可惜東園樹，無人也作花。」

仄起不入韵式。韋承慶《南行别弟》詩：「萬里人南去，三春雁北飛。未知何歲月，得與爾同歸？」

上四詩皆正粘也。五絶爲五律之半，其各體皆與五言律同。

失粘式。駱賓王《易水》詩：「此地别燕丹，壯士髮衝冠。昔時人已没，今日水猶寒。」又張九齡《自君之出矣》詩：「自君之出矣，不復理殘機。思君如滿月，夜夜減清輝。」又韋應物《秋夜寄丘員外》詩：「懷君屬秋夜，散步咏凉天。山空松子落，幽人應未眠。」五七言律用近體而失粘者，皆不宜學。五絶近古，猶可用也。

平韵古體式。郭元振《子夜春歌》：「陌頭楊柳枝，已被春風吹。妾心正斷絶，君懷那得知。」又祖詠《望終南殘雪》詩：「終南陰嶺秀，積雪浮雲端。林表明霽色，城中增暮寒。」又崔國輔《少年行》：「遺却珊瑚鞭，白馬驕不行。章臺折楊柳，春日路旁情。」又儲光羲《洛陽道》詩：「大道直如髮，春日佳氣多。五陵貴公子，雙雙鳴玉珂。」

仄韵古體式。王勃《寒夜思》：「久别侵懷抱，他鄉變容色。月夜調鳴琴，相思此何極。」又王維《臨高臺送黎拾遺》詩：「相送臨高臺，川原杳無極。日暮飛鳥還，行人去不息。」又王維《竹里館》詩：「獨坐幽篁裏，彈琴復長嘯。深林人不知，明月來相照。」又薛奇童《吴聲子夜歌》：「净掃黄金階，飛霜皎如雪。下簾彈箜篌，不忍見秋月。」又顧况《憶舊遊》詩：「悠悠南國去，夜向江南泊。楚客斷腸時，月明楓子落。」又柳中庸《江行》詩：「繁陰乍隱洲，落葉初飛浦。蕭蕭楚客帆，暮入寒江雨。」又施肩吾《幼女》詞：「幼女纔六歲，未知巧與拙。向夜在堂前，學人拜新月。」又柳宗元《江雪》詩：「千山鳥飛絶，萬徑人踪滅。孤舟蓑笠翁，獨釣寒江雪。」

上十二式與五古同。其中如「悠悠南國去」、「夜向江南泊」二詩，雖律句，亦屬古體，以仄韵五絶即古詩也。七絶同。

六言絶句附

六言正式。皇甫冉《小江懷靈一上人》詩：「江上年年春草，津頭日日人行。借問山陰遠近，猶聞薄暮鐘聲。」又皇甫冉《問李二司直所居雲山》詩：「門外水流何處，天邊樹繞誰家。山色東西多少，朝朝幾度雲遮。」又皇甫冉《送鄭二之茅山》詩：「水流絶澗終日，草長深山暮春。犬吠雞鳴幾處，條桑種杏何人。」又顧況《歸山》詩：「心事數莖白髮，生涯一片青山。空林有雪相待，古道無人獨還。」

六言正調，其體有二。以二四六論粘者，下聯與上聯同，前二詩是也。以二四論粘者，下聯與上聯粘，平起則拗在上聯，仄起則拗在下聯，出句、對句第五字平仄相拗，後二詩是也。其每句第一字爲閒字，與七言同，無論正體、拗體，俱可平仄兩用。凡遇仄仄平平仄平之句，其第三字斷不可仄，如「草長深山暮春」「深」字，「古道無人獨還」「無」字是也。凡遇平平仄仄平平之句，其第五字必用平，如

「津頭日日人行」「人」字，「猶聞薄暮鐘聲」「鐘」字是也。餘可類推。

拗體詩式。劉長卿《赴潤州使院留別鮑侍御》詩：「對水看山(別)離，孤舟日暮行遲。江北江南春草，獨向金陵(去)時。」又王維《田園樂》：「再見封侯萬户，立談賜璧一雙。詎勝耦耕南畝，何如高卧東窗。」又：「採菱渡(頭)(風)急，策杖村西(日)斜。杏樹壇邊漁父，桃花源裏人家。」又：「萋萋芳草(春)緑，落落長松(夏)寒。牛(羊)自歸村巷，童(稚)不識衣冠。」又：「酌酒會臨泉水，抱琴好倚長松。南園露(葵)(朝)折，東谷黄粱(夜)春。」又：「桃(紅)復含宿雨，柳(緑)更帶朝烟。花落家僮未掃，鳥啼山客猶眠。」前一首，「江北」二句不粘。以下或拗在第二字，或拗在第四字，皆可用，與五七言拗體詩同。惟「立談賜璧一雙」「一」字爲落調，斷不可學。

七言絶句

平起入韵式。李白《與賈舍人泛洞庭》詩：「洞庭西望楚江分，水盡南天不見雲。日落長沙秋色遠，不知何處弔湘君。」

仄起入韵式。王昌齡《送別魏二》詩：「醉別江樓橘柚香，江風引雨入船涼。憶君遥在湘山月，愁聽清猿夢裏長。」

平起不入韵式。竇鞏《南遊感興》詩：「傷心欲問前朝事，惟見江流去不回。日暮東風春草緑，鷓鴣飛上越王臺。」

仄起不入韵式。李益《受降城聞笛》詩：「回樂峰前沙似雪，受降城外月如霜。不知何處吹蘆管，一夜征人盡望鄉。」

正粘式也。七絶諸體與七律同。

失粘式。王維《送元二使安西》詩：「渭城朝雨浥輕塵，客舍青青柳色新。勸君更盡一杯酒，西出陽關無故人。」又岑參《磧中作》：「走馬西來欲到天，辭家見月兩回圓。今夜不知何處宿，平沙萬里絶人烟。」

七絶貴有唱歎之音。用近體而失粘，則易於落調，非氣骨高超者不能用也。

平韵古體式。王昌齡《送狄家亨》詩：「秋在水清山暮蟬，洛陽樹色鳴皋烟。送君歸去愁不盡，又惜空度涼風天。」又王維《少年行》：「新豐美酒斗十千，咸陽遊俠多少年。相逢意氣爲君飲，繫馬高樓垂柳邊。」又李白《山中問答詩》（原選）：「問余何事栖碧山，笑而不答心自閒。桃花流水杳然去，別有天地非人間。」又鮑溶《贈楊鍊師》詩：「道士夜誦蘂珠經，白鶴下繞香烟聽。夜移經盡人上鶴，天風吹入青冥冥。」

仄韵古體式。岑參《酒泉太守席上醉後歌》：「酒泉太守能劍舞，高堂置酒夜擊鼓。胡笳一曲斷人腸，座上相看淚如雨。」又岑參《武威送劉判官赴磧西》詩：「火山五月行人少，看君馬去疾如鳥。都護行營太白西，角聲一動胡天曉。」又高適《營州歌》：「營州少年厭原野，狐裘蒙戎獵城下。虜酒千鍾不醉人，胡兒十歲能騎馬。」又李洞《繡嶺宫詞》：「春日遲遲春草緑，野棠開盡飄香玉。繡嶺宫前鶴髮翁，猶唱開元㊅㊉曲。」

以上八式與七古同。

廣聲調譜卷下

安國李汝襄滄崖集

五言古詩

古體詩式

陳子昂《感遇》詩：「蘭若生春夏，芊蔚何青青。幽獨空林色，朱蕤冒紫莖。遲遲白日晚，嫋嫋秋風生。歲華盡摇落，芳意竟何成。」「白日每不歸，青陽時暮矣。茫茫吾何思，林卧觀無始。衆芳委時晦，鶗鴂鳴悲耳。鴻荒古已頹，誰識巢居子。」「林居病時久，水木澹孤清。閒卧觀物化，悠然念無生。青春始萌達，朱火已滿盈。徂落方自此，感歎何時平。」「可憐瑶臺樹，灼灼佳人姿。碧華映朱實，攀折青春時。豈不盛光寵，榮君白玉墀。但恨紅芳歇，凋傷感所思。」「深居觀元化，悱然争朵頤。群動相啖食，利害紛囐囐。便便夸毗子，榮耀更相持。務光讓天下，商賈競刀錐。已矣行採芝，萬世同一時。」「芝」字叠韵。「本爲貴公子，平生實愛才。感時思報國，拔劍起蒿萊。西馳丁零塞，北上單于臺。登山見千里，懷古心悠哉。誰言未忘禍？磨滅成塵埃。」「吾愛鬼谷子，青溪無垢氛。囊括經世道，遺身在白雲。七雄方龍鬬，天下亂無君。浮榮不足貴，遵養晦時文。舒之彌宇宙，卷之不盈分。豈徒山木壽，空與麋鹿群。」「朝發宜都渚，浩然思故鄉。故鄉不可見，路隔巫山陽。巫山彩雲没，高丘正微茫。佇立望已久，涕淚沾衣裳。豈兹越鄉感，憶昔楚襄王。朝雲無處所，荆國亦淪亡。」「朅來豪遊子，勢利禍之門。如何蘭膏歎？感激自生冤。衆趨明所避，時棄道猶存。雲泉既已失，羅網與誰論？箕山有高節，湘水有清源。唯應白鷗鳥，可爲洗心言。」「幽居觀大運，悠悠念群生。終古代興没，豪聖莫能争。三季淪周赧，七雄滅秦嬴。復聞赤精子，提劍入咸京。炎光既無象，晉虜復縱横。堯禹道已昧，昏虐勢方行。豈無當世雄，天道與胡兵。咄咄安可言，時醉而未醒。仲尼溺東夏，伯陽遁西溟。大運自古來，旅人胡歎哉。」

又張九齡《感遇》詩：「蘭葉春葳蕤，桂華秋皎潔。欣欣似生意，自爾爲佳節。誰知林棲者，聞風坐相悦。草木有本心，何求美人折。」「幽林歸獨卧，滯慮洗孤清。持此謝高鳥，因之傳遠情。日夕懷空意，人誰感至精。飛沉理自隔，何所慰吾誠。」「魚遊樂深池，鳥棲欲高枝。嗟爾蜉蝣羽，薨薨亦何爲。有生豈不化，所感奚若斯？神理日微滅，吾心安得知？浩歎楊朱子，徒然泣路岐。」「孤鴻海上來，池潢不敢顧。側見雙翠鳥，巢在三珠樹。矯矯珍木巔，得無金丸懼？美服患人指，高明逼神惡。今我游冥冥，弋者何所慕。」「吴越數千里，夢寐今夕見。形骸非我親，衾枕即鄉縣。化蝶猶不識，川魚安可羡。海上有仙山，歸期覺神變。」「西日下山隱，北風乘夕流。燕雀感昏旦，簷楹呼匹儔。鴻鵠雖自遠，哀音非所求。貴人棄疵賤，下士嘗殷憂。衆情累外物，恕己忘内修。感歎長如此，使我心悠悠。」「江南有丹橘，經冬猶緑林。豈伊地氣煖，自有歲寒心。可以薦嘉客，奈何阻重深。運命惟所遇，循環不可尋。徒言樹桃李，此木豈無陰。」「抱影吟中夜，誰聞此歎息。美人適異方，庭樹含幽色。白雲愁不見，滄海飛無翼。鳳凰一朝來，竹花斯可食。」「漢上有游女，求思安可得。袖中一書札，欲寄雙飛翼。冥冥愁不見，耿耿徒緘憶。紫蘭秀空蹊，皓露奪幽色。馨香歲欲晚，感歎情何極。白雲在南山，日暮長太息。」

又李白《古風》：「大雅久不作，吾衰竟誰陳？王風委蔓草，戰國多荆榛。龍虎相啖食，兵戈逮狂秦。正聲何微茫？哀怨起騷人。揚馬激頹波，開流蕩無垠。廢興雖萬變，憲章亦已淪。自從建安來，綺麗不足珍。聖代復元古，垂衣貴清真。群才屬休明，乘運共躍鱗。文質相炳焕，衆星羅秋旻。我志在删述，垂暉映千春。希聖如有立，絶筆於獲麟。」「蟾蜍薄太清，蝕此瑶臺月。圓光虧中天，金魄遂淪没。螮蝀入紫微，大明夷朝暉。浮雲隔兩曜，萬象昏陰霏。蕭蕭長門宫，昔是今已非。桂蠹花不實，天霜下嚴威。沈歎終永夕，感我涕沾衣。」「莊周夢蝴蝶，蝴蝶爲莊周。一體更變易，萬事良悠悠。乃知蓬萊水，復作清淺流。青門種瓜人，舊日東陵侯。富貴固如此，營營何所求。」「齊有倜儻生，魯連特高妙。明月出海底，一朝開光曜。却秦振英聲，後世仰末照。意輕千金贈，顧向平原笑。吾亦澹蕩人，拂衣可同調。」「松栢本孤直，難爲桃李顔。昭昭嚴子陵，垂釣滄波間。身將客星隱，心與白雲閒。長揖萬乘君，還歸富春山。清風灑六合，邈然不可攀。使我長歎息，冥棲巖石間。」「間」字複韵。「君平既棄世，世亦棄君平。觀變窮太易，探元化群生。寂寞綴道論，空簾閉幽情。騶虞不虚來，鸑鷟有時鳴。安知天漢上，白日懸高名。海客去已久，誰人測沈溟？」「天津三月時，千門桃與李。朝爲斷腸花，暮逐東流水。前水復後水，古今相續流。新人非舊人，年年橋上遊。雞鳴海色動，謁帝羅公侯。

月落西上陽，餘輝半城樓。衣冠照雲日，朝下散皇州。鞍馬如飛龍，黄金絡馬頭。行人皆辟易，志氣横嵩邱。入門上高堂，列鼎錯珍羞。香風引趙舞，清管隨齊謳。七十紫鴛鴦，雙雙戲庭幽。行樂争晝夜，自言度千秋。功成身不退，自古多愆尤。黄犬空歎息，緑珠成釁讐。何如鴟夷子，散髮棹扁舟。」「鄭客西入關，行行未能已。白馬華山君，相逢平原里。璧遺鎬池君，明年祖龍死。秦人相謂曰，吾屬可去矣。一往桃花源，千春隔流水。」「登高望四海，天地何漫漫。霜被群物秋，風飄大荒寒。榮華東流水，萬事皆波瀾。白日掩徂輝，浮雲無定端。梧桐巢燕雀，枳棘棲鴛鸞。且復歸去來，劍歌行路難。」「醜女來效顰，還家驚四鄰。壽陵失故步，笑殺邯鄲人。一曲斐然子，雕蟲喪天真。棘荆造沐猴，三年費精神。功成無所用，楚楚且華身。大雅思文王，頌聲久崩淪。安得郢中質，一揮成斧斤。」「八荒馳驚飈，萬物盡摇落。浮雲蔽頽陽，洪波振大壑。龍鳳脱網罟，飄摇將安托？去去乘白駒，空山咏場藿。」「桃花開東園，含笑誇白日。偶蒙東風榮，生此艷陽質。豈無佳人色，但恐花不實。宛轉龍虎飛，零落早相失。詎知南山松，獨立自蕭瑟。」

漢、魏詩渾渾灝灝，元氣結成，自有天然古韵，難以摹擬。下逮梁、陳，多用排偶，聲調漸諧，詩格漸弱。至唐顯慶、龍朔間，五言幾於無詩矣。陳伯玉力掃俳優，直追曩哲，其音節在有意無意之間，最爲上乘。如曲江之《感遇》，太白之《古風》，其嗣響也。有志復古者，當先於此問津。〇以上三家，原本阮藉《咏懷》，即《古詩十九首》體也。其音節未便詳注，與後式參看可耳。

平韻五古式

李白《擬古》：「涉江弄秋水，拗律句。○在律爲互换法，又名補法，亦名拗句。愛此荷花鮮。三平句。○三平句最要，乃平韻古詩下句之正調也。○上用拗句，下用三平，於古調最諧。參之。攀荷弄其珠，四平夾一仄，古句。○第五字用平，最要。蕩漾不成圓。律句。○上句不律，下句可律。佳期彩雲重，四平夾一仄，古句。○第五字用平，最要。欲贈隔遠天。四仄一平，古句。○「遠」字拗。○上句第五字用平，無論古句、律句，最宜着眼。蓋下爲律句。上句落字用平，合之則音節易古，如上聯是也。下爲古句，上句落字用平，合之則聲調易諧，如此聯是也。相思無由見，四平一仄，古句。○「由」字拗。悵望涼風前。三平。」

又李白《送張舍人之江東》詩：「張翰江東去，律句。正值秋風時。下句不律，上句可律。天清一雁遠，三仄句。海闊孤帆遲。三仄三平對用，聲調最諧。白日行欲暮，四仄夾一平，古句。○「欲」字拗。滄波杳難期。四平夾一仄，古句。○「難」字拗。兹特於上下四平著筆者。以此種句，下句用之，聲調最諧，故别於四仄夾一平句，以便參考也。吴洲如見月，千里幸相思。末二句入律，盛唐時每用之。」

又李白《送楊山人歸嵩山》詩：「我有萬古宅，五仄句。嵩陽玉女峰。律句。長留一片月，挂在東溪松。三仄三平對用。爾去掇仙草，菖蒲花紫茸。拗律句。○在律爲雙换詩眼。歲晚或相訪，青天騎白龍。拗律句。與上二句同。」

又李希仲《薊門詩》：「一身救邊速，拗律句。與前「涉江弄秋水」句同。烽火連薊門。古句。○「連」「薊」

二字相拗。前軍飛鳥落，律句。格鬭塵沙昏。寒入鼓鼙急，單于將夜奔。當須殉忠節，拗律句。與第一句同。身死報國恩。兩平夾三仄，古句。○此與前「欲贈隔遠天」四仄一平句同用。蓋第一字不論，「身」字雖平，猶不平也。」

又權德輿《月夜江行》詩：「扣舷不能寐，浩露清衣襟。上用拗句，下用三平。彌傷孤舟夜，四平一仄，古句。○「舟」字拗。與前「相思無由見」句同。遠結萬里心。四仄一平，古句。○「里」字拗。與前「欲贈隔遠天」句同。幽興惜瑶草，拗律句。○在律爲單换詩眼。素懷寄鳴琴。古句。○如「素」字用平，則成四平夾一仄句矣。此用仄，雖音節少拗，亦與「滄波杳難期」句同用，以第一字不甚着力故也。三奏月初上，拗律句。與第五句同。寂寥寒江深。四平句。」

又岑參《暮秋山行》詩：「疲馬卧長坂，夕陽下通津。古句。與前「素懷寄鳴琴」句同。山風吹空林，五平句。颯颯如有人。古句。○「如有」二字相拗，與前「烽火連薊門」句同。蒼旻霽涼雨，石路無飛塵。千念集暮節，四仄句。萬籟悲蕭辰。鶗鴂昨夜鳴，古句。○「鳴」字平，最宜着眼。蕙草色已深。古句。○此種句音節易促，唐人用此，其上句第五字多用平，合下句讀之，則易諧。與前「欲贈隔遠天」句参看。況在遠行客，自然多苦辛。拗律句。○在律爲雙换詩眼之拗句。」

又薛稷《秋日還京陝西十里作》：「驅車越陝郊，律句。○「郊」字平。北顧臨大河。古句。隔河見鄉邑，秋風水增波。四平夾一仄句。與前「滄波杳難期」句同。西登咸陽塗，五平。日暮憂思多。古句。○如「思」字作平，爲三平句。「思」字作仄，爲古句。作古句佳。與上「北顧臨大河」句同。當細玩之。傅巖既紆鬱，首山亦嵯峨。古句。操築無昔老，古句。○「昔」字拗。與前四仄夾一平句同用，如「白日行欲暮」是也。采薇有遺歌。古句。客遊既迴換，人生知幾何。拗律句。○在律爲單換詩眼。」

又杜甫《水會渡》詩：「山行有常程，「程」字平，最要。中夜尚未安。兩平夾三仄句。與前「身死報國恩」句同。微月沒已久，四仄。崖傾路何難。大江動我前，古句。○在律爲孤平。○「前」字平。洶若溟渤寬。古句。篙師暗理楫，歌笑輕波瀾。霜濃木石滑，風急手足寒。古句。入舟已千憂，古句。○「憂」字平。陟巘仍萬盤。古句。迴眺積水外，始知衆星乾。古句。遠遊令人瘦，兩仄夾三平，古句。○此與四平一仄句同用。如前「相思無由見」「彌傷孤舟夜」等句是也。衰疾慚加餐。」

又杜甫《贈衛八處士》詩：「人生不相見，動如參與商。拗律句。○在律亦名拗句。今夕復何夕，共此燈燭光。古句。○此與「蕙草色已深」、「中夜尚未安」同爲古句。但此句腰字用平，較之「蕙草」「中夜」等句腰字用仄者，其音節稍長，故下句每參用之。如下「重上君子堂」「兒女羅酒漿」，皆此句也。少壯能幾時，古句。○「時」字平最要。鬢髮各已蒼。古句。○此種句音節易促，故上句落字多用平，與前「蕙草色已深」句參看。訪舊半爲鬼，驚呼熱中腸。焉知二十載，重上君子堂。古句。昔別君未婚，古句。○「婚」字平，最要。兒女忽成行。律句，與前「蕩漾不成圓」句參看。怡然敬父執，問我來何方。問答未及已，五仄。兒女羅酒漿。古句。夜雨剪春韭，新炊間黃粱。主稱會面難，古句。與前「大江動我前」句同。○「難」字平，最要。一舉累十觴，古句。與上「鬢髮各已蒼」句參看。十觴亦不醉，感子故意長。古句。○上用三仄句，下用四仄一平句，音節最爲古奧，宜細參之。明日隔山岳，世事兩茫茫。律句。」

又韋應物《送令狐岫宰恩陽》詩：「大雪天地閉，群山夜來晴。與前「白日行欲暮，滄波杳難期」二句同。居家猶苦寒，拗律句。○「寒」字平。子有千里行。古句。行行安得辭，「辭」字平。荷此蒲璧榮。古句。賢豪爭追攀，飲餞出西京。律句。樽酒豈不懽，古句。○「懽」字平，最要。暮春自有程。古句。○此種句不宜多用，以其非律而近律也。若上句用之則可，如前「大江動我前」、「主稱會面難」等句是也。且此句如用於下句，則上句不宜用律。即用律句，其第五字多用平。如杜甫《新婚别》：「嫁女與征夫，不如棄路旁。」儲光羲《樵父詞》：「蕩漾與神遊，莫知是與非。」岑參《送祁樂歸河東》詩：「君到故山時，爲吾謝老翁。」皆此句也。離人起視日，僕御促前征。律句。逶遲歲已窮，律句。○「窮」字平。當造巴子城。古句。和氣被草木，江水日夜清。古句。○上用四仄句，下用兩平夾三仄句，音節最古。與前「十觴亦不醉，感子故意長」二句參看。從來知善政，律句。離别慰友生。古句。」

又王維《崔濮陽兄季重前山興》詩（原選）：「秋色有佳興，況君池上閒。原注：起二句在律詩則爲用古調。○按此二句在律爲雙换詩眼之拗句，即「木落雁南渡」、「北風江上寒」等句也。悠悠西林下，古句。自識門前山。千里横黛色，古句。數峰出雲間。古句。嵯峨對秦國，合沓藏荆關。殘雨斜日照，夕嵐飛鳥還。原注：拗律句。○按此二句在律爲救法，即「光細弦欲上」、「影斜輪未安」等句也。故人今尚爾，歎息此頹顔。原注：末二句入律，盛唐時有之。」

又陶翰《宿天竺寺》詩：「松柏亂巖口，山西微徑通。天開一峰見，宮闕生虚空。正殿倚霞壁，千樓標石叢。夜來猿鳥静，律句。鐘梵寒雲中。岑翠映湖月，泉聲亂溪風。心超諸境外，律句。了與懸解同。古句。明發氣候改，起視長崖東。湖色濃蕩漾，古句。海光漸曈曨。古句。葛仙跡尚在，許氏道猶崇。律句。獨往古來事，幽期懷二公。」

又杜甫《登慈恩寺塔》詩：「高標跨蒼穹，「穹」字平。烈風無時休。四平。自非曠士懷，古句。○「懷」字平。登兹翻百憂。方知象教力，足可追冥搜。仰穿龍蛇窟，兩仄夾三平句。與前「遠遊令人瘦」句同。始出枝撐幽。七星在北户，河漢聲西流。羲和鞭白日，律句。少昊行清秋。秦山忽破碎，涇渭不可求。古句。俯視但一氣，焉能辨皇州。迴首叫虞舜，蒼梧雲正愁。惜哉瑶池飲，古句。日晏崑崙邱。黄鵠去不息，哀鳴何所投。拗律句。二句在律爲救法，即「河漢不改色」、「關山空自寒」等句也。君看隨陽雁，古句。「看」字作平。各有稻粱謀。律句。」

又喬知之《苦寒行》：「胡天夜清迥，孤雲獨飄颺。摇曳出雁關，古句。○「關」字平。逶迤含晶光。五平。陰陵久裵徊，「徊」字平。幽都無多陽。初寒凍巨海，殺氣流大荒。古句。朔馬飲寒冰，律句。○「冰」字平，最要。行子履胡霜。律句。○上句第五字用平。雖兩句皆律，合之仍是古調。路有從役倦，古句。卧死黄沙場。羈旅相因依，「依」字平。慟之淚沾裳。古句。由來從軍行，賞存不賞亡。古句。○在律爲孤平。與前「暮春自有程」句參看。亡者誠已矣，徒令存者傷。拗律句。○二句在律爲救法。」

又李白《下終南山過斛斯山人》詩：「暮從碧山下，山月隨人歸。却顧所來徑，蒼蒼横翠微。相攜及田家，「家」字平。童稚開荆扉。緑竹入幽徑，青蘿拂行衣。歡言得所憩，美酒聊共揮。古句。長歌吟松風，曲盡河星稀。我醉君復樂，古句。陶然共忘機。」

又岑參《登慈恩寺浮圖》詩（原選）：「塔勢如湧出，原注：拗句。○按此爲古句。孤高聳天宫。登臨出世界，磴道盤虛空。突兀壓神州，律句。○「州」字平。崢嶸如鬼工。四角礙白日，七層摩蒼穹。下窺指高鳥，俯聽聞驚風。連山若波濤，「濤」字平，最要。奔走似朝東。律句。青松夾馳道，宮觀何玲瓏。秋色從西來，「來」字平。蒼然滿關中。五陵北原上，萬古青濛濛。淨理了可悟，勝因夙所宗。原注：拗句。○按此爲古句。在律爲孤平。誓將挂冠去，覺道資無窮。」

古詩音節，原無定體，別於律而已。但不得其解，雖通體盡拗，讀之不似古詩。此亦難以明言，須善會可也。○以上諸詩，有句多古奧者，如「山行有常程」、「人生不相見」、「大雪天地閉」三詩是也。有句多調諧者，如「秋色有佳興」、「松柏亂巖口」、「暮從碧山下」、「塔勢如湧出」四詩是也。餘可類推。

仄韻五古式

杜甫《遊龍門奉先寺》詩：「已從招提遊，更宿招提境。律句。陰壑生虛籟，律句。○第五字仄，最宜着眼。月林散清影。拗律句。○此種句最要，乃仄韻古詩下句之正調也。天闕象緯逼，「逼」字仄，宜着眼。雲卧衣裳冷。律句。欲覺聞晨鐘，令人發深省。拗律句。與上第四句同。」

又王維《齊州送祖三》詩：「相逢方一笑，律句。○「笑」字仄，最要。相送還成泣。律句。○上句第五字用仄。雖兩句皆律，合之仍是古調。祖帳已傷離，律句。荒城復愁入。拗律句。與前「月林散清影」、「令人發深省」二句同。天寒遠山淨，「淨」字仄，宜着眼。日暮長河急。律句。解纜君已遥，古句。望君猶竚立。律句。○仄韻古與平韻不同，多用律句，未爲失調也。」

又王維《別弟縉後登青龍寺望藍田山》詩：「陌上新別離，古句。蒼茫四郊晦。登山不見君，律句。故山復雲外。遠樹蔽行人，律句。長天隱秋塞。心悲宦遊子，「子」字仄。何處飛征蓋。律句。」

又孟浩然《夏日南亭懷辛大》詩（原選）：「山光忽西落，原注：「落」字仄。池月漸東上。散髮乘夜涼，古句。開軒臥閒敞。荷風送香氣，原注：「氣」字仄。竹露滴清響。欲取鳴琴彈，恨無知音賞。古句。感此懷故人，古句。中宵勞夢想。原注：律句。」

又王昌齡《聽彈風入松闋贈楊補闕》詩：「商風入我絃，律句。夜竹深有露。古句。絃悲與林寂，「寂」字仄。清景不可度。寥落幽居心，颼飀青松樹。古句。松風吹草白，律句。○「白」字仄。溪水寒日暮。古句。聲意去復還，古句。九變待一顧。空山多雨雪，律句。○「雪」字仄。獨立君始悟。古句。」

又王維《青溪詩》（原選）：「言入黃花川，每逐清溪水。原注：律句。隨山將萬轉，原注：律句。○「轉」字仄。趨途無百里。原注：律句。聲喧亂石中，色静深松裏。原注：二句律粘。○按二句皆律。仄韵中每用之，不比平韵也。漾漾汎菱荇，「荇」字仄。澄澄映葭葦。我心素已閒，古句。清川澹如此。請留盤石上，原注：律句。○「上」字仄。垂釣將已矣。古句。」

又孟浩然《秋登萬山寄張五》詩（原選）：「北山白雲裏，「裏」字仄。隱者自怡悦。相望始登高，原注：律句。心隨雁飛滅。愁因薄暮起，「起」字仄。○原注：此句「落」字仄，合下律句，仍是古調。興是清秋發。原注：律句。時見歸村人，平沙渡頭歇。天邊樹若薺，「薺」字仄，最要。江畔洲如月。原注：律句。

何當載酒來，共醉重陽節。原注：末二句入律。」

又孟浩然《南陽北阻雪》詩：「我行滯宛許，「許」字仄。日夕望京豫。曠野莽茫茫，律句。鄉山在何處。孤烟郵際起，「起」字仄。歸雁天邊去。二句皆律。上句第五字仄，合下句仍爲古調。積雪覆平皋，律句。饑鷹捉寒兔。少年弄文墨，「墨」字仄。屬意在章句。十上耻還家，律句。徘徊守歸路。」以上三詩當與上卷仄韵長律參看。

又杜甫《玉華宫》詩：「溪迴松風長，蒼鼠竄古瓦。不知何王殿，古句。○「殿」字仄。遺構絶壁下。陰房鬼火青，壞道哀湍瀉。二句律。萬籟真笙竽，秋色正瀟灑。美人爲黄土，古句。○「土」字仄。況乃粉黛假。當時侍金輿，故物獨石馬。憂來藉草坐，「坐」字仄。浩歌淚盈把。冉冉征途間，誰是長年者。律句。」

又常建《西山》詩：「一身爲輕舟，落日西山際。律句。常隨去帆影，「影」字仄，宜着眼。遠接長天勢。律句。物象歸餘清，林巒分夕麗。律句。亭亭碧流暗，「暗」字仄，宜着眼。日入孤霞繼。律句。洲渚遠陰映，「映」字仄。湖雲尚明霽。林昏楚色來，岸遠荆門閉。二句律。至夜轉清迴，「迴」字仄。蕭蕭北風厲。沙邊雁鷺泊，「泊」字仄。最要。宿處蒹葭蔽。律句。圓月逗前浦，「浦」字仄。孤琴又摇曳。泠然夜遂深，白露霑人袂。末二句入律。」

又杜甫《青陽峽》詩：「塞外苦厭山，古句。南行道彌惡。岡巒相經亘，古句。○「亘」字仄。雲水氣參錯。林迴硤角來，古句。天窄壁面削。磎西五里石，「石」字仄。奮怒向我落。仰看日車側，「側」字仄。俯恐坤軸弱。古句。魑魅嘯有風，古句。霜霰浩漠漠。昨憶踰隴坂，古句。○「坂」字仄。高秋視吴岳。東笑蓮華卑，北知崆峒薄。古句。超然侔壯觀，律句。○「觀」字仄。已謂殷寥廓。突兀猶趁人，古句。及兹嘆冥寞。」

又杜甫《佳人》詩：「絶代有佳人，律句。幽居在空谷。自云良家子，古句。○「子」字仄。零落依草木。古句。關中昔喪亂，「亂」字仄。兄弟遭殺戮。古句。官高何足論，不得收骨肉。古句。世情惡衰歇，「歇」字仄。萬事隨轉燭。古句。夫壻輕薄兒，古句。新人美如玉。合婚尚知時，古句。鴛鴦不獨宿。但見新人笑，律句。○「笑」字仄。那聞舊人哭。在山泉水清，出山泉水濁。律句。侍婢賣珠迴，律句。牽蘿補茅屋。摘花不插鬢，「鬢」字仄。采柏動盈掬。天寒翠袖薄，「薄」字仄。日暮倚修竹。」

音節已詳平韻矣。平韻古下句最要，上句稍寬。仄韻古上下兩句皆寬於平韻，然亦不得多用律句，以自貶其體裁也。○中有句多古奥者，如「商風入我絃」、「溪迴松風長」二詩是也。有句多調諧者，如「言入黄花川」、「北山白雲裏」、「我行滯宛許」三詩是也。餘可類推。

齊梁體平韻式

魏徵《述懷》詩：「中原還逐鹿，投筆事戎軒。二句律。縱横計不就，慷慨志猶存。律句。杖策謁天子，驅馬出關門。律句。請纓繫南越，憑軾下東藩。律句。鬱紆陟高岫，出没望平原。律句。古木鳴寒鳥，律句。空山啼夜猿。既傷千里目，律句。還驚九折魂。律句。豈不憚艱險，深懷國士恩。律句。

季布無二⃝諾，古句。侯嬴重一言。律句。人生感⃝意⃝氣⃝，功名誰⃝復論。」

此詩不宜學者有三：純用排偶一也，半用粘聯二也，多參律句三也。齊梁而下，將變爲律，故唐初猶仍此體。然讀之氣骨高渾，自是古詩，學者宗其風格可也。

齊梁體仄韵式

白居易《宿東亭曉興詩》（原選）：「温温土⃝爐⃝火，「火」字仄。耿耿紗籠燭。律句。獨抱一張琴，律句。夜入東齋宿。律句。窗聲度⃝殘⃝漏，「漏」字仄。簾影浮初旭。律句。頭癢曉梳多，眼昏春睡足。二句律。負暄簷宇下，律句。○「下」字仄。散步池塘曲。律句。南雁去未⃝迴，古句。東風來何⃝速。古句。雪依瓦⃝溝⃝白，「白」字仄。草繞墻根緑。律句。何言萬户州，太守常幽獨。二句律。」

此體仄韵古用之猶可，以仄韵近古故也。若平韵古則易流於律矣。

半格詩式

白居易《小園閒坐》詩（原選）：「閣前⃝竹蕭蕭，古句。○原注：第五字平。閣下水潺潺。原注：律句。拂簟卷⃝簾坐，清⃝風⃝生⃝其⃝間⃝。静聞⃝新⃝蟬⃝鳴⃝，『鳴』字平。遠見飛⃝鳥⃝還。古句。○原注：以上古體。但有巾掛⃝壁，原注：古句。而無客叩關。律句。二疏返⃝故⃝里⃝，四老歸⃝舊⃝山。原注：古句。吾亦⃝適⃝所⃝願⃝，求閒而⃝得閒。原注：後六句齊梁。○第二字上下粘。末字上下諧。」

此特備一格耳，實即仄韵古詩也，學者幸勿膠柱。

三韵古式

李益《觀回軍》詩：「行行上隴頭，隴月暗悠悠。萬里將軍没，回旗隴戍秋。誰令嗚咽水，重入故營流。」又李嶷《少年行》：「侍獵長楊下，承恩更射飛。塵生馬影滅，箭落雁行稀。薄霧隨天仗，聯翩入瑣闈。」以上二詩通體皆律，爲一體。

又李白《子夜吴歌》：「長安一片月，萬户擣衣聲。秋風吹不盡，總是玉關情。何日平胡虜，良人罷遠征。」又李白《春思詩》：「燕草如碧絲，秦桑低緑枝。當君懷歸日，是妾斷腸時。春風不相識，何事入羅幃。」又陳子昂《燕昭王》詩：「南登碣石館，遥望黄金臺。丘陵盡喬木，昭王安在哉？霸圖悵已矣，驅馬復歸來。」又李白《沐浴子》詩：「沐芳莫彈冠，浴蘭莫振衣。處世忌太潔，至人貴藏輝。滄浪有釣叟，吾與爾同歸。」以上四詩，參用律句，爲一體。

又章懷太子《黄臺瓜辭》：「種瓜黄臺下，瓜熟子離離。一摘使瓜好，再摘令瓜稀。三摘尚自可，摘絶抱蔓歸。」又李白《贈盧司户》詩：「秋色無遠近，出門盡寒山。白雲遥相識，待我蒼梧間。借問盧耽鶴，西飛幾時還。」又王維《送别》詩：「下馬飲君酒，問君何所之。君言不得意，歸卧南山陲。但去莫復問，白雲無盡時。」又王昌齡失題詩：「奸雄乃得志，遂使群心摇。赤風蕩中原，烈火無遺巢。一人計不用，萬里空蕭條。」又儲光羲《題太玄觀》詩：「門外車馬喧，門裏宫殿清。行即翳若木，坐即吹玉笙。所喧既非我，真道其冥冥。」又高適《宋中》詩：「梁王昔全盛，賓客復多才。悠悠一千年，陳迹惟高臺。寂寞向秋草，悲風千里來。」又劉長卿《從軍行》：「黄沙一萬里，白首無人憐。報國劍已折，歸鄉身幸全。單于古臺下，邊色寒蒼然。」又孟郊《遊子吟》：「慈母手中線，遊子身上衣。臨行密密縫，意恐遲遲歸。誰言寸草心，報得三春暉。」以上八詩，平韻古體。

又王維《春夜竹亭贈錢少府》詩：「夜静群動息，時聞隔林犬。却憶山中時，人家澗西遠。羨君明發去，采蕨輕軒冕。」又儲光羲《釣魚灣》詩：「垂釣緑灣春，春深杏花亂。潭清疑水淺，荷動知魚散。日暮待情人，維舟緑楊岸。」又劉長卿《送丘爲赴上都》詩：「帝鄉何處是，岐路空垂泣。楚思暮愁多，川程帶潮入。潮歸人不歸，獨向空塘立。」又錢起《酬王維春夜竹亭贈别》詩：「山月隨客來，主人興不淺。今宵竹林下，誰覺花源遠？惆悵曙鶯啼，孤雲還絶巘。」又韋應物《暮相思》：「朝出自不還，暮歸花盡發。豈無終日會，惜此花間月。空館忽相思，微鐘坐來歇。」又韋應物《夜月詩》：「皓月流春城，華露積芳草。坐念綺窗空，翻傷清景好。清景終若斯，傷多人自老。」又韋應物《澄秀上座院》詩：「繚繞西南隅，鳥聲轉幽静。秀公今不在，獨禮高僧影。林下器未收，何人適煮茗。」又李端《留别柳仲庸》詩：「惆悵流水時，蕭條背城路。離人出古亭，嘶馬入寒樹。江海正風波，相逢在何處。」以上八詩，仄韻古體。

音節與長古同。其平韻通體皆律者不宜學。四句入律或二句入律者亦不宜輕用。惟仄韻參入律句者可用。作三韻古者，當以後十六式爲準。

轉韵式

孟浩然《採樵作》：「採樵入深山，山深水重疊。橋崩卧查擁，路險垂藤接。日落伴將稀，山風拂薜衣。長歌負輕策，平野望烟歸。」又韋應物《擬古》：「嘉樹藹初緑，靡蕪吐幽芳。君子不在賞，寄之雲路長。路長信難越，惜此芳時歇。孤鳥去不還，緘情向天末。」又李端《蕪城》詩：「昔人登此地，丘壟已前悲。今日又非昔，春風能幾時。風吹城上樹，草没城邊路。城裏月明時，精靈自來去。」又李白《擬古》：「去去復去去，辭君還憶君。漢水既殊流，楚山亦此分。人生難稱意，豈得長爲群。越燕喜海日，燕鴻思朔雲。别久容華晚，琅玕不能飯。日落知天昏，夢長覺道遠。望夫登高山，化石竟不返。」又李白《短歌行》：「白日何短短，百年苦易滿。蒼穹浩茫茫，萬劫太極長。麻姑垂兩鬢，一半已成霜。天公見玉女，大笑億千場。吾欲攬六龍，迴車挂扶桑。北斗酌美酒，勸龍各一觴。富貴非吾願，與人駐顔光。」又王維《藍田山石門精舍》詩：「落日山水好，漾舟信歸風。玩奇不覺遠，因以緣源窮。遥愛雲木秀，初疑路不同。安知清流轉，偶與前山通。捨舟理輕策，果然愜所適。老僧四五人，逍遥蔭松柏。朝梵林未曙，夜禪山更寂。道心及牧童，世事問樵客。暝宿長林下，焚香卧瑶席。澗芳襲人衣，山月映石壁。再尋畏迷誤，明發更登歷。笑謝桃源人，花紅復來覿。」又李白《妾薄命》：「漢帝寵阿嬌，貯之黄金屋。咳唾落九天，隨風生珠玉。寵極愛還歇，妒深情却疏。長門一步地，不肯暫迴車。雨落不上天，水覆難再收。君情與妾意，各自東西流。昔日芙蓉花，今成斷根草。以色事他人，能得幾時好。」又李白《長干行》：「妾髮初覆額，折花門前劇，郎騎竹馬來。繞牀弄青梅，同居長干里，兩小無嫌猜。十四爲君婦，羞顏未嘗開。低頭向暗壁，千喚不一回。十五始展眉，願同塵與灰。常存抱柱信，豈上望夫臺。十六君遠行，瞿塘灩澦堆。五月不可觸，猿聲天上哀。門前送行跡，一一生緑苔。苔深不能掃，落葉秋風早。八月蝴蝶黄，雙飛西園草。感此傷妾心，坐愁紅顏老。早晚下三巴，預將書報家。相迎不道遠，直至長風沙。」

四句純律者，轉韵可用，不比通體一韵詩以此爲戒也，七言亦然，其餘音節已悉前注矣。

七言古詩

平韵式

杜甫《秋風詩》：「秋風淅淅吹巫山，三平句。上牢下牢修水關。古句。吴檣楚柂牽百丈，古句。煖向成都寒未還。拗律句。要路何日罷長戟，古句。戰自青羌連白蠻。拗律句。中巴不得消息好，古句。與第三句同。暝傳戍鼓長雲間。三平句。〇三平句最要，爲平韵七古下句之正調。與五古同。」又：「秋風淅淅吹我衣，古句。東流之外西日微。古句。天清小城擣練急，古句。〇「清」字拗，與三仄句同用。石古細路行人稀。古句。〇「古」字拗，與三平句同用。不知明月爲誰好，蚤晚孤帆他夜歸。二句拗律。會將白髮倚庭樹，拗律句。故園池臺今是非。古句。」

又韓愈《雪後寄崔二十六丞公》詩（原選）：「藍田十月雪塞關，古句。我興南望愁群山。攢天嵬嵬凍相映，古句。君乃寄命於其間。秩卑俸薄食口衆，五仄句。豈有酒食開容顔。古句。與前「石古細路行人稀」句同。殿前群公賜食罷，古句。與前「天清小城擣練急」句同。驊騮蹋路驕且閑。古句。與前「秋風淅淅吹我衣」句同。稱多量少鑒裁密，四仄句。○「裁」去聲。豈念幽桂遺榛菅。幾欲犯嚴出薦口，三仄句。氣象硉兀未可攀。六仄一平，古句。歸來隕涕掩關卧，原注：拗律句。心之紛亂誰能删。詩翁憔悴劚荒棘，清玉刻佩聯玦環。古句。腦脂遮眼卧壯士，四仄。大弨掛壁無由彎。乾坤惠施萬物遂，五仄。獨於數子懷偏慳。朝欷暮喈不可解，我心安得如石頑。」

又杜甫《寄韓諫議注》詩（原選）：「今我不樂思岳陽，古句。身欲奮飛病在牀。古句。○「奮」字仄。在律爲孤平。美人娟娟隔秋水，古句。與前「攢天嵬嵬凍相映」句同。濯足洞庭望八荒。古句。與第二句同。鴻飛冥冥日月白，青楓葉赤天雨霜。玉京群帝集北斗，或騎麒麟翳鳳凰。古句。芙蓉旌旗烟霧落，古句。影動倒景摇瀟湘。星宫之君醉瓊漿，古句。○原注：叠韵。羽人稀少不在旁。古句。與前「藍田十月雪塞關」句同。似聞昨者赤松子，恐是漢代韓張良。昔隨劉氏定長安，原注：律句。落字用平。帷幄未改神慘傷。古句。與前「清玉刻佩聯玦環」句同。國家成敗吾豈敢，色難腥腐餐楓香。周南留滯古所惜，南極老人應壽昌。美人胡爲隔秋水？原注：爲平聲語詞也。焉得置之貢玉堂。」

又杜甫《哀王孫》：「長安城頭頭白烏，古句。與前「故園池臺今是非」句同。夜飛延秋門上呼。又向人家啄大屋，三仄。屋底達官走避胡。金鞭折斷九馬死，骨肉不得同馳驅。腰下寶玦青珊瑚，「瑚」字叠韵。可憐王孫泣路隅。古句。與前「或騎麒麟翳鳳凰」句同。問之不肯道姓名，「名」字平，宜着眼。但道困苦乞爲奴。古句。已經百日竄荊棘，身上無有完肌膚。高帝子孫盡龍準，拗律句。龍種自與常人殊。豺狼在邑龍在野，王孫善保千金軀。不敢長語臨交衢，「衢」字叠韵。○一韵到底詩每易平衍，得叠韵之法，化板爲活矣。且爲王孫立斯須。古句。昨夜東風吹血腥，「腥」字平。○平韵古上句落字用平，五言最要，七言亦須着眼。蓋一韵長篇，借此以疎宕其氣，便無平衍之弊矣。讀者宜細玩之。東來橐駝滿舊都。古句。朔方健兒好身手，昔何勇鋭今何愚？竊聞天子已傳位，聖德北服南單于。花門剺面請雪恥，慎勿出口他人狙。哀哉王孫慎勿疎，「疎」字平。五陵佳氣無時無。」

又韓愈《石鼓歌》（原選）：「張生手持石鼓文，古句。與前「東來橐駝滿舊都」句同。原注：起句不押韵。勸我試作石鼓歌。六仄一平句。與前「氣象硉兀未可攀」句同。少陵無人謫仙死，才薄將奈石鼓何。古句。○「才」、「將」二字平。與六仄一平句同用。周綱凌遲四海沸，宣王憤起揮天戈。大開明堂受朝賀，諸侯劍佩鳴相磨。蒐于岐陽騁雄俊，萬里禽獸皆遮羅。鐫功勒成告萬世，鑿石作鼓隳嵯峨。從臣才藝咸第一，揀選譔刻留山阿。雨淋日炙野火燎，鬼物守護煩撝呵。公從何處得紙本，毫髮盡備無差訛。辭嚴義密讀難曉，字體不類隸與蝌。年深豈免有缺畫，快劍斫斷生蛟鼉。鸞翔鳳翥衆仙下，珊瑚碧樹交枝柯。金繩鐵索鎖紐壯，古鼎躍水龍騰梭。陋儒編詩不收入，二《雅》褊迫無委蛇。孔子西行不到秦，原注：律句。○「秦」字平。掎摭星宿遺羲娥。嗟予好古生苦晚，對此涕淚雙滂沱。憶昔初蒙博士徵，原注：律句。○「徵」字平。其年始改稱元和。故人從軍在右輔，爲我量度掘臼科。古句。與上「才薄將奈石鼓何」句同。濯冠沐浴告祭酒，如此至寶存豈多。古句。與前「今我不樂思岳陽」句同。氈苞席裹可立致，十鼓祇載數駱駝。薦諸太廟比郜鼎，光價豈止百倍過。聖恩若許留太學，諸生講解得切磋。觀經鴻都尚填咽，坐見舉國來奔波。剜苔剔蘚露節角，安置妥帖平不頗。大廈深簷與蓋覆，經歷久遠期無佗。中朝大官老於事，詎肯感激徒媕婀。牧童敲火牛礪角，誰復著手爲摩挲？日銷月鑠就埋沒，六年西顧空吟哦。羲之俗書趁姿媚，數紙尚可博白鵝。繼周八代爭戰罷，無人收拾理則那。方今太平日無事，柄任儒術崇丘軻。安能以此上論列，願借辯口如懸河。石鼓之歌止於此，拗律句。嗚呼吾意其蹉跎。」

又李商隱《韓碑》詩（原選）：「元和天子神武姿，彼何人哉軒與羲。誓將上雪列聖恥，坐法宮中朝四夷。淮西有賊五十載，封狼生貙貙生羆。原注：七平句。不據山河據平地，長戈利矛日可麾。帝得聖相相曰度，原注：七仄句。賊斫不死神扶持。腰懸相印作都統，陰氣慘淡天王旗。愬武古通作牙爪，儀曹外郎載筆隨。行軍司馬智且勇，十四萬衆猶虎貔。入蔡縛賊獻太廟，原注：七仄。功無與讓恩不訾。帝曰汝度功第一，古句。汝從事愈宜爲辭。愈拜稽首蹈且舞，原注：「稽」上聲。金石刻畫臣能爲。古者世稱大手筆，此事不繫于職司。當仁自古有不讓，言訖屢頷天子頤。公退齋戒坐小閣，古句。○如「齋」字用仄，爲六仄句。濡染大筆何淋漓。點竄《堯典》《舜典》字，古句。與上「公退齋戒坐小閣」句同。塗改《清廟》《生民》詩。文成破體書在紙，清晨再拜鋪丹墀。表曰臣愈昧死上，咏神聖功書之碑。古句。○如「神」字用仄，爲四平句。「聖」字用平，爲六平句。碑高三丈字如手，負以靈鼇蟠以螭。句奇語重喻者少，讒之天子言其私。長繩百尺拽碑倒，麤砂大石相磨治。公之斯文若元氣，先時已入人肝脾。湯盤孔鼎有述作，今無其器存其辭。嗚呼聖王及聖相，相與烜赫流淳熙。公之斯文不示後，曷與三五相攀追？願書萬本誦萬遍，口角流沫右手胝。傳之七十有二代，以爲封禪玉檢明堂基。末句九字，上二字不論。」

仄韻式

杜甫《發閬中》詩：「前有毒蛇後猛虎，溪行盡日無村塢。律句。江風蕭蕭雲拂地，古句。○「地」字仄。山木慘慘天欲雨。古句。與前「帝曰汝度功第一」句同。女病妻憂歸意速，律句。○「速」字仄。秋花錦石誰復數。別家三月一得書，避地何時免愁苦。拗律句。○此種句最要，爲仄韻七古下句之正調。與五古同。」

又杜甫《閬山歌》：「閬州城東雪山白，閬州城北玉臺碧。松浮欲盡不盡雲，江動將崩未崩石。拗律句。那知根無鬼神會，「會」字仄。已覺氣與嵩華敵。中原格鬬且未歸，應結茅齋看青壁。「白」、「碧」、「石」三字，陌韻。「敵」、「壁」二字，錫韻。古通。」

又杜甫《投簡咸華兩縣諸子》詩：「赤縣官曹擁材傑，軟裘快馬當冰雪。律句。長安苦寒誰獨悲？古句。杜陵野老骨欲折。南山豆苗早荒穢，「穢」字仄。青門瓜地新凍裂。鄉里兒童項領成，律句。朝廷故舊禮數絶。自然棄擲與時異，「異」字仄。況乃疏頑臨事拙。律句。饑卧動即向一旬，弊衣何啻聯百結。君不見，空墻日色晚，八字句。○「晚」字仄。此老無聲淚垂血。」

又杜甫《湖城東遇孟雲卿復歸劉顥宅宴飲》詩：「疾風吹塵暗河縣，行子隔手不相見。湖城城南一開眼，「眼」字仄。駐馬偶識雲卿面。古句。向非劉顥爲地主，「主」字仄。嬾回鞭轡成高宴。律句。劉侯歡我攜客來，置酒張燈促華饌。且將欵曲終今夕，律句。○「夕」字仄。休語艱難尚酣戰。照室紅爐促曙光，縈窗素月垂文練。二句律。天開地裂長安陌，律句。○「陌」字仄。寒盡春生洛陽殿。豈知驅車復同軌，「軌」字仄。可惜刻漏隨更箭。古句。與上「駐馬偶識雲卿面」句同。人生會合不可常，庭樹雞鳴淚如綫。」

以近體衡古體，以五言衡七言，則各句之調易於識別矣。

柏梁詩式

王昌齡《箜篌引》（原選）：「盧溪郡南夜泊舟，夜聞兩岸羌戎謳。其時月黑猿啾啾，微雨沾衣令人愁。五平句。有一遷客登高樓，不言不語彈箜篌。彈作薊門桑葉秋，原注：拗律句。風沙颯颯青冢頭。將軍鐵驄汗血流，深入匈奴戰未休。原注：律句。黄旗一點兵馬收，亂殺胡人積如丘。古句。瘡病驅來役邊州，古句。與上句同。仍披漠北胡羊裘。顔色饑枯掩面羞，原注：律句。眼眶淚滴深兩眸。思還本鄉食氂牛，古句。欲語不得指咽喉。古句。或有强壯能咿嚘，意説被他邊將讋。原注：拗律句。五世屬藩漢主留，碧毛氈帳河曲遊。橐駝五萬部落稠，敕賜飛鳥金兜鍪。五平。爲君百戰如過籌，静掃陰山無鳥投。家藏鐵券特承優，原注：律句。黄金十斤不稱求。九族分離作楚囚，原注：律句。深溪寂寞絃苦幽。草木悲感聲颼颼，僕本東山爲國憂。原注：律句。明光殿前論九疇，古句。與前「上牢下牢修水關」句同。籠讀兵書盡冥搜。爲君掌上施權謀，洞曉山川無與儔。紫宸詔發遠懷柔，原注：律句。摇筆飛霜如奪鉤。鬼神不得知其由，憐愛蒼生比蚍蜉。朔河屯兵須漸抽，盡遣降來拜御溝。原注：律句。便令海内休戈矛，何用班超定遠侯，原注：律句。史臣書之得已不？」

平韵七古，句句用韵者爲柏梁體，當與平韵詩參看。○原本復載韓愈《陸渾山火》一篇，多聱牙不易讀，已備一格，不復登也。

轉韵式

王勃《滕王閣》詩：「滕王高閣臨江渚，珮玉鳴鑾罷歌舞。畫棟朝飛南浦雲，朱簾暮捲西山雨。閒雲潭影日悠悠，物换星移幾度秋。閣中帝子今何在，檻外長江空自流。」

又孟浩然《夜歸鹿門歌》：「山寺鳴鐘晝已昏，漁梁渡頭争渡喧。人隨沙岸向江邨，余亦乘舟歸鹿門。鹿門月照開烟樹，忽到龐公栖隱處。巖扉松逕長寂寥，唯有幽人自來去。」

又高適《寄杜二拾遺》詩：「人日題詩寄草堂，遥憐故人思故鄉。柳條弄色不忍見，梅花滿枝空斷腸。身在南蕃無所預，心懷百憂復千慮。今年人日空相憶，明年人日知何處。一卧東山三十春，豈知書劍老風塵。龍鍾還忝二千石，愧爾東西南北人。」

又張若虛《春江花月夜》：「春江潮水連海平，海上明月共潮生。灩灩隨波千萬里，何處春江無月明？江流宛轉繞芳甸，月照花林皆似霰。空裏流霜不覺飛，汀上白沙看不見。江天一色無纖塵，皎皎空中孤月輪。江畔何人初見月，江月何年初照人？人生代代無窮已，江月年年望相似。不知江月照何人，但見長江送流水。白雲一片去悠悠，青楓浦上不勝愁。誰家今夜扁舟子，何處相思明月樓？可憐樓上月徘徊，應照離人妝鏡臺。玉户簾中卷不去，擣衣砧上拂還來。此時相望不相聞，願逐月華流照君。鴻雁長飛光不度，魚龍潛躍水成文。昨夜閑潭夢落花，可憐春半不還家。江水流春去欲盡，江潭落月復西斜。斜月沉沉藏海霧，碣石瀟湘無限路。不知乘月幾人歸，落月摇情滿江樹。」

又杜甫《玄都壇歌》：「故人昔隱東蒙峰，已佩含景蒼精龍。故人今居子午谷，獨在陰崖結茆屋。屋前太古玄都壇，青石漠漠松風寒。子規夜啼山竹裂，王母晝下雲旗翻。知君此計成長往，芝草琅玕日應長。鐵鏁高垂不可攀，致身福地何蕭爽。」

又杜甫《高都護驄馬行》：「安西都護胡青驄，聲價欻然來向東。此馬臨陣久無敵，與人一心成大功。功成惠養隨所致，飄飄遠自流沙至。雄姿未受伏櫪恩，猛氣猶思戰場利。腕促蹄高如踣鐵，交河幾蹴曾冰裂。五花散作雲滿身，萬里方看汗流血。長安壯兒不敢騎，走過掣電傾城知。青絲絡頭爲君老，何由卻出橫門道？」

又杜甫《渼陂行》（原選）：「岑參兄弟皆好奇，攜我遠來遊渼陂。天地黤慘忽異色，波濤萬頃堆琉璃。琉璃汗漫泛舟入，事殊興極憂思集。鼉作鯨吞不復知，惡風白浪何嗟及。主人錦帆相爲開，舟子喜甚無氛埃。鳧鷖散亂棹謳發，絲管啁啾空翠來。沈竿續蔓深莫測，菱葉荷花静如拭。宛在中流渤澥清，下歸無極終南黑。半陂已南純浸山，動影裹窕冲融間。船舷暝戛雲際寺，水面月出藍田關。此時驪龍亦吐珠，馮夷擊鼓群龍趨。湘妃漢女出歌舞，金支翠旗光有無。咫尺但愁雷雨至，蒼茫不曉神靈意。少壯幾時奈老何，向來哀樂何其多。」

又杜甫《送孔巢父謝病歸遊江東兼呈李白》詩：「巢父掉頭不肯住，東將入海隨烟霧。詩卷長留天地間，釣竿欲拂珊瑚樹。深山大澤龍蛇遠，春寒野陰風景暮。蓬萊織女迴雲車，指點虚無是征路。自是君身有仙骨，世人那得知其故。惜君只欲苦死留，富貴何如草頭露。蔡侯静者意有餘，清夜置酒臨前除。罷琴惆悵月照席，幾歲寄我空中書。南尋禹穴見李白，道甫問訊今何如。」

又杜甫《觀曹將軍畫馬圖》詩：「國初已來畫鞍馬，神妙獨數江都王。將軍得名三十載，人間又見真乘黄。曾貌先帝照夜白，龍池十日飛霹靂。内府殷紅瑪瑙盤，婕妤傳詔才人索。盤賜將軍拜舞歸，輕紈細綺相追飛。貴戚權門得筆跡，始覺屏障生光輝。昔日太宗拳毛騧，近時郭家師子花。今之新圖有二馬，復令識者久嘆嗟。此皆騎戰一敵萬，縞素漠漠開風沙。其餘七匹亦殊絶，迥若寒空動烟雪。霜蹄蹴踏長楸間，馬官廝養森成列。可憐九馬争神駿，顧視清高氣深穩。借問苦心愛者誰？後有韋諷前支遁。憶昔巡幸新豐宫，翠華拂天來向東。騰驤磊落三萬匹，皆與此圖筋骨同。自從獻寶朝河宗，無復射蛟江水中。君不見金粟堆前松柏裏，龍媒去盡鳥呼風。」

又杜甫《丹青引贈曹將軍霸》：「將軍魏武之子孫，於今爲庶爲清門。英雄割據雖已矣，文彩風流今尚存。學書初學衛夫人，但恨無過王右軍。丹青不知老將至，富貴於我如浮雲。開元之中常引見，承恩數上南薰殿。凌烟功臣少顔色，將軍下筆開生面。良相頭上進賢冠，猛將腰間大羽箭。褒公鄂公毛髮動，英姿颯爽來酣戰。先帝天馬玉花驄，畫工如山貌不同。是日牽來赤墀下，迥立閶闔生長風。詔謂將軍拂絹素，意匠慘澹經營中。斯須九重真龍出，一洗萬古凡馬空。玉花卻在御榻上，榻上庭前屹相向。至尊含笑催賜金，圉人太僕皆惆悵。弟子韓幹早入室，亦能畫馬窮殊相。幹惟畫肉不畫骨，忍使驊騮氣凋喪。將軍盡善蓋有神，偶逢佳士亦寫真。即今漂泊干戈際，屢貌尋常行路人。途窮反遭俗眼白，世上未有如公貧。但看古來盛名下，終日坎壈纏其身。」

又杜甫《洗兵馬》：「中興諸將收山東，捷書夜報清晝同。河廣傳聞一葦過，胡危命在破竹中。祇殘鄴城不日得，獨任朔方無限功。京師皆騎汗血馬，回紇餵肉葡萄宮。已喜皇威清海岱，常思仙仗過崆峒。三年笛裏關山月，萬國兵前草木風。成王功大心轉小，郭相謀深古來少。司徒清鑒懸明鏡，尚書氣與秋天杳。二三豪俊爲時出，整頓乾坤濟時了。東走無復憶鱸魚，南飛覺有安巢鳥。青春復隨冠冕入，紫禁正耐烟花繞。鶴駕通霄鳳輦備，鷄鳴問寢龍樓曉。攀龍附鳳勢莫當，天下盡化爲侯王。汝等豈知蒙帝力，時來不得誇身强。關中既留蕭丞相，幕下復用張子房。張公一生江海客，身長九尺鬚眉蒼。徵起適遇風雲會，扶顛始知籌策良。青袍白馬更何有？後漢今周喜再昌。寸地尺天皆入貢，奇祥異瑞争來送。不知何國致白環，復道諸山得銀甕。隱士休歌紫芝曲，詞人解撰河清頌。田家望望惜雨乾，布穀處處催春種。淇上健兒歸莫嬾，城南思婦愁多夢。安得壯士挽天河，浄洗甲兵長不用。」

又杜甫《荆南兵馬使太常卿趙公大食刀歌》：「太常樓船聲嗷嘈，問兵刮寇趨下牢。牧出令奔飛百艘，猛蛟突獸紛騰逃。白帝寒城駐錦袍，玄冬示我胡國刀。壯士短衣頭虎毛，憑軒拔鞘天爲高。翻風轉日木怒號，冰翼雪淡傷哀猱。鐫錯碧甖鸊鵜膏，鋩鍔已瑩虚秋濤。鬼物撇捩辭坑壕，蒼水使者捫赤絛，龍伯國人罷釣鼇。芮公迴首顔色勞，分閫救世用賢豪。趙公玉立高歌起，攬環結佩相終始。萬歲持之護天子，得君亂絲與君理。蜀江如線如針水，荆岑彈丸心未已。賊臣惡子休干紀，魑魅魍魎徒爲耳，妖腰亂領敢欣喜。用之不高亦不庳，不似長劍須天倚。吁嗟光禄英雄弭，大食寶刀聊可比。丹青宛轉麒麟裏，光芒六合無泥滓。」

轉韵無定格，可以雜入律句，七言與五言同。張若虚《春江花月夜》蟬聯而下，宛轉環生，爲初唐體，如盧照鄰《長安古意》、駱賓王《帝京篇》皆是也。杜甫《洗兵馬》共四段，每段六韵，平仄相間，對偶整齊，此古詩有似長律者，爲一體。《大食刀歌》通體二韵，二韵中句句用韵，爲一體。餘皆尋常轉韵格。其用長短句者，概入雜體。

雜體詩

陳子昂《登幽州臺歌》：「前不見古人，後不見來者。念天地之悠悠，獨愴然而涕下。」

杜甫《貧交行》：「翻手作雲覆手雨，紛紛輕薄何須數。君不見管鮑貧時交，此道今人棄如土。」

張藉《烏棲曲》：「西山作宫花滿池，宫烏曉鳴茱萸枝。吴姬採蓮自唱曲，君王昨夜船中宿。」

王建《望夫石》：「望夫處，江悠悠。化爲石，不回頭。山頭日日風復雨，行人歸來石應語。」

杜甫《曲江三章章五句》：「曲江蕭條秋氣高，菱荷枯折隨風濤，遊子空嗟垂二毛。白石素沙亦相蕩，哀鴻獨叫求其曹。」「即事非今亦非古，長歌激越捎林莽，比屋豪華固難數。吾人甘作心似灰，弟姪何傷淚如雨。」「自斷此生休問天，杜曲幸有桑麻田，故將移住南山邊。短衣匹馬隨李廣，看射猛虎終殘年。」

李益《野田行》：「日没出古城，野田何茫茫。寒狐嘯青冢，鬼火燒白楊。昔人未爲泉下客，行到此中曾斷腸。」

柳宗元《楊白花》：「楊白花，風吹渡江水。坐令宫樹無顔色，摇蕩春光千萬里。茫茫曉月下長秋，哀歌未斷城雅起。」

李白《白雲歌送劉十六還山》：「秦山楚山皆白雲，白雲處處常隨君。君入楚山裏，雲亦隨君渡湘水。湘水上，女蘿衣，白雲堪卧君早歸。」

李白《金陵酒肆留别》：「風吹柳花滿店香，吴姬壓酒勸客嘗。金陵子弟來相送，欲行不行各斷腸。請君試問東流水，别意與之誰短長？」

李白《烏棲曲》：「姑蘇臺上烏棲時，吴王宫裏醉西施。吴歌楚舞歡未畢，青山欲銜半邊日。銀箭金壺漏水多，起看秋月墜江波，東方漸高奈樂何。」

岑參《登古鄴城》：「下馬登鄴城，城空復何見。東風吹野火，暮入飛雲殿。城隅南對望陵臺，漳水東流不復回。武帝宮中人去盡，年年春色爲誰來。」

白居易《真娘墓》：「真娘墓，虎丘道。不識真娘鏡中面，唯見真娘墓頭草。霜摧桃李風折蓮，真娘死時猶少年。脂膚荑手不牢固，世間有物難留連。難留連，易消歇。塞北花，江南雪。」

白居易《寒食野望吟》：「丘墟郭門外，寒食誰家哭？風吹曠野紙錢飛，古墓纍纍春草緑。棠梨花映白楊樹，盡是死生離别處。冥漠重泉哭不聞，蕭蕭風雨人歸去。」

李白《寄王屋山人孟大融》：「我行東海上，勞山餐紫霞。親見安期公，食棗大如瓜。中年謁漢主，不愜還歸家。朱顔謝春暉，白髮見生涯。所期就金液，飛步登雲車。願隨夫子天壇上，閒與仙人掃落花。」

韓愈《拘幽操》：文王羑里作「目窈窈兮，其凝其盲。耳肅肅兮，聽不聞聲。朝不見日出兮，夜不見月與星。有知無知兮，爲死爲生。嗚呼！臣罪當誅兮，天王聖明。」

韓愈《越裳操》：周公作。「雨之施，物以孳，我何意于彼爲？自周之先，其艱其勤。以有疆宇，私我後人。我祖在上，四方在下。厥臨孔威，敢戲以侮？孰荒于門，孰治于田。四海既均，越裳是臣。」

韓愈《將歸操》：孔子之趙聞殺鳴犢作。「狄之水兮，其色幽幽。我將濟兮，不得其由。涉其淺兮，石齧我足。乘其深兮，龍入我舟。我濟而悔兮，將安歸尤。歸兮歸兮，無與石鬭兮，無應龍求。」

韓愈《猗蘭操》：孔子傷不逢時作。「蘭之猗猗，揚揚其香。不采而佩，于蘭何傷。今天之旋，其曷爲然。我行四方，以日以年。雪霜貿貿，薺麥之茂。子如不傷，我不爾覯。薺麥之茂，薺麥之有。君子之傷，君子之守。」

李白《飛龍引二首》：「黄帝鑄鼎於荆山，煉丹砂。丹砂成黄金，騎龍飛上大清家。雲愁海思令人嗟。宫中綵女顔如花，飄然揮手凌紫霞，從風縱體登鑾車。登鑾車，侍軒轅。遨遊青天中，其樂不可言。」「鼎湖流水清且閒，軒轅去時有弓劍，古人傳道留其間。後宫嬋娟多花顔，乘鸞飛烟去不還，騎龍攀天造天關。造天關，聞天語，長雲河車載玉女。載玉女，過紫皇，紫皇乃賜白兔所擣之藥方，後天而老凋三光。下視瑶池見王母，蛾眉蕭颯如秋霜。」

李白《長相思二首》：「長相思，在長安。絡緯秋啼金井闌，微霜凄凄簟色寒。孤燈不明思欲絶，卷帷望月空長嘆，美人如花隔雲端。上有青冥之長天，下有緑水之波瀾。天長地遠魂飛苦，夢魂不到關山難。長相思，摧心肝。」「日色欲盡花含烟，月明欲素愁不眠。趙瑟初停鳳凰柱，蜀琴欲奏鴛鴦弦。此曲有意無人傳，願隨春風寄燕然，憶君迢迢隔青天。昔時横波目，今作流淚泉。不信妾腸斷，歸來看取明鏡前。」

杜甫《短歌行贈王郎司直》：「王郎酒酣拔劍斫地歌莫哀，我能拔爾抑塞磊落之奇才。豫章翻風白日動，鯨魚跋浪滄溟開。且脱佩劍休徘徊，西得諸侯棹錦水。欲向何門趿珠履，仲宣樓頭春色深。青眼高歌望吾子，眼中之人吾老矣。」

王維《送友人歸山歌二首》：「山寂寂兮無人，又蒼蒼兮多木。群龍兮滿朝，君何爲兮空谷。文寡和兮思深，道難知兮行獨。悦石上兮流泉，與松間兮草屋。入雲中兮養雞，上山頭兮抱犢。神與棗兮如瓜，虎賣杏兮收穀。愧不才兮妨賢，嫌既老兮貪禄。誓解印兮相從，何詹尹兮可卜。」「山中人兮欲歸，雲冥冥兮雨霏霏。水驚波兮翠菅靡，白鷺忽兮翻飛，君不可兮褰衣。山萬重兮一雲，混天地兮不分。樹晻曖兮氛氲，猨不見兮空聞。忽山西兮夕陽，見東皋兮遠村。平蕪緑兮千里，眇惆悵兮思君。」

李賀《將進酒》：「琉璃鍾，琥珀濃，小槽酒滴真珠紅。烹龍炮鳳玉脂泣，羅屏繡幙圍香風。吹龍笛，擊鼉鼓。皓齒歌，細腰舞。況是青春日將暮，桃花亂落如紅雨。勸君終日酩酊醉，酒不到劉伶墳上土。」

杜甫《乾元中寓居同谷縣作歌七首》：「有客有客字子美，白頭亂髮垂過耳。歲拾橡栗隨狙公，天寒日暮山谷裏。中原無書歸不得，手脚凍皴皮肉死。嗚呼一歌兮歌已哀，悲風爲我從天來。」「長鑱長鑱白木柄，我生託子以爲命。黄精無苗山雪盛，短衣數挽不掩脛。此時與子空歸來，男呻女吟四壁静。嗚呼二歌兮歌始放，鄰里爲我色惆悵。」「有弟有弟在遠方，三人各瘦何人强。生别展轉不相見，胡塵暗天道路長。東飛駕鵝後鶖鶬，安得送我置汝旁。嗚呼三歌兮歌三發，汝歸何處收兄骨。」「有妹有妹在鍾離，良人早殁諸孤癡。長淮浪高蛟龍怒，十年不見來何遲。扁舟欲往箭滿眼，杳杳南國多旍旗。嗚呼四歌兮歌四奏，林猿爲我啼清晝。」「四山多風溪水急，寒雨颯颯枯樹濕。黄蒿古城雲不開，白狐跳梁黄狐立。我生何爲在窮谷，中夜起坐萬感集。嗚呼五歌兮歌正長，魂招不來歸故鄉。」「南有龍兮在山湫，古木巃嵸枝相樛。木葉黃落龍正蟄，蝮蛇東來水上遊。我行怪此安敢出，拔劍欲斬且復休。嗚呼六歌兮歌思遲，溪壑爲我迴春姿。」「男兒生不成名身已老，三年饑走荒山道。長安卿相多少年，富貴應須致身早。山中儒生舊相識，但話宿昔傷懷抱。嗚呼七歌兮悄終曲，仰視皇天白日速。」

李白《宣州謝朓樓餞別校書叔雲》：「棄我去者，昨日之日不可留。亂我心者，今日之日多煩憂。長風萬里送秋雁，對此可以酣高樓。蓬萊文章建安骨，中間小謝又清發。俱懷逸興壯思飛，欲上青天覽日月。抽刀斷水水更流，舉杯消愁愁更愁。人生在世不稱意，明朝散髮弄扁舟。」

李白《幽澗泉》：「拂拔白石，彈我素琴。幽澗愀兮流泉深。善手明徽，高張清心。寂歷似千古松颼飀兮萬尋。中見愁猿弔影而危處兮，叫秋木而長吟。客有哀時失職而聽者，淚淋浪以沾襟。乃緝商綴羽，潺湲成音。吾但寫聲發情於妙指，殊不知此曲之古今。幽澗泉，鳴深林。」

杜甫《戲題畫山水圖》：「十日畫一水，五日畫一石。能事不受相促迫，王宰始肯留真跡。壯哉崑崙方壺圖，挂君高堂之素壁。巴陵洞庭日本東，赤岸水與銀河通，中有雲氣隨飛龍。舟人漁子入浦漵，山木盡亞洪濤風。尤工遠勢古莫比，咫尺應須論萬里。焉得并州快剪刀，剪取吳松半江水。」

李白《夷則格上白鳩拂舞辭》：「鏗鳴鐘，考朗鼓。歌白鳩，引拂舞。白鳩之白誰與鄰？霜衣雪襟誠可珍。含哺七子能平均。食不噎，性安馴。首農政，鳴陽春。天子刻玉杖，鏤形賜耆人。白鷺之白非純真，外潔其色心匪仁。闕五德，無司晨，胡爲啄我葭下之紫鱗？鷹鸇鵰鶚，貪而好殺。鳳凰雖大聖，不願以爲臣。」

李白《戰城南》：「去年戰桑乾源，今年戰葱河道。洗兵條支海上波，放馬天山雪中草。萬里長征戰，三軍盡衰老。匈奴以殺戮爲耕作，古來惟見白骨黄沙田。秦家築城避胡處，漢家還有烽火然。烽火然不息，征戰無已時。野戰格鬭死，敗馬嘶鳴向天悲。烏鳶啄人腸，銜飛上挂枯樹枝。士卒塗草莽，將軍空爾爲。乃知兵者是凶器，聖人不得已而用之。」

杜甫《桃竹杖引贈章留侯》：「江心蟠石生桃竹，蒼波噴浸尺度足。斬根削皮如紫玉，江妃水仙惜不得。梓橦使君開一束，滿堂賓客皆歎息。憐我老病贈兩莖，出入爪甲鏗有聲。老夫復欲東南征，乘濤鼓枻白帝城。路幽必爲鬼神奪，拔劍或與蛟龍争。重爲告曰：杖兮、杖兮，爾之生也甚正直。慎勿見水踴躍學變化爲龍。使我不得爾之扶持，滅跡于君山湖上之青峰。噫！風塵澒洞兮豺虎齩人，忽失雙杖兮吾將曷從？」

李白《遠别離》：「遠别離，古有英皇之二女。乃在洞庭之南，瀟湘之浦。海水直下萬里深，誰人不言此離苦。日慘慘兮雲冥冥，猩猩啼烟兮鬼嘯雨。我縱言之將何補？皇穹竊恐不照余之忠誠，雲憑憑兮欲吼怒。堯舜當之亦禪禹。君失臣兮龍爲魚，權歸臣兮鼠變虎。或言堯幽囚，舜野死。九疑連緜皆相似，重瞳孤墳竟何是？帝子泣兮緑雲間，隨風波兮去無還。慟哭兮遠望，見蒼梧之深山。蒼梧山崩湘水絶，竹上之淚乃可滅。」

杜甫《冬狩行》：「君不見東川節度兵馬雄，校獵亦似觀成功。夜發猛士三千人，清晨合圍步驟同。禽獸已斃十七八，殺聲落日迴蒼穹。幕前生致九青兕，馲駝㟼峞垂玄熊。東西南北百里間，髣髴蹤踏寒山空。有鳥名鸜鵒，力不能高飛逐走蓬，肉味不足登鼎俎，何爲見羈虞羅中。春蒐冬狩侯得同，使君五馬一馬驄。况今攝行大將權，號令頗有前賢風。飄然時危一老翁，十年厭見旌旗紅。喜君士卒甚整肅，爲我迴轡擒西戎。草中狐兔盡何益，天子不在咸陽宫。朝廷雖無幽王禍，得不哀痛塵再蒙。嗚呼！得不哀痛塵再蒙！」

杜甫《奉先劉少府新畫山水障歌》：「堂上不合生楓樹，怪底江山起烟霧。聞君掃却赤縣圖，乘興遣畫滄洲趣。畫師亦無數，好手不可遇。對此融心神，知君重毫素。豈但祁岳與鄭虔，筆迹遠過楊契丹。得非懸圃裂，無乃瀟湘翻。悄然坐我天姥下，耳邊已似聞清猿。反思前夜風雨急，乃是蒲城鬼神入。元氣淋漓障猶濕，真宰上訴天應泣。野亭春還雜花遠，漁翁暝踏孤舟立。滄浪水深青溟闊，欹岸側島秋毫末。不見湘妃鼓瑟時，至今斑竹臨江活。劉侯天機精，愛畫入骨髓。自有兩兒郎，揮灑亦莫比。大兒聰明到，能添老樹巔崖裏。小兒心孔開，貌得山僧及童子。若耶溪，雲門寺。吾獨胡爲在泥滓，青鞋布襪從此始。」

杜甫《兵車行》：「車轔轔，馬蕭蕭，行人弓箭各在腰。耶孃妻子走相送，塵埃不見咸陽橋。牽衣頓足攔道哭，哭聲直上干雲霄。道傍過者問行人，行人但云點行頻。或從十五北防河，便至四十西營田。去時里正與裹頭，歸來頭白還戍邊。邊庭流血成海水，武皇開邊意未已。君不聞漢家山東二百州，千村萬落生荆杞。縱有健婦把鋤犁，禾生隴畝無東西。况復秦兵耐苦戰，被驅不異犬與雞。長者雖有問，役夫敢申恨？且如今年冬，未休關西卒。縣官急索租，租税從何出？信知生男惡，反是生女好。生女猶得嫁比鄰，生男埋没隨百草。君不見青海頭，古來白骨無人收。新鬼煩冤舊鬼哭，天陰雨濕聲啾啾。」

李白《夢遊天姥吟留别》：「海客談瀛洲，烟濤微茫信難求。越人語天姥，雲霓明滅或可睹。天姥連天向天横，勢拔五岳掩赤城。天台四萬八千丈，對此欲倒東南傾。我欲因之夢吴越，一夜飛度鏡湖月。湖月照我影，送我至剡溪。謝公宿處今尚在，緑水蕩漾清猿啼。脚著謝公屐，身登青雲梯。半壁見海日，空中聞天雞。千巖萬壑路不定，迷花倚石忽已暝。熊咆龍吟殷巖泉，慄深林兮驚層巔。雲青青兮欲雨，水澹澹兮生烟。列缺霹靂，丘巒崩摧。洞天石扇，訇然中開。青冥浩蕩不見底，日月照耀金銀臺。霓爲衣兮風爲馬，雲之君兮紛紛而來下。虎鼓瑟兮鸞迴車，仙之人兮列如麻。忽魂悸以魄動，怳驚起而長嗟。惟覺時之枕席，失向來之烟霞。世間行樂亦如此，古來萬事東流水。别君去兮何時還，且放白鹿青崖間，須行即騎訪名山。安能摧眉折腰事權貴，使我不得開心顔！」

李白《蜀道難》：「噫吁嚱！危乎高哉！蜀道之難，難于上青天。蠶叢及魚鳧，開國何茫然。爾來四萬八千歲，不與秦塞通人烟。西當太白有鳥道，可以横絶峨眉巔。地崩山摧壯士死，然後天梯石棧相鉤連。上有六龍迴日之高標，下有衝波逆折之迴川。黄鶴之飛尚不得過，猿猱欲度愁攀緣。青泥何盤盤，百步九折縈巖巒。捫參歷井仰脅息，以手撫膺坐長嘆。問君西遊何時還？畏途巉巖不可攀。但見悲鳥號古木，雄飛雌從繞林間。又聞子規啼，夜月愁空山。蜀道之難，難于上青天，使人聽此凋朱顔。連峰去天不盈尺，枯松倒挂倚絶壁。飛湍瀑流争喧豗，砯崖轉石萬壑雷。其險也若此，嗟爾遠道之人胡爲乎來哉！劍閣峥嶸而崔巍，一夫當關，萬夫莫開。所守或非親，化爲狼與豺。朝避猛虎，夕避長蛇。磨牙吮血，殺人如麻。錦城雖云樂，不如早還家。蜀道之難，難于上青天！側身西望長咨嗟。」

雜體詩長短並用，整散兼行，三四六字句可以不拘，八九十一字句，不過因七言而充之，亦只在末五字中尋音節。雜體之要，具於此矣。